夜遊

最新增訂本

馬森文集

Sen Ma
創作卷02

諾貝爾文學獎得主高行健

名作家白先勇強力推薦

生年不滿百，
常懷千歲憂。
晝短苦夜長，
何不秉燭遊？

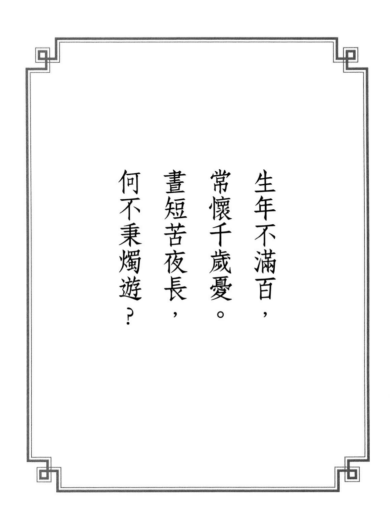

秀威版總序

我的已經出版的作品，本來分散在多家出版公司，如今收在一起以文集的名義由秀威資訊科技有限公司出版，對我來說也算是一件有意義的大事，不但書型、字體大小不一的版本可以因此而統一，今後如有新作也只須交給同一家出版公司就行了。

稱文集而非全集，因為我仍在人間，還有繼續寫作與出版的可能，全集應該是蓋棺以後的事，就不是需要我自己來操心的了。

從十幾歲開始寫作，十六、七歲開始在報章發表作品，二十多歲出版作品，到今天成書的也有四、五十本之多。其中有創作，有學術著作，還有編輯和翻譯的作品，可能會發生分類的麻煩，但若大致劃分成創作、學術與編譯三類也足以概括了。創作類中有小說（長篇與短篇）、劇作（獨幕劇與多幕劇）和散文、隨筆的不同；學術中又可分為學院論文、文學史、戲劇史、與一般評論（文化、社會、文學、戲劇和電影評論）。編譯中有少量的翻譯作品，也有少量的編著作品，在版權沒有問題的情形下也可考慮收入。

有些作品曾經多家出版社出版過，例如《巴黎的故事》就有香港大學出版社、四季出版社、爾雅出版社、文化生活新知出版社、印刻出版社等不同版本，《孤絕》有聯經出版社（兩種版本）、北京人民文學出版社、麥田出版社等版本，《夜遊》則有爾雅出版社、文化生活新知出版社、九歌出版社（兩種版本）等不同版本，其他作品多數如此，其中可能有所差異，藉此機會可以出版一個較完整的版本，而且又可重新校訂，使錯誤減到最少。

創作，我總以為是自由心靈的呈現，代表了作者情感、思維與人生經驗的總和，既不應依附於任何宗教、政治理念，也不必企圖教訓或牽引讀者的路向。至於作品的高下，則端賴作者的藝術修養與造詣。作者所呈現的藝術與思維，讀者可以自由涉獵、欣賞，或拒絕涉獵、欣賞，就如人間的友情，全看兩造是否有緣。作者與讀者的關係就是一種交誼的關係，雙方的觀點是否相同並不重要，重要的是一方對另一方的書寫能否產生同情與好感。所以寫與讀，完全是一種自由的結合，代表了人間行為最自由自主的一面。

學術著作方面，多半是學院內的工作。我一生從做學生到做老師，從未離開過學院，因此不能不盡心於研究工作。其實學術著作也需要靈感與突破，才會產生有價值的創見。

在我的論著中有幾項可能是屬於創見的：一是我拈出「老人文化」做為探討中國文化深層結構的基本原型。二是我提出的中國文學及戲劇的「兩度西潮論」，在海峽兩岸都引起不少迴響。三是對五四以來國人所醉心與推崇的寫實主義，在實際的創作中卻常因對寫實主義的理論與方法認識不足，或由於受了主觀的因素，諸如傳統「文以載道」的遺存、濟世救國的熱衷、個人的政治參與等等的干擾，以致寫出遠離真實生活的作品，我稱其謂「擬寫實主義」，且認為是研究五四以後海峽兩岸新小說與現代戲劇的不容忽視的現象。此一觀點也為海峽兩岸的學者所呼應。四是舉出釐析中西戲劇區別的三項重要的標誌：演員劇場與作家劇場，劇詩與詩劇以及道德人與情緒人的分別。五是我提出的「腳色式的人物」，主導了我自己的戲劇創作。

與純創作相異的是，學術論著總企圖對後來的學者有所啟發與導引，也就是在學術的領域內盡量貢獻出一磚一瓦，做為後來者繼續累積的基礎。這是與創作大不相同之處。這個文集既然包括二者在內，所以我不得不加以釐清。

其實文集的每本書中，都已有各自的序言，有時還不止一篇，對各該作品的內容及背景已有所闡釋，此處我勿庸詞費，僅簡略序之如上。

馬森序於維城，二〇一〇年七月二十三日

秉燭夜遊

白先勇

從歷史的眼光來回顧，六〇年代整個中國臺灣與大陸都處於一個巨變的時代。中國大陸爆發的文化大革命固然是一場驚天動地的政治運動，使中國文化遭到空前的摧毀，而臺灣十年間從農業社會跨入工商社會，一種新的文化蛻變也在默默成形。同時西方國家以美國為首的嬉皮反文化運動以及反越戰政治運動，亦在如火如荼的進行著。全世界的青年一代似乎都不約而同對自己國家民族的文化價值傳統社會產生了懷疑、不滿，進而摧枯拉朽投身破壞或建設的事業。六〇年代的臺灣知識青年自然也遭受到這一股世界性文化震盪的沖擊。當時臺灣的文化根基薄弱，正徘徊於傳統與現代，東方與西方的十字路口。西方文藝思潮的入侵，正好給予在迷惘徬徨中的臺灣知識青年，一種外來的刺激和啟蒙，於是一個新文化運動在臺灣展開。五月畫會、東方畫會的成立，創世紀、藍星現代詩社的興起，文學雜誌、筆匯、現代文學以及稍後的文學季刊的誕生，在在都顯示出臺灣文化動盪不安的徵象。近年來論者對於六〇年代在西方文藝思潮影響下所產生的臺灣文化運動諸多非議。誠然，當時年輕一代的臺灣知識分子對於西方文藝思想的了解還不夠深入，例如當時流行的現代主義、存在主義等，並未能有系統的介紹到臺灣。因此，六〇年代臺灣文化運動理論與知性的根基，有其先天之不足。但是六〇年代文化運動者，創新求變的精神，勇於懷疑、實驗的魄力，事實上繼承了五四新文化運動的優良傳統，在臺灣創造了一股新銳之氣，成為臺灣文化現代化運動的先驅。

六〇年代有一批留歐的臺灣知識分子，默默的在做著傳輸西方文藝思潮到臺灣的工作。他們創辦了一本《歐洲雜誌》，這本雜誌素質高，內容深刻，尤其對於當時流行於歐洲的各派文藝潮流，推介頗為詳盡。雖然《歐洲雜誌》發行量不廣，出版時間暫短，但亦有其一定的影響與貢獻。馬森便是《歐洲雜誌》的健將之一。馬森在留學歐美的作家中，背景相當特殊，他在國內主修文學，到巴黎專攻電影戲劇，受到尤乃斯柯(Ionesco)、貝克特(Beckett)的荒謬劇、法國新潮電影以及沙特、卡繆存在主義文學的直接影響。馬森離開歐洲曾在墨西哥執教，他的獨幕劇集便是在墨西哥京城寫成的。一九七二年馬森放棄教職從驕陽炙人的中美又輾轉遷徙到寒帶北美的加拿大，而且改攻社會學獲得博士學位，其間馬森回歸文學，寫成短篇小說集《孤絕》以及長篇小說《夜遊》。四年前馬森重返西歐，執教於倫敦大學，繞了一個大圈子最後返回臺灣，在國立藝術學院客座，教授戲劇。

由馬森複雜迂迴的文化背景，我們可以測知他對中西歐美各種文化傳統之間異同衝突必也曾下過功夫深入研究比較。事實上馬森的長篇小說《夜遊》在某一層次上可以說是作者對中西文化價值相生相剋的各種關係做了一則知性的探討與感性的描述。《夜遊》女主角汪佩琳是一個到加拿大留學的臺灣學生，正如其他許多臺灣中產家庭出身的中國女孩，除了一段短暫的學生愛情以外，汪佩琳的少女時期過得相當保守平凡。汪佩琳也不是一個特別聰敏的學生，留學成績平平，連人類學碩士也沒有得到便嫁給了英國人詹。詹是國際聞名的教授，研究科學，在溫哥華一間大學執教。汪佩琳跟詹也曾過過一段安定的婚姻生活。如果汪佩琳是一個知足認命的女人，也許做一個英國名教授的太太，一生不見得不美滿。但是才貌平庸的汪佩琳突然一夕之間，做出驚人之舉，離家出走，成為了一個徹頭徹尾的叛徒。從福樓拜的《包法利夫人》、托爾斯泰的《安娜・卡列琳娜》到勞倫斯的《查泰萊夫人的情人》，西方現代小說一直反覆出現一個主題：在劇變的社會中，已婚女性對世俗的社會價值所做的反叛及其後果。中國近代小說不少描寫不安於室的女人，追求自己浪漫愛情的故事。但汪佩琳的反叛有點不同，首先她反抗的是詹所代表的西方的理性主義及文化的優越感，更進一步她也反抗以她父母家庭為代表的中國儒家傳統的拘束壓抑。放棄了丈夫父母的依恃憑藉，汪佩琳成為了一個孤絕的人。她棄家出走，從一個以名利為重的世俗社會縱身投入一個價值迥異的黑暗世界，她的抉擇有著相當存在主義的意味。存在主義的真義一度曾遭誤解，存在主義不是悲觀哲學，更不鼓勵頹廢，存在主義是探討現代人失去宗教信仰傳統價值後，如何勇敢面對赤裸孤獨的自我，在一個荒謬的世界中，對自己所做的抉擇，應負的責任。存在主義文學中的人物，往往亦有其悲劇的尊嚴。

《夜遊》一書，便是描寫汪佩琳秉燭夜遊，投入溫哥華地下世界後的種種遭遇，每一次遭遇使她對本身以及人世增加一層新的體認與了解。汪佩琳脫離了她丈夫的世俗的社會，所遇見的多為世俗社會所不容所歧視的人物。她夜遊的第一站是一家叫「熱帶花園」的酒吧，這間酒吧便是溫哥華地下世界的縮影，魚龍混雜的深淵。汪佩琳的種種冒險，便在「熱帶花園」裡展開。帶領汪佩琳到「熱帶花園」開眼界的是一位人類學女教授朱娣，跟她的關係介於師友之間。朱娣自己是一位女同性戀，對汪佩琳存有母愛式的情愫。汪佩琳從朱娣身上得到啟示，發覺原來她與詹之間的異性關係只是人類情感的一部分，人與人之間的愛情還有許多的可能性。在一陣狂亂與放縱之後，汪佩琳終於發現了麥珂——一個十九歲的美男子。她與麥珂一段極不尋常的關係，構成了《夜遊》的主要情節。麥珂是青春與美的象徵，是希臘神話中患有自戀狂的納西塞斯。麥珂在認識汪佩琳之前，曾與史提夫有一段同性戀的關係，史提夫是位中年醫生，是麥珂的父親替代(Father Surrogate)。從世俗的眼光來看，麥珂一無是處：酗酒、失業、不求上進，曾經吸毒，而且有同性戀的傾向。然而汪佩琳讓麥珂搬進了她的住處，照顧他、縱容他，可以說是他的母親替代(Mother Surrogate)。麥珂是一個潘彼得，拒絕長大，拒絕進入虛偽的成人世界——二十歲生日那天他曾企圖自殺。他那一種超道德的童真使汪佩琳心折、迷惑，她崇拜他那永恆的青春。在某種意義上，麥珂是個雙性戀者，他需要男女兩性給予他不同的愛情。雙性戀(bi-sexuality)是《夜遊》中研討的重要主題，其他幾對戀人：道格與愛蓮妮、雷查與露薏絲的關係都有雙性戀的傾向。馬森在《夜遊》中將人類性愛關係：異性、同性、雙性的面面觀做了各種不同的比較與剖析。六〇年代歐美的年輕一代隨著文化、政治的認同危機(identity crisis)也產生了性傾向的認同危機，於是一時間婦女解放運動、同性戀解放運動風起雲湧，對於傳統社會中所扮演的性角色發生質疑，對於傳統社會中所規劃的性道德開始反抗。在相當的程度上馬森的《夜遊》也反映了六〇年代歐美青年及臺灣留學生價值判斷的混淆與理念分歧的迷惘。

《夜遊》最後麥珂與道格雙雙神秘失蹤——他們兩人也曾經有過一段曖昧的同性戀

關係，而汪佩琳偷嚐禁果一旦踏出伊甸園外，便永無返回樂園的可能，但是她的眼睛卻張開了，看清楚了她赤裸的本身，也看到了人世間隱藏在正常社會下，許多崇高與醜惡的現象——這便是汪佩琳夜遊的收穫。馬森在書前引錄古詩：

生年不滿百，常懷千歲憂。
晝短苦夜長，何不秉燭遊？

在短暫的人生，汪佩琳能秉燭一遊，也算值得。

馬森的《夜遊》

高行健

一九八五年，已二十多年前了，我應德國文化學會邀請從北京到西柏林，逍遙了半年多。當時柏林圍牆還沒倒，我望著鐵絲電網後的碉堡和手提衝鋒槍的衛兵，提心吊膽穿過通道，去東柏林旅遊了半天，卻花了一個多小時排隊等快餐，進書店也得排隊，氣氛沉悶得如同回到了中國的文革。這期間，我也得到法國、丹麥、奧地利和英國的邀請，著實遊覽了一番自由的西歐。在牛津大學古城堡似的建築裡所舉辦的中國文學討論會上，我遇到了馬森，他送了我一本剛出版的小說《夜遊》。他當時在倫敦大學東方語文學系教中國文學，這個教職以前有過老舍和蕭乾，他離任回臺灣由趙毅衡接替，都是作家，也都寫小說。

當晚，就在這極有情趣的城堡裡，我居然通宵達旦，一口氣讀完了這一本小說。據我所知，這之前恐怕還沒有誰把海外華人的生活寫得如此豐富而又這樣有份量，從臺灣寫到西方，從華人知識份子的追求到西方青年的頹廢，跨越東方與西方，各色人等好一番夜遊，遠遠超出海外華人艱苦創業與思鄉尋根的通常格局。

馬森的《夜遊》無疑是臺灣現代文學的一部重要的作品。如今再版這部小說，我以為十分必要。可惜的是他贈我的書留在北京，早已不知下落，時過境遷，記憶也模糊了，無法做準確深入的評論。但我確實要說，這不僅是臺灣文學的一部佳作，也是世界華語文學的一個成就，同另一位華文作家聶華苓的《桑青與桃紅》同樣出色。我讀到這兩部作品的時候，中國大陸的作家剛剛從文革的禁錮中解脫，雖然在西方的漢學界弄得蠻熱鬧，真有份量的作品卻寥寥無幾。馬森的《夜遊》從當時華語文學的大背景來看，更顯出異乎尋常的意義。

《夜遊》跳出海外華人遊子和移民的那種眼光，也從東西方文化衝突的困境中脫穎而出，面對的是西方社會現實和現代人內心的孤寂與恍惚，下筆從容而有趣味，這當然與作者本人的閱歷有關。馬森在西方大學任教，從西歐、北美到墨西哥，又從西方現當代文學與戲劇的研究到從事創作，這些經驗自然也反映到他的小說中。令我吃驚的是他電話中告訴我，隨同《夜遊》的再版，出版社計畫出版他所有的作品，包括長篇和短篇小說、劇作以及文學與戲劇評論、文學史、學術著作等。可我只讀過他的另一本《中國現代戲劇的兩度西潮》，是同類論著中資料最豐富、立論最中肯的一部，要研究現代華文戲劇的話，不可不讀。

我還要說的是，我的長篇小說《靈山》在臺灣出版也首先得力於馬森。是他把我的《靈山》的手稿推薦給聯經出版公司的劉國瑞總經理，然後又推薦給聯副的主編瘂弦，那長篇的序言也是他寫的。雖然這書出版的當年一無反響，只賣了一百二十六本，而這些朋友還繼續幫我出書。我的劇本《彼岸》也是馬森任《聯合文學》總編輯的時候發表的。我的另一篇過長的短篇小說〈瞬間〉隨後又收在他和趙毅衡合編的小說集《潮來的時候》裡，得以全文發表。馬森為人實在，對朋友又這般厚愛。

可我同馬森見面每次都來不及細談，之後在臺灣或香港，臺北《聯合報》召開的「中國文學四十年研討會」，臺南成功大學和宜蘭佛光大學的報告會，乃至香港《明報月刊》組織的戲劇創作的對談，匆匆照個面就分手了。平時也很少書信來往。最近，突然接到他的電話，又看到《聯合文學》上他的〈冬日紀病〉一文，才知道他已還居加拿大。畢竟是神遊的馬森，毫不戀棧，東方西方，來去自由，何等瀟灑！

二〇〇六年三月八日於巴黎

目次

1

我跟詹的關係大概是完了，我這樣覺得。

房子是他的，要搬嘛，當然是我搬出來。將來離婚時有沒有贍養費，我也並不多麼在乎。我還年輕，我可以工作。一個女人並不是非靠男人才可以生活的。

我知道我的母親一定又要罵我任性。當初跟詹結婚的時候，她本不贊成，她就這麼說過了。現在的任性恐怕更是她所不可理解的了。對她而言，婚姻是一輩子的事；嫁鷄就該隨鷄，嫁狗就該隨狗；一個女人本不該有什麼獨立的生活。在父親那一方面呢，當然離婚也不是什麼光彩的事。他嘴裡雖然可能不會說出什麼難聽的話來，心裡卻一定嫌惡我這副拗脾氣。小時候就聽他說過：「男孩子拗已經不好，女孩子家這麼拗，將來一定吃大虧！」我心裡就總不服這口氣，什麼女孩子家不能拗？都是一樣的人嘛，爲什麼女孩子就這也不能，那也不能，處處給人另眼看待？

可是我跟詹的關係到了這一步，倒並不是因爲我的脾氣拗，也不是因爲我們之間誰有了什麼外遇，而是我漸漸覺得我們是絕不相同的兩種人。我們的嗜好不同、興趣不同、脾氣不同、國籍不同、文化背景不同。我們唯一的共同點可能是都受過高等教育，尙能彼此保持一種彬彬有禮的身分。雖然有這麼多的不同，要說是彼此還有熱烈的身體上的吸引與需求，倒也可以繼續維持一種夫妻的關係。問題是連這一種需求也越來越淡了。詹有他的研究工作，又是一個有野心的人，他的精力十成倒有八成放在他的工作上。跟我在一起的時候反倒成了一種例行公事，跟他早餐時不得不喝的咖啡沒有多大分別。喝咖啡，成了一種習慣，不喝不行，但喝的時候並不會感到多大情趣。我們在一起時也是如此，每隔幾天就喝一杯早已成爲習慣的咖啡而已。他也需要我的陪伴，下班回家，他需要一個人替他做飯，陪他吃晚飯；飯後他看書報雜誌的時候，也需要一個人靜默地坐在那裡，陪伴著他。然而你若要出聲，打斷了他的思緒，他又要顯出一副極不耐煩的樣子。對他而言，我不過是一盞不言不語的立燈，或者是一張可以放放腳的矮凳；缺少了很覺不便，但眞正沒有了也沒有多大關係。

我爲什麼要去做人家這種生活裡的小點綴呢？我就不應該有自己的生活嗎？一想到生活，我就眞確地感覺到生命中好像缺少了些什麼，空空洞洞的。這種感覺當然不是從現在開始，而是老早就有了的。當初跟詹結婚的時候，本以爲可以把這種空洞的感覺彌塡起來，現在覺得非但不曾彌塡起來，裂隙反倒越來越大了。這當然也不是詹的過錯，只是因爲我們是絕不相同的兩種人，他不是我所需要的那種男人。

要說怎麼樣的人才是我所需要的男人，我自己也弄不十分清楚。小時候，我父親的一位朋友，我管他叫張叔叔的，我覺得他是個可愛的男人。頭髮剪得短短的，還抹著生髮油，笑起來就露出一嘴整齊的白牙。他的手指短而粗，胳膊也是圓轂轆的，好像渾身都充盈著爆炸的精力。他常常猛地一把將我抓起來，放在他的膝頭上，問長道短；有時候還要呵我的癢。我打心眼裡喜歡這個張叔叔。不見他的時候，常常想起他那生髮油的刺鼻氣味兒。可是要說他就是我所需要的那種男人，我一定說不。另一個廖敏雄是我大學時候的同學，小眼睛，方下巴，寬而扁的鼻子，一身結結實實的肌肉。當時我愛他愛得要死要活。現在仔細想想，他是不是就是我所需要的那種男人呢？好像也不是那麼回事。

所以細想起來，我自己也十分糊塗，我並不多麼清楚我所需要的是哪種人。不但對人，對別的事我也不容易拿定主意。譬如當年出國時，看人人出國，也就想出國了。到底出國是爲什麼，心中也並沒有一個底案。出國幾年以後，從前認識我的人都說我變了。怎麼能不變呢？環境不同了，習慣不同了，人能不變嗎？其實這些人看見的也只是外表，我的內心中還是原來的那個我——一個在生活中摸摸索索想弄清楚自己到底需要的是什麼的一個糊塗人，一個不安定的人。

詹就常說我是個不安定的人。是，我承認我自己不怎麼安定。有時候，我也覺得自己似乎有些野心，想實現些什麼，創造些什麼出來，但做起事來又沒有那種耐心與毅力。還沒有做成一件事，就已失去了興味，覺得實現這點野心也沒有什麼價値。我本來是唸英國文學的，可是後來覺得在北美難以跟本來說英語的學生競爭，又不及社會科學有意思，所以改唸了人類學。唸了一些時候以後，才知道人類學也並不那麼容易，而且要看那麼多並不都是有意思的參考書、要寫許多枯燥乏味的論文，想想還是放棄了的好。退而求其次，有一度下決心來學服裝設計，因此進了服裝設計班，也買了全套設計用的工具。詹也非常興奮，鼓勵我學下去，還費心託朋友從巴黎和紐約帶來了最新的服裝設計畫册。可是不到兩個月，我的興趣就又淡下去了。原本覺得挺有意思的一件事，一旦成了每日必作的功課，就不是那麼回事了。到了後來，一舉起描筆和矩尺，就厭恨起這種玩藝兒來。我自覺再沒有興趣學下去，只是礙於詹，怕叫他失望，又硬著頭皮拖了一個月。可是後來越來越覺得厭煩，不但恨上了描筆與矩尺，舉凡一切跟服裝設計有關的事，都覺得十分可厭了。我只有放棄。

我最怕聽詹那種酸溜溜的諷刺。碰到這種時候，他並不正面指責你。他要是乾脆發一頓脾氣，狠狠地罵你幾句，倒也好了。他不，他只是旁敲側擊地發一些諷言諷語，譬如說：「哎呀呀，我早就說嘛，這是大材小用了。服裝設計這種小道，哪裡用得上我們夫人的大智慧呀！」像這種話，叫人聽起來氣得牙癢癢的，可是又拿他無可如何。他是絕不跟你吵的，他要保持他的英國紳士風度。夫妻一吵架，風度盡失，那還了得！可是他那灰藍色的小眼睛裡所流露出來的輕視與失望，卻是瞞不過我的。是，我承認，我有太多的事讓他失望，也有太多的事值得他輕視。然而有一點是他不明白的，我並不是不想努力完成一件事情，而是因爲我生命中那麼空虛。我得先充實我的生命，先爲生命找出一種意義，其他的一切比起這一件事來都是微不足道的了。

2

這間叫作「熱帶花園」的酒吧在離海不遠的大衛街上，朱娣帶我來過一次。那一次是一個週末的晚上，裡面充滿了奇裝異服的男男女女，也充滿了煙氣跟酒氣。酒吧的一端擴音器裡喧鬧地播放著熱門音樂，幾對年輕男女正在忘形地搖、擺、旋、扭。但大多數人並不跳舞，大家主要是來喝酒的。人手一杯。酒保不停歇地穿來穿去給客人送酒。只要你的酒杯一空，準有一個酒保馬上走來問你還要些什麼。客人們有的聚作一團竊竊私語，有的低著頭喝自己的悶酒，也有幾對情侶躲在一隅耳鬢廝磨。然而絕大多數的人卻在東張西望，眼睛從這一個溜到那一個，又從那一個溜到這一個；不然就是癡然呆立，注目凝神。朱娣說這種酒吧就是孤男怨女聚會的好所在。你如果遇到中意的，只要多看他幾眼，他也許就會過來跟你搭訕，或請你跳舞。如果不是朱娣，我絕沒有想到有這種所在。就是想到，也絕不敢一個人進來的。

這一個大發現，對我個人的生活是一種挑戰。那一次的經驗，雖然只是一個旁觀者，並沒有發生什麼，可是卻引發了我的好奇心。不！不止是好奇心，我得坦白地承認，我覺得這種所在實在夠刺激。只要你一進門，你立刻就感覺到空氣裡充滿著一種張力。這種張力直接侵入你的身體，壓迫著你的神經。我可以想像到嗜酒嗜煙的人爲什麼不容易戒絕，大概就是因爲任何對神經的刺激都會產生這樣的張力的緣故。這種張力壓迫到神經上時，就可以促生一種快感。沒有人可以輕易地拒絕這種快感。可是對一個自小吃足了孔學禮教的教誨的我來說，卻十足是一種挑戰了。我的第一個感覺就是這是不正當的，這是罪惡的。然而正在大學教人類學的朱娣卻不是這種看法。她說：「任何社會現象都是應社會的需要而發生的。任何價值的評斷，不過是一種文化的產物。在不同的文化中，對不同的社會現象，可以有極不相同的價值觀念。」她的話叫我思考了好大一陣子。我想到以前在臺北時也聽說過有什麼黑咖啡館一類的場所。我是從來沒有去過的。像我出身的家庭，這種場所，連哥哥也不能隨意去的，莫說我！現在叫我想來，既然這種所在是這麼不道德的，爲什麼連警察都取締不了，還照樣存在著呢？也許朱娣說的不錯，這是一種社會的需求，在某一社會制度下的一種補償作用。不過，過去在中國的社會裡，只承認男人有這種需求，不承認女人也有這種需求。男人的某些作爲可以認爲是逢場作戲而得到原諒的，換到女人身上，那就是大逆不道了。我的拗脾氣，常常叫我無法服這口氣。記得去年跟詹到日本去，他要去看東京聞名的眞人做愛表演，我說我也要一起去。他說在日本聽說是沒有女人去的。我說，我又不是日本人，管他呢！結果到了表演的場所，果然我是唯一的女性，又是東方面孔，大家的眼睛都偷偷地瞟過來。我瞪了他們幾眼，他們倒也安靜了。我這種偶然的大膽作風，可以反映我內心中多少隱藏著些叛逆的性格。可是若從另一個角度來看，設若社會上沒有這些不平等的現象，又叫人何從叛逆起？我是很可以安安靜靜地做一個好女人的。老實說，社會的進步，恐怕還須靠這些具有叛逆性格的人呢！我這樣說，倒也並沒有把自己看得多麼重要起來，因爲事實上我也有懦弱妥協的一面。硬撞直闖的時候固然有，畏怯退縮的時候卻更多。就說到「熱帶花園」來，自從朱娣帶我來過那一次之後，雖覺誘人得緊，但猶豫再猶豫，沒敢自己再來；更不敢晚上來。

現在我又坐在「熱帶花園」裡了。不知道鼓了多大勇氣才進來的。在門前少說也走過了三四趟，最後才拿定了主意的。人生就是一種涉險。不是嗎？這不過是在一次長途的探險中的一個小小的曲折而已。

進來以後，我才知道我錯了。我來的不是時候。現在是下午，裡面空盪盪的，鴉雀無聲，只有一兩個客人靜靜地坐在那裡啜著啤酒。這樣意外的幽靜與空闊，倒使人有些手足無措起來。我一進門，那扇門在我身後擺動的些微響聲，已經引來了那幾個靜坐的客人的目光。待轉身退出，又覺得更爲不妥，何況一個侍者正端著盤子在注視著我。我臉上不禁一陣熱，好像被人猜透了什麼不正當的心機似的。但同時我又理智地告訴自己，這不過是我自家心中的禮教鬼又在作怪了。我就盡量裝出大大方方的樣子，揀了一個座位坐下。侍者立刻過來，問我要喝些什麼。我說：「給我來杯咖啡吧！」只要一杯咖啡，不要酒，總沒有什麼特別吧！這時我放下手中的皮包，發覺自己的手心裡竟微微地冒著汗。環顧四周，才看清楚那幾個坐在那裡喝啤酒的人，都是四十歲以上的男人，沒有一個女人，也沒有一個年輕人。對像我這麼一個年輕女人又是東方人的闖入，他們多少覺得有點奇怪，忍不住偷偷地瞟來幾眼。我也不去理他。坐下之後，不久我就安定下來，竟覺得有一種在家中所享受不到的悠閒與舒適。在家中，我總覺得房子是詹的，傢具是詹的，甚至於連我自己都是他的一部分。我不管做什麼，都有詹的影子在。然而這裡是不同的，在這裡我突然感覺到我可以把詹的影子擺脫掉，我可以把詹拒於門外。從很久很久以來，我第一次感到我自己的存在。我是我自己，我不是任何人的附屬品。我可以做些我自己想做的事，不必擔心別人的干擾與批評。這種感覺已經失去很久了。大概自從跟敏雄分手之後，這種感覺就逐漸地離我而去。

3

那年九月，我在大學畢業以後，預備出國。敏雄剛入伍接受預備軍官訓練。我自知敏雄出國的機會不大，我這一去，再見的機會就非常渺茫了。爲了敏雄，我是可以不出國的，我可以在國內找一份工作，等他訓練完畢。可是哥哥在西雅圖已經替我辦妥了入學的手續。這邊出國的手續因爲女孩沒有兵役的問題，也沒有多大困難。父親母親是巴不得我馬上走，以便了卻他們一樁心事。他們就怕我不管不顧地跟敏雄結婚。對我和敏雄的往來他們早就表示了反對的態度。母親甚至聲言，如果我不聽她的忠告，她寧願不認我這個女兒。他們有太多的理由反對敏雄：敏雄是臺灣人，怕生活習慣不同；敏雄外表粗野，怕以後脾氣不好；敏雄不是學理工的，怕將來前途不大。然而眞正的理由、最大的障礙卻是門不當、戶不對。我的父母都是政府裡社會中有頭有臉的人物；敏雄的雙親卻是默默無聞的鄉下人。

我也曾考慮到要是我要拗下去的時候，會有什麼後果。父親的脾氣是容易妥協的，可是我母親這一關就難過。雖然她也口口聲聲地說女孩子家不應這麼拗，其實我的拗勁兒就是打她那兒來的。我的拗跟她的比起來不過是小巫見大巫罷了。每次她跟父親爭執，從沒見她讓過一次步，對兒女那就更不用說了。我要一定堅持跟敏雄結婚，恐怕免不了要傷感情的。雖然如此，我還是下了決心，不計一切犧牲！所以我決定去見敏雄。我要看他的態度，一同來決定我們的前途。

正好有幾個同班同學預備畢業後做一次環島旅行，只是由於受訓的受訓，辦出國手續的辦出國手續，找工作的找工作，這個計劃無形中就打消了。不過我的父母並不知道。我只說我們雖然沒有時間環島，我們幾個同學卻預備到臺中日月潭和屏東鵝鑾鼻去玩玩。因此就輕易地騙過了父母，買了一張南下高雄的車票。我本來想直至鳳山，但後來想想鳳山地方小，找落腳的地方可能不方便，所以就寫信給敏雄，要他請假到高雄來一趟。我說我一到高雄，就打電話給他，告訴他我下榻的旅館的名字和地址。

九月中的天氣，卻碰到了高雄的秋老虎，熱得叫人昏昏欲睡。我歪在旅館的床上，把電風扇直對著我吹，還忍不住汗涔涔的。等了他一上午，全不見影兒。敏雄到的時候已經是下午四點多鐘，我正在昏昏沉沉的半睡半醒中。

一聽到輕輕的叩門聲，我就機伶伶地清醒了過來。我知道一定是敏雄。一開門，嚇了我一跳，他好像比以前更高大了，大概是那一身軍裝的關係。他站在門口看著我傻傻地笑。兩個月不見，兩人都覺得生疏了不少。我也不知道該做什麼，就去替他倒一杯涼開水。他一面接了水，一面摘下軍帽來搧著臉上的熱汗。他這一摘帽，我才發現他的頭剃光了，頭頂尖溜溜的，使他的臉彷彿變成了一個陌生人。我從沒有想到他的頭是那麼尖的。臉也晒黑了、我退了兩步，就坐在床上。

「好不容易請假！」他說著自己坐在門邊一張椅子上，很魯鈍的樣子。

「我知道請假不容易，可是你也該知道我為什麼大老遠地從臺北趕到這兒來。」

「請假出來會女朋友總不是什麼充足的理由吧？」他笑了笑，又故作神祕地眨眨眼睛說：「撒了個慌，才算請准了假。小林替我抄了一封假信，裝在妳的信封裡，就說我祖母病重。再加上妳今早的電話，才把事情胡弄過去。」他一面叨叨地說，一面仍自傻笑著，有幾星吐沫打從他的嘴裡飛濺了出來。我此時發現他的牙齒竟是凹凸不平的，不知為什麼以前竟忽略了過去。我忽然覺得好奇怪，我面前坐的這個人似乎不是我所認識的敏雄。我老遠地從臺北趕來，就是為了會這麼一個人嗎？我的前途、我的一生，就要交到這麼一個人手裡嗎？這眞是種很奇怪的念頭，一霎時來到了我的腦際。來高雄以前的滿懷熱情與決心，在面對著敏雄的這一刻，竟顯得非常荒唐可笑了。就當我正陷在一種猶豫矛盾心情中的時候，敏雄站起身來朝我走過來。他伸出一隻粗硬的大手突然地握住了我擱在膝上的左手，只一帶，就把我拉了起來。我好像觸了電一樣，渾身不能自止地一顫。他渾身的熱度似乎經過他的右手從我的左手直注入我的全身。我的右手自然然地搭在他的肩上，微仰了頭，注視著他那張愈漸逼近的方臉。他的嘴唇黏接到我的，我於是才感到他通體的汗濕。他放開了我的左手，右手打我身後緊環住我的腰身。我感到我的身體完全貼在了他的身上，忽覺我的人似乎變成了他的一部分，在一種忘我的神遊中不容人有任何抗拒地歸附了他。我的右手緊擦著他滑膩汗濕的面頰，由面頰而下，到頸項肩背，全是一片汗濕。我的手在他蒸騰著熱氣的皮膚上來回地摩挲，似乎著力要穿過這一層表皮去感觸他韌性的肌、堅硬的骨，或是他滑溜的流著鮮紅血液的血管。這有多好！這有多好！

我終於發現我們兩個人都滾在床上，他的一隻手在我胸前摸索，費力地去解我襯衫的胸扣，另一隻手探到我的背後，企圖鬆解我的乳罩。我忽然打了一個寒顫，兩手急急地護住了胸前半開的襯衫，機伶伶地坐了起來。他住了手，吃驚地望著我。我們又分作了兩人。

「I love you，佩琳！」敏雄忽然用英文說，眼內閃出一種貪婪的光。我們都喘著氣，誰都沒有動彈。我們像兩隻獸，對望著，竟像體內充滿了一種突發的敵意似的。過了好半天，敏雄的眼光才緩和下來，對我微微一笑，翻身坐起。

「你知道，我就要出國了。」我忽然冒出這麼一句來，大概這句話在我心中已經貯了半天了，只等一個機會破口而出。

「眞的嗎？」他瞪大了眼睛，「早料到妳一定要出國的，可是沒想到這麼快。」

「不過，」我直視著他的眼睛說：「我是可以不走的。」

「爲什麼？爲什麼不走？這麼好的機會，傻子才會放棄！」

「我不走，自然是爲了你！」

他望著我的眼光似乎一楞，但隨即笑吟吟地說：「爲了我？要是爲了我，妳更不應該放棄這個機會。遲早我也得要出國的，我不會永遠待在這裡。」

「別說夢話吧！你不是告訴過我，你們兄弟五人，就你一個大學畢業？一家人都等你賺錢貼補，你哪來的錢出國？」

聽了我的話，敏雄的臉色立刻黯了下去。他低垂了眼瞼，半天沒有出聲；最後才吞吞吐吐地說：「妳先去，也許將來可以幫幫忙的。」

「你這麼相信我？你想我到了國外，有那麼多洋博士、洋碩士，不會變心的嗎？你想我還會記你這個鄉下土孩子廖敏雄？」

他呆了一會兒，慢慢地伸過一隻手來，拉住我的一隻手，用他的粗大的手指撫摩著我的比他的纖細了幾乎一半的食指。他把我的食指壓曲了又讓它伸直，直了又去壓曲。

「也許……也許……」他抬頭看了我一眼，又低下頭去，注視著他在玩弄著的我的手指。「也許我們先結婚，妳家裡可以幫一點忙的。」

「別作夢吧！」我抽回了我的手，差不多是氣憤地衝口而出：「你知道我家裡多麼反對我跟你來往。我要是跟你結婚，我得先跟家裡一刀兩斷！」

「一刀兩斷？」他好像對這句話感到意外的吃驚。「會這麼嚴重？」

「你不知道我父母的脾氣！特別是我母親，沒人拗得過她。要是她堅決反對的事情，你登天也別想！」

「要是眞這麼嚴重，妳肯爲了我跟家裡傷感情？」

「肯！肯！」我堅決地說：「你還不知道我的脾氣？我要做的事，我認爲值得做的事，不管犧牲多大，我也會做的！」

「別衝動！別衝動！」他換了個姿勢，若有所思地接道：「跟家裡傷了和氣，沒有什麼好處！」

「我知道沒什麼好處！可是我有什麼辦法？我家裡是絕對不許我跟你結婚的。我必須自己選擇。你說你愛我，我也不知道是眞是假？」

「當然是眞！」他忙不迭地應道。

「要是我不出國，我可以找個事做著，等你受完訓回來，我們……」

「那也好！」他打斷了我的話說：「不過，不需要跟家裡傷和氣的。將來要出國，還少不了他們幫忙。」

敏雄似乎還沒有懂得我家人的頑固，也沒有領略到我個人的決心。我微微略感失望，就說：「我不是告訴過你了嗎？我要是跟你結婚，是不能靠他們的。就算將來他們心回意轉，我也絕不再靠他們。人都要爭一口氣，對不對？你也有你自己的家要養，你也有你自己的責任，要是我們結了婚，我是不做出國的打算了。」

他沒有作聲，挺身站起，伸手去調整電風扇的角度，好讓它直吹到這邊來。我想他是藉此拖延時間，好想一想如何回答我的問題。他磨菇了半天，終於轉過來似笑非笑地說：「那又何苦！」

我忽覺有一種酸楚、一種說不出的委屈，從肺腑直衝鼻尖。我覺得眼淚已經在眼眶裡滾動，就假裝到窗前的小桌上去倒水瓶裡的涼開水。窗外的幾棵椰子樹蓬著髮挺立在炎炎的夕陽中，拖長的蟬聲從遠方不知何處的樹林中傳來，兩串淚珠像沸騰的水滴燙得雙頰生痛，我急忙舉手拭去。我自己喝乾了一杯，又倒一杯給敏雄。他喝了涼開水，用手撫弄著那隻空杯子又低低地道：「那又何苦！」

當時也許我有太多羅曼蒂克的遐想，也許我太幼稚天真，總之敏雄的反應大出我的意料之外。我老遠地從臺北瞞了家人南下，是抱了幾乎是慷慨赴義的決心的。心中對敏雄原有十分把握，似乎覺得我能夠犧牲的，他更應該犧牲。在這種預想下，未免對敏雄期望太高了。我原來想像的慷慨果決具有英雄氣概的敏雄，並沒有在我面前出現。相反的，我所見的卻是一個優柔寡斷的敏雄、一個斤斤於利害得失的敏雄！不用說，我是真真體會到憧憬破碎的痛苦了。可是我還沒有完全死心，就又道：

「我覺得出國也沒有什麼了不起。在國內找個事情做，一樣可以餬口。好好地幹幾年，一樣可以出人頭地。」

「那是不一樣的，那是不一樣的！」他深通事故似地說：「妳沒見那些鄉下人，妳沒見工廠的工人，沒見政府機關的小職員，勤勤懇懇地幹一輩子，還是不見天日。出國就不同了，」他的眼睛忽然亮起來。聲音也高亢起來，「一兩年撈一個頭銜，不管回國還是繼續留在國外，都是晶晶亮！」

「你的意思是說我應該出國？」

「哎，我也很矛盾。」他走過來摟抱我，可是我給推開了。

「佩琳，妳應該相信我。」他說。

「我是信你！我本來是信你，不然我何苦大熱的天從臺北趕到這裡來見你？」

「我只是覺得，」他囁嚅地道：「如果我們這樣結婚，又跟妳家裏一刀兩斷，我們能有什麼前途？」

「前途？前途？你的前途就是出國嗎？你的前途就是升官發財嗎？難道人生就沒有別的前途？跟你所愛的人同甘共苦地活在一起，就不是一種前途嗎？你說！你說！」

4

我端著咖啡的手微微顫抖。這已是我第三杯咖啡了。我忽然覺得酒吧裡靜得出奇，抬頭一看，才見客人差不多走光了，只有兩個老頭兒兀自坐在那裡發呆。一看腕錶，已將近五點。

走出「熱帶花園」，心中有一種說不出的激奮，好像我終於有勇氣自己完成了一種冒險。雖說實在並沒有什麼險可冒，可是這次不靠朱娣，是我自己走進來的。如果發生了什麼事情，我沒有任何藉口，責任是我自己負的。這種地方是該來的嗎？爲什麼不該呢？別人來，連朱娣都來，我爲什麼不能？我又有什麼高出於他人的地方？要是詹知道了？他不會知道的！何況就是知道了，又有什麼關係？我不要再屬於任何人，我要先有自己。以前就是因爲想別人想得太多，才把自己抹殺了。就是因爲怕別人的閒話，才覺得這也不能做，那也不能做。現在我好像產生了種強烈的欲望：我不要再做別人的奴隸，我要先找回自己，做我自己想做的事，替自己負起責任來。

這樣想著，便覺得眼睛前似乎明亮了起來。

我不想回家。五月的嬌陽灑在肌膚上，有一種溫馨的舒暢。年輕的小伙子們已經穿起了夏裝，把襯衫的襟或運動衫的領大大地敞開，半裸著結實而豐滿的胸脯，下著高跟寬頭皮鞋，撒腿緊身洗得泛白的牛仔褲，騰騰地急步走著。齊肩的長髮，在腦後不停地左右搖擺。

我一面走，一面瀏覽著櫥窗的裝飾。在一家服裝店裡，看到一套大翻領淺藍色的洋裝，配著雪白的襯衫，非常醒目。進去一問，正好有我的尺碼。一試身，顏色、式樣都很合適，就買了一套。心想，給詹見了，他又該撇嘴了吧？要不是我催著，詹終年都不會買一套衣服。有時候我多買幾套，他就覺得肉痛。現在我有一個短期工作，我有自己的收入，他總管不著了吧！我花自己的錢，買自己的衣服。

現在六點多了，詹恐怕已經回到家裡，我卻仍不想回去。到哪兒去呢？在路口掛了個電話給朱娣。朱娣說：「來吃飯！」聲音好高興的樣子。我今天情緒漲落不定，正需要一個可以談談的人。朱娣是我在溫哥華最早認識的朋友之一，比詹還要早幾個月；而且差一點做了她的學生。我要是繼續唸人類學的話，就會選到朱娣的課了。後來因爲認識了詹，又因爲自己的興趣不定，才改變了計劃。

朱娣和詹同是倫敦出生的英國人，但性格脾氣卻完全不同，詹嚴謹冷靜，與人總保持一個相當的距離。朱娣則極愛說話，對人親切熱情。平常穿一條牛仔褲、一雙運動鞋，頭髮隨便一挽，就到學校去上課。人是隨和已極，又是婦解的健將，很受女生們的擁戴。詹對朱娣卻看不上眼，總說：「朱娣像個什麼樣子！人已經夠醜的了，還這麼邋遢，又故作前進，眞是醜人多作怪！」我就忍不住替朱娣辯護幾句：「朱娣是不隨流俗，哪像你們這般人這麼虛僞！」「什麼虛僞！人總要有點文化！」詹不服氣地說。這就引起我的一大堆話頭：「文化裡就有太多虛僞的東西！」我說：「我們中國的文化比你們的老，我有資格說這句話！文化！文化！文化不過是人爲的積累，像你們男人壓迫女人的種種行爲，你都可以稱做是文化。這樣的文化，我們就不要！你唸過人類學嗎？沒唸過人類學就別來談文化！」我振振有辭地把詹的話頂回去。詹瞠目結舌，不知如何回答。我知道他心裡是不服氣的，他總覺得他是名牌教授，事事比我懂得多。可是我一提到男女不平等的現象，他就無法反駁我，只有訕訕地走開。然而這並不能改變他對朱娣的反感，一有機會，他總要說幾句朱娣的壞話。

到了朱娣那裡，一開門朱娣就說：「詹剛打電話來問妳在不在這裡。」

「妳怎麼說？」

「我說不在。」朱娣眨了眨眼睛說：「是不在，妳人還沒有到嘛！」

「你沒告訴他我就要來？」

「爲什麼告訴他？男人是慣不得的。妳又不是小孩子，還怕妳丟了不成？」

朱娣說的對。詹就是這麼討厭，我一不在家，他就東一個電話西一個電話地到處找，叫朋友們覺得我是個多麼不著家的野物。可是他自己做起實驗來，飯也忘了吃，家也忘了回。

「朱娣，來看我買的衣服！」我把手中提的包包放在桌上打開。

朱娣去拿她的眼鏡來戴上。在家裡她平常是不戴眼鏡的。

「嗬！好漂亮！」朱娣一手提起那套衣服來，在我身上比著。「這樣的衣服，就配妳這樣的人。」

我伸了伸舌頭，心中覺得好舒暢。人，誰不愛恭維？特別是像朱娣這種專愛挑剔的人的恭維。

朱娣今天的頭髮披了下來，圓圓的臉、圓圓的眼鏡，看起來好滑稽，完全不像她平時把頭髮挽在腦後的樣子。我們站的距離極近，我可以清楚地看到她眼角上的幾條清晰的魚尾紋。她的兩腮也顯得有些浮腫。朱娣才不過三十五、六歲，似乎已經與青春訣別了。再過幾年，到了她這個年紀，我會不會也要變成這種模樣？想到這種問題，心中就不由地滋生出一種隱隱的恐懼。

「我們今晚吃意大利麵好不好？」朱娣說著朝廚房走去。

「好！我來幫妳！」我放下手中的衣服跟皮包，就跟了過去。我知道朱娣是不怎麼會弄飯的。每次我一幫忙，其實就變成我主廚，她幫我打打雜而已。

到了廚房一看，果然什麼都沒有準備，我就說讓我來做麵跟肉醬，叫朱娣負責拌一個生菜。朱娣巴不得這樣的安排，連聲說好。其實我的意大利麵一做就做成中國的炸醬麵，等於把番茄醬、辣椒醬澆到炸醬麵上，眞是不中不西。朱娣偏偏就最愛吃這種玩藝兒，所以她的廚房裡中西菜的作料一應俱全。

吃完了飯，朱娣問我要不要咖啡。我說我下午已經喝了三大杯，現在不能再喝，倒想喝一杯香片（朱娣家的香片是替我準備的）。朱娣替自己弄咖啡的時候，我也給自己泡了一杯香片。

「下午一個人去喝咖啡呀？」朱娣忽然這麼問我。

我本來沒想告訴她我下午一個人到「熱帶花園」去了，可是又覺沒有隱瞞的必要，就說：「妳猜我到哪兒去了？」

「我怎麼猜得著！」朱娣說：「總不會是『熱帶花園』吧？」

「正是『熱帶花園』！」我興奮地叫出來。

朱娣圓睜著兩眼：「妳居然有這個勇氣？敢一個人單槍匹馬到『熱帶花園』去？」

「為什麼我就沒有這種勇氣？」

「別看妳的年紀，也老大不小了，我總覺得妳像個不十分成熟的小女孩兒。現在看樣子倒是要成熟了。」

朱娣端了她的咖啡坐在她自己那張不許任何人坐的高背沙發椅上瞪著我，淨圓的眼鏡片在燈光下閃出刺目的光。她的兩隻肥貓，一黑一白（黑的叫咪咪，白的叫喵喵），就不知從哪裡大搖大擺地走進了客廳。咪咪一縱身就跳到朱娣的膝上。朱娣伸出她那胖嘟嘟的手在黑貓的背上輕輕地摩挲著。我剛一坐下，喵喵也跳到我的膝上來。我一向對貓狗沒有什麼好感，就趕緊地把牠推了下去，並且用腳把牠輕輕地推著說：「去找妳的主人！」

「別虐待我的寶貝！」朱娣白了我一眼：「剛說妳成熟了，妳馬上就又青了回去。沒有一個成熟的女人不喜歡貓的。」

「眞有這種事兒？」

「貓是種最肉感的動物，妳這麼摸著牠的時候，跟摸著一條男人的大腿沒有什麼分別。」

我想笑，又笑不出來。朱娣就常會說出這種別的女人再也說不出來的生青青的話來。可是仔細一想，男人不是常常說摸女人的大腿這一類的話，因此反覺得朱娣的話自然純眞得可愛了。

「妳說的對，我是不多麼成熟的。」我說：「我們中國女人成熟的實在不多。」

「豈止是中國女人？西方女人眞正成熟的又有幾人？我們這個社會，不多麼喜歡成熟的女人，因爲成熟的女人有自己的主見，有自己的生活方式，是不容易被人隨意調理的。所以我們的社會要把女人教育得越青越好，這樣才可以依賴他們男人，乖乖地屈服在他們的腳下。」

聽了朱娣的話，我默然。我不知道這些年來我是否就是屈服在詹的腳下。

「妳這麼跑『熱帶花園』，不怕詹提出抗議？」朱娣狡獪地問。這句話彎在她肚子裡恐怕已經好久了。

「我現在也不怕他知道什麼，抗議什麼，反正我們的關係已經完了。」我說。

「眞的？」朱娣故作吃驚地說。不知爲什麼我總覺得朱娣巴不得我跟詹離開。

「當然是眞的，只不過還沒有正式提出離婚的問題。」

「嘖嘖，」朱娣呷了口咖啡，低垂下眼瞼說：「妳們的事，我最好不要置評。妳知道我的立場，我不反對男女關係，可是我絕對不贊成目前這種男女不平等的結合。什麼都以男人爲主，女人只成了一種附屬品。這種情形我是不能忍受的，所以我從不做結婚的打算。讓那些青青的、不成熟的、需要一個爸爸拍著、哄著、管著的小女孩兒去結婚吧！」

我湊過去搥了她一拳，笑道：「妳不是在罵我吧？」

朱娣也放下了杯子就格格地笑起來。笑了一陣才又道：「瓊，告訴妳吧，成熟了的女人應該有更重要的事情做。」

「什麼更重要的事情？」

「譬如說婦女革命啊！妳想我們就該永遠讓男人踩在腳底下？」

「當然不該！都一樣是人嘛！問題是妳要革命就不容易。也許還沒等妳站起來，已經把妳朱娣送進監獄或集中營去了。」

「我們也不是那麼笨呀！我們又不要殺人放火，我們不過要把道理講出來。一面也要做給男人看看，女人也有獨立的人格，不可輕侮！要是我們有理，他們總有一天得低頭。」

我沒法反駁朱娣的意見，可是心裡不免想：如果妳眞正愛上一個人的時候，妳會甘心做他的奴隸。什麼革命啦，平等啦，都不再去管它！所以我又想到跟詹的關係，我不願意再繼續屈服在他的腳下，做他的奴隸，倒不是因爲我要婦女革命，而是因爲我們的愛情已經完了。是！一點也不錯！我們之間的愛情已經死了！

5

朱娣開車送我回家，已經快要深夜一點。我們停下車來的時候，明明看見臥房裡的燈亮著，那就是說詹還沒有睡。然而等到跟朱娣道了晚安，看她開車離去以後，再一抬頭，卻見臥房裡的燈熄了。我也沒有十分在意，就一逕轉到後門，打皮包裡掏出鑰匙來輕輕地去開後門上的鎖。一轉鑰匙，才發現竟轉不動。試了幾次，都不能轉動分毫；這分明是從裡邊上了鎖。我的氣不免湧上來。忽然想到臥房窗上的燈光在我跟朱娣說話的時候忽然熄滅的原因，不用說詹是明明看到我回來以後才熄了燈裝睡下的，他卻故意鎖了後門叫我不得其門而入。我就在後門上猛敲了幾下，聽聽沒有聲息，就又轉到前門。我是從來不帶前門的鑰匙的。就是帶了，如從裡面鎖上，也是一樣打不開。我用力一轉前門的把手，果然也是鎖了的，就提起拳頭通通地搥起門來，一面大聲叫道：「詹，請你開開門好不好？我知道你沒有睡著！」前門緊靠著臥房，他要聽不見鬼才信！

我等了一會兒，一點反應都沒有。這已經是第三次他把我關在門外了。前兩次都因爲我哀求了他，他才把門打開，放我進去。可是我爲什麼一定去哀求他？反正我們的關係已經完了，早一點結束晚一點結束又有什麼兩樣？想到這裡就提高了聲音憤憤地叫道：「詹！你倒是開不開門？你別以爲我會再哀求你！你不開門，我就走！從今以後我再也不進這個門！」

聽了一會兒，仍然沒有聲息，眼淚不禁簌簌地流了出來；與其說是傷心，不如說是氣出來的眼淚。我只好在門階上坐下，見一輪明月撒了一地銀光，街上沉寂得像一個死去的世界，這時才眞覺得自己是多麼的孤零！詹竟如此的無情！於是把心一橫，走！先到朱娣那兒，這就自己另找房子搬出來。我的決心竟一下兒這麼下定了。

待我快走到大街路口的時候，遠遠地似乎聽到詹的喊聲：「瓊！回來！回來！」我也並不回頭，心中喃喃地說：「遲了！遲了！現在你就是叫破喉嚨，我也不再回去了！」

路口就有一個公共汽車站，我想這時候還會有公共汽車的。但我剛站下，就有一部計程車迎面駛過來。我叫住了司機，請他開到朱娣那裡。到了以後，見朱娣的房子已是黑糊糊的一片，不用說朱娣已經睡下了。我心中不免一動，爲什麼要打擾朱娣？要是我住在這裡，詹也許會追了來。我也要給他一點顏色看。於是又叫司機轉開溫城旅館。這是我一時所想得起來的唯一的一家大旅館的名字。

溫城旅館在市中心，就在百樂大街和喬治亞大街的拐角上，過了百樂大橋不一會兒就到了。誰想到這麼大的旅館竟也客滿。我只好步行到葛蘭維大街，在城堡旅社得到了一個二樓靠街的房間。管理人說可能吵一點，但是也沒有別的空房可資選擇。我付了錢，說就住一夜，沒有多大關係。心想明天正好是星期六，並不須上班，先好好睡他一覺，然後再說。

這間房相當寬大，放了兩張大床，還有一套嶄新的沙發。彩色電視、電話一應俱全。前窗上紅絨的窗幃重重地垂下來。我走過去拉開一條縫，就可看到葛蘭維大街的人行道。這人行道整修不久，現在除了公共汽車外，禁止普通汽車通行。人行道兩旁花朵似的燈球一列列整齊地排下去，自有一番氣派。這時將近深夜兩點，街上仍有三三兩兩的行人，晚場電影正要散場，酒吧、夜總會也快要打烊。

其實這間房也算不了多麼吵。窗戶是釘死了的，另裝有空氣調節器。只隱約地聽到點飄逸的熱門音樂，不知是從那家夜總會傳出來的。公共汽車路過的時候，會感到一點輕微的震動。我仔細朝對街一望，卻見人行道的燈柱下，站了個艷裝的女人，一手夾了香煙，嬝娜地搖晃著身軀向行人招攬。人們總是匆匆地或是散漫地走過，有的連看也不看她一眼。過了好大一會兒，才見有個男子停下來，兩人嘀咕了一陣，相偕而去。又過了不大一會兒，就有另外一個女人走來，填補了前一個的空位。

我拉好窗幃，胡亂地到浴室沖了一個澡，就躺到床上。眼簾雖覺很重，卻又一時不能入睡。

出國以後這幾年的生活海潮般地一陣陣湧上來。有時我眞覺得我們這些一心嚮往海外的中國人心理矛盾得可笑。出國以前一心一意地夢想著飛出去，可是那時候心中也並不十分淸楚飛出去的目的到底是爲了什麼。也許是受了好萊塢的電影的影響，以爲美洲遍地黃金，俯拾皆是，那麼一踏上美洲的土地就等於進了天堂。能待下去自然好，待不下去呢，鍍上幾年金再回國內，足可以招搖唬人。然而眞正到了這裡，卻又覺得實在與人家的社會格格不入。後來費了九牛二虎之力打入了人家的社會，自家的人卻又來批評說「洋化！」「忘本！」難道當初出國時不是爲了洋化而來的嗎？就說跟詹的婚姻，也不知道受了多少父母的怨言。他們也許希望自己的子女，就是到了國外，還應該一成不變地過中國人的生活：吃中國飯、說中國話、嫁中國丈夫、養中國孩子。可是既然這麼眷戀中國的生活，何苦又遠遠地飄洋過海到人家的國度裡來？

現在跟詹的關係鬧到這一地步，不知道父母又該說什麼？也許他們該高興了吧！他們該說早就知道這種異國的婚姻不能維持。他們爲這個叛逆不馴的女兒幸災樂禍一番也是應該的。我想我是沒臉再回去見他們了。我雖然自覺無法完全屬於現在生活的這一個社會，但離著那邊的一個覺得更遠。想起來就像隔了一層雲霧，種種的人情世相似乎也越來越覺得模糊了起來。

就在這種胡思亂想中昏昏沉沉地睡去。

6

我一覺醒來，一看錶，已經快十一點鐘。心中盤算，也許應該問問朱娣，是否可以先在她那裡借住幾日，自己再另外找一個安身之處。無論如何不再住回詹那裡去了。

我於是給朱娣撥了一個電話。

朱娣打著哈欠道：「哎呀呀，瓊，是妳呀！妳在哪兒啊？可把詹給急死了！昨夜半夜叫他給吵醒，說是找妳。我告訴他是我把妳送回去，眼看妳進去的。他硬說妳沒回去……」

「什麼話！」我打斷朱娣的話說：「我叫門，他不肯開，又把我生生地關在門外頭。這也不是第一遭了。」

「他可沒說他不開門，他就說妳沒回去。今天一早又來了電話，說妳一夜未歸，大概是有了男朋友了。」

「聽他放屁！要是有了男朋友的話，昨晚根本就不回去，也不會叫他給關在門外。」

「瓊，妳聽我說！詹剛剛又來了電話，說妳哥哥從西雅圖趕了來。」

「朱娣，妳說什麼？我哥哥從西雅圖趕了來？什麼大不了的事把我哥哥從西雅圖招來？」

「誰知道！詹向來就是這麼小題大作的！」

「謝謝妳，朱娣！我這就打電話回去。噢，朱娣，我想麻煩妳點事。我決定不再住到詹那裡去了，我要自己另外找房子。在沒找到房子以前，可不可以先在妳那裡暫住幾天？」

朱娣沈吟了一下說：「在我這裡住是沒有問題，不過妳應該仔細考慮考慮，別這麼衝動。就是分居離婚，也可以好聚好散，不要在氣頭上做出以後又追悔的決定來。」

別看朱娣有時候顯得非常偏激，但人比我自己老成仔細多了。她說得的確有道理，人是不該在氣頭上做決定。於是我便說：「妳說的對。我再仔細考慮考慮就是。可是妳知這也不是一天半天的事了。這不過是一個藉口，免得彼此又要動感情，扯扯拉拉地永無了結。」

「唉，妳看，結婚就是這麼麻煩！」朱娣歎息地說：「幸虧妳還沒有生孩子；不然麻煩可就更大囉！」

「生孩子？我也不是那麼傻！」

我掛斷了給朱娣的電話，又撥一個電話到家裡去。詹粗聲粗氣地說：「妳還知道打電話回來呀！」

我說：「我不要跟你講話！我要跟我哥哥說話。」

他又問我在哪裡。我說不管我在哪裡，跟他都沒有關係。好像我哥哥也在電話機旁邊，因爲馬上就聽見他接過話筒去促急地說：「佩琳，妳在哪兒？」我說：「我在旅館裡。」他說：「一個人？」我說：「不是一個人又該怎麼樣？」他急急改口道：「不是這個，是我們想去接妳回來。」我說：「我又不是小孩子，要回去，我還不會自個兒回去，就怕又給人關到門外！」他就問我說的是什麼意思。我把昨天晚上發生的事簡單地告訴了他。他說：「夫妻嘔氣是免不了的，嘔過也就算了。」他又說他看詹也急得很，所以才一早打電話把他招來。他還想發生了什麼嚴重的事，所以急急地搭早班機趕了來。最後他說：「要是這樣，妳就自己叫部車回來吧！」我說：「我不想回去！」他又說：「那麼我們來找妳。」我說：「你來，詹不必來！」他「啊」了一聲說：「好吧！」我又叮嚀他不必叫詹來，詹來了有許多話我不便同他說的。他說那也好。問明了我旅館的地址，就把電話掛斷了。

我稍事梳洗，把房間的鑰匙交還櫃檯，就坐在樓下等瑛哥。十二點不到，瑛哥就到了。果然詹沒有跟來。

瑛哥看起來比前幾月瘦了些。他的心情也並不多麼好，婚姻失敗不說，現在爲了個女兒跟已離婚的太太弄得參商不相見。上了法庭，還是沒把女兒爭回來。這都是因爲我的父母堅持，說不能讓女方把汪家的孩子帶走，不然瑛哥自己不會爭的。

瑛哥一看見我就一臉憂戚地問：「怎麼啦？又吵了？」他說話的口氣倒像我跟詹常常吵架似的。

「吵架倒好了。」我說：「就是因爲沒架可吵，所以更糟！」

「夫妻嘔氣還不是常事！妳是打算回家，還是咱們先在外邊聊聊？」

「回家？我沒家可回了！」

瑛哥倒楞住了。「這麼嚴重？」

「也算不了什麼嚴重！現在不過是向你看齊。」

瑛哥急忙截斷了我的話說：「我的一攤子不知挨了父母多少罵，現在妳又來了！好好，妳要是現在不想回去，咱們先找個地方去吃飯，慢慢地說吧！」

瑛哥是開詹的車來的，我們就去戴蒙街的揚子飯店。想不到這家小飯店中午竟也滿座。跑堂問我們願不願跟別人搭一張臺子。瑛哥本來不太願意跟人合一桌，我說合一桌有什麼關係，這裡的菜不錯，今天星期六，到別處說不定一樣要排隊。

我們就跟另外一對年輕人坐了一桌。雖然那是兩個加拿大人，瑛哥說話還是有些顧忌似地一面拿眼不時地瞟著人家，好像生怕別人偷聽了我們談話的內容似的。我沒有什麼胃口，飯店裡又吵，胡亂把飯吃完，也斷斷續續地把我跟詹的情形說了個大概。瑛哥沒有什麼話好說。他離婚的時候我沒有勸過他什麼，現在對我的問題他也似乎沒有置喙的餘地。所以一頓飯中，只聽我說，他並沒有怎麼開口。

吃完飯，一看天氣很好，我提議到斯坦勒海濱公園走走。這裡瑛哥早就來過，與其說是逛公園，倒不如說是爲了說話方便。開了一陣子，瑛哥就把車停在印地安圖騰的路邊。那三架圖騰都有三四丈高，上面的彩色大概新上了不久，鮮亮得很。瑛哥一手擱在駕駛盤上，並沒有下車的意思。掏出煙來，遞給我一支。兩人點了煙。我把車窗打開。瑛哥忽道：「妳眞打算要離開他了？」

我斬釘截鐵地說了個「是」字。

「妳們結婚的時候，記得吧？只有我是站在妳這一邊的。爸爸媽媽爲了這個差點沒把我罵死。現在妳們離開，大概又有好罵的了。」瑛哥拿眼眺著窗外，並不看我。

「你想我還不知道?我早等他們罵了。」我說:「只是他們因我罵你,叫我心裡不自在。我又不是小孩子,自己做事自己當,跟你有什麼關係?」

「他們可不是那麼想啊!他們總拿妳當小孩子看待。不管妳做了什麼,好像我這個做哥哥的也該擔一半干係!」

「我倒覺得他們上了年紀的人總愛借題發揮。其實不管我們做什麼,他們都看不慣。結婚不好,離婚也不好,他們就想按著他們的心眼兒來安排我們的生活。你想,那怎麼成呢?我們生活環境不同、年紀不同、思想觀念不同,簡直沒有一樣相同的地方……」

「所以呀!」瑛哥打斷了我的話說:「我們這一代是注定了像斷了線的風箏,拉不回去了。他們要早料到這一天,就不該一個勁兒地攛掇我們出國。出國以後除了多賺幾個錢,又有什麼好?」

「你是不是後悔出來了?」

他沈吟了一下兒說:「也並不能說後悔。有時候心裡不痛快才發這樣的牢騷。其實出國也有出國的好處。這裡是一種完全不同的生活,要是不出來,是萬萬體會不到的。可是我們中國人最大毛病就是保守,生活在人家的國度裡還要自己搞一個圈子來過自己的生活。與其這樣,何苦又跑到外國來?結果讓人家看成是怪物,自己一輩子感覺是寄人籬下的異鄉人。這又何苦?所以妳決定跟詹結婚的時候,我是舉雙手贊成的。我覺得妳倒是眞有勇氣的人,眞正打入了他們的生活。妳看我比妳出國早,到現在還是個半中不西的人。我在美國已經十二年了,仍然免不了那種異鄉人的感覺。可是現在教我回國去，我一定又是過不慣那邊的生活。現在是掉在兩邊的夾縫裡，東也不著頭，西也不著邊。所以我想妳現在要離開詹，是不是也要像我一樣又掉到這夾縫裡來。」

我說：「我倒沒考慮過這個問題。」我心裡想，我當初跟詹結婚，也許出於好奇，也許是故意做些使我父母不痛快的事出來。他們當初不是反對廖敏雄嗎？因爲廖敏雄是臺灣人。現在讓他們看看我要嫁一個比臺灣人更遠的人給他們瞧瞧。我當初實在並沒有存心打入他們的社會。後來我自己的朋友中國人越來越少，外國人越來越多（其實眞正算得了朋友的又有幾個？）也是一種自然的發展；我自己並沒有什麼存心。

「我有時覺得。」瑛哥又接口說下去：「我們中國從鴉片戰爭叫西方人打開了門戶以後，這種雙方的對流是無法避免的了。就好像兩股相對衝激的海潮，相激的水珠總有一部分叫對方吸引了過去。西方的潮大，我們的潮小，叫西方捲過去的水珠自然就多了。我們就是被西方的海潮捲過來的一部分水珠，這就是我們的命運，被歷史注定了的，非人力能夠更改。」說到這裡，他嘆了口氣，望了望我說：「妳的問題，還是要多考慮考慮。」

「瑛哥，不是沒考慮過。我們的問題，少說也拖了一年了吧？這個你是知道的。」

瑛哥發動了馬達，沿著海邊開下去，我們誰都沒有再說話。轉過了海邊泳池，有一個風景點，可以一直瞭望到英屬哥倫比亞大學和遠處的溫哥華島。這時天晴氣朗，島上覆雪的山頂在驕陽下閃著耀目的白光，海水一抹青碧，哥大遠望鬱鬱蔥蔥，似乎只有幾處拔地而起的高樓矗立在叢林中。瑛哥停好了車，我們走下來，倚著海濱的木欄向溫哥華島那個方向眺望。

「這裡眞美！」瑛哥說：「西雅圖萬萬趕不上這裡的風光。」

「爲什麼不設法到加拿大來呢？」

「換工作談何容易！人又不是一隻鳥。要是一隻海鷗就好了，要想到哪裡，就一展翅膀飛到哪裡。」

「那也不見得吧！」我故意反駁他道：「依你說，西雅圖就該沒有海鷗了。」

聽了我的話，他一咧嘴，半笑不笑地說：「可也是。大概連海鷗也不是完全自由的。天地間的事物，都有局限，人嘛，只有在局限中追求那麼一丁點的自由。佩琳呀，妳的事我眞不知道該說什麼才好。我自己的問題都解決不了，還能勸妳什麼？可是我若什麼也不說，又不像個做哥哥的樣。我只希望妳不要做出錯誤的決定，將來吃苦！」

說著他的臉透出一番悽楚的表情，越發顯得削瘦了。我忽然想到小時候瑛哥爲我受父母責備的時候，臉上就是這樣的表情，心中不免一陣悽然，暗暗叫道：「瑛哥，瑛哥，原諒我帶給你的這些麻煩！」

7

我終於還是聽了瑛哥的勸告，暫時回家。

一進門，詹馬上過來笑臉相迎地擁抱我，好像什麼事也不曾發生過的樣子。我知道這是因爲當著瑛哥的面的緣故；詹是最會演戲的了。詹讓瑛哥坐下，居然提議去給大家弄咖啡。在他走到廚房去的時候，我一眼就看到了瑪麗的相片又立在鋼琴上了。我就準知道露薏絲今天一定來過。我平常總是把瑪麗的相片放在壁爐旁不多麼惹眼的書架上，可是她每一次來都要把她媽媽的相片重放回鋼琴上去，雖然她明知她一走我又會放回書架上。這也是我們中間的冷戰之一。

雖然詹和我都不承認，但我們中間的關係之始終不曾完全和諧，多少也跟露薏絲有關。露薏絲是詹的獨生女，只比我小五歲。我和詹結婚不久，她就搬出去住了。我知道無論如何也贏不來她的心，她不但以爲我佔了她故去的母親的地位，而且從她那裡搶走了她的父親，使她難以嚥下一口氣。我們中間只能維持一種冷淡而禮貌的關係，從不曾眞正接近過。然而使我最難堪的是，每逢見到露薏絲，我立刻驚覺到我不是他們中間的一分子，不但不是他們的家人，而且種族的意識馬上顯露出來。

我還記得詹有一次當我的面對露薏絲說：「瓊雖然是中國人，可是她的態度儀表卻像是英國人。對不對？對不對？」

露薏絲撇一撇嘴，並不回答。

這是什麼話！我立刻站起身來走回臥房去。詹並不知道我爲什麼生氣。在他以爲是對我的恭維，在我卻當做是一種侮辱！中國人就是中國人，我爲什麼要做英國人！可是在我仔細思考以後，又不免惕然而驚，既然是中國人，爲什麼嫁給英國人了呢？眞是爲了愛情嗎？仔細分析起來，我只能說我並不討厭詹，但對詹卻沒有感到過對敏雄的那種熱烈的情感。詹比我大了將近二十歲。

當時像他這樣的一個人，的確給予我莫大的安全感。他不但像一個父親似地包容了我的缺點，同時他的英國人的身分使我感覺通過他我可以加入了加拿大的社會，而被這一個社會眞正地接納了。因此我們的結合，只說是爲了好奇和對父母的反抗那是不正確的。那時在潛意識中也許我沒有再抱著回國的打算。既然不回國，那麼當然對當地的社會加入得越深越好。瑛哥說的對，最好的加入方式莫過於跟當地人通婚。也許在那時我已經告別了我自己的祖國，告別了我自己的親人，無形中已經自願地選擇了做一個加拿大人了。可是當人們無意中觸及到我自己的種族時，我才忽然驚覺到原來我仍然是一個中國人，而我仍然深愛著我自己的種族與文化！這眞是一個大矛盾！正如瑛哥所說的，所有在國外的華人，都活在兩個社會、兩種文化的夾縫裡。我自己並不例外，也同樣地生活在這樣的夾縫裡，也許比別人夾得更緊，所感覺到的矛盾與痛苦也就更深。

詹端來了咖啡，若無其事地坐下問瑛哥的工作情形。他這種虛僞的態度，叫我非常厭惡。我們中間的問題，他竟不敢當著瑛哥的面說出一個字來。我於是回到臥房去，開始整理我的衣物。其實我的衣物多半早已整理好了，決心跟詹分居也不是一天半日的事，因爲總提不起勇氣才拖到現在。我在整理我的書籍時，又發現了那封去年詹去日內瓦開會時寫來的信。那時我對我們的共同生活還抱著無限的信心，甚至於差一點決定要爲詹生一個孩子。想到這裡，一滴熱淚不禁流下來，滴到自己的手背上。可是我馬上又驚覺到，我要再這麼感情下去，就只有一輩子泥在這種爲人所利用的生活裡，永遠無法做我自己想做的事與想過的生活，永遠無法找到一個眞正的我，而只有把這唯一的生命白白地糟蹋在苟且因循中。

這時詹忽然進來說瑛哥要起身了，問我是不是要一同到機場去。我自然是要去的。可是想到瑛哥還沒有吃晚飯，在這種情形下我是沒有心情弄飯的。詹說不如到機場餐廳去吃，因此我們早一點到了機場，在餐廳裡隨便吃了些東西。我看瑛哥的心情好像比我自己更爲沈重，可是當著詹的面他也不便再說什麼。只在登機的時候，才用中國話對我說：「妳跟詹的事好好考慮考慮，不要做出莽撞的事來，以後自己後悔。」又說：「佩琳，我總覺得妳還是個不懂事的小孩子，好好保重！不管怎麼樣，給我打個電話來。」

送走了瑛哥，詹又裝作若無其事似地問我氣消了沒有，又問瑛哥對我說了些什麼。我沒有理他，他就默默地開車回來。到了家，他又問我怎麼昨天一夜未歸？我說：「問你自己。不是你故意鎖了大門，不要我回來的？」

他斥口否認說：「沒這回事！昨晚我睡得早，沒聽見妳回來。」

「沒聽見我回來？那爲什麼把後門都打裡邊上了鎖？」

「你知道我都是鎖了門睡覺的。昨夜等妳等過了十二點，還不見妳回來，連個電話也沒有，只好睡了。妳要回來，妳不會叫門？」

聽了他的話，氣不免又撞上來。每回他總會強詞奪理，因此粗聲道：「是我沒有叫門嗎？還是你故意不開？」

「也許睡熟了沒聽見吧？」

「沒聽見？我走了以後，爲什麼又在後頭叫我？」

「誰叫妳？別作夢吧！妳是這麼重要的人嗎？」

「當然我不是什麼重要的人！是鬼在叫我！」

「也許妳見了鬼吧！沒回來就是沒回來，為什麼還要編這些謊話？」

我瞪視著他那雙淡藍的小眼睛，氣得說不出話來。要不是看他年紀一大把，又是大學裡的名教授，眞要刮他一個耳光子。過了好一會兒我才找到我的話頭：「好！就算是我編謊話吧！我這就搬出去！咱們從此一刀兩斷！」

說著我就去提我的箱子。詹在我身後冷冷地說：「隨妳的便吧！可是出了這個門，就別再回來！」

8

當晚我就搬到朱娣那裡去。朱娣一見我拎著兩個衣箱，就瞪大了眼睛說：「眞的要分居了？」

「妳看，連箱子都帶了，還假得了嗎？」

朱娣沒有再說什麼，可是我看見她的眼中彷彿閃過一絲按捺不住的笑意。是她在幸災樂禍嗎？還是她覺得我們的分居對我是一件可喜的事？也許二者都有。朱娣是抱獨身主義的，在理論上她就覺得目前這種男尊女卑的婚姻制度毫無道理；再加上她又不怎麼喜歡詹，這就無法使她對我們的分居認為是什麼值得惋惜的事。事先雖然她也說過應該愼重考慮的話，我想那不過是針對我說的，希望我不要做出魯莽衝動而事後又追悔的事。現在既然我的決定並非是欠缺考慮的，她自然沒有再置喙的必要。

朱娣提議今晚我們應該去「熱帶花園」散散心。我是百分之百的贊成。我沒法跟朱娣二人待在家中談論我的問題，我也沒法獨自一人來咀嚼我的心事。雖然跟詹分居的決心，早已不是一日半日之事，但在驟然間實現了的時候，心中卻不免有些惶然。我拋棄了一個舒適的家，拋棄了詹所給予我的物質上的及心理上的安全，現在面對著的卻是一個茫然的前途。雖說在加拿大這麼一個社會中，我知道我總有辦法活下去，不過這時候卻需要我自己的努力了。然而我豈不是正受了這種自立自主的生活的誘惑才決心離開詹的嗎？因此不管將來發生了什麼事故，都是我自己的責任。像我這麼一個一向猶豫不決的人，居然做出了這麼重大的決定，如果不是發瘋，就足以可以表明我是接近成熟了。不錯，一個成熟的人應有所抉擇；在抉擇以後毫無反悔地負起應負的責任來，如此而已。這麼想著的時候，我感到有些快樂。不過最使我難以按捺的，卻是因此而引起的激奮。我的雙手竟不能自主地微微顫抖著。我需要「熱帶花園」那種震耳的樂聲，我需要大跳大叫，或是痛飲到泥醉。

我們選了一張靠牆的檯子，我跟朱娣並排地坐在那裡，正好可以望得到另一端的舞池。事實上卻又看不到。今天人特別多，可能是週末的關係，有好些人就站在我們的桌前，擋住了我們的視線。我手中端著一杯蘇格蘭威士忌，朱娣喝著啤酒。因爲震耳的樂聲，也無法交談，只靜靜地呷著杯中的酒。我暗暗地盼望有人來請我們跳一次舞，可是坐了半天並沒有這樣的機遇。有的人雖然往我們這邊瞟了幾眼，但立刻又把眼光掉開去。我想大概朱娣跟我都沒有多大的吸引力。朱娣太胖，又多少失去了青春的光彩。我雖然年輕，卻是東方人，不一定合西方人的胃口。不過坐在這麼一間充滿人氣的屋子裡，就是坐著不動，人與人之間也有些電力的感應，總比一個人坐在家裡好多了。杯中的酒和神經上的張力都可以使人暫時忘懷了心中的煩愁。

不知為什我竟偏過身去在朱娣耳旁說：「我好希望跳一次舞！」

朱娣放下手中的啤酒，拉起我的手來說：「好，我們去跳！」

我吃了一驚，瞪著朱娣道：「我們可以一起跳嗎？」

「怎麼不可以？你看，」她努努嘴說：「那邊不是有兩個女人一起跳？」

我隨著她的眼光望去，果然看見有一對粗胖的女人正跳得起勁兒。兩人一身的肥肉不停地抖索著，這大概也正是為什麼找不到男舞伴的原因吧，我想。別的呢，一眼望去，男女難分。

朱娣拉著我的手穿過人群走向舞池去。我覺得她一手的汗，沾在我的身上，黏濕濕地頗不自在。好在一到舞池她就把手鬆開了。

舞池裡擠滿了人，轉側都很難，燈光又如此地暗弱，我想不會有人注意到我的舞伴。我們穿的都是長褲，誰又一定知道我們是男是女？又想：就是注意到又有什麼關係？大不了人們想我們是一對同性戀的戀人有什麼了不起？轉著這種念頭的時候，我不免暗暗地罵起自己來：妳呀！妳還是放不下別人的觀感！看，朱娣跳得多麼自然。她要做什麼就做什麼，她一定不會顧慮到別人的想法。朱娣才是一個眞正成熟的獨立不羈的女人。妳呀，妳跟朱娣之間還差著好大的一截！

下舞池的好像都是比較年輕的人。音樂相當快。要趕上音樂的步調，頭上不久就涔涔地冒出汗來，但全身的筋骨卻也因此而鬆弛了。我眞想這麼一直地跳下去。我對面的朱娣卻逐漸地氣喘咻咻起來。不久她就停住腳步，漲著一張汗涔涔的紅臉說：「去休息一下吧！」

我們剛走出舞池，朱娣的一隻手臂就叫人拉住了。朱娣一轉頭，馬上驚喜地叫了一聲「雷查」，就湊上去吻了下那個男人的嘴唇，又轉過身來指著我說：「這是瓊。」

「我們見過的。」雷查伸過手來，我們握了握手。

我當然也記得雷查，至少在朱娣家的晚會中見過他一兩次。起初我以爲他是朱娣的弟弟，後來知道不是；又想是她的情人，可是朱娣說是朋友。雷查看起來比朱娣年輕，有一張瘦長的臉，一隻尖削的鼻子，嘴唇很薄，臉上透出一種不太健康的淡黃色，頭髮長長地垂在肩上。不過他的一雙炭一般黑的眼睛，閃忽閃忽地露出一種刁黠誘人的光彩。這樣的一張臉，驟然一看很容易引起人的反感。得要坐下來，聽他那慢條斯理有條不紊的談吐，把他的臉仔細地注視了好大一會兒之後，才漸漸失去起初那種不諧合的感覺。我現在對雷查不但早已沒有什麼反感，而且覺得他還有幾分動人之處。

雷查握著他的酒杯跟我們一起回到我們的座位。我們的座位已差不多被人擠沒了。好在因爲我們的酒、還有朱娣的一包煙都放在桌子上，替我們守著位子。看見我們回來，有一個人竟客氣地站了起來，我們三人才勉強擠著坐下去。朱娣夾在我和雷查之間。他們不時地在交頭接耳地談話。我完全聽不見他們在談些什麼，只靜靜地喝光了我的一杯蘇格蘭威士忌。正好酒保過來，我又叫了一杯。問朱娣跟雷查，他們仍然要啤酒。我搶著付了錢。我覺得我應該請朱娣的；雷查是朱娣的朋友，自然也應一起請。這又是中國作風。按著加拿大的規矩，其實很可以讓雷查付自己的酒錢。

酒拿來了，喝了沒幾口，忽見雷查探過頭來對我笑著，朱娣也轉過臉來湊到我耳上說：「妳不是想跳舞嗎？我叫雷查陪妳去跳。」

我倒有些不好意思地說：「妳呢？」

「別管我，」朱娣笑著說：「我還得再歇一會兒再說。」

說著雷查已經站起身來，我就跟著他走下舞池去。

我沒有想到雷查的舞跳得這麼好，不但極有韻律，而且腰身的扭動勝過一個專跳肚皮舞的舞娘。不過只有一樁，他的眼睛似笑非笑迷醉一般地望著半空，全沒有把他的舞伴放在眼中。我敢說在這麼跳著的時候，設若我偷偷地溜掉，他一定不會發覺。我瞅了他很久，他都沒有回望我一眼。心中雖覺得很是無味，也只有跳下去。我於是也不再去望他，也盡量自我陶醉地跳自己的舞。在兩支樂曲交換時，有不少人紛紛地離開了舞池。我正想轉身離去，雷查卻突然拉住了我一隻手臂，另一隻手環到我的肩上，在我的耳邊吻了一下，使我不自主地一驚。他卻若無其事地在我的耳邊輕輕地道：「再來一個好嗎？」

我們又一連跳了兩支曲子，雷查還是那麼似笑非笑迷醉一般地盯著空中的老模樣。

我們回到朱娣那裡的時候，正見朱娣跟一個年輕人在談話。見我們回來，那個年輕人趨前親熱地擁抱了一下雷查，在他耳邊不知說了句什麼，就捧著他的啤酒瓶步履蹣跚地搭訕著走開了。我只注意到他一隻耳垂上扣了一顆珍珠大的金色耳墜。

一見我們，朱娣就輪替著湊到我們身邊大聲嚷道：「你看這個年輕人站都站不穩了，我勸他少喝點，他還說沒關係，一個勁兒地直灌。」

我們回頭去看時，那個年輕人早已消失在人群中了。

坐下不久，朱娣就打個哈欠說不早了，想回家睡覺。我本想再坐一會兒，可是因爲今晚住在朱娣家裡，又得坐她的車，也就只好一同起身。我沒有想到雷查也陪我們一起來了。我坐在後座，雷查坐在朱娣的身旁，過了一會兒他便把頭倚在朱娣的肩上。朱娣一面開車，一面轉頭不時地吻一吻雷查的額，眞像對一個親弟弟一樣的親熱。

9

一回到家裡，朱娣似乎文不倦了，一面開了唱機放出輕輕的音樂，一面張羅著去煮咖啡。這麼晚了，我是不喝咖啡的，我自己去泡了一杯香片。朱娣替雷查跟她自己各沖了一杯咖啡。大家都回到客廳裡來。朱娣盤踞在她那張高背沙發上。我佔了那張長沙發。還有一張空著，雷查卻不去坐，拎了一個椅墊盤腿坐在朱娣沙發旁的地毯上，把睡在壁爐旁的那隻肥胖的白貓抓起來擱在自家的膝間，一手輕輕地從貓的鼻頭開始慢慢地摩挲到貓的尾部。那隻白貓瞇縫著兩眼立刻發出舒暢的鼾聲。

「喵喵是雷查的乾兒子。」朱娣笑著對我說。又轉頭撫摸著雷查的長髮說：「雷查，你是喵喵的教父，對不對呀？」

雷查齜著牙笑，仍然不停地撫摸著白貓。

我忽然想到西方人眞是一種觸覺的動物，他們沒有身體的接觸好像就無法表達情意一般。他們只有摸到你身上的時候，才會覺得你是實實在在地存在的。他們對你的關愛或溫情，一定也要用手的撫摸或唇的親吻來表現出來。這種習慣我剛跟詹結婚的時候覺得非常不慣，但後來也就漸漸習慣了。不過我仍然是被動的時候多，主動的時候少。

「說起來雷查還是詹的學生呢！」朱娣說。

雷查對我尷尬的笑了笑說：「算了吧！我只是個退卻的兵。我上過詹的課，也跟詹做過些實驗，後來就中止了。」

「爲什麼中止了呢？」我問。

朱娣搶著說：「雷查唸了一年的博士學位，覺得沒意思，就退了下來。」

「不是覺得沒意思，」雷查改正朱娣道：「我一直對生物化學有興趣，只是我受不了現代學院的這種制度。一進去，就得犧牲生活中對專業無關的一切。這種高度的競爭，使你沒有一點時間做別的事。然而大家好像又並不是眞對研究有興趣，大多數人是爲了學位。拿到學位之後，又爲了穩定自己的職位、爲了研究費、爲了成名。就拿詹來說，妳知道的該比我們淸楚。詹是個野心勃勃的人，眼睛一直望著諾貝爾獎的。他的研究好像只爲了這個目的似的。」

「我知道什麼呀！」我說：「他從不跟我談生物化學的問題。就是談，我也不懂。我就知道他有時候會在實驗室搞到半夜，飯也不回來吃。」

「其實我不應該背後批評詹。」雷查說：「他有他的野心，他有他的理由。在這個社會中像他的人可太多了；不然我們的社會也不會這麼進步呀！」

「噢噢，進步！進步！」朱娣插口說：「這可是個難說的字眼兒，汽車一定比馬車進步嗎？飛機一定比汽車進步嗎？從長遠的發展來看，進步得越快，越接近死亡。進步的含意是成長成熟，也就是走向死亡。你說對不對？雷查！」

雷查搖了搖頭說：「我倒並不像這麼悲觀！」

「我悲觀？我悲觀？」朱娣咯咯地笑起來，一面拍著自己的肚皮說：「你看，我像個悲觀的人嗎？」

「當然，」雷查說：「我也不是說妳說的不對。看看現在能源的消耗有多麼嚴重。越進步，能源消耗得越多越快。誰都知道我們這個地球是有限的，石油是有限的，煤炭是有限的，鋼鐵是有限的，任何東西都是有限的。以前不過只有歐美的國家在大量消耗，現在日本和蘇聯也跟上，中國和印度不久也要趕上來，將來非洲跟中南美洲也不會自甘落後。到地球上每一個角落都成了美利堅聯邦的時候，這個地球也就離乾涸不遠了。朱娣，在這一點上我同意妳的意見。我說妳悲觀，只是妳沒看到人類的創造力。也許在地球掏乾了以前，人們已經可以安全地運用原子能，或者人們在太空中已經發現了另外的立足之地。」

「別作夢吧！」朱娣猛呷了一大口咖啡說：「原子能是太危險的一種玩藝兒！至於說在太空中找尋另外的立足之地，現在已經差不多可以證明，在太陽系裡的星球，除了地球以外，就沒有一個適合人類生存的。人不知道珍惜自己的故居，卻奢望等把地球掏乾了的時候一走了之，那不但在道德上說沒有人心，事實上也是死路一條。我完全不是悲觀。正相反，我的看法是最積極的。我主張人類不應該做無限制的工業發展，我主張人應該盡力維護目前的生存環境，不要竭澤而漁！」

「我倒覺得這並不是主要的問題。」雷查說：「任何東西都有一定的生命過程，地球在宇宙間也是一樣。現代的天文學已經告訴我們星球的誕生和星球的死亡這兩個觀念。我們居住的這個星球也自然不能超出這一種常規。所以無論如何地球有它一定的生命局限。不管我們多麼努力維護，也不能挽救它最後的大限。」

「可是人總應該設法延長它的壽命，不應該促其夭亡。好像一個人維護自己的健康一樣，並不因爲有個不可避免的大限就輕易忽視。在人力的可能範圍之內對地球所造成的影響對宇宙整體而言可能微不足道，但對人類本身而言則一定是非常巨大的。」

「妳的意思是說我們應該回到原始的狀態？爲了維護地上的資源，再來過原始的生活？朱娣，那是不可能的！不要因爲妳學了人類學就迷上了原始社會。我們今天所有的一切都是原始的社會不能供給的。我倒覺得與其渾渾噩噩而長生，不如明智而早死。問題不在這裡。眞正的問題是我們的技術發展應有一個目的。我們一定要弄清楚：我們追求技術發展是爲了豐富我們的生命呢？還是我們生活是爲了技術發展呢？如果技術發展破壞了我們當前的生活，不管這種發展會不會爲人類帶來最後的悲劇，都是不足取的。」

「這卻是個有趣的問題。」朱娣接口說：「從某一角度上來看，澳大利亞的土著，雖然過著極原始的生活，但他們的生活內容卻不見得不及我們的豐富！——原諒我又來讚揚原始的社會！——我們今天固然有極好的物質環境，可是我們丟掉的還算少嗎？我們差不多沒有宗教了！我們差不多沒有信仰了！我們差不多沒有愛情了……是，我們差不多沒有愛情了！你想，沒有愛情的生活，能算是豐富的生活嗎？」

不知爲什麼朱娣這最後的幾句話一下下都重重地擊在我的心上。沒有愛情的生活能算是豐富的生活嗎？可是什麼才是愛情呢？我跟詹的關係能算是愛情嗎？如果這就是愛情，我爲什麼心中這般的乾枯？這般的悲涼？我多麼需要一點人的溫暖。當然不是不管什麼人都可以給我這樣的溫暖。我所要的只是一種人的溫暖，那種可以使我眞正動心可以爲他而生而死的人。詹對我絕對不是這樣的人，可是我竟嫁給了他！爲什麼？爲什麼？現在想來，我竟是這麼的無知！我的父母、我的親友，竟沒有一個人說過一句有用的話。我跟詹結婚的時候，他們關心的問題是人種、國籍、金錢、地位；竟沒有一個人提醒過我：「妳是不是眞爲這個人動了心？可以爲他而生而死地愛上了他？」沒有！我對詹從來沒有過這種情感。不但對詹，就是對敏雄也沒有過！對誰也沒有過！我是不是一個不能產生愛情的女人呢？我不信！我眞的不信！我自覺我心中充盈了海樣深的愛，只等待著一個可以愛的對象的來臨。可是我的愛的對象又在哪裡呢？

「當然不算！」雷查說。

「所以呀，所以呀，」朱娣連珠炮似地接下去：「我就懷疑我們現在社會的發展是否走的是一條正當的道路。我們創造了太多的東西，可是這些東西是不是就是我們眞正需要的？我們浪費了太多的東西，是不是這些東西是本應該珍惜的？我們也丟掉了太多的東西，是不是這些東西是應該保存的？現在是應該問這些問題的時候，不然一切都會太遲了！」

「這樣的問題得在人們緩一口氣以後才可以靜靜地思考。我想現在重要的是大家都不要再那麼積極地你爭我趕地幹。」雷查說：「大家應該多來晒晒太陽。」

我忽然想起聽朱娣說過雷查好像失業已經很久了，就插口說：「你不是常常晒太陽的嗎？」

「光我一個人晒還不夠，得多些人來晒才行！」

「是呀！」朱娣又接口道：「這一個世紀我們做了太多的工作，現在得鬆點勁兒。就像一個人把十年的生命，在一年中活了，那不是找死嗎？」

「瓊，妳知道，」雷查轉臉對我說：「我有幾個朋友，其中一個是律師，一個是法官，本來都是有地位的高薪階級，他們現在都辭職不幹了。開始時像我一樣拿政府失業保險費去晒太陽。但總不能老拿失業保險費呀，現在他們組織了一個公社，買了一條魚船出海打魚。當然打的魚不多，收入是很有限的。可是他們住的是舊房子，穿的是舊衣服，吃的是粗簡的食物，花費也很有限。空下來的時候，他們看看書、聽聽音樂、聊聊天……」

「還有晒晒太陽。」我插口說。

「對！晒晒太陽，這是最重要的。」雷查笑著說，一面捲起他的衣袖：「看！我的皮膚，晒得有多漂亮！」

朱娣揚了揚眉毛。

雷查又道：「我說他們呀，我的朋友，現在不再追求什麼金錢地位，反倒可以過一種安樂悠閒的生活。他們都過得很快樂。他們都說現在不知比過去那緊張的競賽式的生活要好多少倍。」

「這才像人的生活！」朱娣說。

我忍不住問道：「這樣的生活好是好，可是如果他們有家累呢？」

「他們沒有家累。」雷查說。

「他們沒有結過婚嗎？沒有孩子嗎？」我好奇地問。

雷查笑道：「他們沒有這些問題，因爲他們都是不需要女人的人。」

「不需要女人？」我不解地問。

「他們都是同性戀，」雷查說：「公社就是他們的家。如果他們要孩子，他們可以收養。」

「眞的？」我說：「現在同性戀眞是越來越多了。」

朱娣白了我一眼說：「多什麼！據統計還不到人口的百分之二十。」

「可是同性戀總不是種正常的現象。」我說。

「有什麼不正常？」雷查反駁道：「不過性對象不同而已。如果異性戀的人覺得同性戀不正常，同性戀的也可以說異性戀的有問題。」

「少數的總不能說是正常！」我不服氣地說。

雷查瞪大了眼睛：「這不是法西斯觀念嘛！少數的就不正常嗎？那麼魁北克人都是不正常的了？可是他們也要獨立自主呢！」

我閉口無言。

雷查又道：「其實多半的人都是雙性的，據統計大概百分之六十以上的人是如此，只是有些人不自覺罷了！」

我笑道：「雷查，你大概是看過金賽博士的報告了吧？」

「當然！誰沒有看過？妳不相信嗎？」

「我不是不相信，」我說：「只是自己沒有這種經驗。人都說同性戀是種病態，所以我才覺得不正常。」

「自己沒有經驗的事，怎麼可以來批評？」雷查幾乎是嚴肅地說：「現在世界上的人口就要爆炸，這種時候來批評同性戀，不但是不負責任，而且是不道德！」

「只就人口問題而論，我沒有話說。」我說。

「我問妳，瓊！」雷查又緊一板地問道：「妳有沒有對女人發生過興趣？」

「噢……」我一抬眼，碰上了朱娣的眼光，不自禁地臉上一陣熱：「這可是個有趣的問題。我自己從來沒有想到過這個問題。」

我又偷眼看了一眼朱娣，她低著頭扳弄自己的手指。叫雷查這麼一問，我忽然驚覺到我跟朱娣的關係。我一直把朱娣看做我的好朋友，可是除了好朋友之外，她有沒有某些地方吸引著我呢？朱娣肥胖，不漂亮，可是她的邋遢與不修邊幅卻有些男性。我一到她這裡，常常替她收拾一下東西，甚至替她做飯，覺得並不是一種負擔，而是一種愉快的工作。爲什麼？難道我會喜歡朱娣？這是不可能的！我立刻反駁了自己。我從不曾被同性吸引過，朱娣只是一個朋友。我的眼光從朱娣的身上轉到雷查，我覺得雷查對我的吸引力遠比朱娣大。如果要上床，我寧願要雷查，不要朱娣。

「瓊！」雷查直視著我說：「妳看我，瓊！妳看我像不像一個同性戀的？」

「不像！」我搖了搖頭說：「可是我又怎麼知道？」

「我是！我是！我就是！」雷查說著笑了起來：「我沒有什麼特別嘛！還不是一鼻兩眼的一個人！」

朱娣冷笑了一聲道：「這就叫做新英雄主義！」

「什麼新英雄主義？」我問道。

「新英雄主義就是另一個極端。本是些稀鬆平常的事，一個極端是以之爲恥，看成是不可見人的事；另一個極端是以之爲榮，好像同性戀的就一定有些過人之處，非要到處宣揚不可。」

「我並不是到處宣揚！」雷查抗辯道：「也並不是以之爲榮！我只是使我自己感到——至少使我自己感到——這不是什麼不正常的事，沒有什麼值得隱瞞之處。如果連我自己都沒有這種信心，我又怎麼能面對世人的陰曲、褊狹、嫉恨的心理！」雷查咬緊了嘴唇，眼裡露出一種憤懣的光燄，額上的一條青筋都因臉上緊綳的肌肉而暴露了出來。

朱娣抬起頭來，冷冷地道：「好了，好了，幹嘛老談這個！多沒意思的話題！」說著打了個哈欠。又道：「天不早了，該睡了！」於是轉臉對雷查道：「瓊佔了那間房，你就睡沙發吧！」說了以後又覺得口氣硬了些，就彎下腰去愛撫地摸著雷查的髮輕輕地問：「好不好？」

「有什麼不好？我還不是常常睡沙發。」雷查說。

10

我睡得很不安定，頭有些微痛。睜開眼來的時候，看見陽光從百葉窗的隙縫裡一線一線地流洩進來，穿過一層紗幕，拋到我的床前，在淡藍色的地毯上抹了好幾道閃著銀白色光芒的光暈。眼光向左轉，就碰上了一架紅木的梳妝臺，鏡子裡映照出對面牆上掛的一幅梵谷的向日葵。再向前看，就見窗下一張碩大的書桌，上面放了一疊書和一個黑色的花瓶。我一時間好像迷失在這奇異的環境中，只覺左邊太陽穴處有一根筋不能自控地突突地跳著。過了好一會兒，我才意會到我睡在朱娣家的房間裡。我雖然跟朱娣是相當接近的朋友，卻還不曾在她家裡過過夜。現在我馬上意識到我自身的處境：我終於離開詹了。猶豫了一年多的心情，想不到竟這麼容易地獲得了解決，然而心中卻有一種空洞的感覺，我弄不清是紓解還是徬徨。喉間有一些乾澀。我想我應該好好地調理一下今後的生活。我要弄淸楚我到底需要什麼，我要做些什麼，我能做些什麼。生命就像陽光拋射在地毯上的光暈，就在我這麼思考著的時候，已經快走到梳妝臺下去了。生命原來就是一秒一秒地流逝的。這麼一秒一秒地累積起來，不久也就會結束了生命的歷程。我必得好好地調理一下我的生活。也許我應該找一個較穩定的工作。現在的工作說不定一過暑假就完了。我得負起養活自己的責任。其次是找一個居處，我不能無盡期地住在朱娣家裡。同時我也應該把現在的變化通知瑛哥。說不定他正在擔著心呢！是！這是最重要的一件事：我應該給他打一個電話。可是，他會有什麼反應呢？他會不會覺得我做得太魯莽太過分了？他會不會立刻通知父母，以卸去他自己所擔承的責任？可是他又有什麼責任？我又不再是未成年的小孩子！不但瑛哥對我沒有什麼責任，連父母對我也沒有什麼責任。我自己的決定就叫我自己承擔吧！將來不管有什麼後果，我不會向他們抱怨什麼，就像我堅持嫁給詹的決定，事後我也不曾對他們說過一句抱怨的話。是，第一件事就是給瑛哥打一個電話。

正在這麼想著的時候，忽聽外面的電話鈴鈴地響了起來。響了一陣並沒有人去接，我就跳下床來，衝出去，抓起放在客廳中的一張矮几上的聽筒。還沒有來得及開口，就聽見一個急促而澀啞的聲音說：「是朱娣嗎？朱娣！聽我說……」原來是詹！是詹！我怔怔地把聽筒從耳邊拿開，舉在半空中，讓詹的話像溫泉中的氣泡必必剝剝地獨自在空中爆了一陣，就輕輕地把聽筒放回了原處。

一轉臉就見雷査還睡在那張長沙發上。睡袋的拉鏈在他的身旁拉開，他半個胸就裸露在那裡。

他的右手壓在自己的腦袋下，十分刺目地暴露出左臂下的腋毛。他的臉朝裡，濃密的黑色長髮披了半臉一肩。朱娣臥房的門也仍然關著。我也不去驚動他們，就輕輕地到澡房去梳洗。梳洗好了，回到我的臥房，從枕頭下摸出腕錶來一看，還不到十點。拉開窗簾，外面陽光普照，樹葉子都閃著晶亮的光芒。

除了鳥的鳴聲以外，外面靜謐異常，沒有車聲，沒人聲，倒像是一個突然間靜止了的世界。面對著窗外的這一片陽光下的沈寂，我心中似乎只是一片空茫。

我呆坐了一會兒，覺得有些飢餓的感覺，就到廚房去沖了一杯茶，又吃了兩片果醬麵包。忽然想到給瑛哥的電話，可是他們都還在睡覺。也許我可以把電話搬到臥房裡來打。出去一看，電話線太短，因爲朱娣在她的臥房中另有一架分機。所以又想不如出去找一架公用電話打吧！這麼想著就迭忙穿好衣服，抄起手提包，輕輕地開了門出去。星期天的早晨眞靜，只有街口那邊一隻白色的哈叭狗兒顚顚簸簸地跑過來，後面跟著一個頭髮灰白的老人。跑近了，就可以聽見牠脖子裡掛的那串鈴鐺的清脆的叮咚聲。

走了兩條街，一直到了百老匯大街上才找到一個電話亭。我請電話局接一個對方付款的長途電話。不一會兒電話那邊就傳來了瑛哥的聲音：「是佩琳嗎？」

「是！」我說。

「怎麼？妳們又有了問題？」

「已經沒有問題了，我已經決定跟詹分開，而且也已經搬了出來。」

「什麼？什麼？」沒等我說完對方就驚叫了起來：「佩琳呀，妳眞是太莽撞了！」

「有什麼太莽撞？你自己不是也離了婚嗎？」

「我不同！妳是女人！」

「女人?!」我愣在那裡。又是那句話！女人就這麼不同嗎？

小時候每次爸爸上街都帶哥哥，不帶我，因爲我是女孩子。好多次我坐在地上大哭，夏天裡哭出一身痱子來。哥哥跟爸爸出門時特意不屑地瞟我一眼。我還記得那眼光。同一個哥哥，有時對我是過分的關切，有時又是那般不屑，只因我是妹妹，是女人！女人就乖乖地受男人的擺佈作弄？不該也不能自作主張？

「唉，我不是那個意思！我只是想說這是件大事，特別是對女人是件大事。」瑛哥笨拙地辯解著。

「瑛哥！」我提高了聲音說：「我只是把我的決定告訴你，免你擔心。你不是說不管有什麼變化都要告訴你嗎？現在我就告訴你我的決定。我跟詹的關係早就完了，這麼拖下去，對誰都沒有什麼好處！好了，瑛哥，這是你付款的電話，我不想再囉嗦下去。我只是請你不要急於告訴爸媽，還是讓我自己來說吧！」

「聽我說……」瑛哥速急地說。

「好了，瑛哥！現在不需要什麼勸告！什麼教訓！一切皆已如此！再見！」

我掛斷了電話，深深地喘了一口氣，好像交卸了一樁差事。這眞是種奇怪的感覺。我自己的事，卻也得向哥哥交代清楚！也許小時他管我的事太多，已經成了習慣。我怎能永遠依賴他呢？雖然他是我的哥哥，我們卻是極不相同的兩個人。他斤斤於得失，他是那種追求成功型的人物；我卻不是！可能我也需要成功，不過我自覺我所追求的成功與他有些不同。這次的決定，對我就是一大成功，因爲我終於解決了我自己因循遲疑的習性，我終於到了自己作決定，自己負起責任來的那一天。

11

回到朱娣家，一進門就見情形大變。朱娣蓬著頭坐在客廳裡，雷查也穿上了衣服，睡袋還攤在那長沙發上。原來是詹坐在那裡！

他瞪著我進門。我一見他，也愣了。我原沒想到他會一大早跑了來，他昨夜的話原是那麼決絕。我眞希望我們之間的關係就此了結，絕不能再繼續牽牽絆絆地無完無了。生命是不等人的，我不能把我大好的生命白白地犧牲在這種無謂的牽絆中。

見我進來以後，詹的臉上慢慢綻出了笑容道：「這次眞生了大氣了！」說著站起來向我迎來。我伸手制止了他，要他坐下。他沒有坐下，一逕站在那裡，臉上的笑容卻突然消逝了，就像烏雲蔽日般地透出一股涼滲滲的寒意。他就這麼虎著臉說：「瓊，讓我們好好地談一談好嗎？再給我一次機會，最後的一次！好不好？」

我想了一下，就說：「要說什麼就說吧！還有什麼好談的！」說著我就坐了下來。

「我不能在這裡談。」詹說：「我們出去一下好不好？」

「哪裡去？」

「我也不知哪裡，隨妳的意。」

「我覺得還是這裡好。就當著朱娣和雷查的面，有什麼都說出來吧！將來也好有個見證。」

「我不能在這裡談。妳必得跟我出去一下！就算我求妳，行不行？」

一向驕橫的詹，竟說出這種話來！我看了朱娣一眼，她馬上低下了頭，意思是不參與任何意見。我的眼光掃過了雷查，他茫然地望著我，無任何表情。我的眼光再落在詹的臉上時，就看見他瘦削的長臉上透著十分的倦怠，現在顯現的是期盼與焦慮。我點了點頭，就站起身來對朱娣說：「朱娣，我去去就來！」

朱娣說：「等一等，我給妳一把鑰匙，要是我們出去了，妳可以自己進來。」說著起身到臥房裡去帶了一把鑰匙出來。又道：「這是後門的。」

這時詹已經走出門去，也沒有跟別人招呼。我拿了鑰匙，跟在他的身後。

坐進詹的汽車的時候，我們誰都沒有再開過口。詹發動了馬達，朝前開去。他先開上百老匯大街，又右轉到中心大街，然後左轉順著四十九街朝東一路去，不久就看見了中央公園中聳立的林木。然而詹並沒有開進中央公園，卻在公園的另一邊停下車來。

停車的前方不遠就是一個園門，我以為也是一個公園，或者是中央公園的一部分。不想走進去一看，原來是一個墓地。我忽然記起來，我來過這裡一次，那是在我們剛結婚不久的時候。這裡就是詹的前妻瑪麗埋葬的地方。我不知道今天為什麼帶我到這種地方來。我也不問他。

這裡雖是墓地，跟公園也差不了多少。墓全是平墓，遠望過去只是一片綠茵茵的草地。每一個墓上只有一塊小小的石板平嵌在地上，沒有一個墓碑豎立著的，因此全不礙眼。墓場的四周和路旁稀稀地植了白楊。墓場的前方是一所相當大的辦公處，四面繞著各種顏色的花圃。花圃間還有一個小小的噴泉，這時候正有幾隻蠟嘴站在那裡喝水。

我們順著墓地間的小徑走去，遠遠地可以俯瞰到山腳下的半個溫城。原來墓地正建在一個山坡上，四望開闊，令人心情非常舒暢。我心想：死後這就是很好的一個葬身之地。看看園中不過半滿，空位尚多，大概將來在這裡取到一方地是不足掛慮的。如若在那人口衆多的地方，連墓地都得焦心積慮地爭搶，人的生活就眞不是滋味了。

詹竟又把我帶到瑪麗的墓前，他轉臉對我說：「我們結婚後我帶妳來謁見過一次瑪麗，妳記得吧？現在我們分手時我想也應該來告訴一聲瑪麗，這就是今天我約妳出來的原意。」

我閉緊了嘴，什麼也沒說。詹低下頭去默禱了半晌，然後抬眼望了望淨碧無雲的蒼穹，就挽起我的臂順著原路走回來。我們經過那一片花圃時，只聞四周鳥聲盈耳，幾忘卻置身於墓園之中。我們走到一條長椅前，詹就坐了下去，兩腿一伸，雙手抱在腦後，迎著驕陽，細瞇起雙目，正如我們蜜月旅行時一樣的瀟洒神態。大概他忽然意識到目前的情境，迭忙地縮腿收臂，挺身端坐起來。又用手拍一拍身旁的空位，示意叫我也坐下去。

我按照他的指示坐下，他就說：「瓊，妳是不是後悔我們的結合？」

我搖了搖頭說：「不！我不後悔！」

「那就對了！」他說：「我也不後悔。天下沒有不散的筵席。我們因相愛而結合，因失愛而分手，眞是天經地義的事。我只希望將來妳會遇到一個妳眞正愛的人。」

他這寬宏大度的話，反倒激出我一泡眼淚。我別過臉去，不敢看他。但是在淚光中，我似乎看到三年前我們初次相遇時他的丰采。

盛夏，朋友家餐事一畢，大家都紛紛地到花園裡去，有的散步，有的飲咖啡。詹就忽然打一棵翠松後轉出。他穿一件淺紫色的襯衫，白色的西褲，臉晒成棕紅色。雖然鬢間已有不少白髮，但仍然充滿了精力，看來神采奕奕。一見我，他就露出一嘴白牙，粲然而笑。也許我就被他那一笑迷住了。過了幾天他打電話約我晚餐，我就毫不遲疑地答應了。想到那時的心情，我也並不是一點都沒有愛過他的。然而婚後我才漸漸地發現我們是那麼不同的兩個人。他是一個一直往前跑絕不回頭的人；而我卻覺得人生應該慢慢地品嚐，這裡停一停，那裡站一站，都得要好好地依戀一番。我注定了不是運動場上那種競勝的選手，讓他甩下自在意中。但從另一方面想，也許是我甩下了他。可是他身穿紫色襯衫、笑臉粲然相迎的模樣卻是那麼清晰而眞切，簡直就在目前，我差不多忍不住要伸手把他緊緊地擁抱起來。不幸，同時我也知道這一切都已過去了。

想到這裡，詹忽然又開口道：「也許妳會覺得奇怪，我來的時候原想好了一些話要跟妳談，我所以才要求妳再給我一次機會。可是到了這裡以後，我的心情卻完全改變了。妳知道我跟瑪麗的關係，她死了以後差不多有一年我完全喪失了生活的情趣，直到碰到妳我才又鼓起了前進的勇氣。我一直想我是愛上妳的，可是現在我忽然覺得，瓊，我實在對不起妳。我只拿妳來代替瑪麗。是，妳只是做了三年瑪麗的替身，所以妳對我失去了愛情是一點都不足為奇的，因為我……也許……也許始終沒有好好地眞正地愛過妳。瓊，想到這裡，我實在覺得又抱歉又難過。我對妳是一點權利也沒有的。」

我轉過臉去，竟見詹的眼裡閃爍著淚光。這麼堅強的一個人，也會有這麼軟弱的時候，也許他說的是實話，他從不曾眞正地愛過我。而我呢，我又何嘗眞正地愛過他？我心裡也為他抱歉，我的淚就簌簌地落了下來。詹握緊了我的手，顯出一臉惶惑的顏色。他也許誤會了我的意思。我實在是一面哭、一面笑。他的話像拔除了一座感情的閘，我的積鬱竟一發而洩。我從此無所虧欠於他，我是自由的，像天上的鳥一樣自由，我可以從此任意過我想要過的生活了。

12

這個短短的週末發生了這麼多事故，對我竟像好長的一段光陰。星期一我回到圖書館上班的時候，就好像剛度完了一個漫長的假期回來的一般，一切都覺得有些生疏。待體會到別人一切如舊，我的心中才漸漸安定下來。

剛坐下來整理上星期打過的書卡，陳太太便踅了過來，伏身在我耳旁聲道：「週末打了幾次電話，都找不到你人。今晚來吃飯好嗎？」

我本來沒有心情去人家家裡吃飯，但陳太太這種半生不熟的朋友，倒不好拒絕，就隨口問道：「幾點鐘？」

「七點！」陳太太一面說一面走開去。剛走了幾步，又回頭道：「帶先生一起來呀！」

我剛想解釋，陳太太卻又轉頭跟別人說話去了。陳太太的先生當律師，在中國人的圈子裡也是有頭有臉的人物。再加上經營房地產，手中頗有幾文。陳太太來圖書館工作，是爲了表示她也學有專長，並不在乎那點薪水。提到我們這種短期工作，對我自己不無小補，對陳太太說恐怕還不夠買化妝品的。雖說陳太太看起來要什麼有什麼，該心滿意足的了，事實上卻又不然。瞧她坐在打字機前那種出神的模樣，就知道心事不少；不過我們交情不夠，沒聽她談過心事就是了。正想著，卻見小李蹭蹭地走過去，兩手都托了一疊書，放在推車上，預備歸還原位。小李正在寫他的碩士論文，抽空來做一點零星工作，一天到晚慌慌張張馬不停蹄。聽艾梅說，爲了趕寫論文，小李弄得夜不成眠，已經弄出嚴重的神經衰弱，說不定論文完成就要住進醫院去，眞是何苦！

艾梅是在圖書館唯一談得來的一個朋友。艾梅長得肥肥胖胖，戴了四百多度的近視眼鏡。一面在圖書館做點短期工作，一面也選點課讀。因爲不急於學位，生活倒不像小李那般緊張。艾梅人已過三十，尙待字閨中，心中發急自不待說，但又做出一副職業婦女對婚姻並不多麼在乎的嘴臉，因此不免有些喜怒無常。今天艾梅不知爲什麼特別高興，吃午飯時約著我一同到餐廳去。

我要了一盤燉牛肉通心粉，一隻蘋果。艾梅爲了節食，只吃一瓶酸奶，外加一根香蕉。

我們剛一坐好，艾梅就瞇瞇了眼咯咯地笑著說：「告訴妳件事，妳再也不會信。」

「什麼事？」我說。

「告訴妳，可不許告訴別人！」

「要是這麼機密，還是別說了吧！」

「也不是什麼機密啦，只是別到處宣揚就好。」艾梅不等我回答，就一面笑得一手按著胸脯一面說：「妳知道亞洲系的那位王教授，妳們本家？」

我說：「我姓汪，不姓王！」

「那也差不多少。妳見過這個人吧？」

「怎麼沒見過？是個書蟲。三日兩頭地來圖書館。今早還來過呢。」

「就是呀！就是要告訴妳今早的事。」艾梅吃了一口酸奶，又笑得差不多嗆了出來，笑夠了才接著說：「上星期在朋友家吃飯碰到了他，妳再也想不到今天他竟要請我吃飯呢！」

「請妳吃飯還不好？」

「妳知道他心裡打什麼主意？今早他來圖書館說要煩我找一本書，誰知竟是藉口。在找到書的時候卻說要請我吃飯，問我哪天有空。說時又吞吞吐吐，臉都漲紅了，可見肚裡有鬼。」

我趕緊說：「恭喜！恭喜！那不是要交好運了嗎？」

「妳要死啊！什麼好運！人家半個頭都禿光了，少說也有五十歲。就是一輩子嫁不到人，也輪不上他呀！」說了這句話，艾梅忽然意識到我跟詹的關係，就改口道：「年紀大點也無所謂，只要身體健康。可是這位王教授弓腰駝背的，叫人難得看上眼。」

「人家不是大教授嗎？」

「誰像妳呀，專挑教授嫁！」說了這句，艾梅又怕我惱，急忙解釋道：「妳那位不管教授不教授，總氣氣派派地像個樣子。」

「算了吧！我們的關係妳也不是全不知道！現在我們已經吹了。」

聽了這話，艾梅吃了一驚，瞪著眼問道：「這是什麼時候的事？我怎麼沒聽說過？」

「昨天剛分開，今天就告訴妳，晚嗎？」

「我就說！妳這個人呀，也太不知足，放著好好的教授太太不做，不知道妳還折騰什麼！」

「一家有一家難唸的經，說也說不清楚！」

艾梅望著我，楞了半晌，才嘆了口氣道：「當然一家有一家難唸的經。」說完我們就匆匆地吃完飯，又回圖書館去做各自的事。

剛坐下不久，阮主任就站在她的辦公室門口朝我招手，說是有我的電話。我們除非是有要緊的事情，是不輕易用主任辦公室中那架電話的。我疑惑可能是詹打來的，不知又有什麼花樣。誰知一聽，卻是朱娣。她先道了擾，才說晚上能不能一起出去吃飯。她說她要訪問一個人，我一定也有興趣見見。我問她是什麼人，她不肯說，只說到了以後自然知道。我說晚上已經給陳太太請了，也答應了去，到時候不去不好。朱娣想了想說：「這樣吧！妳吃了飯早點走，我們在城裡見。」

我說：「也不能走得太早。」

她說：「晚點也沒關係，反正我約的人也不早。」說了她就給了我一家咖啡館的地址，說好十點左右見，就掛斷了電話。

13

下班後本想先回朱娣那裡換換衣服再去陳太太家。後來一想，自己沒車，搭公共汽車往返就得馬不停蹄才趕得上陳家七點的晚餐，因此還不如留在圖書館，看看書休息休息，等一過六點，搭車去陳家，時間上就剛好。

我們這一部分圖書館五點下班，中央部分則一直開到晚上十點。因此下班後我就到中央部分的書庫裡，找了個靠窗的座位，放下皮包，就去書架上找書。不想這一帶的書架都是有關人類學的書籍，大概我唸人類學的時候來慣了這裡，竟無意中又回到原來的地方。我順手抽下一本，是講北美印地安人文化的。記得我還寫過一篇有關加拿大印地安人飲食習慣的論文；那時候因此特地去訪問了好幾個印地安人的家庭。又抽下一本，是《馬雅文化的衰亡》。前年詹到墨西哥去開會，我本想趁機到尤卡坦去參觀馬雅文化的遺址，誰想臨時染了流行性感冒，沒去成。詹自己倒是去過了，照了些幻燈片回來。聽他說得天花亂墜，至今心中仍覺欠欠然，好像錯過了一次珍貴的機會。把這本書拿回座位，翻看其中的插圖：那些印刷精美的矗立在荒原上的巨大的金字塔和叫原始森林侵蝕著的殘缺了的雄偉的宮垣，實在動人心魄，比起詹所照的幻燈片來顯得更有氣勢。千年前的馬雅人若沒有相當高度的技術文化，怎能建造得出如此的巨構？而今卻竟聲息全無地消失在原始的叢莽中。不知中國的文化會不會有一天也會如此？不但中國的文化，西方的文化又能維持多久呢？紐約的摩天大樓是否有一天也會像馬雅人的宮殿爲森林叢莽吞食而成爲一片沒有人跡的廢墟？

馬雅的文化過去了，巴比倫的文化過去了，埃及的文化過去了，希臘羅馬的文化也過去了，印度的文化正在衰亡中，中國的文化呢？歐美的文化呢？人類的文化既是如此，一個人的生命更何其短促！一生的努力、紛擾和苦心經營，到底爲了什麼？我一手壓在書上，一轉頭，就看到了我自己映在玻璃窗中的半個身影。我的長髮黑沈沈地垂下來披在肩上，我的臉色蒼白！是，蒼白！

就在這時，我聽到一陣輕微的腳步聲，玻璃窗中閃過一個好熟悉的身影。那不是阿明嗎？他正站在距我不遠的書架邊找書。我扭轉臉來。不錯，是他。

「喂，阿明！」我輕輕地叫了一聲。

他疑惑地轉過頭來，看到是我，就一臉驚喜地走了過來，叫道：「汪佩琳！是妳呀！」

「輕聲點！」我提醒他道，一面自己也壓低了聲音說：「你還在哥大呀？」

阿明搖了搖頭，笑著說：「妳呢？又唸人類學了？」

「早就不唸了！」我說：「我現在在圖書館的亞洲部工作。你的女朋友好嗎？」

「哪個女朋友？」

「還有哪個？就是那個嘛！」

「你是說劉文倩？」

「是啊，就是唸比較文學的那個文文靜靜的女孩子，該也要畢業了吧？」

「劉文倩，她……她已經不在了。」阿明平靜地低聲說。

「眞的？怎麼會呢？」

「還不是因爲搶著唸學位，去年又發了胃病。住進醫院裡，一檢查，不得了，是相當嚴重的胃潰瘍。醫生說要開刀。文倩也拿不定主意，就跟我商量，我覺得還是應該聽醫生的話好；好在在這裡開刀也不用花錢。結果把胃切掉了小半個。文倩本來是胖乎乎的一個人，不久就瘦成了一條線。」

「後來沒有好嗎？」

阿明嘆了一口氣說：「從醫院裡出來，好是好了一陣子，可是身體太弱，書自然唸不下去，工作也做不了。她父母把她接回臺灣去。後來不久就過世了。」

「可惜！」我說：「那麼好的一個女孩兒，你一定夠難過的！」

「難過有什麼用！」阿明顯得若無其事地說：「人死已經死了！我只是替劉文倩惋惜，太爭強好勝了。別人唸兩年的學位，她必定要在一年唸完。本來活潑潑地來的，卻死翹翹地回去。我看她不是死在胃病上，是活活累死的！」

「倒是我有先見之明，」我自我解嘲地說：「知道自己不是唸書的材料，就早一點退下陣來。」

「誰又是唸書的材料？」

「你呀，阿明！你就是塊唸書的材料！」

阿明是我少見的聰明人。國內大學一畢業，就拿到這邊的助教獎學金。剛來的時候英文還不怎麼靈光，因此不能帶學生討論，只能幫教授整理點資料什麼的。一年以後，令人驚異的是英文神速地進步，說得相當流利，比我這個比他早來好幾年的還強。我常跟阿明開玩笑說：「阿明，你的英文比你的中國ㄈㄚ都好了。」「怎麼？我的中國ㄈㄚ不成嘛？」「你的中國ㄈㄚ就是差了點兒！」阿明的國語總是ㄈ、ㄏ不分的。阿明跟我同時唸碩士學位的時候，成績都是A，常聽教授誇讚他的功力深厚。

「你以為我是唸書的材料？」阿明眼裡流露出一種調侃的光芒。「去年唸完了碩士學位，拿到了博士獎學金，好幾個教授都勸我繼續唸下去，我卻突然想到了擺在面前的五六年。五六年是好長的一段時光！人生有幾個五六年呢？到頭來不要像劉文倩似地死翹翹地回去。唉！」說到這裡阿明嘆了口氣，看了看錶說：「呀！快六點了。跟小李約好一起到羊城去吃飯的。妳要不要一起來呀？」

「我今天晚上有人請了。」我說。

「就這麼不巧，那麼改日再見！」阿明說：「妳說妳在亞洲部工作，過幾天去找妳。」阿明說著拿了書走了。

望著阿明的背影，我忽然心中產生了一種說不出來的惆悵。三年前我跟阿明同學的時候，阿明跟劉文倩是人見人羨的一對。表面上看起來劉文倩那麼文靜，好像是百依百順的那種女孩兒，想不到內心裡卻十分好強，現在不到三年，一切都變了樣子，一個入了黃土，一個繼續在異國飄泊。忘了問他現在做什麼。想來還不是跟我一樣，也沒有什麼明確的目標吧？

想到這裡，忽覺這些年來的生活實在荒唐可笑，出國、唸學位、結婚……有幾件事是出於自己的心願做的？好像個人偶似地，總是牽在一根無形的線下，每一步都受著外力的左右。但抬起頭來，又看不清那牽線的人，所以益發覺得迷惘。一個人爲什麼這麼被動？就不能主動地做點自己喜歡做的事？忽然轉念到今晚去赴陳家的宴會，豈不也是這種荒誕行徑之一？我並不怎麼認識陳太太，也並不那麼喜歡她這個人。陳家夫妻是一心往上爬的那種典型，他們跟人的交往，與其說是求取人間的溫情與瞭解，不如說是爲了建立社會關係。我跟陳太太從不曾有過個人間彼此的關懷。她之所以熱心跟我周旋，使我覺得多半倒是爲了詹的關係。記得上次在她家吃飯，她就一再向客人介紹我是勞倫森太太，又盡力爲詹勸酒加菜，我自己在她眼中倒是無足輕重的。我似乎仍然可以清楚地看到她那堆著一臉假笑的粉臉對客人說：「這位是勞倫森太太。勞倫森博士是哥大有名的生物學教授。噢，不但是哥大呀，應該說是全加拿大的吧！」想起陳太太臨去那一句「帶先生一起來呀」的話，現在我一個人去，缺少了全加拿大聞名的勞倫森博士，該又多麼令她失望呢！我又何苦去參加這種與我無干的筵席？爲什麼我仍然任人擺佈？繼續進行著這種荒誕的行徑？不！我應該改變我的生活！不去赴陳家的宴會！不去！不去！

我拍達一聲闔起了手中的書，猛然站起身來，想去掛一個電話藉口推辭。但繼而一想，連電話其實都是多餘的，不去就不去！跟詹的關係都可以一刀兩斷，像這類的社會關係又何苦去費心維持？是！從今以後我只做我樂意做的事而不問其他。決心這麼一下，似乎反倒得到了些了悟；雖然尚不見得透徹，可是畢竟也能形成一種行動的力量，或者說不行動的力量。在有限的生命中，我想我應該學習何取何捨。可哀的是到了偌大年紀，竟連這麼一點基本「為人」之道，尚不曾學到手！

14

從圖書館出來，想想跟朱娣約會的時間尚早，不如也到羊城去吃了晚飯再說。就沿著大學道朝校門口那家小飯館走去。這家飯館由一對廣東夫婦經營，丈夫掌勺，太太管賬，另雇了一兩個工人擔任洗刷打雜。飯館採用自助餐的方式，並沒有跑堂。自己點了菜。付了錢，拿一個號碼。菜做好了，由廚房遞出來，管賬的就叫號碼，自己去取，因此也不用給小費。菜雖然沒有一般大飯館裡做的講究，可是量多實惠，價錢公道，很受哥大學生的歡迎。晚餐的時候常常大排長龍。

我到了那裡，果然見排隊的人從櫃檯將要排到門口。不過管賬的太太動作俐落，菜單寫得很快。我一面排隊，一面拿眼睛搜索阿明和小李。阿明已經看見了我，立刻跑過來問道：「妳怎麼也來啦？」

我說：「給我留個位子，待會兒再告訴你。」

我排了不到十分鐘，也就點好了菜，就坐到阿明那一桌去。阿明放下筷子，給我去倒了杯茶來。小李笑著點點頭，正忙著大口吞飯。我對小李說：「我在圖書館工作，你也沒告訴阿明。」

阿明接口道：「小李現在一腦門子都是考試和論文，哪裡還顧得到別的！對不對？小李！」

小李吃得正急，聽了也不答話，只尷尬地一笑。

「妳看，」阿明說：「小李連吃飯都像跑接力賽似的，忙不迭，吃完了好去用功。」

「誰說！誰說！」小李矢口否認著，可是並不曾和緩他那種慌急的模樣：吃幾口飯菜，就拿起茶杯來猛喝一口茶。

「你這麼緊張，不弄出胃病才怪！」阿明又說。

這時小李已用紙巾擦了擦嘴，紅著臉坐在那裡，也不說話。

「這麼快就吃完了，小李？」我說。

「哪有工夫像阿明那麼細嚼慢嚥的！」

「我一向吃飯慢。」阿明說：「你要有事，可別等我！」

小李聽了就趁機站起來道：「你們聊吧！我有篇論文這兩天要交，得回去趕一趕。」

「好好！」阿明無可奈何地擺擺手：「好好去用功吧，小李！」

「用功歸用功，也得注意身體呀！」我加了一句。小李已經離開座位一溜煙地走出去，也不知道有沒有聽見我的話。

阿明說：「今晚要不是我拉他來飽餐一頓，他可能又買個三明治埋在書本裡了。」

「也難怪哪！」我說：「小李英文不靈光，人又沒你那麼機伶，對什麼一學就會，不用功怎成？」

「我不是說不該用功！」阿明辯道：「我自己也是過來人。我只是覺得該有些分寸，不要走上劉文倩的路子。」

「哪裡都會像劉文倩哪！」我說：「你沒有繼續唸博士，是不是也因爲劉文倩的關係？」

「也可以說是，也可以說不是。劉文倩的死是給了我些刺激，使我想了許多問題。這一想不要緊，過去那種一頭猛鑽的勁兒就洩了下來。我現在可以從另外一個角度看問題，就不免覺得唸一肚子書，拿了學位，又所爲何來？」

「服務社會呀！」我說。

阿明笑道：「想不到妳學會說教了，汪佩琳！」

「我們從小學到大學，不是總聽見人告訴我們說將來服務社會嘛？」

「這句話並沒有錯，可是拿來當句口號說了又說，就不免騙人！有幾個人是爲了這句話拚命的？還不都是爲了將來得個好工作，多賺幾個子兒？或者叫別人覺得自己挺有出息的。」

「那不管他！有個學位總比沒有強，是不是？」我說：「那時候大家都說，阿明唸博士，眞是易如反掌。」

「別開玩笑了吧！」阿明笑著說：「妳知道那時候大家怎麼說妳？」

「說我？說我什麼？」

「說妳呀，比誰都厲害！人家拚命唸博士，妳呀，不費吹灰之力就撿來個大博士！」

「看你又來胡謅，阿明！」我也忍不住笑道：「眞是本性難移！」

「我說錯了嗎？」阿明又笑道。

「這樣撿來的博士，總不是自己的，沒有用！」

「怎麼沒用！妳才是名副其實的超博士，博士都拜倒在妳的石榴裙下嘛！」

「越說越不像話，看我不……」

我正舉手要打，恰巧賬房叫出了我的號碼，就笑道：「哎呀！是我的菜！」

阿明也笑著趁機跑去替我端了來。

阿明自己已經吃完，只坐在那裡喝茶。我就說：「阿明，告訴你，我已經跟詹•勞倫森分開了。」

阿明驚道：「妳是說妳離婚了？」

「離婚倒還沒有，不過也只是時間的問題。」我說。

「啊！」阿明道：「那倒沒想到。本來想妳是滿幸福的！」

「幸福？哈！」我說：「每個人對幸福都有不同的解釋，使一個人幸福的事，對另一個人就可能是痛苦！」

「那倒也不錯！怪不得看妳臉色不好，原來是有痛苦！」

「你又來了，阿明！」

「該打！該打！不該再跟有痛苦的人開玩笑。」阿明正色說：「剛才妳不是說有人請妳吃飯？妳還沒說怎麼忽然又一個人跑到這裡來吃？」

「說來話長！」我說：「告訴你，你也不懂！我呀，簡單地說吧，忽然間——就在圖書館裡碰到你的時候，就在你告訴我劉文倩死的消息以後，就在你剛剛走了以後，忽然間我做了個決定，今後不再做我自己不想做的事！今晚的應酬正是我不想做的事，你明白吧？所以我決定從這件事情開始，我要做自己的主人啦！」

阿明靜靜地聽著。他的眼鏡映著窗外的光，使我看不淸他眼內的神色，可是我覺得他忽然莊靜了下來。他馬上接口道：「我懂！我懂！我完全懂！我自己去年也遭到跟妳現在一樣的情形。那時候我唸完了碩士，又拿到了博士獎學金，眞正應該順理成章地唸下去。可是忽然間我產生了個奇怪的念頭，覺得自己不過是一隻給人實驗用的白老鼠，叫人放在一個盒子裡，預先做好通道，就在你前邊放些好吃的東西，引誘你在製定的格子裡朝前跑。跑啊！跑啊！跑啊！不管你跑得快還是慢，你永遠跑不出那些格子。」

「所以你不要再做白老鼠！」

「不！我可以做白老鼠，」阿明調侃地說：「不過我也要同時做實驗師。我自己又是實驗師，又是白老鼠，因此我不必要那些固定的格子。」

「那你預備怎麼樣？」

「我嘛，我想到多倫多去一些時候，然後再去紐約，先多見見世面再說。吃苦是不怕的！妳知道從去年到現在我做了些什麼？我當過跑堂，我修過汽車，我伐過樹，我當過裝卸工人。上星期我回到系中去看我的論文指導教授，我從前覺得他那麼了不起，現在跟他一談話，書呆子一個嘛！啥也不懂！原來他就是碩士、博士、教授，這麼上來的。」

「你是不是又想回來了？」

「回來？門兒也沒有！我現在是出了籠子的鳥。說句老實話，如果沒有在社會中生活的經驗，我不知道這種學院的教育有什麼好處！」

「也不能說沒有好處，」我道：「總算靠學院的教育才累積了專業知識，使各行各業的技術日益進步，精益求精。」

「這就更使我懷疑這種精益求精的進步會引出一種什麼結果來。不要忘記我們道家的話：聖人不死，大盜不止！絕聖棄智，民利百倍！不是全沒有道理的！」

「這是種反進化的看法，我不贊成！」我說：「我覺得道家的主張只是企圖維持一種渾渾噩噩的原始社會，叫人類永遠不要達到智能倡達的成熟期。」

「可是妳能永遠停留在成熟期嗎？要知道，成熟期一過就是衰死！」

我沒答腔。阿明又道：「汪佩琳，這只是我的想法，我並不需要別人的同意。有許多問題我也是想不通的，所以我要躲開這個進化的主流，好使自己可以靜下心來好好地想一想。」

「這就是你沒有繼續唸下去的原因了？」我問道。

「也許是，也許不是，也可能只是一種藉口？」

「什麼藉口？」

「什麼藉口？懶惰的藉口吧！我實在唸書唸得厭了，也許得要有一種雄心大志才支持得下去。」

「什麼雄心大志？」

「雄心大志嘛，說穿了就是可以站在別人的頭上。要是努力了一輩子，到頭來只是讓別人踩著，誰要幹這種傻事兒？」

「就不能誰也不踩誰嗎？」

「所以呀，要誰也不踩誰，就用不著什麼雄心大志了，對不對？大家都隨意來追求自己想得到的知識，那眞是一種樂趣。要是拿這個來做爲一種手段，把它變成一種謀求私慾的工具，還有什麼樂趣可言？妳說呢？」

15

跟阿明告別，從羊城小館裡出來才不過八點多鐘，離跟朱娣約定的時間還早了些。五月的天氣，太陽這時候剛剛落山，到處展佈著落日的餘暉。一蓬蓬的鳥雀在天際盤飛。遠遠地看見一部進城的公共汽車從校內開過來，我就搭上了這部汽車。車上乘客稀少。在經過葛蘭維大橋時，路燈都一盞盞亮了起來，在暮色中散射著瑩瑩的藍光。遠望市中心的高樓大廈，襯托在灰茫的天空中，竟像童話中的巨堡。

我在葛蘭維大街跟羅伯森街交口下車，再橫走兩條街就是跟朱娣約好見面的咖啡館。可是現在時間仍然太早。心想在葛蘭維大街上散散步倒也不錯。這裡除了公共汽車之外，其他車輛不准通行，又充滿了電影院、酒吧之類的消閒場所，蹓街的人倒是不少。我正在這麼漫無目的地走著，忽然斜刺裡一個人直向我衝過來。我本能地又慌張、又驚懼地一閃身，那人就重重地摔在我面前；一隻手卻扯住了我的手臂。在我呆立的那一剎那，他開始癡重地爬起來，半仰了臉，我才看清楚了他的面孔。是一個四、五十歲的漢子，臉上有些浮腫，額角上明顯地掛了一塊青紫的傷痕，厚重的嘴唇正在吃力地扭曲著。一看就知道是一個醉鬼。在平常我會一摔手走開的，可是今天我的心情竟有些不同；再加上他緊抓住我手臂，倒也不容易摔手脫身，於是就使力幫助他站了起來。

「謝謝……謝……」他吃力地扭曲著他厚重的嘴唇說，一面鬆開了抓緊我手臂的手，卻又用手比劃著說：「妳……妳……有支煙……」

我打皮包裡拿出香煙，抽出一支給他。他笨拙地塞進嘴裡，又滿處摸火柴。我劃了一根火柴替他點起來，他就翻起眼睛瞪了我一陣說：「甜蜜……妳眞是個好人。」

我看他的眼神散散地，全不能集中到我的眼上來，可是他又極想把我看個清楚。我從沒有跟一個醉漢站得這麼近過。我總以爲醉漢是一種失去了自制的可怕的人，可是現在當我面對著這個醉漢，彼此對望著的時候，我頗爲吃驚於我自己的膽量，因爲我竟然毫無懼意。

「好人……」他喃喃地比劃著轉過身去，抽著我替他點起的香煙，趔趔趄趄地消逝在人叢中。

我慢慢地踱到朱娣告訴我的那家咖啡館的時候，才九點四十。這家咖啡館我從沒來過，木門上鑲著彩色的玻璃。我推門進去，發現並不是一家咖啡館，卻是一家飯館，自然也有人光來喝咖啡的。裡面光線頗暗，引人注目的是四壁掛滿了綠色的盆栽，其間夾雜了盞盞發著昏黃的光線的壁燈，另外每張桌上都亮著一支燭臺。我稍一定神，就喜出望外地發現朱娣已經先我而至。她獨自坐了一個牆角的座位，斜對著門口，手中夾了一支香煙，正在向我招手兒。

我走過去，坐在她的對面。看見她面前擺著一個還未撤走的空盤子，才知道她剛剛在這裡吃完了晚飯。她問我還要不要吃點什麼，我說我只要一杯茶。正說著女侍就走了過來問我要什麼。我叫了一杯茶，那女侍順手撤走了朱娣面前的空盤子。

「妳知道今晚我為什麼約妳來這裡？」朱娣神祕地眨眨眼睛說。

「妳不說要訪問一個人嗎？」

「不錯，是訪問一個人。我想妳也是有興趣的。但重要的是我要妳做一個見證。」

「見證？什麼見證？」

見我有些驚異的樣子，朱娣就伸出她那胖嘟嘟的小手來拍著我的手說：「別怕！不是上法庭的見證，我想要妳一點比較客觀的意見。妳知道我正在研究娼妓的問題，到現在為止，我所有的訪問都有一個第三者在場。第一為了減少在訪問時由於個人局限所導致的重點偏誤；第二則在事後歸納資料時減少我自己的主觀印象。我想妳是學過人類學的，妳多少掌握到人類學一些基本的理論，同時妳又是從另外一種文化中來的，妳可能對我們文化中的某些現象比我們更具有敏感性。」

聽了朱娣的話，我的好奇心大大地提了起來。

「妳今晚訪問的是一個妓女吧？」我的話剛出口，朱娣已經站起身來，滿臉堆笑地朝門前走去。我一扭頭，就看見朱娣正迎著一個年輕的女人往回走來。

「這是羅拉，這是瓊。」朱娣替我們介紹了。羅拉剛看見我時似乎有些吃驚，但隨即也就安然地坐下去。女侍又跟過來。朱娣問羅拉要吃什麼，羅拉只叫了一杯咖啡。

這時候我才把羅拉仔細地看了一番。羅拉很年輕，看樣子最多不到二十五歲。蓬蓬的金髮，不知是染過的顏色，還是戴的假髮。皮膚很白晰。身上卻穿了一身做工考究的幾乎和男人服裝沒有什麼分別的黑條紋白麻布的西裝。西裝內也有緊身坎肩，打著銀色的絲質領帶，領帶上別了一個閃光的藍寶石的領針。我注意到跟她手上帶的一枚戒指是同式同色的。要不是她臉上濃艷的化妝，特別是搽了唇膏的殷紅的口唇，我倒可能把她錯當成個年輕的小伙子。

朱娣先遞一支香煙給羅拉，並且解釋了我是一個參加她的研究工作（天知道）的好朋友，希望羅拉不要介意我的在場。又說明被訪問的人都是匿名的。

羅拉用一種極輕俏的姿勢夾著她的香煙，細瞇著眼斜視著朱娣說：「不要用錄音機的噢！」

「當然！當然！」朱娣說著從皮包裡拿了疊紙卡出來；「我只把重點記上就成！」說著也遞了幾張給我，叫我記下我以為重要的地方。

在她們煙氣的夾攻下，我也只好點起一支香煙來擺出一副洗耳恭聽的姿勢。

朱娣先問了些有關背景的問題。羅拉是溫城出生的，父母是稍有資產的商人。問到羅拉的年齡時，她說才只有十九歲，倒使我吃了一驚。我原以為羅拉是二十歲以上的。但羅拉隨即說再過一個月她就整二十歲了，就比較合法了，所以她不怕接受訪問。

「其實不管多大歲數，娼妓還是一種非法的職業，是不是？」朱娣說。

「那是不合理的、不公平的！」羅拉憤憤地說：「大家都是憑本事賺錢，為什麼偏偏這種工作就不合法？加拿大是一個自由的社會，我們要爭取合法的公平待遇。」

「妳們有這種力量嗎？」朱娣問。

「也許現在還沒有，但我們正要組織起來。老實說，我今天來接受妳的調查……」

「不是調查，是訪問。」朱娣打斷了羅拉的話說。

「調查也好，訪問也好，都沒有多大的關係。老實說我今天接受妳的訪問也就是想間接地讓社會知道我們的意見。一個自由的社會，不能容忍少數的人遭受歧視與壓迫！」

「妳如果認為這是種正當的職業，妳能不能說出妳的理由來？」朱娣說。

「當然！第一，經濟就是一種供求的關係，對不對？妳們大學者總該懂得這種道理。有求就有供，這是人人皆知的常識。第二，我們的工作也是種投資。妳看，一套衣服就是上千，不是投資嗎？豪華的化妝品工業，如不靠我們消費的支持，恐怕早就關門大吉了吧？我們這一行也維持了一大批其他行業的就業人口。第三，我們對社會是一種服務，不可缺少的服務！」

牙。

聽了羅拉這句話，我們都笑起來。羅拉也跟著縱情地格格大笑，故意地露出她一嘴整齊的白

「那麼妳在這一行有多久了？」朱娣又問。

「一年多。本來中學畢業後想賺幾個錢進大學的。現在想想進大學也沒有什麼用處，倒不如趁現在年紀輕多賺幾個錢是正經。這種職業是受年紀限制的，總不能幹一輩子。」

「要是現在有別的工作機會，妳肯不肯轉業呢？」我插嘴問道。

「爲什麼要轉業？傻瓜才去轉業！到商店裡去站一個月櫃檯還沒有我們幾天的收入多。」

「可是幹這種事兒，妳們心裡……」我指著自己的心口想找一個恰當的字眼兒表示出來：「妳們心裡就舒服嗎？」

朱娣白了我一眼，好像我問出了一個極不恰當的問題。不過羅拉倒是痛痛快快地答道：「有什麼不舒服？我是自食其力，不靠任何別人。再說沒人強迫我做這種事兒，是我自個兒甘心情願的。這種工作，第一賺錢容易，第二服務了社會，第三我喜歡性，喜歡做愛。妳不喜歡嗎？」

我叫她問得張口結舌，不知如何回答是好。幸好朱娣把話接了過去：「這也是很自然的。性是一種歡樂，而不是一種罪惡！」

「就是！就是！」羅拉像遇到了知音似地親熱地抱起朱娣的一隻膀子說：「把歡樂給予別人，自己也得到歡樂。天下還有比這更好的事嗎？」

「可是甜蜜，」朱娣調侃地道：「太多的歡樂，會不會日久生厭呢？」

「不會！不會！我從來就沒有厭惡過。遇到眞正疲倦的時候，我就停止工作，好好地睡他幾天就是了。」

「我今天總算長了見識。」我說：「我以前總以爲妳們這一行含了不知多少辛酸淚。」

「那是傳教士的宣傳，妳去聽他！」羅拉不屑地說：「哪一行沒有辛酸？莫說是我們這一行！各人有各人不同的遭遇，不能一概而論。要是我們這一行果眞非常辛苦，恐怕也不必有勞警察來取締了吧？」

「這倒是實話。」朱娣說：「不過我倒有一個重要的問題。妳會不會覺得妳的行爲犯了淫誡？」

羅拉咯咯地笑起來：「我不是教徒，我不相信這種鬼話。我父母相信，所以我也不跟他們來往。讓他們去相信吧！我是比我父母自由的人。」

「可是妳有沒有像一般女人似地想到結婚的問題？」朱娣緊接著問。

「有時候也想到。不過我還年輕，那是未來的事，再過幾年去想這個問題還不遲。」

「這麼說來妳是很滿足現在的生活了？」我不由自主地衝口而出道：「妳沒有想到這其中缺少了一種東西？」

「什麼東西？」羅拉忽閃著她那裝了假睫毛的眼睛問。

「愛情！愛情！」我說。

羅拉似乎不解地楞了一下，但隨即展顏道：「愛情？什麼是愛情？我覺得對每個人都充滿了愛情。」

「可能嗎？」我低低地說，並不想有什麼答案，可是羅拉卻探過身來，幾乎是耳語似地對我說：「在妳認爲愛情在的時候，愛情就在那兒了。」

16

喝完茶和咖啡，朱娣又叫了啤酒來。羅拉喝了一杯就起身告辭。我和朱娣一面喝著啤酒，一面繼續談著適才的話題。朱娣認爲娼妓問題是人類社會非理性的表現之一。其他像戰爭、宗教的崇信、傳統的因習，以至戀愛等行爲，都是非理性的。

「妳是說連信仰、戀愛都是非理性的？」我說。

「不錯。信仰不能用理智來分析，一分析就沒了信仰。」朱娣說：「戀愛則是一種情緒的流洩；情緒則不在理性的控馭範圍之內。」

「這樣說起來，人的行爲又有幾分是理性的？」

「很少！很少！」朱娣撇了撇嘴猛呷了一口啤酒說：「人從原始的渾沌中來，茫然無知，既不知身爲何物，又不知所行何爲。本來也可相安無事，但夏娃、亞當又不能安分地去呑食了智果。這一份圖景象徵了人類理性的覺醒。覺醒了的理性便超脫了自然渾沌的束縛跟它對立起來。可是人的原生本質都來自自然的渾沌，理性只是人類企圖超脫自我的一種……一種……一種邪魔！」

朱娣的話使我嚇了一跳：「妳在說什麼呀？」

朱娣翻了翻白眼，咂著舌頭道：「我說什麼呀？我自己也不大清楚。我只是想，如果理性有一天完全否決了自然渾沌，也就同時否決了……否決了……」

「否決了人之爲人，是不是？」

「正是！正是，瓊，妳實在是個聰明人。詹比妳差遠了。來！乾杯！」朱娣舉起啤酒杯來，一口喝了個光。

我也喝乾了我的啤酒說；「不過比起妳來，我還是差遠了。」

「比起羅拉來，我們都差遠了。」朱娣說；「她比我們自然得多，她比我們更像一個人！喂，再來啤酒！」朱娣對剛好打我們身邊走過的女侍喊道。

啤酒拿來的時候，朱娣舉起杯來說：「爲羅拉乾杯！」

「朱娣，妳有些醉了。」我說。

「醉了？早呢！」朱娣說：「這裡不便，今晚咱們到酒吧去一醉如何？也恢復恢復咱們非理性的本性。」

「我不怕！」我說。

我們換到一家酒吧，夾在買醉的人群中，每人又喝了三大杯。朱娣的舌頭越來越纏夾不清了。

我雖然心中還相當清醒，可是感到心口噁心，頭重腳輕，飄飄然不知身在何處。

朱娣倒還有自知之明，把車丟在停車場，兩人叫計程車回家。

下車後，朱娣在門臺上絆了一跤，我急忙扶住她，她的癡重的身體就實實落落地靠了上來，兩人差一點沒再滾下門臺去。朱娣摸到鑰匙開了門，卻不去開燈。在黑影中，忽然湊在我的耳旁說：「羅拉問妳喜不喜歡做愛，妳連耳根都紅了。」

「我連耳根都紅了嗎？」我說：「我又不是小孩子！」

「問妳！妳倒說妳喜歡不喜歡？」朱娣吃吃地笑著，重重地戳了我一指，正戳在我的胸口上。「妳呢？妳說妳呢？」我也笑著戳了她一指。可是不好，不好，哇地一聲我吐了出來，吐了朱娣和我自己一身腥臭的酒食。這下把朱娣也弄呆了。過了半晌，我忽覺燈光一亮，朱娣皺著眉頭站在那兒。我心中好生難過，好生難過，但腳下一軟就昏坐了下去。

我只覺我的頭腦不停地向外鼓脹，疲憊得直如昏昏睡去，可是又似不曾完全睡去，只茫然地往下飛墜，就如在微風中飄墜的一片落葉。終於我墜落到一片富有彈性的地面上。我奮力地睜開眼睛，掙扎著站起身來，腳下的地面卻軟綿綿的不能著力，就像踏在海綿上一般。我就這麼一腳高一腳低地向前跋涉。我面前矗立著的是一所巨大的灰色廠房。一扇小小的黑漆門經我輕輕一推就呀然而開。於是我進入到一間軒亮的車間之中，耳中立刻充盈了機器軋軋的噪音。抬頭看去，在四面木質的高臺上固定著一具具的肉紅的人體。是人體，都是強壯的男性的人體，就像在西方戰爭畫上所見的那種筋肉暴張的人體一樣。一具具有的俯身向下、腿臂朝上倒縛地固定著，有的仰面向上、腿臂向內環抱地固定著。人體的腿和臂都如巨大的枯樹的主幹一樣的虬結有力，而且都粗大無比，跟軀幹的尺度不相上下。這些人大概固定在那兒已有好些年月，他們的髭髮均已蒼白。他們的頸項都短粗有力，使他們那蒼老但仍很鮮艷的頭顱堅強地挺立著。他們大張的灰目凝定而無神，雖然仍然活動著，卻猶如視而無睹。這時我發現那軋軋的聲音就是從他們身上發出來的，因爲他們那虬曲得變了形的短絀有力的腿臂都在緩慢地蠕動著，牽引著一條穿過他們軀體的履帶。原來他們都是些肉做的機器。在軋軋的聲音稍一停歇的時候，就有一隻鐵勺從牆壁裡伸將出來，把勺中的食料倒入他們的嘴中。他們就一面咀嚼著口中的食物，一面繼續腿臂的有著節奏的蠕動。

我慢慢地經過他們的面前，他們只是凝瞪著呆目，竟沒有一個人轉頭望我一眼。站在他們之間，我越來越覺得不舒服，胸口又發生那種噁心嘔吐的感覺，而且渾身仍然沾滿了方才嘔吐的穢物，膩膩地非常難受。如果我腳下不是這麼疲軟無力，我早已飛離這樣的一個所在。

我越來越覺得難受，因爲我渾身所沾的都是些黏黏的穢物。我這時已無暇他顧，那些穢物稀漓漓地附蓋在我的肢體上，我徒然大張兩手，卻不知如何處置才好。我只有張大了嘴，驚懼地呆立在那裡。

正在焦急不安的當兒，忽覺腳下一鬆，地面竟在我的立身之處塌陷下去。我的身體好像置身於一架滑梯上般向一間更大的廠房滑去。我的四周迷漫了蒸騰的霧氣，耳邊卻充滿了歡叫呻吟的聲音。我這才意識到這並不是一間廠房，卻是一間巨大無比的體育館，而下方便是一個蒸發著水蒸汽的熱水泳池。我終於鬆了一口氣，至少可以洗一洗一身的污穢。正當意識到這一切的時候，我的身體已飛快地從滑梯上滑入池中，跌在蠕動著的無數的人體之間。原來池中並沒有水，只有泛白的泡沫和櫻紅的人體。無數的泡沫、無數的人體在迷濛的霧氣中漫無目的地泅動著。

我的左右都夾擠著人體。爲了向前泅動，我只能穿過他們的脅下，擠入他們的胯間。他們也同樣地奮力地擠著我的身體。我只感到焦躁無比，期望盡快地泅出這個泳池去。但擠過一個人體，又是另一個人體，好像這樣的人體竟是無止無盡的。我掙扎得汗流浹背，用出了所有的力量來屈伸扒抓。猛然間我醒了過來，卻覺得有一個身體重重地壓在我的身上。

我大吃一驚，突覺我自己竟是完全赤裸的。我奮力推拒著那個身體。

「瓊，是我！是我！」酒氣噴到我的臉上，黑暗中我聽出那是朱娣的聲音。「妳瘋了，朱娣！」我一面叫著，一面跳下床去，連跌帶爬地奔到浴室，就俯在浴盆上大聲地嘔吐起來。

17

今天來上班的時候，頭仍然在隱隱作痛。路上我買了份報紙，看看出租房屋的廣告。我想我應該盡快從朱娣那裡搬出來，昨天酒後的失態似乎不是出於偶然。我不願意跟朱娣之間發展成一種異乎尋常的關係。雖然我很喜歡朱娣，很佩服朱娣，但除此之外並無其他。我並不在乎一般人對這種關係保持何種看法，問題是朱娣對我並沒有任何肉體上的吸引力。如果朱娣長得像羅拉那麼挺拔俊俏，情形可能又不同了。可是朱娣是朱娣。每個人都有他的長處和缺點。朱娣有許多長處吸引我跟她接近，唯獨跟她睡在一張床上這件事卻是想都不曾想過的。

搬家！愈快愈好！

早上遇到陳太太，也忘了向她道歉。她竟也沒有說什麼，也許等我先開口的吧！算了，不說也罷！過了一會兒，還是陳太太熬不住，走到我桌前輕聲問道：「昨晚怎麼沒來？」

我只好把她拉一旁，低聲解釋道：「陳太太，請妳原諒，我正在跟我先生辦離婚手續，沒有心情去赴朋友的宴會。就請妳多包涵吧！」

聽了我的話，陳太太驚得半天才吐出一句：「眞的嗎？」

「我自己告訴妳，還會假得了嗎？」

「妳們這些年輕人啊！」陳太太比我也大不了許多，竟這麼充老地歎息起來。

我聳聳肩走開，把她拋在那裡歎氣。

午餐的時候又碰到艾梅。

她見我埋著頭看報上的廣告，就走過來問我說：「買汽車？」

「不是買汽車，是找房子！」

「噢！」艾梅裝腔作勢地長長地噢了一聲道：「看我有多糊塗，妳昨天剛說過分居的事。妳要找什麼樣的房子？」

「獨身公寓那一類的，越便宜越好。」我說。

「現在找房子並不困難，空房子還不算少。一過了夏天，趕上秋天開學的時候就難啦！妳要不要住在人家家裡？」

「那得看是在誰家，怎麼樣的房間。」

「我忽然想起來，」艾梅說：「我姑媽倒是有間房要出租的，在她的頂樓上。有獨用的浴室跟廚房，也算是獨戶，不過上下用她的樓梯而已。妳要不要我替妳問問，看看租出去了沒有？」

「那自然好，不知在那個地區？」

「十三街，靠橡樹路。到大學來，若是沒車是遠了點；不過搭百老匯大街的車也還算方便。」

我在報上已經勾出了幾個地址，預備打電話的，就把報紙一合，拉起艾梅說：「走！現在就麻煩妳打電話問問；我也另外有幾個電話要打。」

艾梅打電話一問，她姑媽說那間房仍然空著。聽說是中國人要租，又是艾梅的朋友，喜歡得不得了，就要我們馬上去看。

我們約好下班後由艾梅陪我去。我又打了幾個電話，不是沒人接，就是地方太遠，都沒有談妥，因此下班後就只去艾梅姑媽這一處。

艾梅的姑媽姓伍，是個矮小瘦削的女人，跟艾梅完全不同。看樣子不過五十多歲，頭髮卻已皤白，光光滑滑地在腦後挽了個髻。上身穿著半舊的毛線衣。下身著長褲，腳下卻趿了一雙繡花的中式拖鞋。開口先笑，笑聲雖說有些做作，卻透著十二分的親熱。

房間很小，但有簡單的傢具。浴室只有一個淋浴的蓮蓬頭，沒有澡盆。其實並沒有廚房，只不過在房間外邊一個角落裡放了一隻小冰箱和一個電爐。伍太太說，如果要做大菜，可以用她的廚房。她又說，因爲我是艾梅的朋友，房租只要一百元，電費在內，本該是要租一百二十元的。

我覺得房間還算整齊乾淨，房租也算便宜，立即就付了二十元押金租了下來。伍太太問我打算什麼時候搬來，我說越早越好，今天是來不及了，就說定明天搬家。

現在的問題是如何對朱娣解釋，不要她見怪才好。因此從伍太太那裡出來和艾梅分手以後，我就去超級市場買些菜蔬，預備今晚做一頓中餐請一請朱娣。

我回到朱娣家的時候，朱娣還沒有回來。我就一個人先把飯菜做好，專等她回來同吃。可是左等也不來，右等也不來，看看都過了八點，我只有獨自吃了，把剩餘的放進冰箱，心裡很不是滋味。看看過了十點，仍不見朱娣回來，我只好先去睡了。

第二天早晨才見到朱娣。她還是原來的樣子，倒看不出有什麼不快樂。

我告訴她昨晚特別爲她做飯的事。她說昨天在朋友家吃飯，我要是事先告訴她，她就不出去了。

我又說到搬家的事，朱娣似乎有些吃驚，問我爲什麼這麼著急。

我說老是打擾朋友總是不好，遲早總要自己租房子。現在有這麼個機會租到一間便宜的房子，所以就租定了。

朱娣也沒有十分挽留我，就開車把我送到我的新居。

因爲她要上課，我要上班，沒有停留就走了。

18

我一下班回來，伍太太就顛顛地跑了兩趟上來，問我是不是缺這缺那，又告訴我要是我自己不想裝電話的話，也可以用她的。我雖然極感激她的熱心，可是多少有點擔心她是否是那種熱心過度的人，不給別人安靜。我沒有多大心情去應付伍太太，但等她一下樓把我獨自拋在那間閣樓裡的時候，卻又突覺孤寂難耐。從閣樓的窗口朝外一望，正好遠遠地看見市中心的大廈矗立在燦爛的夕陽中，一片姹紫嫣紅，令人眼花撩亂。不知爲什麼，我耳中竟似乎隱隱聽到「熱帶花園」的熱門音樂。我在房中踱來踱去，一看腕錶才不過九點。我心中一動，就急忙沖一個澡，換了一件白綢襯衫，牛仔褲，頭髮挽上去，戴了一頂牛仔帽，淡淡地化了妝，頸中繫了一條翼薄的紗巾。對鏡一看，很難分得出我是男是女。外面罩了一件夾大衣，輕輕地下樓去，卻不想在樓梯口又碰見伍太太。

「還要出去呀？」伍太太略顯驚訝地問。

「去看一個朋友！」我淡淡地說，心中不免有些後悔住到這裡來。本想告訴她我可能回來得很晚，但繼而一想，這是我的私生活跟她無關，何苦對她多言，就閉緊了嘴衝出門去。

春末的天氣，雖說天黑得晚，這時也早已夜色蒼茫。我知道從橡樹路有一路進城的公共汽車，就搭這路車到葛蘭維大街，然後走不遠就是「熱帶花園」。

這次我毫不猶豫地一直衝進門去。一進門，我立刻就感到那種神經上的張力。震人心弦的音樂，驚魂奪魄，使人不能無動於衷。我大大方方地寄存了大衣，反身瀏覽了一周，見沿牆的幾排桌子幾乎坐滿，但因爲時間尚早，人還不算擁擠。舞池也不過半滿。有些人並不坐下，只端了酒杯或隨意徘徊，或看別人跳舞。也有三五成堆地在竊竊私語。不用說在這麼喧鬧的音樂聲中，談話是件並不怎麼方便的事。

我看看沿牆還有兩張桌子空著，就揀了其中一張坐下。把桌上奄奄一息的玻璃罩內的蠟燭撥亮。拿出煙來，點了一支吸著。酒保已經托著盤子過來了。我叫了一杯啤酒，一面慢慢地呷，一面瀏覽著四周的人群。在多彩的燈光下，人們臉上都顯出一種奇異的光芒。男女的衣著似乎都著意在吸引人們的目光。女人的衣領開得極低，更有的戴了獅子頭式的蓬大的假髮，或窄裙、或熱褲，一步一扭，故意不停地閃動著長長的假睫毛。男的或穿無袖的坎肩，或把襯衫大大敞開，只扣最下邊的一個鈕釦，故意裸露出胸脯。肥腿窄臀的藍粗布褲，使全身的線條除了腳下外畢露無遺。多半都戴著項鍊或手鐲。特別是那些二十歲上下的，在衣著裝飾上特別囂張，在行動上也特別大膽。年紀較大的，在這種場合自知相形見絀，則多半保持著沈悶。

我正在這麼隨意瀏覽的時候，面前忽然走過一個人來。白淨面皮，頭髮剪得很短，看樣子大概有三十來歲。上著無袖的咖啡色坎肩，下著同色長褲，卻赤著一雙腳。腰中很惹眼地繫了一條白綢飄帶。走到我面前，極有禮貌地鞠了一躬，問我要不要跳一支舞。我熄了手中的煙，站起身來，跟他一同走下舞池。一下池 他就開始不停地旋轉，白色的飄帶隨身飄開，輕巧地像一隻翩飛的蝴蝶。我的舞跳得已經相當不錯的了，要配上他的腳步，卻非常吃力。這一下我知道遇到了高手，不得不使出了全副的精神。幸好這時舞池中尚不擁擠，大有我們周旋的餘地。然而不到一刻鐘，我就開始掛了汗，而且我突覺我的頭髮在帽子裡開始鬆散，馬上就要墜下來的樣子。我只好停了舞，急忙走進洗手間去重整我的頭髮。

「甜蜜，太熱了是不是？」一個肥胖的女人叉住我的腰把我朝前推了一步，打我身後擠過去。我整好了髮，抽了幾張紙巾拭乾了臉上的汗。我有一個粉盒是隨身裝在褲袋中的，又重整了一下臉上的妝，戴上帽子，才洗了手走出來。

待我回到我的桌子的時候，我楞住了，我原先坐的位子，雖然有我的酒和煙擺在那裡，卻叫一個年輕小伙子佔據了。他大模大樣地坐在那裡，兩腿遠遠地伸出，褲腳下露出一雙尖頭的黑色皮靴。他正一手夾著煙望著我瞇瞇地笑。

我只好在他對面另一邊坐下。

他一手撫摩著我擱在桌上的煙盒說：「偷了一支妳的煙抽。」

「沒關係，請隨意！」說著我發現他一隻耳上扣了一粒珍珠大的金色耳墜，覺得好生眼熟，卻一時又記不起在何時何處見過。

「咱們見過的。」他仍然笑著說。

「是嗎？」我說：「在哪裡？」

「在哪裡我也說不上來，」他說：「可是我準知道咱們是見過的。」

我聽他說英文帶著很重的外地口音，就問他：「你不是加拿大人？」

「什麼？我不是加拿大人？要是我不是加拿大人，就沒人是加拿大人了。」

「對不起！」我趕緊說：「我覺得你不是這裡的口音。」

他伸出舌頭來給我看看說：「舌頭麻了。妳知道我……今晚喝了多少啤酒？」不等我回答他又說：「過了半打！」

說到這裡，我忽然想起來，這不是那天朱娣勸他少喝一點的那個年輕人嗎？

「又醉了？」我笑了笑說。

「沒醉！沒醉！」他拍拍胸脯：「不信，咱們去跳一支舞就知道了。」說著他就站了起來。我也跟他站起來。我發現他身材看來雖不多麼高，卻也比我高了半個頭。他白襯衫的袖子高高地捲起，襯衫外穿了一件藍粗布的坎肩，上面橫七豎八地別了幾個奇形怪狀的釦針。胸前的鈕釦自然也是敞開的。出乎意料之外的是在他的頸項下懸了一個小小的銀佛，一看就知道是東方的產品，若不是來自臺灣或香港，就是來自韓國或日本。

他剛站起來就打了個趔趄，我一把扶住了他。還說沒有醉呢！他就趁勢靠在我身上。兩人到了舞池，驟然分開，他就好像失了依仗。幸好這時舞池中早已擠滿了人，倒不至於有傾跌的危險。他一逕瞇瞇地笑著，卻也站穩了；不但站穩了，居然還可以跳舞，只是有些跟不上音樂的節拍。他只會前後左右地搖晃，腳下懶懶地似動非動，看起來像一隻笨熊。

我們這麼跳了一會兒，我發現舞池中的人越來越多，多到幾無轉側的餘地。空間雖然有限，並無礙於人們激烈的扭動。有的眞正使出了全身的力量，一扭身一抬臂就虎虎生風，比打起少林拳還要吃力。我心中想如沒有這種發洩精力的現代舞，我們這些年輕人眞不知要把一身的力量使到何處去了。我自己並不多麼用力，因爲我的舞伴始終笨熊似地搖晃著。他的身體一前一後慢慢地搖，仍然望著我瞇瞇地笑。我把眼光掉開去看閃爍不定的燈光，一忽兒深紫大綠，一忽兒赤紅橙黃，一忽兒又成了閃爍不定的電閃。在間歇的黑影中，人的動作忽然變成銀幕上失了速的跳動的人影，從一個姿勢跳到另一個姿勢。我再看我的舞伴，他的臉突然朝我壓過來，又突然閃回去，突然壓過來又突然閃回去。不知爲什麼我感到一陣暈眩，止了舞，回身就走。沒走幾步，才想到把舞伴就那麼留在那裡獨自搖晃。回頭一看，原本他也趔趔趄趄地追了上來，一面叫著：「喂喂，就這麼走了嗎？」

我抿著嘴把他上下打量了一番說：「你這麼搖，搖得我頭暈。」我學著他的樣子前前後後地搖了幾下。

「平常我不是這麼跳的。改天跳……跳給妳看，妳就知道了。」他一面說一面伸出手來說：「我叫麥珂。」

「我叫瓊。」我說。

「嗨，瓊，妳跳得眞好。」

「平常我也不是這麼跳的！」我模仿著他的語氣說：「改天跳給你看！」

他笑了，露出兩隻中間裂著一條大縫的門牙。

我們回到原來的座位，照原來的樣子各自坐下。我抽出一支煙來，他打他坎肩的口袋裡摸出一個銀亮的打火機來給我點了；他自己也點了一支。我望著他的臉。一張方形的臉，眉毛很長，飛入鬢際，眼睛深入，閃著一種調侃似的笑意，卻看不清是什麼顏色，鼻子挺直略顯尖銳，本有些堅定的神氣，但配上張稚氣的嘴，就不顯強毅，反帶出幾分傻氣。我這麼望著他的時候，他也一逕望著我，而且直望入我的眼睛。我掉轉頭去，忍不住又馬上掉了回來。他仍然保持著一絲不變的姿勢，望入我的眼中。天！我渾身感到一種忍不住的戰慄！

他朝我走過來的時候，我就有過這種戰慄的感覺。在一個同學舉行的舞會裡，主人給我們介紹過，可是我並沒有記住他的名字，只記住了他的方臉和一身結實的肌肉。不像一個大學生，倒像一個建築工人，粗手大腳，衣服也穿得彆彆扭扭。他走來請我跳舞，自己卻不怎麼會跳，只找些話來說。以後又有別人請我跳，他又不見了。過了一會兒在我端著一杯橘汁離開跳舞的人們的時候，他突然又從一棵高大的綠色盆栽後轉了出來，望著我傻傻地笑。

「我倒忘了你叫什麼名字。」我說。

「廖敏雄！」他趕緊說：「敏捷的敏，英雄的雄。妳叫汪佩琳，我卻記得很清楚。」

「對不起，人家沒你這麼好的記性。」

「記性好也要看記什麼。」他說：「早就在圖書館裡見過妳。」

「是嗎？」我覺得奇怪，我竟不記得見過他。我自覺像廖敏雄這樣的人，我見一次就不會忘記的。他並不漂亮，卻有一種叫我心動的勁頭兒，跟我們班上的那一群文謅謅的書蠹很爲不同。

我們走進電影院去，他的熱烘烘的臂膀緊靠著我的。他似乎是故意地越靠越緊。我沒有撤離我的臂膀。眼睛雖然望著銀幕，只見銀幕上閃爍的人影，全不知是怎麼回事。我可以聽到他輕輕的喘息聲。過了一會兒，我突覺一隻熱烘烘的手，突然地飛快地壓在我的手上；就壓在那裡，卻沒有任何別的舉動。我沒有動，心中噗通噗通地直跳。我隱隱地似乎感到他壓在我手上的那隻手裡的血脈也正在波波地跳著。我忽然有一種逃脫的衝動，而身體仍然一動不動地坐在那裡，眼中的銀幕卻變得一片模糊。我好像伏在一個椅墊上，面對著一方明淨的窗。母親就坐在那明淨的窗前。她的臉斜對著窗外，我只能看到她小半個臉。她的髮高高地朝上梳起。在頭頂上挽了一個髻，以致她鬢邊的髮絲都一絲不紊地緊綳在那裡。她面色白淨，口唇稍稍抿起，鼻子尖削。我雖然看不見她的正面，卻意想到她正蹙著眉頭，像她偶然靜坐時的模樣。她是很少靜坐的，但只要她一靜坐下來，就引起我的注意。她正端著一隻細瓷藍花的茶杯慢慢地舉到唇邊。她的手指潔白而細長，指甲上染著鮮艷的蔻丹，我注意到她舉起的手在輕輕地顫抖。是，在輕輕地顫抖！這時我眼前一片黑暗。我突感到一張嘴壓到我的唇上，濕膩而溫熱。我張開嘴輕輕地咬著那一片唇，他便把舌尖伸進了我的嘴裡。我吃了一驚，著力一推，他閃了開去，銀幕上一片紛亂的光影，我立刻跳起身來，在椅背和人們的膝蓋間強擠了出去。出了影院，便雜入了熱烘烘的人群中。我幾乎在小跑地往前飛走，渾身冒著汗，不停地顫抖著。

19

麥珂慢慢地伸過手來握住了我的手，探身過來輕聲說：「今晚我覺得好寂寞！」

「人人都會寂寞！不是嗎？」

「可是我的寂寞不同，眞的不同。這是一個無底的黑洞，你一掉進去，就只有無盡的黑暗，什麼也看不到，什麼也抓不到，好像命定了天地間只有你一個人！」他說時眼內閃著一種驚懼的空洞。「妳千萬別拋下我一個人。」他又以一種極爲懇切的聲調問：「行嗎？」

「我……」我一時沒有料到麥珂這種直接而坦白的問題，然而把心一橫說：「行！」

這時忽然走過一個人來。他面向著麥珂，把一隻手搭在麥珂的肩上跟麥珂說話。奇怪的是他竟戴了一頂跟我相仿的帽子。他們沒說幾句話，麥珂就給我們介紹說他叫道格拉斯。我這時才看清了他的面貌：一雙極大的深褐色的大眼，是所謂鳳眼的那一種，閃忽閃忽地盯著人看，似看見你又似乎沒看見你的模樣。但那樣大的眼睛，叫人主觀地竟以爲佔了他面部的一半，使你怎樣也無法把眼光打這樣的一張臉上掉開去。這樣的眼睛是令人難忘的。他的身材跟麥珂不相上下，看起來卻比麥珂更年輕，大概不過十八九歲的模樣。他伸出手來跟我握了握，立刻又轉身去跟麥珂說話。只聽麥珂說：「你幾時拿了我的腰帶？」

「什麼你的腰帶呀？這是我自個兒的！」道格說著就解下了他繫著的一條狹細的紅色皮帶來

拿給麥珂看。

「果然不是我那條！」麥珂端詳著腰帶兩邊刻鏤著的纖細的黑色花紋道：「比我那條還要精緻呢！好小子，哪兒弄來的？」

道格抿著嘴笑而不答，又慢慢地繫了回去。麥珂直視著道格的眼睛，朝道格伸出一隻手去。道格用力一拉，就把他拉了起來。他們兩人交頭低語著慢慢向人群中走去，似乎忘了我的存在。我嗒然若有所失，一時間心中灰灰的。又抽出一支煙來，就著桌上的燭光點燃了，望著閃著燭影的玻璃罩出神。樂聲像澎湃的海潮般擊打著耳鼓，使我無法沈靜下來。我想回家，卻又捨不得起身。我在等待什麼？自己也說不出來。就在我這麼心神恍惚不定的當兒，麥珂跟道格又走了回來。

麥珂神秘地笑著一直走到我的面前，俯下身來湊到我的耳旁輕輕地道：「瓊，我們請妳跟我們去喝一杯。」

「哪裡？」

「我們那裡！」

我不知爲什麼搖了搖頭說：「爲什麼不在這裡？」

「這裡不好。」麥珂說：「來嘛！是我請妳。而且妳答應過今晚不拋下我一個人的。」

我轉臉望了道格一眼，他臉上沒有任何表情。我一時間竟想到偵探片裡的情節，不知這兩個小子對我有什麼企圖？轉念又自己暗中笑道：眞實生活中哪裡會像偵探片中的故事？麥珂是常來這裡的，至少我已見過他兩次，好像跟雷查也認識。要是這麼畏頭縮尾，又何苦獨自單槍匹馬到這種地方來？

想到這裡，我就點了點頭站起身來。取了大衣，一走出「熱帶花園」的大門，麥珂就招了一輛計程車來。他們先讓我坐進去，麥珂坐在我旁邊，道格坐在前邊司機旁的座位。這時我心中又開始嘀咕，可是另一方面又按捺不住那種探險的激奮。生活的可貴處豈不就是不可知的前途？若是事事都可以預先料定，生活還有什麼意思？

我聽見道格在前邊低低地告訴司機地址，又說從百樂大橋過去比較方便。我心中不免暗喜，因為他所說的地區離我住的地方並不太遠，喝完了酒，我甚至可以徒步回家。然而我心中卻也並不排除喝酒以外還會發生別的事情。妳是妳自己的主人，妳再不可為任何陳腐的道德教條所左右！勇氣！勇氣！妳再不可做任何人的奴隸！我這麼安慰著自己，激奮的情緒終於蓋過了心悸。我們都沈默著，只聽車輪在壓過百樂大橋上的鋼板時，發出有節奏的震顫。

計程車終於停在一排連綿的房舍之前。麥珂付了車資。這雖然不是一條重要的大街，卻也有幾家店面；不過這時早已打烊，玻璃窗中都是漆黑一片。路燈卻照亮了並排的兩個門廊。麥珂指著其中的一個對我說：「這是道格家。」

說著道格已經打開了門，讓我們進去。我們一進門就聽到了輕輕的印度音樂，接著就是一個女人的懶懶的聲音問道：「道格，是你回來了嗎？」

道格答應了。女人又問：「還有誰？」

道格說：「還有麥珂和他的一個朋友。」

這時我們走在一條幽暗的走道裡，正好到了一個門前，門敞著，音樂就從那裡流了出來。

「嗨，愛蓮妮！」麥珂停下來朝門內打著招呼。又指著我說：「是瓊！」指著門內說：「這是愛蓮妮！」我就聽見一個軟綿綿的聲音說：「嗨，瓊！」我也打了招呼，向裡面望去，只見一盞瑩瑩的淡藍色的小燈打屋子的最裡頭反射了過來，影影綽綽我看見似乎是一張落地的大床佔據了大半個房間，其他就是盆栽和矮墊之類東西；大概還有播送音樂的HiFi。床上似乎蓋著一張獸皮，還有巨大的靠枕。睡在床上的女人，因爲燈光從她的背後射來，以致看不清楚。我們站在幽黯的甬道裡，我想她也一定看不清楚我的面貌。

我們並沒有停留好久，道格就引我們到了一間寬大的客廳。傢具都很破舊，沙發的墊子不但已經起毛，而且有的竟露出裡面白色的襯布來。不過四周佈滿了高大的盆栽，加以燈光黯淡，掩沒了破敗的面貌。

在客廳的另一邊，也有一間臥室，門也是大敞著的，不過裡面沒有開燈。道格並沒有讓我們在客廳裡坐下，卻指了指那間沒有開燈的臥室，就轉身回到愛蓮妮的房間去了。

麥珂說這是道格的房間。

「道格呢？」我問。

「他可以睡在愛蓮妮那裡。」麥珂說著就帶我走進去，卻不開燈，只掏出打火機來點燃了窗臺上的一支蠟燭。我這時才發現房中也是一張落地的大床，幾乎沒有傢具，地下橫七豎八地攤了一地書籍和雜誌。麥珂一切都很熟悉，好像到了他自己的家裡一般。我這時忽然聽到有些窸窣的聲音，扭頭一看，原來屋角豎立著一個巨大的鐵絲籠，裡面養著兩隻肥大的豚鼠，麥珂走過去打開籠門，先拿出一隻白色帶黃斑的對我說：「這是海倫，是我的好朋友。」豚鼠在他手中咕咕地叫了兩聲。他放回了這一隻，又掏出另一隻咖啡色的說：「這是麥珂，是海倫的愛人。牠也叫『麥珂』！」說著就呵呵地笑起來，露出了他的裂著大縫的門牙。他把「麥珂」放在我的手中，可是我急忙推開了，只就在他的手中摸了摸「麥珂」的皮毛。

「不要怕，『麥珂』不會咬人的！」麥珂說著，就把「麥珂」放在房間的地板上。

「還不快放進籠裡去，門開著，就要跑掉了。」我有點焦急地說。

「不會的。」麥珂聳聳肩說：「我們都是極好的朋友，我們時常放牠們出來隨意走走。」那叫做「麥珂」的豚鼠果然在房間裡慢慢地逡巡，並不走出門外去。

「你還是把牠放回去的好。」我說。

麥珂看我有些不自在，就抓起這隻豚鼠來親了親牠的腦袋放回籠裡去。兩隻豚鼠就在籠裡窸窣地追逐起來。

麥珂看了我一眼，開始脫掉他的靴子、襪子，然後脫去外衣、坎肩和襯衣，於是他的上體完全裸露了出來。他站在那裡屹立不動，詫異地望了我一眼，笑道：「妳不寬衣？」

「你不是請我來喝一杯的嗎？」我忍不住囁嚅地道，心中卻卜卜地跳起來。

「是請妳喝一杯！可是穿著衣服喝酒，是多麼的不自在！對吧？」他說著又脫掉了他的褲子。原來他裡面並沒有穿內褲，立刻就赤光大條地站在那裡了。如果這是在天體浴場，我一點都不覺得奇怪；可是兩個人站在一間臥室中總覺得有些異樣。我剛想走過去把房門關起，才發現這間臥房並沒有房門。

麥珂從項間摘下了他那尊小銀佛，吻了吻放在燭臺旁邊。一合眼，兩手半舉，唸一聲佛說：「這是我的保護神。」

「保護你什麼？」

「保護我永遠年輕，長生不老。」

「噢，原來如此！這就是你最大的願望？」

「可以這麼說。」說著麥珂叉著腰朝我翹翹下巴，示意我也寬衣。我只脫下大衣。麥珂就說：「隨妳吧！我們都是很自由的。妳覺得怎樣舒服就怎樣。」他說著就邁開大步走了出去。剛走到門口，又回過頭來向我道：「妳要酒，還是啤酒？」

「酒！」我說：「白的就好，不要紅的。」

過了一會兒麥珂端了兩隻注滿了白酒的高腳杯來，遞給我一隻，我們坐在床上慢慢地對飲。在燭光下，麥珂的身體白中透出隱隱的紅光，肌肉的線條圓潤柔和，不像是做過激烈運動的肌肉暴凸的那一類。他的臉一半映著燭光，一半隱入暗影，顯得非常年輕。燭光正好照亮了扣在他左耳垂上的金色耳墜，閃閃地耀目生輝。

「麥珂，你二十幾歲了？」我忍不住問道。

「二十幾歲？」麥珂朗聲笑起來：「我還沒有過二十歲的生日呢？」

我吃了一驚：「怎麼？你只有十九歲？我還以為你至少有二十三歲了呢！」

「哎呀呀！」麥珂驚異不止地摸了摸自己的臉頰：「我竟有這麼老了嗎？」

我沒想到麥珂對年齡這麼敏感，急忙改口道：「我只覺得你比你實在的年齡要成熟。」

「我才不要成熟！我希望永遠只有十九歲，永遠不要超過二十！」

「超過二十就算老了嗎？」

「超過二十當然就開始老了！」

「那麼，我早就已經老了！」

麥珂驚異地說：「妳已經超過二十了嗎？」

我忍不住笑起來：「你想我也只有十九？」

「我以為妳大概是跟我一樣的年紀。我們永遠摸不清妳們東方人的實在年齡。妳們好像是一種永不會老的民族！」

「照你的標準，我早已老掉了！」

「別怕！別怕！雖然妳這麼老，我還是喜歡妳。」說著他拉起我的手來舉到唇邊，一連親了許多次。「我多麼想看到妳的身體！」他抬起眼來狡黠地說。從他眼中，我看出一種恍惚不定的醉意。

「現在你眞地醉了！」

「我沒有醉，我只是有一點疲倦而已！」他放下手中的空杯，一歪身躺了下來，用手拍一拍他的身旁。

我笑著搖了搖頭。

他拉起我的一隻手，懶懶地說：「瓊，我不會要妳做任何妳不喜歡的事情。」

「這樣就好！」我說，眼光就落在他線條柔和的身體上，並且聞到一種我所不熟悉的甜香。

在我這麼注視著他的時候，他的眼睛漸漸闔了起來，不久就發出低微的鼾聲。

20

我乾了手中的酒杯，心中想道：「莫非我也醉了嗎？這可以說是我平生第一次碰到這樣的奇遇。在酒吧裡遇到一個陌生男子，就跟了他回家，然後看他脫光了睡在我身旁。他並不知道我是怎麼樣的女人？竟如此放心地沉沉睡去。如是在紐約、在香港、在臺北，這樣的事情大概不會發生的。然而在加拿大，特別是在溫哥華，就不算稀奇。人與人之間並沒有什麼戒心，大家總把陌生人先當做好人看待。我本來像大多數的中國人一樣，對人的戒心很重，但在加拿大住了這些年後，戒心無形中也減退了。這時候我自己也覺一陣睡意襲來，忍不住打了個大大的呵欠，不知是否應該一個人悄悄地溜走。側耳一聽，愛蓮妮房裡還有輕微的音樂聲，大概還沒有睡呢！我站起身來，想到洗手間去。走出臥房，在客廳黯淡的燈光下，見右手有一個門，走過去開燈一看，果然正是浴室和洗手間；但竟然又是無門可關的洞開著的一間房。我也管不得許多，只有熄了燈先方便了再說。然後再打開燈。臉盆裝在正對著門口的後牆上。我在洗手的當兒，猛一抬頭，忽然在牆上裂了一條大縫的鏡子裡看到我的面容，不禁一呆；原來我的面孔跟著鏡子的裂縫分成了兩個。這麼一看，倒覺得有幾分像是道格。我再掉轉一個角度，避過鏡子上那一條裂縫，再一看，鏡子裡的我越發像道格了。定睛仔細一看，竟不是我，而就是道格。我哪裡有那麼大的一雙鳳眼？映在鏡子裡的道格胸部是裸露的。猛一轉身，就看到道格光溜溜地站在浴室的門口，他長髮披肩，全身被浴室裡的燈光照得毛髮畢露。我一隻手撫在胸前，幾乎要喘不過氣來。我從沒有見過這麼勻稱的身體，比麥珂的身體更要柔和而纖細，但處處又極飽滿地充盈著青春的火力。我幾乎想我面前站的不是一個眞實的人體，而只是一具塑像。

道格站在那裡不言也不動，一點也沒有羞澀的表情。我忽然意識到他大概要進來，正在等我出去。我舉步時，他才側身讓我過去。我剛過去，道格卻又叫住了我。我一回身，就見他一隻手扶在門框上，極瀟灑地對我說：「瓊，妳可以睡在這裡，沒有人打擾妳的！」

我沒有回答他的話。他似乎也並不等我回答，就轉身走進浴室去。我也回到了麥珂睡覺的那間臥室。兩隻豚鼠已靜靜地睡去。蠟燭的光影在這間小小的房間中幻成一種沈澱著的波光，淺亮的在上，陰暗的在下，而且從上到下似乎一層層地加深。就在波光的底層突現著麥珂潔白的軀體。他伏身向下，頭則向一邊，壓在他自己的一隻臂膀上。他的髮稍微鬈曲，鬆散地遮住了他的頸部。他一邊的肩朝上傾斜，使肩頭的肌肉虬勁地突露出來。他背部的肌肉也明顯地被中間稍陷的脊椎溝隔開，彷彿使力朝兩側縱飛而去。到了腰部，卻又纖收進去。這種謙和的自抑不過是爲了造成突然囂張而挺起的渾圓的臀部。就在他突起的臀部，極惹眼地長著指頭頂大的一塊黑痣，一叢茸茸的黑色細毛在黑痣上茂生了起來，隨著麥珂的呼吸在輕微地搖曳著。他一條腿直伸，另一條腿微微踡曲，使他一隻腳的腳跟貼著另一隻腳的腳踝。他的腳掌透出隱隱的櫻紅。第二個腳趾特別突出。他的大腿的下側和小腿佈滿了茸茸的細毛。在他這種伏臥的姿態中，大腿朝上的一面自臀部而下卻光潔無比。

我只覺得自己口乾舌躁。我有一種撫觸的衝動，極想伸出手去從他的肩部慢慢地撫摸下去，經過他隆起的背、纖收的腰、突顯的臀，直到腳踝。可是我什麼舉動也沒有，連伸手的餘力都沒有。我的兩手緊緊交結地握著，五指著力地叉入另外的五指之中，沉重地盤坐著，小腿屈壓在我自己的身下，像釘在床沿上的一尊泥像，一動也不動了。我只聽到我的呼吸，由急促而逐漸緩和，由緩和而終至平靜。恍惚中我不知道自己是否已經睡去，突覺頭猛然往前一點，睜開眼來，就見一扇長方形的花玻璃窗上已經透現出曙光。我略一移動便覺得我的下肢被自己身體的重量壓得完全失去了知覺。我伸直了兩腿，等血液流通開去，驅盡了那麻木的感覺，遂站起身來，熄了窗台上的燭，房間便突然地沈入一種隱微的乳白色中。我一眼看到燭台邊麥珂昨夜解下來的那尊小銀佛，不禁拿起來仔細看了看。佛像的面孔和坦露的胸腹，因爲時常撫摩的關係，已經模糊不清了。看著這尊佛像，耳中似聽到麥珂那句「保護我永遠年輕、長生不老」的話，再看一眼睡在床上的麥珂的身體，皮膚是那麼細膩、豐盈，沒有任何皺褶、斑點，忽然想到青春是多麼神奇可貴的事物！然而這神奇又能持續多久？我放下那尊銀佛，穿上大衣，又拉起皺褶的被單蓋上麥珂的身體。

他囈語地翻了一個身。我半跪在床邊，輕輕地拍著他的肥說：「麥珂！麥珂！我走了！」

他仍囈語地答應著，但並不曾睜開眼來。我慢慢地退出臥室去。客廳籠在一種沉謐的陰影中，不知誰已熄了客廳的燈光；音樂聲也不知在何時停止了，一切都僵凝在靜謐中。在經過愛蓮妮臥房門口的時候，我朝裡望了一眼，就見道格跟愛蓮妮在那張落地大床上一邊一個靜靜地睡著。對面大窗裡透進來的曙光，清冷地落在他們赤裸的肩背上。昨夜所見的那張獸皮卻滑落在床腳的地板上。

我開了門，悄悄地出去，突感一陣寒氣襲來，不禁瑟縮了肩。幾輛早出的汽車冷颼颼地在我面前馳過。空中有幾片透明的雲，天色也微微地藍起來了。又是晴朗的一天。

21

我匆匆地走到百老匯大街，這時已經有了公共汽車，但我發現離我的新居只有幾條街的路程，倒用不著搭車。快到伍太太的房子的時候，遠遠地就看見一個老頭兒在門前的小徑上來回地溜達，走近了才看清楚是一個中國老頭兒。他停下步來，呆呆地望著我，也不說話。我開了門進去，幸好沒有碰到伍太太，就一逕到了樓上我自己的房間。梳洗以後，換了衣服，已到了上班的時間，連吃早飯的工夫都沒有。

坐在打字機前打書卡的時候，有好幾次因爲打瞌睡，書卡打得不知所云。陳太太走過我的身旁說：「昨夜沒睡好呀？」我翻了翻眼睛，醒過來，強打起精神把上午的時間熬過去。這時肚子早已雷鳴起來，我趕緊趕到餐廳。買了一大盤咖哩牛肉飯，外加一瓶酸奶和一只蘋果。端了盤子找座位，一眼就看見艾梅已先坐在那裡，餐盤旁攤了本書，一面吃飯一面看書。我走過去坐在她的對面。

「嗨，瓊！」她抬起頭來問我：「我姑媽家還住得慣嗎？」

「誰知道！」我說：「妳姑媽可是個非常熱心的人，昨天一天就上上下下地跑了好幾趟。」

「熱心過度是討人厭的！妳要是嫌麻煩，就老實告訴她，不然我也可以代妳說。」

「那倒不必！我想我自己還應付得了。」我說：「看的是什麼書呀？這麼用功，連吃飯也不停。」

艾梅把書一合，「妳看，《金瓶梅》！早就聽說這是本好書，可是總沒機會看。這是圖書館剛到的一本日本出版的中文本，據說刪節最少。」

「我也是久仰大名，到現在還沒看過。」

「不看也罷，」艾梅說：「越看越氣！」

「聽說寫的不錯嘛！」

「寫自然是寫得好。我是說看不慣中國人那種大男人主義的作風。這本書完全是侮辱女性的。」

「侮辱女性的？」

「還不是侮辱女性的？把女人都寫成十惡不赦的淫婦，越是有才能的，在中國男人的眼裡便越糟！你想想，潘金蓮實在是個有熱情有才能的女人，以現代的眼光來看，就是那種生命力熾烈創造力強的人物，在《金瓶梅》作者的筆下卻變成了淫婦！最後還要挨武松一刀！」

「據說不但挨武松一刀就完事，還給武二活活地剝出心來去祭武大呢！」

「所以我就替潘金蓮抱不平，」艾梅憤憤地說：「像潘金蓮那麼個年輕美貌的女人，偏偏配給武大郎那種醜八怪。要我，一天都忍受不了。虧得潘金蓮忍氣吞聲地維持了那麼些年月，眞算是有德行的人。那時候既然沒法子離婚，又不能私奔，妳想，除了毒死武大以外，還有什麼辦法？」

「我想那是因爲中國男人膽量太小，就怕給女人毒死，所以才拿潘金蓮來做個榜樣；告訴中國的女人說，小心哪，小心！妳若膽敢毒死男人，我們男人不但剝了妳的皮，還要活活吃了妳的心！」

「所以妳說氣人不氣！」艾梅猛吞了幾口酸牛奶壓一壓心中的火氣。「只有像吳月娘那種無才無色完全屈服在男人腳下的可憐蟲才會引起男人的讚美！」

「這也難怪。在中國的文化中女人一向就沒有地位。女人的地位只有在作爲男人的母親的關係上才被肯定的。」

「妳想這合理嗎？」艾梅歪著頭一本正經地問。

「誰說這合理來著！不過從人類學的觀點來看，」我學著朱娣的腔調：「人們的行爲都是一種文化傳統的產物。傳統就是非理性的。不管多麼乖戾的行爲，只要爲傳統所認可，就會見怪不怪。過去在中國，妻子有了外遇，若給做丈夫的當場捉到了，就可以一刀把頭砍下，不必償命。」

「眞有這種事兒？」艾梅瞪大了眼睛。艾梅到底是生長在香港，又多年在國外，對中國的國情瞭解不多。我只好隨口說：「我也沒研究過中國的法律，不過是在小說上看來的罷了！」

「那麼，」艾梅不放鬆的問道：「要是丈夫有了外遇，給妻子捉到了，是不是也可以一刀砍下頭來，不必償命？」

「那可不行！」我說：「妻子弑夫有干天條，那是犯凌遲罪的，何況男人三妻四妾本是常事。」

「什麼是凌遲？」

「凌遲就是把人身上的肉一片片地割下來，直到斷了最後的一口氣爲止。」

「別說了！別說了！」艾梅變了臉色說：「眞是野蠻！這就是我們中國偉大的文化嗎？」

「這又豈止是中國？任何文化都有些野蠻性。」

「在西方，我就沒見這種殺人的方法！」艾梅不服氣地說。

「那是現在呀！妳在電影上總看過羅馬人把基督徒關在獸籠裡，叫獅子活活生裂了的鏡頭吧？」

「那是幾千年前的事了！」

「我說的也是過去，中國現在也沒有凌遲人的了。」

「可是爲什麼只凌遲女人？」

「當然不會專門凌遲女人；可是女人犯這種罪的好像特別多。」

「男人對女人好像特別狠！」艾梅不以爲然地說。

「那是因爲男人怕女人！怕趕不上女人！妳看歷史上，明明是男人自己不好，卻最愛把過錯推到女人的身上，褒姒、妲己、楊貴妃都是這樣的代罪羔羊。一直到現在，還繼續著這種傳統。這不是因爲男人心中深深地懼怕女人又是爲了什麼？」

艾梅翻了翻眼睛若有所悟地道：「噢，我明白了，這就是爲什麼中國不會進步，趕不上西方的原因！」

「妳扯到那裡去了！」我不解地道。

「這還不明白嗎？男人怕女人，所以拚命壓迫女人。中國的女人受了幾千年的壓迫，那一肚子的冤氣自己沒法出，只有調唆自己的兒子來出氣。只要教訓好一兩個有出息的兒女，就能殺他一大片臭男人。妳說是不是？中國的歷史不是你殺來我殺去的嗎？哪裡有時間來搞建設？所以在中國的歷史上，男人不但破壞了佔據人口半數的女人的生命力與創造力，同時也藉著女人報復性的手破壞了自己。哎呀呀！瓊，謝謝妳給我這些個好靈感，這是一篇論文的好題目，這是心理人格影響歷史的關鍵問題！我總算找到了中國走不上現代化的原因了！」艾梅興奮的一腳跳起來，收拾她的東西。「我得趕緊回去寫下大綱。妳看吧，這篇論文在歷史課裡保險得個A！」說著拿起她的《金瓶梅》，興匆匆地跑走了。

22

艾梅走了以後，我一個人坐在那裡發楞。忽然想到我自己的所做所爲，放到中國男人的眼裡，會成爲一種什麼樣子？也許很多聰明的女人，暗地裡可以爲所欲爲，表面上並不去招惹男人所訂的任何道德上的清規戒律。但我敢說成千累萬大多數的中國婦女並沒有這樣的特權，只有忍氣吞聲任男人宰割的份兒。傳統是一種巨大的力量，不管它多麼破敗荒謬，它仍然控制著絕大多數人的腦筋與行爲，何況中國的傳統本有其偉大的一面。不過中國文化的末流好像愈來愈不重視人的感覺世界，尤其不承認女人也是個應該有感覺的動物。女人在中國男人的眼裡，一概都應是烈女節婦；烈女節婦就是不能有肉體生活一面的那種人。這反映了什麼？這實在反映了男人對性生活的恐懼，特別是與女人共同的性生活。女人天生是種性感的動物，可以盡情地沈醉在性的享樂中。男人就不成，男人對性的快感極爲短暫，所以要利用強暴佔有等種種手段來摧殘女人對性的美感與享受，企圖把女人控制在像男人一般的那種短暫的情境，甚至於到畏縮的地步。我就懷疑世間是否眞有所謂的烈女節婦。恐怕即使有，也絕不是出於男人筆下的烈女傳或節婦行狀的那類人物。由此看來，男人不單是自私跋扈，有時也會天眞地把自己一廂情願的假想當做眞實。就這一點而論，男人雖然有時可恨，但也有他天眞可愛的一面。女人畢竟是無法完全脫離男人而獨立存在的。這恐怕是世間最大的一種矛盾！

我也常常自視我自己對性生活的感覺。既然我也是受了中國傳統文化的薰陶長大的，我對性也懷著一種不能自己的恐懼與污穢的感覺。但另一方面，我自然無法壓制或者驅逐性的自然衝動。因此我便無法得到西方人那種比較純然地對性的享受，就像中國人坦然地享受美食的那種心情。不管東方或西方，總把女人看成一種較爲軟弱的被動性的動物，所以女人自小便從與人的交接中學會了一種被動的行爲模式，致使人們以爲女人天生就是被動。女人眞正天生的被動嗎？朱娣就不同意這種說法。她以爲這絕對是社會習俗有意造成的，目的是爲了維持一個由男人控馭的世界。說實話，我實在已經過夠了這種被動的生活。從中國到美國，從美國到加拿大，處處都要求女人被動：被人追求，被人保護，被人扶養，被人……一切都是「被人」！難道我就連一點自主的權力都沒有嗎？不！我不能接受這樣的安排！我不能接受這樣的生活！

昨天的經驗使我非常興奮。我終於開始了獨立自主的第一步。我終於可以不顧別人的想法按照自己的意願做自己想做的事！那即使是設下的一面陷阱，如果是我心甘情願地跳進去，那陷阱也不能再稱之謂陷阱了。我第一次產生把我的生活經驗筆記下來的衝動。我寫下了我的感想、我的境遇，特別是遇到麥珂的經過，一口氣寫到深夜。

也許前夜未曾睡好的關係，這一夜睡得特別深沈，直到鬧鐘咯朗朗地響起來我才驚醒過來。我照常上班工作，然而不知爲什麼心中竟若有所繫，麥珂的影子不時地泛上心頭。我警告自己說：不要跟一個這麼年輕的孩子陷入情感的陷阱。我所需要的應該是比麥珂更爲成熟的人。同時我也要擴展我自己的人生境界，我絕不願再爲任何一個人困住，重要的就是首先保持自個兒的獨立性。

然而不管我想的多麼淸明，仍按捺不下那種期望重見麥珂的慾望。

在黑夜降臨的時候，我又出現在「熱帶花園」裡了。今晚我沒有戴帽，穿了一件帶著縐褶花邊的襯衫和一襲落地長裙，比上次要女性化多了。我仍然先尋一個空座位坐好，慢慢地呷著啤酒，眼睛卻在人群中打轉。時間慢慢地過去，卻始終不見麥珂的影子。突然間，我卻看見那天那個請我跳舞身繫飄帶的傢伙。他今天沒有繫任何飄帶，只穿了一件黑緞的敞領襯衫和黑色的褲子，除了中間繫了一條白色的寬皮帶外，一身都是黑。他看我一眼，但似乎並沒有認出我來。我心裡想，女人爲什麼處處被動？難道我就不能請他跳一支舞嗎？這麼想著，就站起身來走到他站立的地方，使自己裝出十分大方的模樣招呼了一聲。他似乎有些驚訝地把我上下打量了一眼。我趕緊說：「前天我們在一起跳過舞的。」

「噢，原來妳就是那天那個中國娃娃。」他大剌剌地說。

「不錯！還要不要再跳一次？」我直截了當地問他。

他齜牙一笑道：「我從來不跟同一個人跳兩次舞的。對不起得很！」

聽了他這句話，轟地一下我連耳根都紅了。幸虧這裡的燈光黯淡，否則我眞想尋個地縫鑽進去才好。一個女人竟被男人拒絕了，好沒意思！我站在那裡手腳無措，竟找不出一句下台的話來。好在他扭過臉去看別人跳舞，不再理我，我這才訕訕地回到自己的座位上去，心中好生喪氣。這時我才領略到，女人被動也有不少好處，不至於碰這樣的橡皮釘子。可是繼而一想，旣然爭取主動，就該有這種碰釘子的勇氣才行！只一味地拋媚眼、做媚態勾引男人上手，自己以靜制動地不冒任何風險，才足以招引男人的輕視。雖然理智地這麼分析了半天來安慰自己，心中仍不能完全排除這一鼻子的灰所引起的沮喪情緒。教我看起來，今晚這酒吧裡竟是愁雲慘霧，好不悶人！

正在這麼鬱鬱寡歡的時候，忽覺有人碰了我的臂膀一下。扭頭一看，原來是一個西裝筆挺的中年男士。在這種地方，忽見人穿得這般規矩整齊，倒覺有些奇怪。這該是一個偶然上上酒吧的正經人。

「喂，今晚覺得怎麼樣？」他似笑非笑地說。

「很好！很好！好得很！」我一疊連聲地答道。「想跳舞嗎？」我幾乎是自虐地迸出這句話來，心想這麼一位紳士，總該有些禮貌的。誰知他竟然也搖了搖頭說：「我是不跳舞的。」

我的心又咚地一聲沈了下去。不想他卻補了一句道：「我卻可以請妳喝一杯！」

「好！」我馬上機械地答道。

「這裡不好，咱們到另一家去。」

「哪裡？」

「好地方，到了妳自然知道。」

在我們走出「熱帶花園」的時候，他說：「我叫喬治。」

「我叫瓊。」我說完了，不知爲什麼又有些後悔。我爲什麼告訴他我的眞名字？對這種衣帽整齊的人我沒有多大信心；但是已經說出來的話，也就收不回了。他舉手招了部計程車，只有兩條街就到了，原本他把我帶到金字塔夜總會。這是家頗有名氣的夜總會，我在門前經過好多次，但始終沒有進去過。

在這裡是要付門票的。進門以後便發現這裡不及「熱帶花園」那麼擁擠熱鬧，但也同樣地充滿了樂聲和煙霧。最大的不同是這裡有一個樂隊在台上演奏。舞池在台前，舞池的四周豎了四座木樁，每一個木樁上都站了一個半裸的女人。說半裸，其實跟全裸也沒什麼兩樣。譬如說，有一個女人，除了斜披了一襲透明的經紗以外，身上全無他物。另外一個在背上披掛了一塊豹皮，前面全裸著，腳下卻又穿了一雙豹皮的長靴。她們除了閃動著大眼睛，露著微微的笑容以外，都保持著靜止的姿態。她們既不動，又不是一絲不掛，在法律上是無可指責的。她們的身材都是百中選一，特別高聳的乳房非常惹眼；有一個乳頭上還貼了兩顆閃亮的金星，然而不管她們多麼誘人，大家看了一兩眼也就夠了，很少有人盯著看的。她們幾乎變成了夜總會中的一種活佈景。我只懷疑她們這種姿勢能維持多久，兩個鐘頭恐怕也就是極限了吧！

我們正往前走，迎面走來一個濃妝的女人，一頭紅棕色的頭髮高高地蓬起，長眉大眼，假睫毛彎彎地朝上卷著，嘴唇塗成了淡藍色，在藍唇旁點了豆大的一點猩紅發亮的痣，露肩的晚禮服上斜插了一朵紅艷艷的玫瑰。這個濃妝的女人被幾個裝束入時的年輕小伙子簇擁著姍姍地正朝我們這邊走來。在快要接近我們的時候，這個女人忽然朝我笑著擠一擠眼睛。我好生奇怪，我並不認識這個人。也許她看出了我驚異的神色，在擦身而過的時候，她低聲說：「我是羅拉！不認識了？」

我恍然大悟。但羅拉並沒有停步，一路咯咯地笑著風捲而去。我扭轉頭去一直看他們走出了夜總會的大門。

喬治找到一個空位，我們坐下。喬治問我喝什麼酒，我說我要白酒，什麼地方的都沒關係。喬治要了一瓶意大利進口的。意大利酒比法國的便宜，但比加拿大本地產或加州進口的都要貴一些。喬治舉起酒杯來，我也舉杯互碰了一下。剛舉到唇邊，忽見隔座的一個人站起身來向我走來，不想竟是雷查。我再往鄰桌一看，我的心不禁通通地大跳起來，那跟雷查同坐的竟是露薏絲——詹的女兒！天哪！誰想到在這裡會碰見她！世界實在是太小了。

雷查說了幾句寒暄的話。我只指著坐在我旁邊的男人說：「這是喬治！」雷查就走回去了。幸好露薏絲只遠遠地點了點頭，沒有跟雷查一起過來。我和詹已經分居，露薏絲當然是知道的。我本沒有理由怕見她，但不知爲什麼心中總有些不舒貼。同時又奇怪她爲什麼會跟雷查走在一起。

我只喝完了一杯，喬治卻喝了大半瓶。趁著雷查跟露薏絲下舞池的當兒，我對喬治說：「咱們還是走吧！」

喬治已有些醉眼惺忪，如不是眞醉，至少也裝得有幾分眞。他拉著我的臂附在我身上道：「別以爲我醉了，還早呢！早呢！再到我那裡喝一杯如何？」

我還沒有回答，他就伸手招來一輛計程車。他住在斯坦勒公園附近一所大公寓的五樓。他把我一直帶進了臥室，我才發現他並不是一個人住，因爲他臥室裡有一張大梳妝台，上面擺了不少女人用的化妝品。而且另一張長几上擺了一排照片，其中就有一張喬治的結婚照。新娘紅髮圓臉，大眼睛微微有點突出，正在露齒而笑，是一種一見令人難忘的那種臉面。

他讓我坐在一張軟椅裡，出去不一會兒就端了兩杯酒來。我忍不住問道：「喬治，你的太太呢？」

「去旅行了。」

「你太太不在的時候，你就這麼隨便帶女人回來嗎？」

「爲什麼不？她現在不知跟什麼男人睡在一張床裡呢！」

「你們沒有孩子？」我又問道。

「孩子？」喬治冷笑了一聲道：「傻子才要孩子！兩個人有多自由自在，一叫孩子贅住，什麼也做不成了！我才不要做別人的奴隸！」

「誰是別人？」

「孩子不是別人嗎？難道還是你自己？有了孩子，你就得負責任，給他吃、給他喝，奴才似地服侍他，等他花光了你的錢，就一拍屁股走路，你再也別想見到他的人！」

「這倒也是眞！」我說：「可是我們中國人總是喜歡孩子的。說是喜歡，也許並不見得，只是很尊重那種生物性的本能，覺得有責任把生命繼續下去。」

「繼續生命？別見鬼了吧！」喬治不屑地說：「現在最可怕的問題就是人口爆炸。生的越多越是要命，哪裡是繼續生命！」

「也許我們中國地大物博，不怕人口爆炸！」

「妳們中國地大物博，爲什麼聽說還有人吃不飽飯呢？」

我默然。過了一會兒，我勉強道：「不過我們中國人只做孩子的主人，絕不做孩子的奴隸，所以生的越多越有權威。」

「那麼妳也是愛生孩子的了？妳有幾個孩子？」

「我？」我笑了：「我是不一樣的。我在西方已經這麼久了，恐怕早受了你們的傳染，我沒有生過孩子，也不預備生孩子！」

「我們爲什麼盡談這些蠢事！」喬治一口把酒喝乾，搖搖晃晃地朝我走過來。我忽覺有些緊張，放下手中的酒杯，站起身來道：「不早了，我想我應該回家。」

「回家？」喬治忽然沈下臉來粗聲道：「那妳是來幹什麼的？」

「我……」我張口不知如何回答，只呢喃地說：「你想我是什麼人？你也許把我誤爲娼妓了呢？」

「娼妓？」喬治嘿嘿笑了兩聲：「把妳誤爲娼妓？妳還沒有做娼妓的那種臉蛋兒，那種身段兒！妳把我當小孩子了！」說著他啪噠一聲關了燈，房間忽然沈在一片黑暗中。我眞眞嚇了一跳，呆立在那裡不知如何是好。我感覺到他的粗重的呼吸就吹在我的臉上，然而突然之間喬治撲通一聲撲跌下去，兩手緊緊地攀住了我的腿，只是喘氣。

「喬治！喬治！」我慌忙地說：「你怎麼了？你怎麼了？」一面彎下腰用力挽住了他。

「不要緊！不要緊！」他咕噥著：「我想我眞地喝多了點。可是不……不要緊的。我仍然會使妳快活。」說著就去解他的領帶，剝他的襯衫；外衣他在一進門時已經脫掉了。

我覺得我的頭在發燒，酒勁兒一陣陣地往上衝，忽然我感到兩條粗壯的臂環住了我。我用力撐拒，兩手就抵在他毛茸茸的胸上。一陣厭惡泛上心頭。我最討厭男人的胸毛。然而我的抗拒的兩手是那麼的無力，他充滿酒氣的大嘴巴已經壓在我的嘴上。他的兩手不知在何時已經脫下了我的襯衫，解開了我背後乳罩的鈕釦。我又驚懼，又激奮，差不多到了一種暈眩的境地。他的嘴慢慢地下移，他伸出舌來舐我的頸、我的胸，使我忍不住地呻吟出聲。他一點點地落下去。到了我的乳上，不想他突然狠狠地一口咬下。我驚呼一聲，痛得差點暈去。

23

我好像又面對著母親靜坐在窗前的剪影。她的一絲不紊的髮髻、她的白淨無比的膚色，在我童年的遐想裡，就像神祇一般的聖潔。母親的心思、母親的一舉一動，特別能引起我的感應。在我幼小的心靈中，雖然並不理解母親眞正在想些什麼，但她的一顰一笑都緊緊地控馭了我的情緒變化。她的惱怒會引起我的煩躁不安，她的憂情令我欲淚，她的愉快使我的心情立刻開暢。我的父母都身居要津，在家的時間少之又少，我的童年是孤寂的。哥哥跟我相差三歲，又是男孩子，我們玩不到一處，只有一個從大陸一直跟我們來到臺灣的李媽小心看管我，但她已有一大把年紀，雖然慈祥得像個祖母，精神卻已不濟。她時常在講故事時沉沉睡去，不然就瞪著眼出起神來。那時我就感到非常非常之寂寞。我一面擺弄一隻從小與我睡在一起的洋娃娃，把她推倒、把她摟起、打她的屁股、扯她的頭髮，一面胡思亂想。然後忽然想到母親，就哇地一聲張口大哭，這才把李媽從瞌睡中驚醒。佣人們說我脾氣乖張，喜怒無常。

我也常躺在被窩中深夜不眠，等候我母親從宴會中歸來，直到我的眼皮不再聽我的使喚而自動闔起。我會在睡夢中驚醒，發現我的母親躡手躡腳地走近我的床前，替我重新蓋一蓋被子，親一親我的臉。我會突如其來地猛伸出兩手，使力地摟緊了她的脖子，使她說好些好話費好些力氣才得掙脫開身。

我多半的時光獨自坐在院中一張石凳上，瞭望著晚空的星點灼灼亮起。那石凳夾在花叢中不易爲人所見，我便在孤寂中感到一陣神秘的快樂，獨自與星星說話。到了睡覺的時間，李媽跟別的佣人到處喊我的名字，但我並不作聲，定要她們找到花叢裡來之後，才戀戀不捨地給她們拖走。

母親很少有靜坐的時候，然而不知爲什麼只要我一闔起眼來，就看到她靜坐窗前的那幅剪影。黑髮高高地梳起，兩鬢髮尾一絲不紊。她的皮膚白如玉石，膩如羊脂。她的鼻樑有點塌陷，但鼻尖卻尖俏適度。在她鼻翼的兩側有點若不細察就難以發現的雀斑。她的嘴略嫌細薄，時常緊緊地抿著，不是爲了笑，而是爲了顯示一種在女人中少有的強韌的毅力。她只要決心做一件事情，便很難中途而止。父親在她的對比之下，便顯得寬和隨便，甚至於可說有點庸弱。

我還記得父親出走的那一次，母親便在窗前靜靜地坐了大半天。她的睫毛在眼皮上一上一下地閃動，好像她正在自問自答著許多問題。然而她那隻端著細瓷藍花茶杯的手，卻在不停地顫抖。那時我有種說不出的恐懼與悲戚。我幾次想張口哭出聲來，終於忍了下去，只把滿嘴的酸液一口口艱澀地吞下肚裡。

24

那一剎那的痛楚過去，喬治就用他的舌，狗似地舐我的身體，使我不由自主地震顫呻吟。他終於摟緊了我，把他毛茸茸的胸貼在我的胸上。如果我的手中有一把刀，我恨不得一刀插入他的胸中。他的粗暴狂蠻使我失去了所有掙扎的力氣，竟任他爲所欲爲。在痛苦恐懼中，卻有種我從不曾經驗過的舒暢。是，一種舒暢，渾身鬆弛的舒暢，放棄了一切抵抗完全投降，把責任完全交在他人手中，像嬰兒一般任人作弄擺佈的舒暢。

他壓在我身上咻咻氣喘的時候，我竟用手溫柔地撫摩著他的肩背嚶嚶地哭了起來。他不解地抬起頭來，問我爲什麼哭泣。我沒有回聲，他就又疲軟地垂下頭去，一翻身，伸展了四肢仰臥在床的中央，不久就呼呼地睡去。

我胸中如有所梗，然而兩眼疲澀，頭昏腦脹。我知道只要我一閉上眼睛，我也會沉沉睡去。我不能也不願睡在這裡。我奮力掙起身來，胡亂地穿上我的衣物，拔腿就走。喬治突然停了鼾聲，睜眼問道：「妳要去哪裡？」

「回家！」

「我要跟妳睡的！」

「我不要！」我斬釘截鐵地說。

他翻一個身，不再作聲。我並不回頭，一口氣奔了出來。夜裡的寒氣使我打了個寒顫，路燈鬼樣地照著這條慘綠荒涼的大街。我走了好一大段路才走到喬治亞大街，又走了好半晌才截住一輛計程車。

回到家第一件事就是淋浴。我只恨這裡沒有一個澡盆。我把水喉開到最大的限度，讓急湧而下的奔流打在我的身上。我一遍又一遍地打著肥皂，把身體上每一寸隱蔽的地方洗了又搓，搓了又洗。然後我又去刷了兩遍牙齒，才一頭栽到床上，就昏昏睡去。

到我悚然驚醒的時候，已滿窗陽光。我頭痛欲裂。伸手搬過床頭的鬧鐘一看，原來昨晚忘了上發條，夜裡早就停了。心想時間定然已經不早，急忙下床找到腕表一看，不好，已經九點半鐘，已誤了上班的時間。我來不及梳洗就急奔下樓去，借用伍太太的電話打到學校向阮主任請一天病假。阮主任倒是滿客氣地說：「身體不好，就在家好好休息一天吧！」並叮嚀我一定要去看看醫生，也別忘了請醫生開一張證明。

打完電話，我才發現伍家客廳的窗前有一把籐背的搖椅，前天我見過的那個老頭兒正坐在搖椅裡不停地搖著。伍太太給我們介紹說這就是伍先生。伍先生並沒有站起來，只面無表情地朝我點了點頭。伍太太聽說我身體不舒服，就立刻熱心起來，噓詞了半天，然後要我好好地上去躺著，需要什麼，只要喊她一聲。其實我並沒有眞病，只是頭痛難忍。

回到房裡，稍事梳洗，卻懶得弄早飯，胃口實在不開，就合衣躺在床上。除了頭痛之外，胸口也一陣陣作噁。一想到昨夜的經過，心中就充滿了委屈，有一種被欺侮的感覺，使心中隱隱作痛。但仔細想來，誰又何嘗欺侮了我？這種事情完全是一種對等的關係，痛苦是雙方的，快樂也是雙方的。何況這一切都是出自我的自尋，怨不到任何人。這麼想著就朦朧睡去。我夢見自己陷在一個泥淖中，朝前爬行時渾身都沾滿了泥巴；到了後來，沾在身上的泥巴竟變成了糞便。奇怪的是看著雖然污穢，卻聞不到任何臭氣。我伸手竭力拂拭，不用說心中又急又羞。正在不可開交，忽然有人低低地叫我的名字，我猛然驚醒。睜眼一看，見伍太太正站在我的床前，手中捧了一個黃瓷碗，瞇瞇地笑著說：「醒了，醒了，不舒服可別餓著！這是我做的鷄肉粥，嚐嚐看。下邊還多著，儘管多吃些！」

我謝了伍太太，請她把碗先放在桌上，就一骨碌爬起，又立刻鑽進那間小浴室，淋了一個浴，痛快地把身體洗刷了一遍，才來慢慢地喝下了伍太太送來的那碗鷄粥。哪想喝下這碗粥，肚子反倒更餓起來。我就換了衣服，把碗還給伍太太，順便告訴她我的身體已經好了，現在要出去買些東西。我到了百老匯大街，隨便進了一家最近的咖啡館，買了一客漢堡肉餅、一杯咖啡，就大嚼起來了。

吃喝完了，一看時間才不過三點多鐘，忽想應該給朱娣打個電話，這時候可能她還在她的研究室裡。撥了號碼，朱娣果然在。她問我這兩天生活可好，是不是過得慣獨身的日子。

我聽到她這句話，竟哇地一聲哭了出來。朱娣急忙問我怎麼了。我說沒什麼。她有些不相信地說：「從沒見妳哭過，還說沒有什麼！」

我盡力忍住了啜泣說：「朱娣，也許是因為這個星期太累的關係。」

朱娣馬上接口道：「好，今天恰好星期五，該輕鬆輕鬆。咱們去看場電影如何？」

「什麼電影？」

「有部叫做《飛越杜鵑窩》的影片，聽說不錯。」

我說好，就約好朱娣從學校開車來接我，一同吃晚飯，晚飯後再一起去看電影。

25

《飛越杜鵑窩》是演一個精神病院的故事。這個故事頗有引人回味思索之處。自以為正常的人把他們自以為有問題的人物關進了精神病院。然而這些人是不是眞正有精神病呢？也許只因為他們有了些不同的觀點與看法，有了些非常的行為，他們就被其他的人視為異端，判定了監禁。難道其他的一部分人的觀點、行為，就該是正常的嗎？其中就沒有別的問題嗎？

因此看了這部電影，心情非但沒有輕鬆，反倒更加沉重起來。朱娣提議到「熱帶花園」去喝一杯，不知為什麼今晚我並不想去那種地方。我本來是極想再遇到麥珂的，現在卻有點怕在那裡碰到他。因此我說我頭脹得很，今晚怕聽到震耳的音樂。朱娣說那就回到她那裡去坐一坐吧。我說好。

到了朱娣那裡，她開了一瓶白酒，剛喝了一口就皺著眉頭說：「糟！這酒發了酵。妳看，裡頭都出了氣泡，快別喝了！」

我對酒一向並不在行，喝了一口覺得甜絲絲的，倒有點像加了酒精的汽水的味道。遂說：「還滿好喝的嘛！」

「什麼好喝！太甜了！」朱娣一面說一面試著把她的一杯倒回酒瓶去。又道：「我可以拿了這瓶酒，到酒店換一瓶好的來。只是這是好幾個月前買的。我不知道把發票丟到哪裡去了。」

「打開的酒還能換嗎？」我說。

「不能換怎行！誰要喝這種酒？妳把妳那杯也倒回去。起了泡的酒，沒有發票我想他也得換！」

朱娣說著又去開了另外一瓶。這一瓶倒是沒有氣泡的，喝起來一點甜味兒也沒有了。

我們喝著酒，咪咪那隻大黑貓又擻著牠的肥尾搖擺了過來。牠先嗅嗅朱娣，在朱娣的腿上蹭了兩蹭，又轉到我這邊來。她嗅了嗅我的腿，一縱身就跳到我的膝上。我剛要推牠下去，一轉念竟沒有動手，就讓牠盤臥在我的懷裡。我伸出一隻手慢慢去撫摸牠的皮毛，學著朱娣的樣子，從牠的鼻頭開始，經過頭部、背部，直到尾端。咪咪立刻發出沉醉的呼嚕。我的掌心也感到一種滑膩的溫熱。這溫熱竟像具有電力似地打我的手掌流注我的全身。我覺得我緊了一天的神經，竟逐漸地在我這撫摩著咪咪的時候鬆弛了下來。這是我從來沒有過的經驗。

朱娣不禁驚奇地瞪大了眼睛笑道：「瓊，看樣子妳也要接近成熟了。」

我抬頭苦笑了一下道：「大概我已經付過了成熟的代價。」

「什麼代價？」

「不足爲外人道的代價！」我說：「我要問妳一個問題，妳可得坦白地告訴我。」

「那要看是什麼問題！」朱娣眏眏眼睛調侃地說。

「當然不是私事。」我趕緊說：「只不過是一般性的問題。我想問妳，妳覺得一個人的性生活應該跟一個人的愛情合而爲一嗎？」

「啊啊……這倒是一個難以回答的問題！」朱娣說：「我看這要因人而異。有的人只有在愛情中才會獲得性的滿足，有的人不管在什麼情況下都可以獲得性的快樂，更有的人則把愛情和性根本分開。」

「朱娣，其實我在問妳這個問題的時候，我自己已經有了答案。我想我是屬於妳所說的第一種人，我不能把愛情和性完全分離。」

「是嗎？」朱娣帶著十分存疑的口吻說：「這樣的人倒是很少見的，而且這常常是一種很不幸的人呢！」

「大概我就是不幸的那種人了。我覺得我不能忍受沒有愛情的性行爲。如果我有了這種行爲，我覺得自己不再是一個高尚的人。不但不再是一個高尚的人，而且不再是一個人，只能算一隻獸，一隻骯髒的獸，不齒於人類的劣等動物！」我一口氣說完了，舉起手中的半杯酒一飲而盡。

朱娣帶著迷惑的表情，又替我注滿了酒杯，一面道：「妳認爲人不是一種獸嗎？」

「人是人，當然不是獸！」我幾乎是激動地說。

「可是從生物學的觀點來說——請你原諒我的學究氣——」朱娣露齒一笑，接道：「人也是一種獸呢！自然是一種比較進化的獸，文明的獸。可是不管多麼進化，多麼文明，並不能改變其爲獸的基本性質。如果文明和進化的目的在完全棄絕了人之爲獸的基本性質，也就不會再有人！文明和進化還有什麼可取呢？」

「什麼才是妳所說的人之爲獸的基本性質？」我問道。

「食、性就是人之爲獸的兩大基本性質！」

「噢，我們孔老夫子也說過『食色性也』這句話。」我搶著道。

「孔老夫子有沒有說過倒沒有多大關係。我只說我的看法，不管別人！」朱娣又擺出她那種十二分自信的神態。

「那麼愛情就不是人的基本性質？」

「不是！」朱娣肯定地說：「只有食和性才是人之爲獸的兩大基本性質。食是爲了生存，性是爲了傳宗接代。我這麼說又帶出了目的論的口吻了。其實不如說食和性都是爲了滿足在生存狀態中的需要。人在吃東西的時候，並沒有考慮到吃了可以保持生命這個問題，只不過食在療飢而已。人的性行爲也並不曾考慮到傳宗接代這個問題，而只是爲了滿足一時性的衝動。然而在滿足這兩種需要的同時，人漸漸瞭解到如果不使別人也得到相同的滿足，自己便很難得到自己的滿足，於是愛人之心便由此而滋生。所以我以爲愛情是人的理性思辨的結果，應該算是後加的。」

「啊啊！」我止住朱娣說：「記得妳說過愛情是非理性的。」

朱娣瞪大了眼睛問道：「我說過愛情是非理性的？」

「可不是妳說過！幾天前在訪問羅拉的那天，妳說過這樣的話。」

「妳的記性眞好。幸虧我不是哲學家，說幾句前後矛盾的話沒多大的關係。不過妳這一提，我倒不覺得我的話有任何矛盾之處。現在說的是愛情在人類進化中原生之理；上次說的是愛情在人的生命中產生之實。」

「這又有什麼分別？」我不解地道。

「分別可大啦！原生之理是邏輯的問題，產生之實則是生命的問題。在一個人的生命中愛情的性質是一種非理性的情緒，因爲妳不能用理性控制愛情的存否，愛情產生的時候你也說不出道理來。」

我舉起酒杯來說：「爲我們的哲學家朱娣女士乾杯！」說完一飲而盡。

朱娣滿面紅光也笑吟吟地喝乾了她那一杯酒。這次我提過酒瓶替她注滿。在給我自己斟酒的時候，卻只剩了半杯多，把瓶中最後的一滴也滴乾了。

朱娣笑道：「看樣子我得再打開一瓶了。」

我急忙止住她說：「別開別的，我已經夠了！」

朱娣不禁笑道：「妳知道喝最後一滴酒的人應該在一年內結婚。」

我撇了撇嘴說：「大概在一年內離婚還差不多。」

「胡說！」朱娣道：「不結婚，也一定有好事。」

「還會有什麼好事？」

朱娣神秘地笑著說：「那就不知道了！」朱娣說了還是走去又拿來了一瓶酒打開。我們這樣喝下去，兩個人恐怕又要泥醉了。然而不去管他，人生難得幾回醉。我們又接著喝第二瓶。

朱娣低垂了眼瞼慢慢地喝著她的酒。咪咪仍然臥在我的膝上，發出時斷時續的鼾聲。除此之外，一切都沉入寂靜中，我彷彿可以聽到我自己心房急劇的跳動。

不知爲什麼在這一片沉寂中，我心中越來越不安靜。我希望朱娣說些什麼，提出一些問題。她應該知道我今天不是無故來的。可是她什麼也不說，只低垂著眼瞼，慢慢地呷她的酒。我忽然把咪咪一推站了起來。我一站起來，才覺得我的腿非常軟弱無力。莫非我又喝多了酒嗎？不會的，我自覺我的頭腦非常清醒，而且胃部也不曾作怪。我覺得我還有再喝下半瓶的酒量，然而我的腿的確軟弱無力。我用了好大的力量才搖擺著走到朱娣面前。

朱娣斜臥在一張長沙發上。她抬起眼來，以一種奇異的眼光望著我。一到了她的面前，我的腿不由自主地蹲坐在她面前的地毯上。

「朱娣！」我說：「朱娣！」我好像突覺心中堵塞得難受，但又不知如何拔掉那一個塞子。朱娣依然奇異地瞪著我。

「朱娣！」我終於說：「我多麼想像妳一樣獨立、堅強，不依靠任何人，仍然可以快樂地活著。」

不等我的話說完，朱娣忽然尖笑了一聲坐起身來。「獨立？堅強？」她尖聲道：「那是因爲妳還不完全認識我的緣故。我現在沒有理由在朋友面前嚎啕大哭，也沒有理由把自己懦怯畏縮的情緒到處宣揚。人人都有一本難唸的經呀，瓊！妳是個聰明人，一定知道該怎麼生活。我們女人在這個世界上像個人樣地活並不是件容易的事呢！社會上到處都是張著大口的豺狼野獸，一不小心就給吞食了。在這種情形下，妳不堅強行嗎？也許我本來不是多麼堅強的人，可是環境逼得我不得不堅強起來；至少做出一副堅強的樣子，給自己壯壯膽！」

我搖了搖頭說：「妳的堅強不是裝出來的，妳是一個眞正堅強的人。我見過太多太多的人苟且地活在這個世界上，特別是我們女人。好像女人不應該有自己的生活，也不應該有任何慾望。最好的方式是配合男人的需要，他們要什麼我們就給什麼，他們無所需求的時候我們就該乖乖地把自己塵封起來。所以我瞭解妳爲什麼把男人一腳踢開，這樣才可以獨立不羈，自由自在！」

「我也沒有完全把男人一腳踢開！」朱娣說：「說不需要男人那是假的，我只是不能忍受社會習俗造成的男女間那種不平等的關係。我有能力自謀生活，我有我自己的觀點看法，爲什麼要找一個男人來管著？」

「對呀！」我說：「我也是這麼想的，只是想得沒有妳那麼透徹。有時當我面對自己的時候，想到現在女人的地位，別的女人都可以忍受了，爲什麼獨獨我們少數幾個人來標新立異？到頭來免不了碰個焦頭爛額。因此突然之間就感到茫然不知所從。到底應該按照誰的方式生活呢？別人的？還是自己的？」

「生活本來只有一種，」朱娣說：「並沒有別人的還是自己的分別，因爲妳若要按照別人的方式生活，那麼妳就根本沒有生活過！」

她這句話在我的腦中一連打了好幾個轉。我望著朱娣的臉，她微微地笑著，眼中充滿了自信。我忍不住道：「朱娣，我不知該多麼感激妳！我一有了麻煩，就逃到妳這裡來。妳也許並不知道，有時候我真覺得自己像一隻迷途的羔羊，走進了無路可出的迷宮。有時候我又看到生活這麼迷亂醜惡，還有什麼值得津津活下去的理由？我懷著沉重的傷痛、無數的疑問來到妳這裡，妳總是像一個眞正的朋友似地接待了我、安慰了我、支持了我。妳給我的實在太多了……」

一面說著，我竟被自己的話深深地感動起來，一把拉住朱娣那隻空著的手，把自己的臉和奪眶而出的眼淚一起揉了上去。

朱娣吃驚地端坐起來，放下手中的酒杯，攬住了我的肩，讓我伏在她的膝上嗚嗚咽咽地哭了個痛快。

過了好一會兒，我才羞慚地抬起頭來，向朱娣道歉。然而她卻搖著頭制止了我道：「不！不！瓊！也許應該感激的是我。謝謝妳把我當作一個眞正的朋友看待；在這個世界上一個眞正的朋友是那麼難得的。妳知道，從上次我們分手以後，我心裡多麼難受！我一直責備自己。我還以爲我們的關係完了，妳不會再來了！」

「怎麼會呢？」我懇切地說：「朱娣，妳知道不會的！」

「怎麼能說不會呢？我知道我們不是完全相類的一種人。妳有妳的教養，妳的文化，妳又是那麼固執的一個人。妳的脾氣像極了雷查，妳們都是那種固執成性的人，爲所欲爲，不太顧及別人的想法。可是妳們同時又是性情中人，可以推心置腹，可以做一個偉大的朋友。也許我性格中正有一種遷就你們這種人的弱點。瓊，妳知道我也是個倔強的人，有的人甚至說我傲慢跋扈，但我獨獨就遷就了你們，妳說怪不怪呢？我想……我想……大概是我太喜歡你們的緣故吧！」說著朱娣圈過了我的肩背，在我的唇上吻了一下。但她馬上就抬起頭來，一手支在我的肩上注視著我。我心中有種說不出的感動，攥住了她的手說：「朱娣，朱娣，妳要什麼，無論妳要什麼，我都不會拒絕妳。」

朱娣臉上忽然一紅，撇嘴一笑，放下了她支在我肩上的那隻手說：「瓊，我什麼都不要！什麼都不要！妳給我的已經很夠了。還有什麼比現在更好？」

26

第二天醒來的時候，已經十點多鐘。我發現我睡在朱娣昨夜坐過的那張長沙發上，衣服也沒脫，卻蓋了一張薄薄的毛毯。一定是朱娣給我蓋的，她自己回房去睡了。

我站起身來，看看我們昨天喝酒的酒杯就擱在地下，另外還有那半瓶沒有喝完的酒也不曾移動。回想到昨夜跟朱娣的談話，我心中感到一種滿足，也感到一種迷惑。滿足的是我終於有了一個可以彼此瞭解、可以信託的朋友；迷惑的是兩人之間的彼此溝通到底有沒有限度。人與人之間，眞能夠完全彼此溝通、彼此瞭解嗎？愛與瞭解又是極不同的兩種感覺。愛一個人的時候，不一定瞭解他；瞭解一個人的時候，也不一定愛他。然而，沒有瞭解的愛，算不算愛呢？沒有愛的瞭解，算不算瞭解呢？朱娣一直吸引著我，但我知道，吸引我的是她的性格，而不是她的身體。這算不算是一種愛呢？一個人似乎不能愛另一個人所有的一切。傳統的婚姻制度就是企圖使一個人滿足另一個人的一切，到頭來因爲得不到一切，反倒把那本是可愛的一部分也作踐了。我忽然想到詹，如果我們不曾是夫妻，何嘗不可以做兩個要好的朋友？可是現在一切都太晚了。

我這麼胡思亂想了一通，卻覺得不想馬上再見朱娣。也許昨晚那種坦然流露在我心中產生了一種羞赧的情緒，使我不願立刻再回到那種情緒之中，面對自己脆弱的一面。我給朱娣留了個條子，把酒杯拿到廚房裡洗過，放好酒瓶，就匆匆地離開了朱娣家。

先到一家咖啡館吃了早餐，然後就搭公共汽車回家。回到家，迎頭又碰到了伍太太。她強作笑顏地問道：「汪小姐，妳昨夜沒回來呀？身體不舒服，叫我好擔心！」

她明知道我是結過婚的，不知爲什麼她叫我汪小姐？我就老實不客氣地告訴她道：「伍太太，謝謝妳的關心。我又不是小孩子，我不一定每夜都要回來睡的！」

聽了我的話，她先是一怔，但馬上又堆出笑臉說：「當然！當然！我只是想妳身體不舒服，有些不放心罷了。」

沒等她嘮叨完，我已經拔腿上了樓。今天是星期六，不用上班，我就著手來整理一下房間。我從搬來以後，還沒有好好地佈置過。這間房不大，前窗朝北，正好可以望見市中心的高樓大廈，再遠處就是戴著雪帽的青山。就是到了夏季，山頂上的雪帽也不會融化。窗旁我擺了一盆矮楓，掌形的葉子已經重重疊疊地長到窗台那麼高。後牆正中擺了我的床。左手後牆角是那間小浴室，右手擺了一張大衣櫃，櫃上有一張圓鏡可以化妝時用。再往前有一個書架，窗右有一張書桌、一把椅子，左手浴室前有一張單人沙發，旁邊的矮几上放了我的電唱機。再往前就是通到走道的門。廚房在我房外走道的一角。現在兩面的牆都還裸著，我就打箱子裡找出幾幅畫和照片懸掛上去。我在右牆掛了一幅米羅作品的複製品，還有朋友送我的一張抽象畫，主色是橙紅，跟米羅的大紅大藍倒還相配。左牆我貼了一張黑舞女的裸照，是一張印刷精緻的黑白海報。照的是舞女的背部，舞者一足支地，一足向前半彎飛起，一臂高舉過頭，一臂向前，全身的肌肉既緊張又不失柔和。光線從側面射來，使舞女身體的一半溶入黑暗的背景中。這張海報是詹買的，因為我很喜歡，就帶來了。

佈置完了，除了應該再添幾盆盆栽以外，我覺得很為滿意。我自己在房中來回走了幾趟，又躺在床上瞭望了半天窗外的青山，忽然想起應該給家人寫幾封信來。第一，總不能老瞞著我的父母，應該鼓起勇氣把我婚變的情形告訴他們。但是說什麼呢？把實話說出來他們不會瞭解；編一個託辭，又不知如何編起。最後決定只簡簡單單地說：因個性不合，已經與詹分居。其次也應該寫一封信給瑛哥，免得叫他掛念。

我把信封好，想到馬上去發，也該去中國城買一些食品，順便可以在那裡吃晚飯。

我並沒有在中國城買多少東西，但總喜歡東看西看看。到了禮品店就要看看有什麼新到的手工藝品；到了書店就把中國的書報翻一個半天；走過電影院就停下來看看中國電影的宣傳照片。

看了宣傳照，也就不想進去看了。所以雖然這裡有兩家專映中國片的電影院，幾年來我恐怕最多只看過兩三次中國電影。到我想到吃飯的時候，已經八點多鐘。我正好經過翡翠樓前，就走了上去。這時候吃飯的人已經不多。我叫了一個沙鍋八珍豆腐、一小碗飯，這樣湯菜葷素都全了。

我吃完飯時已經九點多鐘。付了賬走下翡翠樓那鋪著紅色地毯的長樓梯，見外面天色快要黑了下來。推開朝街的玻璃門剛走了沒有兩步，忽聽背後有人叫我。這時候已經暮色蒼茫，路燈剛亮了恐怕沒有多久，光顯得非常朦朧暗澹。我一回身，見有一個人倚著不遠的一根燈柱對我笑。開始沒有看清是誰，走近了兩步，我的心不禁通通地大跳起來。

「麥珂！」我驚異不止地叫道：「你怎麼會在這裡？」

他笑了，臉上泛著一種清新的紅光。兩次見他，他均臉色蒼白，甚至有些浮腫的樣子，今晚竟如此不同。他還是穿著牛仔褲、藍坎肩，和胸前只扣了兩個鈕釦的白襯衫。胸前掛著他的小銀佛。坎肩上下左右貼了好幾個顏色不同的英文字ONLY的圓形硬紙片。耳朵上竟沒有戴他一向總戴著的金耳墜。

「我在等人。」他笑著說。

「天！不是等我吧？」我開玩笑地說。

「就是等妳！」

「什麼？我才不信你的話呢！你怎麼會知道我在這裡？」

「靈感！妳信不？」他詭祕的說。

「我不信！」

「等妳，也不是等妳。」他說著靠近了我道：「其實我本來是等道格的，他說請我吃中國飯，叫我九點鐘在這裡等他。」

我看了看錶說：「現在九點半已經過了，道格還沒有來，你想他還會來嗎？」

「誰知道！」麥珂撇撇嘴說。

「道格常常會遲到的嗎？」我又問。

「誰知道！」麥珂又說，馬上又接道：「他也許不知在哪裡喝起酒來，根本把我們的約會忘光了。」

「你記準他說的是叫你在這裡等？」我又疑惑地問：「他沒有告訴你飯館的名子？」

「他說在這個路口見面，我們沒有決定去哪一家。不過他提到一個叫什麼玉的飯館。」他抬頭望了翡翠樓一眼：「這不是叫玉的嗎？」

「這是玉是不錯的，」我說：「可是那邊過一條街還有一家叫玉泉的，也是玉。你保準道格提的不是那一家而是這一家？」

「誰知道！」麥珂說。

「要不要到那家去看看？」我提醒他說。

「算了！算了！現在時間早過了。誰知道不是因爲他在哪裡喝起酒來，把我們的約會忘的一乾二淨！」

「道格常常喝酒的嗎？」

「誰不常喝酒？只有我，今天一滴都沒有喝！我只剩了一塊錢。」說著他把揉得起縐的一張一元的票子打褲袋掏出來亮了亮說：「吃飯也不夠！喝酒也不夠！」

「我看你還是少喝點的好！」我們一面往前走，我一面這麼說。

「爲什麼？」

「爲什麼？這還不明白？你看，你今天沒喝酒，氣色也不同，精神也不同。」

「不同？有什麼不同？」他似乎故作不懂。

「臉上有了顏色，也開朗多了，年輕多了！你今天才像是十九歲的樣子。」

「眞的嗎？」他摸著自己的臉喜不自勝地說。但轉眼間他的笑容就消失了。他皺了皺鼻子道：「我知道！瓊，妳以爲我不知道嗎？」他轉臉望著我，又道：「可是我管不住自己。也許有一天我會完全不再喝了，我會完全戒掉，但不是現在。現在不行！其實我喝的並不多，我從沒有醉到半死的那種地步。妳看，上回雖說喝的不少，我還不是照樣跟妳跳舞嗎？妳記得嗎？瓊？」說著他攙起我的臂來，像一個討好的孩子似地等我的答覆。

「我當然記得。」我說：「就只會跳兩步舞，前搖加後晃！」

聽了我的話，他哈哈地拍起手笑起來，一面說：「瓊，好啊，妳嘲笑我！下次一定要跳個好的給妳看。」

「那得在沒喝酒的時候才行。」

「喝酒也沒關係，只要不過量。那天我確是有點過量了。」

「你還沒吃晚飯吧？」我忽然想起來，眞是明知故問了。

麥珂哭喪著臉又掏出他縐縐的一元來：「我只剩了一塊錢，怎麼吃飯？」

「我請你吃飯吧！」

「眞的？」麥珂喜不自勝地幾乎要跳起來：「妳看，我說是靈感，一點也不錯。我就知道等不到道格，一定會等到別的財神。」

「可別把我當財神！」我趕緊說：「我請不起大館子，只能請你隨隨便便吃一點。」

麥珂猶豫了一下道：「我看吃飯對我倒並不多麼重要，妳還是請我喝酒吧！」

「請你喝酒？」

「爲什麼不？飯你自己已經吃了，看著我吃有什麼意思？要是妳請我喝酒，兩人一同喝，多有勁兒！」他盯著我的臉又加了一句：「妳說是不是？」

我略一沉吟道：「這樣也好。不過不許喝醉的。我只請你喝兩杯，多了不請！」

「我們還是喝啤酒吧！啤酒不容易醉的。妳就請我喝三瓶。我說：我是說我不會超過四瓶！我們一言爲定！好不好？」

他朝我伸出手來，我也伸手一握說：「好，一言爲定！不超過四瓶！」我一轉念，又道：「你不餓？其實我也可以請你吃一點東西。」

「不必！不必！」他咧開嘴露出他那裂著一條大縫的門牙笑道：「我這一塊錢，夠買一個三明治的。我自己管我的飯，妳管我的酒，這樣才公道。」

「呀！這就是你的公道？」

麥珂有點不好意思起來，終於喃喃地說：「下回我有了錢，我來請妳！」

27

我們在葛蘭維大街上一家旅館的吧間裡坐下。這時正有一個年輕的歌手在演唱。我的座位正面對著歌手，看他穿著銀亮閃光的服裝，手中的電吉他也是銀亮閃光的，完全一副普里斯萊的派頭，連歌聲也有點像。可見人們的創造力是多麼有限，創出一個典型來，不知有多少人去模仿追隨。麥珂的座位背對了演唱臺，因此他不得不常常扭轉了脖子回頭去看歌手的演唱，我雖然也愛看，但想也許麥珂比我更要熱中，於是提議跟他調一個位子。

麥珂吃完一客三明治，一面呷著啤酒，一面注視演唱的歌手，似乎已沉醉在歌聲中，完全忘了我的存在。我也不去打擾他。幸好不久歌手就停止了演唱去休息了，吧間裡只剩下輕微的爵士樂聲，麥珂才從夢中醒來似地注意到他面前坐著的一個我。

我掏出煙來，兩人各點了一支。麥珂哼了兩句歌手剛剛唱過的那支歌，可是他的聲音喑啞，韻味全無。他自己也意識到了這一點，苦笑了一下說：「我本來想做一個歌手的，現在我知道不成，我沒有這樣的好嗓子。」

「不能唱，能彈也是一樣。」我說。

「是。我現在是一個業餘的鋼琴家。我們希望有一天可以到夜總會裡去演奏。」

「那也很不錯呀！」我說。

「可是問題是我們很少練習；人手總湊不齊，不是哪個有事，就是哪個病了。」

「這也難爲。」我說：「可是你總有個職業的吧？你已經不唸書了，對不對？這樣，你靠什麼維生呢？」

「失業保險！」麥珂爽脆地笑道：「上半年我本來有個極好的工作，在一家建築公司中管電腦，每月一千多塊。那時候眞痛快，要什麼就有什麼，眞眞的痛快！瓊，妳大概沒有這種經驗吧？要什麼就有什麼。有時候，我可以把一千塊在一天內完全花掉。妳說這有多痛快！瓊，想到那時候的生活，我現在只有掉淚了。」

我望著麥珂本來一張快樂的臉忽然間轉化成悲戚的神色。我已經注意到他的表情變化非常之快，可以在一瞬間由高興化爲悲哀，又可以一瞬間由悲哀化爲快樂。而每種表情都是那麼眞誠，使人覺得他從裡到外整個人都溶化在那種當下的情緒中。

「既是這麼好的工作，爲什麼不繼續幹下去？」

「裁員裁掉了！」麥珂悲哀地說。

「不能找別的工作？」

麥珂搖了搖頭。

「錢都花光了？」

麥珂不再言語。

「麥珂，聽你這麼說，你大概是個不怎麼有計劃的人，對不對？」我望著他悲戚的臉色問。

「計劃？什麼計劃？」

「就是生活中的計劃啦！譬如說，有錢時想到沒錢時的難處，那麼就會訂一個計劃出來，量入為出。」

麥珂皺了皺鼻子道：「這是很沒意思的事！有的人一輩子把心思就花在訂計劃上了，今天想到明天，今年想到明年，到頭來連生活的時間都沒有了。這樣的人不曾眞正生活，也不明白生活是怎麼一回事。瓊，妳是不是這種喜歡訂計劃的人呢？如果是，妳大概也不怎麼明白生活是怎麼一回事吧？」

我嗤地一聲笑了出來。「麥珂！麥珂！」我笑著說：「我比你大五六歲呢！如果我不知道生活是怎麼一回事，你反倒知道了？」

麥柯又皺起他的鼻子不服氣地哼了一聲道：「年紀又有什麼關係！有的八十歲的老頭子仍然不懂怎麼生活，有的一生下來自然就明白該如何活著。」

「那麼說，你是一生下來就明白如何活著的那種人了？」

「誰知道！」麥珂笑了起來，露出了他那裂著大縫的門牙，這時他臉上又是一派純眞的快樂了。「我才不去細想這樣的事。我只有現在，不管明天。瓊，妳看，我雖然只有一塊錢，不是也照樣高高興興地陪妳在這裡喝酒談心？」

「那是你的運氣！」我說：「要是今天你沒碰到我，你還不是要站在冷風裡幾個鐘頭？最後免不了餓著肚子回家。」

「那也沒有什麼關係！可是我常常是有運氣的那種人，總會碰到一個朋友。」

「你有很多朋友？」

「也沒有很多，有幾個眞正要好的朋友也就夠了！」

「你的家呢？你家不在這裡嗎？」

「家？」麥珂愣了一下，但馬上又恢復了他那種不在乎的神態：「我家在魁北克。」

我恍然大悟地道：「所以我總覺得你說英語有一種奇怪的腔調，原來你本來是說法語的。你是說法語的，對不對？那麼你的名字應該是米士勒，而不是麥珂，對不對？」

「妳說得不錯，我本來是叫米士勒，可是在這裡大家都管我叫麥珂。」麥珂的眼裡忽然閃著一種喜悅的光輝問道：「妳會說法語嗎？」

「我學過一點，很久以前了。現在多半都忘了。Mon ami, tu es le plus beau garçon que j'ai jamais vu.」

「Merci, ma belle! j'en suis très flatté, mais tu es trop gentille de me dire cela.」

我急忙截住他道：「這大概是我全部的法語了。我跟不上你。」

「不錯，發音不錯嘛！」麥珂興奮地拍著我放在桌上的手說：「也許我可以教妳一點。」

「要不要繳學費呀？」

「這就是學費了。」麥珂舉起他手上的酒來說。

「那倒便宜，米士勒！」我又加道：「你喜歡別人叫你米士勒嗎？」

麥珂攤了攤手說：「麥珂，米士勒對我都是一樣，我不在乎！」

「眞的不在乎？人們都偏愛家鄉的事物。」

「我沒有什麼特別的偏愛，不然我也不會遠遠地跑到西部來。」

「你的父母呢？還在魁北克嗎？」

「Merde！瓊！妳在做調查工作嗎？妳的問題太多了！」麥珂從我放在桌上的煙盒抽出一支煙燃著，老氣橫秋地拍拍我的手說：「乖一點，少問些問題，爲什麼談這些不重要的閒事呢！」

我馬上住了口，好像叫人當頭澆了一盆冷水，心中厭恨起自己的多話來。到現在爲止，麥珂就沒有問過我任何私人的問題。是他比我懂得禮貌？還是他對我並沒有什麼興趣？我很難確定他心中的想法。我只覺得對一個剛認識不久的朋友，若是不問這些問題，又有什麼可談的？現在既然不便再問，我立刻就沉默起來，不知道該說什麼才好了。

這時麥珂也不再說話，只把眼睛兜覽著酒吧中的酒客，好像看看有沒有熟人在座一般。我馬上心中就產生一種冰涼的感覺。人對人的興趣竟如此的短暫，還不到兩個鐘頭，麥珂對我的興趣好像已經飛走了。

過了好半晌，麥珂才又轉回臉來，一笑，像故意尋些話題似地指著他坎肩上貼的那些ONLY

的紙片問我道：「瓊，妳覺得這個字怎麼樣？」

我有些不解地問：「怎麼樣？這不過是一個簡單的字而已，你以爲還有什麼特別的意思？」

「妳不覺得這個字特別嗎？」

「特別？每個字都是特別的。」

「可是這個字眞是與衆不同。『唯一』是說獨一無二的意思。瓊，妳看吧！我可以靠這個字變成百萬富翁的。」

「怎麼個變法？」

「怎麼個變法？妳看，這個字可以用在T恤上、可以用在傢具上、可以用在布匹上、可以用在電器上、可以用在……簡直說可以用在任何商品上。只要標上這一個字，那商品就變成獨一無二的。」

我笑道：「你會標，誰不會標呢？」

「那可不同！問題是誰先想到就是誰的。我只要到專利局去申請專利，這個字就是屬於我的了！」他激動的說。

「你申請了專利沒有呢？」

「沒有，自然還沒有。可是我要申請的。」他極有信心地說，舉起酒杯一口氣把半杯啤酒全灌了下去。他放下杯，目不轉睛地注視著我的眼睛，直到我受不住他這樣的注視而錯開了眼光，他才道：「瓊，老實告訴我，妳信不信我的話？」

「信?不信?你問的是什麼意思?麥珂，我只覺得你想得太天眞了。」

「那就是說妳不相信我的話，是不是?」不等我回答，他的臉色就一寸寸地灰了下來。他終於低下頭去，以一種極低微的聲音自語似地道：「我知道妳不會相信我的話的，沒有人相信我說的話，連我自己也不信這種鬼話!我永遠不會去申請專利，就是我明明知道如果我申請了專利，我準會變成百萬富翁，我也不會去申請。我不會去做這種事!這種事!我就不做這種事!爲什麼定要做人人都想做的事?就不能做自己想做的事呢?爲什麼?我就想坐在這裡一杯杯地喝下去，不問天翻地覆，不管日運星移，我就在這裡一杯杯地喝下去。然後?然後，道格，妳，或是不管什麼人抬我回去。不!不用抬我回去，就在這裡也是一樣，沉沉地睡去，永遠不再醒來，不再醒來……」

他這麼說著，他的頭一寸寸地沮喪地垂下去。我想他大概又喝多了。可是這只是他第三杯啤酒。我也喝了三杯，我並沒有覺得有什麼醉意。這時忽然抬起頭來，在他灰藍色的眼中竟是一些濕潤，只是沒有集成淚滴流出來而已。

「我們走吧，瓊!」他先站了起來。

我們並肩走出酒吧的時候，他兩手著力地抓住我的一隻臂膀，生怕我溜走了似地湊在我耳邊低聲說：「瓊，我覺得好寂寞，好寂寞!史提夫又到美國去了!」

「誰是史提夫?」

「史提夫是我同住的一個朋友。瓊，今晚妳不會丟下我一個人的吧?我求妳，瓊，我求妳!

妳可以叫我做任何事情，我都不會拒絕妳。我只求妳千萬別丟下我一個人在這裡。讓我們去妳那裡好嗎？」

我吃了一驚：「去我那裡？」

「不行嗎？」他問。

我想了想說：「不行！麥珂，不行！我現在住在人家家裡，一切都不方便。」

「那麼就去我那裡。」

「你是說道格拉斯那裡？」我想起上次去過的地方。

「不是！是我那裡，我跟史提夫住的地方。史提夫去了美國，我一個人不願回到那裡去——那麼大的一所房子！」

28

麥珂住在西班牙堤岸附近。

我們坐計程車到了那裡。我付了車資。麥珂住的房子是一所白色的二層樓房，兩面被剪得整齊的松樹隔開了兩旁的鄰居，房前是一片開敞的草地，緊靠房子則開出一長條花圃，種的全是玫瑰，這時還沒有開花，只是一片蔥綠茂盛的葉子。房子的門旁有一株巨大的櫻桃樹，落了一地雪似的花瓣。今晚月光正明，櫻桃樹上的殘花映在月光中像是一捧捧的雪團。月光也照亮了門廊前的白色欄杆。欄杆上的支柱精細地彫成了花瓶的形狀。欄杆上擺了一長列花盆，有的正開著小小的花朵，在月光下似乎只有銀紫和淡白兩種顏色。

房子裡一片漆黑。麥珂走在前面，開了門，回頭對我說：「小心臺階！」說著他伸給我一隻手，引我下去。原來一進門就是一條向下走的階梯，雖然只有兩三級，但若不留心，就會摔一個跟頭。麥珂回身關了門，這才拍達達地幾聲一連開了幾盞燈。

燈一開，我不禁怔住了。這是一所非常奇特的房子，我從沒有見過這樣的格局。我們站的地方是一個衣帽間，過去隔了半壁牆就是一間極大的敞廳。敞廳的左右各有一列通到二樓的臺階。但是二樓的房間只佔了敞廳的外緣，敞廳的中央直通到房頂，就是樓中樓的那類，因此使得敞廳看起來非常高大，使人產生置身於教堂的感覺。樓上的房間前有一條細長的走道，外圍以欄杆，開向敞廳的中央。欄杆上懸吊著無數綠色盆栽，多半都是葉子倒懸的，有的從二樓欄杆幾乎一直垂到樓下敞廳的地板上。從屋頂的中央低低地垂下一盞瓔珞瑯璫的水晶吊燈，把四周的綠色植物的葉片照得閃閃發光。敞廳中鋪著銀白的地毯，擺的是銀白色的傢具，連一架巨大的長尾鋼琴也是銀白色的。然而在敞廳的四角卻又豎立了四座巨大漆黑的燭臺，上面插著四隻猩紅的蠟燭。

我正在對這樣的排場目瞪口呆之時，麥珂已經牽著我的手引我走入了敞廳。他忽地一鬆手，轉身一跳叫道：「瓊，看我在哪裡？」

我猛一回身，嚇了一跳。怎麼麥珂忽然僵立在那裡像一具突然失了生命的殭屍。見了這副光景，我不禁失聲驚叫起來。只聽麥珂哈哈大笑，殭屍後面忽然又走出一個麥珂來。仔細一看，原來適才當作麥珂的不過是一具服裝店中常見的衣裝模型而已。因爲穿著跟麥珂一樣的衣服，留著一式的頭髮，猛一看竟像極了麥珂。

「這是哪裡來的？」

「那裡來的？」麥珂笑道：「這是另一個麥珂啊！我親愛的麥珂！」說著他摟緊那個假人，接了個響亮的吻。「來！」他拉起我的手，把我拉到那個模型的面前說：「快來親親妳的麥珂！」

我一轉身摟住了麥珂的頸說：「我寧願吻這一個麥珂，不吻那一個麥珂！」我在他唇上輕輕地吻了一下，立刻推開了他。

麥珂退了一步，退到那個模型的身旁嘻嘻地道：「兩個麥珂，叫妳選，妳要哪一個？」

「兩個都不要！」我說。

麥珂閃動著他的灰藍色的眼睛：「瓊，妳眞是一個聰明人，我佩服妳！」說著朝我豎了豎大拇指。

「麥珂，」我說：「看你現在的精神，好像並沒有喝醉嘛！」

「誰說我喝醉了？」

「剛才看你的樣子，倒像醉得路都走不穩了似的。」

「哈哈哈哈……」麥珂拍手大笑道：「那是我裝出來騙妳的噢！要是我不裝作走不穩的樣子，妳一定不會陪我回來吧？瓊啊瓊，妳實在太老實了，輕易地就相信了別人。小心啊小心，可不要上了別人的當啊！哈哈哈哈……。」

我有些生氣地道：「你想我是那麼容易上當的那種人嗎？」

麥珂仍然大笑著道：「可不是！可不是！騙妳是再容易不過的了。妳像道格一樣，妳們中國人都是容易上當的！」

「道格又不是中國人！」我仍然賭氣地說：「他一點都不像中國人！」

「誰說不是？」麥珂停止了笑，正色道：「道格姓李，他有一個中國祖父，至少四分之一是中國人，不信妳去問他！」

這時我才想起道格的眼，除了大得出奇以外，而且特別長，只有中國人才有這種向兩鬢延伸的鳳目。

「是又怎麼樣？你把中國人都當成傻瓜了，是不是？」

見我好像動了氣，麥珂顯得不安起來，他過來拉我的手說：「瓊，對不起！我是跟妳玩笑的呀！」

我沒有作聲。他一轉身道：「來！我讓妳看看我們這裡的好景色！」他展開兩臂在我面前用芭蕾的舞步旋了一圈，然後俯身像芭蕾舞女謝幕似的深深地施了一禮，就跳起來，仍然施展著舞步跳到敞廳的一角點燃了一隻紅燭，然後是第二隻，第三隻。到他把四隻巨大的紅燭都點燃了之後，他就奔去熄了所有的電燈，敞廳立刻沉落進另一種奇特的光影之中。燭光暗弱地映照著中央的水晶吊燈，吊燈上透明的纓絡又把紅燭的光燄反照在四周的綠色植物上，造成了一種似眞又幻的朦朧景色。

麥珂這時忽然飛快地奔上樓去。到了樓上，他兩手扶著欄杆俯身下望，戲劇性地高聲道：「噢，羅蜜歐！羅蜜歐！你在那兒？你在天邊？你在海角？你可聽到我的聲音？」

他的聲音嘶啞低沉，但又同時高亢得在高大的敞廳中引起嗡嗡的回響。

我怔了一下，抬起頭來，就碰上了麥珂的眼光。燭光雖然這般暗弱，卻恰恰地照亮了他的眼睛，像兩顆明星嵌在深邃的夜空。我不知道爲什麼全身竟瑟瑟地抖索起來。

「噢，羅蜜歐，你可聽到了我的聲音？」他又大聲叫道，等待我的回答，這時大廳裡一片沉寂。

「聽到了！聽到了！」我終於抖索地朝上答道：「妳像黑夜的明星，清晨的旭日，照亮了我的眼睛。噢，朱麗葉！」我急忙捂住了自己的嘴，然後慢慢地放開手朝上喊道：「我怎麼敢叫出這麼聖潔的名字？但願我的嘴不要污了這樣的美名！可是我已經在心裡把妳的名字唸了千萬遍。妳的聲音像美妙的夜鶯的歌唱，穿破了黑暗，招來了黎明。噢，姑娘，我要再聽到妳那美妙的歌聲。」

「我是一隻不太會唱的夜鶯，」他的聲音雖然嘶啞，但卻透著一種動人的磁力，「可是我願意從黃昏唱到黎明。只爲了一個人……一個人……我的羅蜜歐，我願意不停地唱，唱到聲嘶力竭，唱到吐血昏厥。只要他願意聽我的歌聲，我就會爲歌唱而死而生。」

「噢，姑娘，妳的每一句話都已深深地印在我的心中，叫我又覺快樂，又覺悲慟。妳那麼無邪，那麼純眞，我怎敢玷侮妳聖潔的心靈！」

「噢，羅蜜歐，你說的是什麼話！純潔的是你，而不是我。我早已掉進污泥，摔進了糞坑。你不嫌我的骯髒惡臭，才到我窗下來傾聽。我嘴中也許只有夜貓子的怪叫，你也當作是夜鶯的歌聲！」

「噢，朱麗葉，妳就是渾身是泥是糞，我也不嫌。我自己也墜入過污泥，也掉進過糞坑。妳就是滿嘴夜貓子的怪叫，對我也是美妙的夜鶯的歌聲。妳可知道為什麼？」

他停了下，遂即兩手搥胸歡樂地接道：「我知道！我知道！因為你心中有火有熱，像我心中一樣，燃著熊熊的烈火。這烈火燒去了所有的污穢，只剩下純潔；燒去了血肉，只剩下魂魄。我的魂魄千年萬歲佇候在這裡，只等有一天我的羅蜜歐來把我尋索。」

「妳就是魂魄一縷，我也要在風裡雨裡把妳尋覓。妳進天堂，我也進天堂；妳下地獄，我也下地獄，妳就是化作齏粉化作灰，飄揚在天下四方無覓處，我也要成粉成灰來相尋！」

「你的話叫我淚流滿面，」他忽然轉了一種悲戚的口吻說：「我在樓上，你在窗前。我的兩眼已糢糊，看不清你置身何處。你似有，又似無，像風雨中的一隻海鷗，一展翅就沒入海中的迷霧。」

「啊！不要怕，朱麗葉！我就在這裡，我就在妳的腳下，我就在妳的眼前。我不走，也不飛，我的生存只為了妳的呼喚。妳只要叫一聲，我立刻就到妳的面前。」

「你的話可是真？」他無限希冀地說：「當然！當然！我的心頭沒有任何疑雲，你說的每一個字我都相信。可是我心中仍有隱隱的痛楚，像一千枝箭穿入我的心臟，落下了一千個傷痕。羅蜜歐，你眞的在那裡？站在那裡的眞是你？爲什麼我總覺你近在眼前，卻又遠在天邊？」迷惑、尋思，憂愁地遐想，多美好的眼神！

「別胡思亂想，要把眼睛擦亮，看清楚這裡站的人要爲妳發狂。不信，請妳下樓來，就知道不是身在夢鄉。」

「眞的嗎？你不要走，不要飛，我這就下去，證明這不是夢，不是妄想……你等著……等著……」懇切的聲音，乞憐的手勢。

麥珂像入了魔一般地閉了兩眼一步步地摸下樓來。我迎上去，也像入了魔一般吻上了他的唇。我們緊緊地廝抱在一起。我忽然覺得我的人似乎變成了他的一部分，在一種忘我的神遊中不容有任何抗拒與自持地歸附了他。

我已經很久很久沒有這樣的感覺了。

29

「我倒是眞正演過一次羅蜜歐。」我說：「中學我上的是女校。那時候有一位名家的中譯莎士比亞全集剛出版，老師幫我們選一段《羅蜜歐與朱麗葉》在同樂會上演出。演的正是花園中那一場，不知爲什麼，老師覺得我可以演羅蜜歐，我就演了羅蜜歐。」

「那眞巧！我演過朱麗葉，妳信不信？」麥珂笑著說。

「別胡說了！」

「誰胡說？是眞的！」麥珂說：「我上的是男校。我們是法語學校，但英語的訓練也很重要，爲了練習英語，我們每學期的戲劇演出多半都選英語的戲。平常倒很少選上莎士比亞，因爲臺詞太古，大家聽不懂。誰知有一次竟選了《羅蜜歐與朱麗葉》。當然只是刪節本，把難說難懂的都刪掉了。當時誰都不敢來演朱麗葉，怕以後大家拿你開玩笑。我也不知道爲什麼，從小就專愛幹些與衆不同的事。別人不敢嘛，我敢！我說：我來演朱麗葉！」

「你演了朱麗葉？」

「可不是？我演了朱麗葉！」

「你不怕以後別人拿你開玩笑？」

「也不能說不怕。也許正因爲有點怕，所以非要試一試不可。我不知道你有沒有這種經驗？越怕的事，越覺得有吸引力。我那時候只有十五歲。道格也是十五歲，道格演羅蜜歐。」

「道格？就是我見過的道格拉斯？李？」

「不是這個道格，是另一個道格。那個道格本來也是說英語的。他現在已經不在人間了。」說著，麥珂的聲音啞然沉墜了下去。

我們並坐在他臥房中窗前的一張沙發上。沒有開燈，讓月光從寬大的窗戶中肆意地漫了進來，把大部分房間塗上了一層青霜。因爲我們背對著窗戶，我看不清他的臉色，但一時間似乎感到他臉上有一種難言的憂感。我自己心中立刻充注了一種憐慰的情懷，就攀住了他的臂膀問道：「怎麼？你說他已經不在了？」

麥珂沒有立時回答我的話，過了一會兒他才說：

「道格是個奇怪的人。自從我們演了《羅蜜歐與朱麗葉》之後，他對我的態度就越來越奇怪了。也許他就是那種夢想過度的人吧？他眞以爲他是羅蜜歐了；我可不要做他的朱麗葉啊！我是麥珂，麥珂就是那種喜歡做什麼就做什麼的人，可沒法子一定要做別人要他做的事。我開始譏笑他，當然我並不是第一個譏笑他的人，注意到他奇怪的態度的人都已經在議論紛紛了。尤其是那些想開我的玩笑的人，讓我毫不在乎的態度掃了興，轉過去都去尋道格的開心。因爲道格不像我，他眞會著惱生氣，這就更稱了別人的心了。他越氣，別人越覺得好玩，就越愛開他的玩笑。」

「開他什麼玩笑？」

「什麼玩笑？妳還不明白？我們笑他sissy。妳不知道，那時候道格眞像著了迷，他越怕別人笑sissy，他表現得就越發sissy，他好像控制不了他自己似的。大家都當他的面說：『道格，你哪裡是羅蜜歐，你才是朱麗葉嘛！』聽了這樣的話，他就立刻漲紅了臉，把口水唾到對方的臉上，要不然就去掐人，逗得大家更樂了。就在第二年暑假，他跟同學們一起去露營，在湖裡游水淹死了。」

「是意外？」

「誰知道？那次我沒去。聽說就在這種有月亮的晚上，他們好幾個偷偷去游泳，別的人都回來了，只有道格沒有回來。黎明的時候，救生船才撈到了他的屍體。」

「我想一定是意外，難道爲了這點小事情，……」

「小事情？」麥珂打斷了我的話說：「妳以爲是小事，對道格可能就是大事！」

「不錯！不關己的事，都是覺得不重要的！」

「光是不關己，倒還沒有關係，問題是人們太殘酷，連我自己也包括在內。只要看到旁人跟自己有一點不同，就要譏笑、排斥！也許我比別人更殘酷！別人譏笑道格也罷了，我是萬不該譏笑他的。」

「那時候你不過是個孩子，你不會料到有什麼嚴重性。」

「妳錯了，瓊！妳實在夠天眞的！一個十五歲的人，什麼不懂？我明明知道嚴重性，可是我仍然不能不那麼做！妳知道，開始的時候，要不是因爲我，大家也許不會那麼嘲笑道格。」

「你又做了什麼？」

「我做了什麼？我告訴大家說：呃！道格在演戲的時候吻了我。」

「是眞的？」

「當然是眞的！在排戲的時候，我們都只是做做樣子，把嘴唇湊湊而已；可是演出的時候，他情不自禁地吻了我。」

「那也沒什麼嘛！」

「沒什麼？這是現在！這是溫哥華！妳別忘了那是好些年前的魁北克！在我們那種保守腐朽至極的天主教學校裡，這種事給人看成一種有傷風化的奇事哩！」

「他吻了你，你不是也吻了他？」

「那不同！我說是他要吻我，我才不要吻他，我只是在演戲的時候沒有辦法。」麥珂激動的說：「可是那不是實情！」

「噢？」

「實情是我也吻了他；而且不止一次，演戲以後又有過好幾次。還有更厲害的呢！後來我心裡害怕起來，才拒絕了他。我害怕我自己變成他一樣的人，才對自己說，都是道格的錯，都是因爲道格 sissy 的關係。我不 sissy，我是一個正常的人！我……天！」麥珂突然舉起一隻手來掩住了自己的嘴，咽聲道：「瓊，我爲什麼要告訴妳這些！」

我握住了麥珂的臂，他就傾身過來，靠在我的肩上，努力抑制著自己的情緒。我可以隱隱地感到他緊張跳動的波波的脈搏。

過了一會兒，麥珂才又道：「糟糕的是道格並沒有說我什麼，他似乎默認了，他獨自擔當了一切的嘲笑，連我對他的嘲笑在內。我只是受不了四周那種壓力，我只是心裡害怕，才嘲笑他的。」

「麥珂，我知道你並沒有惡意。」我安慰地說。

「妳怎麼知道我沒有惡意？」麥珂反駁道：「爲了自己害怕去取笑別人，不算是惡意？我那時候已經十五歲，已經不是小孩子，怎麼能料不到事情的嚴重性？」

「也許當時你怕的只是自己 sissy，卻不在乎別人嘲笑，所以你也覺得道格不該把別人的嘲笑放在心上。」

「但願妳說的不錯！」麥珂喘了口氣道：「雖然我知道實情並非如此。那時候我明知道道格可能受不了。不但道格，其實我自己又何嘗眞正不在乎？我不過早就學會了這種防衛自己的好辦法，就是對別人的看法嗤之以鼻！」

「你既然那麼怕自己sissy，你當然也不願意道格這樣，也許你以爲藉著你的嘲笑，可以校正了他的毛病。」

「瓊！妳實在是個好心人，妳處處都在爲別人設想。」麥珂抬起頭來嘆了口氣說：「可是我大概沒妳想的那麼好心腸！我現在一閉上眼睛，似乎又可以回到那時候的心理狀態。嘲笑道格，等於就是嘲笑我自己。看著道格受苦，就像我自己受苦一樣；事實上這種苦處又讓別人承擔了，因此從這裡邊我就得到了一種快樂。」

「這都是因爲你心裡害怕的緣故。」我說：「你害怕自己sissy，對不對？其實你並不sissy，一點都不！」

「哈！」麥珂冷笑了一聲道：「不，爲什麼那麼怕sissy……其實我跟道格沒有什麼不同，我們都是一類的。也許我比他更厲害，不然我又何苦冒險去演朱麗葉？現在我可以坦然地承認，那時候卻不敢。可是這種勇氣來得太遲了！直到看見別人犧牲了一條生命以後，我才沒有了藉口，沒有了替身，只有面對我自己，我才知道自己是怎麼樣的一個人，我才眞正有勇氣對別人的看法嗤之以鼻！」

「你還這麼年輕，已經有這種覺悟，實在了不起！」我說：「我在像你這種年紀的時候，無論什麼事都讓人家牽著鼻子走的。」

麥珂忽然著力攥起我的手來。他的手很熱。他把我的手放在他的面頰上輕輕地摩擦。

「瓊！我不知道爲什麼忽然心血來潮地告訴妳這個，聽起來好像是小說裡的故事。我想妳心裡一定在笑我，妳不會信的！」

「我信！」我說：「眞正生活裡發生的事情，常比小說裡的更難以叫人相信呢！」

「只有妳跟道格相信這個故事，史提夫就不信！我告訴他的時候，妳知道他說什麼？他說：『鬼話連篇！』」

「就是眞的是鬼話，你編的也滿像眞的。」

「眞的嗎？」麥珂側過臉來認眞地問。「問題是我自己也不知道是眞是假。」

「那怎麼可能呢？」我疑惑地瞪視著他。他臉上一片凝重的嚴肅，似乎並不是在說笑話。「是眞是假，應該只有你自己才知道！」

「我希望是眞的，妳懂不懂？」麥珂望著我的臉，仍然沒有放鬆攥著我的手。我不懂，所以我沒法回答他的話。過了一會兒，他嘆了一口氣說：「我也希望是假的。」

「到底是眞是假？」我有些不耐煩地說：「要是你不願意告訴我，我並不在乎；要是說連你自己都弄不清楚，這就有些奇怪了！」

「這有什麼奇怪的！過去發生過的事，妳就篤定都知道是眞是假嗎？」

「我？我想我應該知道的。」

「可是有些事你希望它最好沒發生過，你卻無論如何偏偏擺脫不了，竟像鐵釘鑿進你腦裡一樣堅牢！又有些事你希望它最好發生過，可是又輕悄悄地打你的記憶裡溜掉了，像什麼都沒發生過一樣！」

「像這麼重要的事！應該不是輕易可以忘得了的。」

「就是因爲太重要了，你每想起來的時候都想換一個角度看，於是你就看到了另一個新的面貌，對你也產生了另一種新的意義。每一想起來就有一種新面貌和新意義，你想這麼下去，到了最後，這件事就跟著你一起長大起來，早已不是原來的樣子了。你怎麼還有辦法弄清楚是眞是假呢？」

「噢，」我若有所悟地說：「你說的也有道理。所以世間發生過的事，如果沒法子在我們心裡引起反應，就跟沒發生過一樣。」

「對呀！對呀！」麥珂喜不自勝地說：「我眞是遇到了知音了。怎麼一下子妳就明白了我心裡所想的？豈止世間引不起我們反應的事跟沒發生過一樣，就是世間沒發生過的事，只要我們心裡有這種感應，就跟發生過的一樣。」

「這我就不同意了！」我正色說：「這只是幻想罷了！把幻想當眞是很危險的。」

「怎麼妳說話這麼像道格？」麥珂說：「他也老是說什麼危險啦、心理病啦什麼的。他還說我這麼胡思亂想都是因爲沒有女朋友的關係。他勸我像他一樣地找一個女朋友。他說要是我有了一個女朋友，一切都會不同的。」

「妳沒有女朋友？」

麥珂搖了搖頭說：「沒有！」想了想，又改口道：「不！有過一次。可是我告訴了她這個故事以後，你知道她說什麼？」

「她說什麼？」

「她說：『神經病！』以後就再也不理我。」

「也許她把你的話想歪了。」

「是想歪了！她以爲我不肯跟她上床，才拿這樣的話來搪塞她。」

「這也難怪！現代的人，把上床看成第一件大事。」

「要是不馬上上床，就別想交得成朋友！」

「可是這種純肉慾的關係能維持多久呢？到雙方都感覺厭膩的時候，就非分手不可了。」

「問題倒不在時間的長短。不愛則已，要是眞愛起來，就該立刻結束你的生命，才是完美的人生！」

「噢，這未免太悽慘了一點吧？」

「這有什麼悽慘的？難道說像你說的到兩個相愛的人彼此厭恨起來的時候，才不悽慘嗎？到你親眼看到你所愛的人一天天可厭可恨起來的時候，才不悽慘嗎？或是從對方的眼中一天天看到你自己可厭可恨起來的時候，才不悽慘嗎？」

「一種關係結束了，你還可以再重新開始呀！」
「重新開始？老調重彈，又有什麼意思？現代人的可怕處就是人們活得超過了應有的限度。到了不該活的時候還活著，不是恨別人，就是恨自己，再不然就是兩樣都恨！那又有什麼好處？」
「可是死不了，也犯不著去自殺吧？」
「自殺也沒有什麼不好，只要眞正是自己心甘情願的。」
「你這樣的怪話，怪不得連女朋友都給嚇跑了！」
「那有什麼辦法？我說的話都是我想的，我想的也都是我感覺到的。這就是我生存的方式！這就是麥珂跟別人不同的地方！」
「你現在跟我又說這樣的話，不怕把我也嚇跑了？」
「把妳嚇跑了？」麥珂遲疑了下道：「就是把妳嚇跑了，我也沒別的法子呀！」
「不過我坦白地告訴你吧！你的話嚇不倒我的。口口聲聲說自殺的人，絕不會自殺！眞正自殺的人，並不談論這種題目！」
「那也不盡然！」麥珂有些悻悻然地道：「現在時候未到，我也沒法子來證明我說的話。我想妳一定感覺得到，我說的哪些是眞，哪些是假。瓊！妳是比較能瞭解人的那種人，是不是？道格一見妳，就說妳與衆不同。」
「有什麼不同？」
「我也說不上來。也許妳們中國人不是急於要上床的那種人吧？妳們很重感情，可以做一個知心的朋友。」

「也不是所有的中國人都一樣的吧？你也不要把中國人都想成是沒有身體上的感覺的動物好不好？」

「我沒有這麼想。我只是覺得妳跟道格兩人，跟我們西方人都不同。」

「不同？」

「妳們很神秘，很深刻，不像我們什麼都擺到外邊，叫人一望無餘。」

「眞的嗎？我總以爲我自己是很淺陋的一個人。」

「妳有些讓人看不透的地方。我不知道這是妳們的天性，還是故意地不願表露出來。」

「也許你說的不錯，我們是矜持得厲害。但我想我們中國人並不是故意地不表露自己，而是因爲我們的文化的壓力太大了，從小就養成了一種抑制自己的習慣。久而久之就變成了一群馴服的綿羊；鞭子下來，就朝前走幾步；鞭子不來，就各自低著頭吃自己腳下的那幾根草。」

「妳說的也太慘了。」

「慘？還有比這更慘的呢！還是不要說了吧！可是也不是每個中國人都肯做綿羊的。我就不肯！我就不甘願！」

「爲什麼？」

「爲什麼？你還要問爲什麼？我只是要做我自己的主人！我只是要做一個自由人！你不是常說：『麥珂就是麥珂，麥珂是個喜歡做什麼就做什麼的人，對別人的看法嗤之以鼻』嗎？難道我就不能說『瓊就是瓊，瓊是個喜歡什麼就做什麼的人，對別人的看法嗤之以鼻』？」

「眞的嗎？」

「爲什麼你能的我就不能？女人就該低人一等嗎？中國的女人就該更低一等嗎？」

「哇！倒看不出來妳是這麼大膽的一個人呢！上次見妳，連衣服都不敢脫的！」

「我犯不著當衆人面前來展覽！我沒有這種習慣！」

「現在呢？這裡除了我以外沒有別的人！」

「那當然不同！」

麥珂突然興奮的跳起來道：「好！這可是妳說的呀！」

我驀地站起身來，一時間心中洋溢出一種野蠻的激情，立刻勇毅地解開自己的衣釦。我這時的動作，在激情中十分冷靜而自覺。面對麥珂與面對喬治的感覺完全不同，面對喬治，是一種探險的激奮，混雜著一種自棄的情緒；面對麥珂，我的感覺卻是一任自然。我覺得我完全是自動自主的，沒有任何外在和內在的壓力，甚至於連強烈的誘惑也沒有。我所以現在用自己的手把自己的衣服一件件地剝脫下來，不過是爲了滿足我自己那點自主的勇氣，全不是爲了滿足麥珂的要求，也沒有期待從麥珂那裡求取任任何報償。相反地，我感覺麥珂這種表面的興奮反倒帶著一種言不由衷的勉強，也許這也是促成我的勇氣的另一原因。到我把最後一件內衣剝脫下來的時候，我就赤裸裸地站在月光中了。

「哇！妳……妳眞漂亮！」麥珂說。

「你說的是實話？」我不留情地追問道。

「我……我……」麥珂猶豫道：「道格說女人的身體比男人漂亮！」

「不要管道格！」我說。

「我實在覺得男人跟女人一樣漂亮！」

「爲什麼不說男人比女人更漂亮？」我調侃地說：「我就覺得男人比女人更漂亮。譬如說你，麥珂，就比我漂亮！」

「謝謝妳啦！」麥珂笑著說，一面也剝脫了他自己的衣服。但是他並不走過來。我們彼此距離兩公尺，都站在青白的月光中，彼此對望著。

「我們眞是一對瘋子！」我說。

「不錯，是瘋子！」麥珂說：「可是那是我，不是妳！瓊！妳是個正常的人，妳應該有一個可以使妳快活的男人！」

「也許你就是！」我說。

「我？」麥珂囁嚅地說：「也許……也許將來……可是現在，我知道我不是。也許我不該約妳來的，瓊，對不起！對不起！對不起！妳突然間叫我感到自己好羞恥！是，羞恥！我沒有別的字可以形容我自己。羞恥！羞恥！羞恥！就是這個字！」說著他就一步步地退入室中的陰影中去了。

我跟過去伸手對麥珂說：「麥珂，把手給我！別怕！我不要你做什麼。你說對了，我不是那種急切地喜歡跟男人上床的那種女人。可能因爲我是中國人，也可能因爲我是瓊。我只需要人與人之間的一點溫情，譬如說現在，我握著你的手，我靠著你的肩，我便覺得十分十分的安逸。」

麥珂忽然抱住了我的肩，顫聲說：「我也是一樣！我也是一樣！」

30

我們都躺在床上的時候，這麼靠近一個赤裸的男人，緊靠著他柔膩的肌膚，我不能說心中沒有一種勃動的慾求。可是麥珂伏身向下，堅持著自守的姿勢，似乎已經沉入一種半睡半醒的惺忪中。我撫著他早已透出涼意的背，這涼意透過我的掌心和臂膀一直傳導到我的心中，我心中也不禁油然生涼了。這時我有一種怨恨的衝動，波浪似地湧了上來，很想把我的指甲深深地切入他的肌膚中，才覺痛快。可是忽然間另一股從心底更深處滋生出來的暖流氾湧而至，像一個波浪湮沒了另外的一個，我的心又溫暖了過來。

「米士勒！」我說：「也許有一天你眞正愛上一個人的時候，你的問題就解決了。」

「可能嗎？」他帶著十分迷惑不解的表情說。月光照在他的睫毛上，那裡似乎有一顆淚珠晶亮晶亮，一忽兒他一眨眼就又消失不見了。他的鼻翼又慢慢地皺了起來。他時常皺他的鼻翼，表示他的困惑、不屑，或其他一些更爲複雜的情緒。

「愛人當然不是件容易的事，」我說：「可是也不是絕不可能的。」

「要是我眞正愛上了一個人，我就立刻了結我的生命！」

「又來了！又來了！誰會信你這樣的胡言亂語！」我有些憤憤然地說。

「誰又信妳的胡言亂語？」麥珂也帶點激奮的情緒道：「什麼情啦愛啦，都是牛糞一類！妳說起話來簡直跟道格一模一樣！」

「道格！道格！你怎麼一嘴淨是道格！」我忽然帶點惡意地這麼說。

他怔了一下，歉意地道：「對不起，道格是我最好的朋友。我們一起從東部流浪到西部，我們是共過患難的朋友。」

「怪不得你總是道格不離口的。」

「要是妳不高興我提道格，我就不提他！」

「不！不！你儘管說。」我急忙接口道：「我對道格沒有任何成見。我覺得道格和你一樣，是一個很容易相處的人。」

「那是妳不認識他的緣故。」麥珂搖著頭說：「道格是個奇怪的人，他可以對你極好極好，無所不談，什麼都可以給你；可是忽然之間他又會涼下來，無緣無故地不理你，幾天不跟你說一句話。你就是他最好的朋友，你也摸不清他想些什麼。也許……也許……他自己也不怎麼明白他在想些什麼。」

「人並不是那麼容易瞭解的；瞭解自己已經是件不容易的事。」

「妳說的對，瓊，妳說的對……」

他說著說著就漸漸地闔起眼來，不久就力疲地沉沉睡去。

我當時覺得全身的神經仍然緊綳著，不能立時入睡。室內的氣溫加上麥珂的體溫，使我漸漸覺得躁熱起來。我輕輕地離開了麥珂的身體，坐起身來。我注視這一具銀白的軀體，想起前一次那種期望撫摩的熱烈的慾望。現在我可以撫摩，盡情地撫摩了，然而卻又不想再撫摩下去。人的慾望竟是這麼容易饜足的。一種慾望饜足以後，又會帶來另一種慾望。如果那另一種慾望得不到饜足，那慾望便停留在那裡，虛懸在那裡，也許會化做另一種形式出現，但那慾望是不會自行消滅的。可是我也可以想像到，就是那種使我現在亢奮得不能成眠的慾望，也是容易饜足的。我也不難想像到饜足之後那種灰敗的心情。如果沒有更深一層的慰藉，如果沒有一種不是如此輕易饜足的情緒維繫在那裡，那灰敗的心情就會變得非常委頓而悲哀。

我輕輕地下床，走到窗前，把玻璃推開一條縫隙，立刻就感到夜的涼意湧進房來，澆在我熾熱的身體上。我伏在窗臺上，把裸露的胸懷對準了敞開的窗口，盡情地承受著夜涼的侵襲。窗外的小街寂然無聲。路旁的櫻花樹馱著半凋的殘瓣，在月光下顯得夢樣的奇詭，似煙似霧地向遠方蔓延開去。再遠處就是英吉利海灣，海面浮起一捧銀色漣漪與投注而下的月輝連作一氣。北溫城的燈火，如墜在半山的一片星海，明明滅滅地勾勒出半壁蒼茫的山影，山的外線卻漸漸溶於星月間深邃的夜空中。

我這麼注視著，聲音似乎突然地從我的感官中消褪，只剩了眼前視覺的景象向無限中延伸。我便產生了一種不知身在何處的感覺，好像我正從霧樣的櫻花樹巔飛過。眼下展現了一片無窮無盡的花海，一半掛在枝頭，一半鋪在地下，有的反射著月光的銀輝，有的浸潤著枝葉的暗影。我可以觸覺到花的柔膩，也可以嗅到花的馨香，唯獨沒有任何聲息，如墜入一種漏光了時間的眞空中。我自覺我的身體也就要銷溶在這種朦朧迷醉的境界裡。極欲沉醉於不再回頭的銷魂蝕魄的神遊情況，竟引起一種隱隱的恐懼。我要停止這樣的迷醉，我有種狂呼大喊的衝動，我需要做些什麼出來以肯定我自己確然地生存在這個世界上。我張大了嘴，卻不敢把聲音放出來，只把胸中的燥氣呼送了出去，再吸一口夜的清涼。我伸展開雙臂，要把這朦朧的月色擁入懷中。逐漸地我覺得我的燥氣一點點地消散了，涼意由內而外又由外而內地浸透了我的全身。我竟有一種泅泳在清澈的湖水中的感覺。我轉身回到床上，躺在麥珂身旁沉沉地睡去。

耳中聽到一陣鳥雀的鳴聲，尖銳的海鷗的嘶叫夾雜著雲雀婉轉的歌喉。我睜開眼來，窗上映著一片日出前的乳白曙光。窗仍然半開著，正好調節了室內極容易上升的溫度。然而我覺得自己有些鼻塞喉澀，恐怕是昨夜著了涼，我們什麼也沒蓋地裸睡了一夜。這時麥珂仍然酣睡著。我坐起身，到床尾去揀起皺作一堆的被單，提起來剛要爲麥珂蓋上的時候，卻忽然住了手。麥珂側伏地睡在那裡，一腿向前稍稍彎曲，一臂向前，另一臂壓在身下，臉半側向前方，棕色的髮覆了大半個臉，卻露出他的眼和鼻。從側前方看去，他的鼻非常挺直，他的長睫毛投下的陰影也清楚可見，他的飽滿而紅潤的唇微微地張開。他這種睡姿使我驟然間想起了不知在哪個博物館裡見過的一幅「天使之死」的畫。現在所缺的就是背上的兩隻翅膀之間洞穿心臟的那一枝致命的箭，還有就是溢在草地上的那一攤鮮紅的血。

想到這裡，我拿被單的那隻手竟索索地抖起來。可是我無法錯開我的眼光，我要把這一幅圖景深深地印在我的腦中。這景象引起我的一種恐懼與悲慘的感覺。如果美也可以使人產生恐懼與悲慘的感覺，恐怕只有在這種情景之下了。這種感覺給我極大的震撼。要是我這麼盡情地繼續注視下去，我的眼淚就要奪眶而出了。就在這時麥珂忽然呻吟了一聲翻轉身去，我也就急速地把被單蓋到他的身上。

31

回想昨夜的經過，竟似夢中。然而麥珂卻又實實在在地睡在那裡，發出均勻的呼吸。這時我環視室內，見佈置得非常簡陋，除了一張大床、一個壁櫥、一張半舊的書桌、一把椅子和一張起了毛的沙發外，別無長物。牆上卻貼滿了保羅•安珂、羅德•史提華等歌星的海報。一張新竄起的魁北克歌星河內•塞瑪的大海報貼在正中。地下惹眼地亂置了不少衣物。這種光景跟樓下客廳中的華麗比較起來，非常不襯。

我拿了我的衣物，輕輕地推開房門，到隔壁的浴室淋了一個浴，仍覺得有些鼻塞，昨夜一定是受了涼。昨夜我已來過這間浴室，卻沒十分注意。現在發現這裡裝飾得相當講究。牆壁漆成淺紫的顏色，簾幕、澡盆、浴巾等物全是綠色的。在淺紫的壁上和綠色的簾幕上又點綴了極爲醒目的拳大的紅花。浴室的門上卻貼了一張極大的黑人拳師的裸照。黑人厚厚的嘴唇半張著，臉上、胸上都掛滿了點點的汗珠。這樣的裝飾，叫人覺得房子的主人可能是一個口味極時髦的年輕人。

因此我想到了史提夫。誰是史提夫？他跟麥珂是怎麼樣的關係？

我懷著這樣的疑問走到樓下去。昨夜我恍惚看到客廳的右後方，在半隱蔽的綠色盆栽的後頭，有一個巨大的可以坐下十幾個人的餐桌。旁邊有一扇半開的門，我想那裡就是廚房。走過去推門一看，果然不錯。

廚房十分寬大，裝置了淺栗色的電爐和冰箱。一張可以坐四個人的小餐桌和四把椅子，也是栗色的，木頭的質料是上乘。牆壁上很惹眼地掛了兩幅印地安的圖畫。一幅中，幾個半裸的印地安人正在用長矛圍攻一隻凶惡的野象。另一幅則是印地安人的祭典。主祭人頭戴羽冠，身穿獸皮，卻裸著兩條虯勁的腿，腳踝上繫了一串銀鈴。兩幅畫的顏色都非常鮮艷。這裡的佈置雖然華麗新穎，但卻凌亂不堪。電爐上放了兩隻用過而未曾洗的鍋子，餐桌上擺了好幾個未清洗的杯盤，窗下的洗碗池裡也堆了一大疊；其中還夾雜著煙灰碟和啤酒的空瓶一類的東西。看來非常刺目。

我本來想沖一杯咖啡的，看了這種光景，便不想沖咖啡了，挽起衣袖先把這些零亂雜置的碗碟清洗出來。我差不多花了一個多鐘頭。才把廚房裡堆積的雜物清洗乾淨。這時我才找出咖啡、糖之類的東西，燒開了水，沖了一杯濃濃的咖啡。我剛舉起杯子，還沒來得及喝，突見麥珂出現在廚房的門口。他穿著晨衣，赤著一雙腳，貓似地溜了進來。

他一進來就伸了個懶腰，睜大了眼睛四面望望，驚奇地叫道：「瓊，妳做了什麼呀？」

我笑了笑。

他搓著手說：「妳不應該做這種工作的。這是積了好多天的碗碟了，等史提夫回來，我們本來預備放到洗碗機裡一起洗的。」

我剛想問史提夫到底是什麼人，到了嘴邊的話又嚥了回去。麥珂從來沒有問過我任何私人的問題，我又怎麼這麼多言？

這時麥珂走過來，摟住我的頸，輕輕地吻我一下說：「Bonjour！」

我背倚著洗碗池，麥珂迎著窗外的晨光，使我把他的臉看得非常清楚。他的下頷隱隱地冒出黑黢黢的短髭，左眉上有一個拇指大的疤痕，是我從前沒有注意到的。我的手指竟不自主地撫摩了上去。

「妳看到了我的疤？」麥珂自己也用手摸著說。

「好險哪！」我說：「差一點就傷到了眼睛。怎麼傷的？」

他咬著下唇，忽然低下頭去，輕輕地道：「這是很小的時候留的傷痕。我大概只有五歲，我父母吵架，我從一張椅子上跌下去。」

「噢，米士勒！」我在他的疤上輕輕地吻了一下，讓他的頭伏在我的肩上。

「你父母仍在魁北克嗎？」我不知為什麼又愚蠢地問到這種問題上來。可是這次他竟沒有顯出什麼不高興的樣子，只貼在我的肩上點了點頭。過了半晌才又說：「我已經兩年沒見過他們了。」

「你已經這麼大了，他們知道你在這裡也就夠了。」我說。

「問題是他們並不知道我在哪裡，我是偷偷地跑出來的。」

我有些驚訝地把他打我的肩上推起來，問道：「你是偷偷地跑出來的？兩年多都沒有告訴他們你在什麼地方？」

「我給他們寫過一封信，告訴他們不要找我，我會照顧我自己！可是爲什麼要談這些無聊的話？」他忽然放開了我，走去自己沖了一杯咖啡，拖了把椅子坐下。

「謝謝妳呀，瓊！清洗了我們的廚房。」

「沒關係！」我說：「我做慣了這種工作。」

他一連喝了幾口咖啡，忽然抬起頭來說：「瓊，我不是要攆妳，但我想史提夫隨時可能要回來。他說過今天上午回來的。」

「史提夫到底是什麼人？你不願意他碰到我，對不對？」我急忙把咖啡喝完，放下杯子，這麼問道。

「是一個朋友，一個朋友！我不是早告訴過你？房子是史提夫的。我想他不怎麼高興我在他不在的時候帶生人到這裡來過夜。」

聽了他的話，我也有些緊張起來，馬上拎起我的手提包說：「麥珂，我這就走！」

「慢著！」麥珂跟著站了起來說：「這次我不要再失去了妳的踪跡。」他在一個抽屜裡找到一枝筆，又抽了一張紙出來，盯著我說：「妳的電話號碼？」

我考慮了一下，還是把伍太太的電話號碼給了他。他也撕了一塊紙下來，寫上了他這裡的號碼。「不過，我是不常在家的。」說完又坐下去喝他的咖啡，也沒有說再見。

「再見啊，麥珂！」我一邊走出去一邊說。
「再見！」他沒有起身，沒有回頭，連聲音都是懶懶的。
我想也許我們的關係到此爲止，永遠不會再見了！

32

喉痛鼻塞，這回是眞正感冒了。我回到伍家，見伍先生把他的搖椅搬到樓梯口，坐在那裡慢慢地搖著，正好擋了我的路。他看見我走進來以後，才仍然那麼面無表情地慢吞吞地站起來，把他的搖椅推向一邊，讓我上樓。
我還不曾舉步，伍太太就一陣風似地跑著小碎步從客廳裡衝了出來，用廣東話不知跟她先生囉嗦了幾句什麼，馬上又轉臉對我說：「汪小姐，唉，勞倫森太太──該怎麼叫妳呢？妳的先生一早打了兩回電話來。」
伍太太一臉的慌急，好像發生了什麼大事一般，這時我才看清伍太太頭上戴著包頭，手中拎著抹布，原來正在清掃客廳，怪不得把伍先生趕到走道裡來搖他的搖椅。
「知道了！」我說：「以後叫我瓊就好！」
伍太太對我這種簡單的反應似乎頗爲失望。又道：「妳先生說明天再打電話給妳。」
「噢！」我說著就走上樓去。心想：不知道詹又要玩什麼花樣，好好地打電話來做什麼！

回到自己的房裡，仰身躺下，才開始感到四肢乏力。不要病倒了吧？我眞怕獨自一個人的時候生起病來。我躺了一會兒，矇矓中好像又奮力坐了起來，卻發現自己坐在一個山岡上。四周圍煙霧迷漫，既不知身在何處，又不知何以到了這麼一個所在。我站起身來意欲離開時，才感覺到我的雙腿如有千鈞之重，又好像我腳下的土地具有極大的吸力，我費了全身的力氣舉起來的腳馬上又給土地吸了回去。我這麼奮力地掙扎，苦不堪言。就在這時候，突見麥珂站在我面前不遠處的煙霧中。我就大叫：「麥珂！麥珂！快來救我！」

他側轉了頭，似在諦聽，但立刻又轉到另一個方向去。我心中十分焦急，繼續大叫。仔細望去，見他緊閉雙目，瞎子似地摸索前進。他似乎聽到了我的喊聲，又似乎什麼也沒有聽到。他雖然在不停地摸索前進，可是也像我似地老走不出同一個地點。

我更加急了，不只是爲我，也爲了他。我朝他伸出雙手，又大叫道：「麥珂！麥珂！我在這裡。不要怕，我就要過來。」我這麼喊著的時候，雖然我們都不曾眞正移動，我們中間的距離卻似乎愈來愈短了。就在我們逐漸接近的時候，我忽然發現我面前的人並不是麥珂，而是廖敏雄。他仍然緊閉雙目，額上卻冒出豆大的汗珠，嘴角扭曲著，像是極痛苦的樣子。我忍不住叫道：「敏雄，你在這裡做什麼？」

我的喊聲未了，他突然睜開眼來，眼內冒出一種懾人的野獸般的凶光。他一張嘴，就吐出一雙白慘慘的獠牙來，對我作勢欲撲。

看了這副光景，我驚得大叫一聲，往後就倒，嚇出一身冷汗。慢慢地睜開眼來，才知道自己仍然躺在床上。房中一片靜謐，窗外的夕陽燦爛輝煌，我心中若有所失，鼻塞喉痛依舊。我掙扎起身，覺得肚中很餓，就在門外的小廚房裡爲自己煮了一碗湯麵。飯後，吃了兩片阿斯匹靈，早早地上床睡覺。

第二天喉痛好了些，鼻塞變成了流清鼻涕。一早收拾好，趕去上班。我剛坐下，阮主任就踅過來關心地問我病好了沒有，有沒有看過醫生。她說上星期的假，一天沒關係，時間多了，得要醫生的證明才好交代。她看我不時地打皮包裡拿紙巾擦鼻涕，自然相信我不曾說謊。她剛走了幾步，又轉身來說：「上星期五妳請假的那天，妳先生打電話來過，知道妳病了，很關心的樣子。」

我聳聳肩，沒說什麼，心想今早詹恐怕又要打電話來。一個上午過去了，卻又沒見他的電話。我跟艾梅一同去吃午飯，剛走出圖書館的內門，就見詹坐在外面那一排長椅上，正瞪著我們的門口，顯然是在那裡等我出來。他一看見我，就迎面朝我走了過來說：「瓊，我有要緊的話對妳說。」

我正猶豫著，艾梅就招呼了一聲說：「我先走了！」便把我一個人撂在那裡，我只好跟詹並肩走出來。

「瓊，聽說妳病了？」詹裝作關切的模樣說。

「一點小傷風，算不了什麼病！」我說。

「瓊，我有要緊的話跟妳談，妳能不能到我的實驗室來一下？」他說著挽起我的臂來，我只好跟他走。

我曾經去過幾次詹的實驗室，那時候是在一個低矮的過去駐軍用的臨時建築中。今年詹從加拿大文化科學理事會得到一筆相當數目的補助，所以把實驗室擴大，遷入了新建的生化大樓。從遷移以後，我還沒來過。

我們上了生化大樓的二樓，就到了詹的實驗室。現在的規模差不多有兩間教室那麼大，到處都是玻璃瓶、機器一類的東西。正有幾個穿白衣的工作人員進行實驗工作。

詹說他現在有三個主要的助手、一個秘書。這三個助手中，除了兩個博士研究生之外，還有一個全時間的研究助理。詹把我帶進他的辦公室。他的辦公室在實驗室的一角，分成內外兩間；外間是秘書打字和放資料的地方，裡間是詹的研究室。地方很小，四壁裝滿了書，再加上兩個資料櫃，空間已經不多。詹關好了通往外間的門，叫我坐在他桌前的一把椅子裡，自己卻不坐下。他一面來回踱著，一面掰得他的手指咯咯作響。這自然顯示他心中的焦躁不安。

他這麼走了半晌以後，才忽然停在我的面前，直視著我的眼睛說：「瓊，聽說妳已經有了男朋友？」

我聽了一楞，但立刻意會到他所指爲何，不免氣憤地道：「詹，你該明白，我們雙方都已同意分居了，我有沒有男朋友，似乎跟你已沒有什麼關係！」

「可是別忘了，瓊，我們的分居還沒有合法化！」他閃動著靛藍的小眼睛狡獪地說。

「那你預備怎麼辦？合法化呢？還是告我通姦？」

「言重了！言重了！」他掉開眼光。等他再轉過來的時候，卻換了一副溫存的眼色。他把一隻手放在我的肩上柔和地說：「瓊，妳知道，我對妳還是有感情的。」

聽了他這句話，我的淚又忍不住衝了出來，我急忙用手背抹了去。我一面恨自己不爭氣，一面更恨起詹來。他就是專會利用別人弱點的那種人，就像一個殘忍的孩子對待一隻玩厭了的鳥，既失去了興味，卻又不肯乾乾脆脆地把鳥放去。在鳥的腳爪上拴了一根繩子，讓牠走幾步，然後用力一拉，又把牠拉回到面前。這是一種殘忍的把戲。

「你不知道聽你那寶貝女兒說了些什麼，就又來磨人了。」我竭力忍住眼淚說。

「露薏絲沒說什麼。她只是說偶然在夜總會裡碰見妳跟一個陌生的男人在一起。」

「你就不問你的女兒跟誰在一起了！」

「我知道，她跟雷查去的。她跟雷查早就認識，雷查跟我唸書的時候他們就認識。」

「所以我是跟陌生人在一起了！陌生人就不能在一起嗎？俗語說：一頭生，兩頭熟。過些日子就不會再是陌生人了。」

「我不是指責妳什麼，瓊！妳該明白我，我不是那種不講道理的男人！」

「好一個講道理的人！」我心裡說。

「我只是想，」他接道：「我對妳仍然是有感情的；我想妳對我也是一樣。」

「你怎麼知道我對你怎麼想？」我立刻反駁道。

「妳是騙不了我的。」他乾笑了一聲：「妳那點心數，難道我還摸不清嗎？妳不過是逞強好勝，死不承認罷了！我知道妳心裡還愛我。對不對，瓊？我說的對不對？」他半蹲下來，仰面注視我低下去的臉。

我慢慢地搖了搖頭，堅決說：「詹，你弄錯了！我們的關係已經完了！眞地已經完了！打我從你家裡出來的時候就已經完了！」

「妳說謊！」他突然大叫一聲，站起身來，一拳重重地捶在桌子上。我吃驚地抬起眼來，看見他的臉在急劇地絞曲。爲了隱藏他波動的情緒，他背過臉去望著窗外，但立刻又焦躁地轉了回來，竭力隱忍地說：「瓊，爲什麼騙妳自己？」

「我沒有騙我自己！」我哭道。

「難道我們的關係就眞的這麼完了不成？」他咬牙切齒地說。「告訴妳，瓊，」他繼續道：「我這麼低聲下氣地求妳，完全是爲了妳好。不然妳將來準會後悔的！」

我低著頭，不去回答他的話。我覺得他在自說自話，他完全不瞭解一個女人的心理；至少他不瞭解我的心理。他以爲我要分居，是在要脅什麼，我仍然有求於他。他完全不明白我所以做出這樣的決定，是因爲我對他的心早已灰了。

他又半跪下，兩手放在我的膝上，以熱切急暴的眼光瞅著我說：「瓊，妳還不瞭解我。其實我怕的不是妳，而是我自己！我自己！妳懂嗎？我告訴過妳我媽媽是一個怎麼樣的人嗎？沒有！妳完全不明白我媽媽是怎麼一個人！她是天下最偉大的女人！她有信仰，有原則，她從來沒做錯過一件事，沒走錯過一步路！我多麼期望我的妻子能像她！瑪麗就像她，是一個極端規矩的女人。她給了我十五年安穩而幸福的日子，可是她去了。瓊，以後就是妳。我知道妳也是個好女人，規矩的女人，不會做出對不起我的事來。我完全信任妳，百分之百地信任妳，妳知道嗎？可是我又多麼怕妳會做出糊塗事來。到那時候，眞地一切都完了。告訴妳，瓊！」他提高了喉嚨，斬釘截鐵地道：「我無法跟一個不忠於我的女人睡在一張床上！絕不！絕不！」他在說最後這句話的時候，使力地絞著他的手指，牙齒咬得咯咯作響，連眼睛都紅了。

我楞楞地望著他，心中一陣陣地抽著冷氣，暗暗想道：「一切都完了！我早知道一切都完了，這正是我所要的！」

他努力嚥了一陣吐沫，盡力把情緒緩和下來，才又道：「瓊，妳眞地對我沒有一點情意了嗎？」

我的心在絞曲著發痛。他完全知道我的弱點，卻絕不憐惜地一錘錘都擊中了我的要害。

我終於說：「詹，我求你別再說這些了。這樣的話，也不是說了一日半日了，對不對？爲什麼還要繼續彼此折磨呢？你就不能放我一條生路嗎？」

聽了這句話，他的臉突然一白，猛然地站起身來，又一拳擊在桌子上叫道：「好！既然是這樣，咱們就正式辦手續吧！」

「你是說離婚？」

「不錯！妳只要承認妳有過通姦的行爲，馬上就可以離婚。」

「爲什麼要我承認？你也可以承認的。」

「笑話！」他冷笑一聲道：「我從來沒做過這樣的事！跟瑪麗的時候沒有，跟你的時候也沒有！」

「我不要承認什麼！」我說。

「那也行！」說著他就在衣袋裡掏出一張打好的紙來：「先正式分居。只要在律師面前簽字，就可以生效。分居兩年以後，可自動訴請離婚。」

「好吧！」我說。

他就把那張打好的紙遞給我說：「妳先看看內容，同不同意這麼個寫法？」

我現在才明白，原來一切他都已準備好了。我略略看了一遍。上邊寫的是兩人因個性不合，同意分居，財產歸男方處理。最後一點，我也沒有理由反對。房子、傢具都是他的。我的衣物、首飾，他都還給了我。我自己也無話可話，於是就道：「這樣就好！」

「那麼現在就去簽字。」他忙不迭地把那張紙奪了回去。

「可是我下午還要上班的。」我說。

「沒關係！我打電話替妳請假。」說著就抓起案頭的電話來，撥了圖書館的號碼。

「阮主任嗎？我是勞倫森博士。」他迅急地說：「妳有位職員在我這裡。不錯，就是瓊啦！我們現在有很重要的事要辦，請妳准她兩個鐘頭的假行不行？兩個鐘頭就好。一定！一定！謝謝！」

他掛上了電話，又打電話給律師事務所，說馬上就可以去。

33

我們去的律師事務所就在離學校不遠的第十街上。律師是一個五十來歲的中年人，頭已半禿，穿著上下同色的藏青西裝，打著差不多同色的領帶。詹給我介紹說這是馬克德諾律師。

馬律師好像已熟知我們的情形，大概詹已經事先跟他談過。不過，他看過詹打出來的底稿後皺了皺眉頭說：「最後這一點，你的夫人，我是說瓊，」他轉臉對我說：「我就叫妳瓊吧！瓊，對財產的處理一項，妳是不是同意？」

詹憂慮地望了我一眼。

「我同意！」我趕緊說。

馬律師點一點頭。

詹看了我一眼，又看了馬律師一眼，然後慢吞吞地打口袋裡掏出一個信封來遞給馬律師說：「這是給瓊的。」

馬律師打開信封，抽出來的是一張支票。他把支票仔細看了一眼，問道：「要不要寫在同意書上？」

詹連忙擺手道：「不必了！這就算我送給瓊的一點小禮物。」

馬律師於是又把支票放回信封裡，連信封遞給了我。我抽出支票一看，出乎我意料之外的竟是一張一萬元票額的支票。一萬元！就是不工作，也可以夠我一個人兩年的生活費了。一萬元！我多麼需要這一萬元！加上我自己在銀行中的四千元的存款，我就有一萬四千多元。在這個女人失業率高漲的社會裡，我就不怕一時失業了。像我這種能力的人，熬死熬活地幹一年，也不過賺一萬元而已。啊！詹！我多麼感激你！你畢竟不是那種無情無義的人！

可是就在這麼想著的時候，我的手竟失去了自制力地哧地一聲把支票撕作了兩半，然後又把兩半折起來撕作四半、八半，隨手一擲，就丟進馬律師的字紙簍裡去了。

我的舉動不但出乎詹的意料之外，把馬律師也看呆了。在這一剎那，我並不知道我自己做了些什麼，完全出於一種衝動，潛意識的衝動，使我失去了自制力，失去了判斷力，只隨著一心所欲地把手中兩年生活的保障打了水漂兒。

「瓊，」馬律師終於開口說：「妳應該接受這點補償。」

「補償什麼？」我抬頭問道。

「補償你這些年來跟詹一同生活所受的損失。」

「我有什麼損失？」我又問道。

「啊……啊……」馬律師一時竟回答不上來；可是他畢竟是律師，隨即口氣一轉道：「瓊，在一個文明的社會裡，弱者是受到保障的。」

「我是弱者嗎？恐怕你們不是在保障弱者，而只不過把女人全看成是娼妓而已。在你們眼裡，也許只有兩種娼妓：一種高價娼妓，是按鐘頭付錢的；一種廉價娼妓，是按年頭付錢的。厭了的時候，只要開一張支票，一切都可完事。你們男人們永遠不會明白，世間也有用錢買不到的東西！」說著我的眼淚河似地淌了下來。

詹在一旁低聲說：「你看，瓊就是這樣的一個人，這樣的脾氣。也許正因為她這種脾氣，才使我愛上了她。」

馬律師回身拿起一盒紙巾，連盒子一起遞給了我，一面說：「哭吧！哭吧！我懂得。」

「也許我們過幾天再來簽字吧？」詹又低低地用詢問的口吻對馬律師說。

「我想是應該這樣。」馬律師說。

「不！」我立刻抬起頭來，把紙巾放回馬律師的辦公桌上，堅決地道：「我不要再來第二次，再演一次這樣的把戲！現在就簽！」我看他們都楞著，又再加重語氣重複道：「我希望現在就簽！」

馬律師跟詹對望了一眼，又轉過臉來問我道：「妳眞地已經決定了嗎？」

「決定了！」我說。

「你呢？」他又問詹。

「既是瓊要這樣，我沒有別的意見。」詹說。

「好吧！」馬律師說：「不過你們不能在底稿上簽字，這不合法律規格。」他把秘書叫進來，叫他按底稿上的意思又重新打了一遍，一式三份。我們和律師都簽了字，一份歸我，一份歸詹，一份由律師保存。

詹送我回到學校，他去他的實驗室，我回我的圖書館。我坐在打字機前，楞楞地望著面前的書卡，心中說不出是輕鬆，還是難受。陳太太走過我的身旁，白了我一眼，也沒有說話。她本來是頂愛攀扯的一個人，自從我跟詹分居後，她忽然對我失去了興趣，厭答不理的了。

我打了半天書卡，肚裡一陣雷鳴，才想到中午自己沒吃任何東西。幸好已到了下班的時候，就一個人到羊城小館吃了一大盤牛肉炒河粉。

回到家的時候，天已經黑下來。我把皮包一甩，合衣朝床上一倒，衝著天花板大聲叫道：「我自由了！自由了！自由了！」一面叫，一面眼淚又簌簌地流下來。

正在這時，有人輕輕地叩著我的房門，我機伶的跳了起來，擦拭了眼淚，開門一看，原來是伍太太。她忸怩地小聲說：「有妳的電話。說是找瓊，可又不知道妳姓什麼。妳想會是妳的朋友嚒？」

我含混地應了一聲，心想可能是麥珂，就飛快地衝下樓去。拿起聽筒，剛說了聲哈囉，對方就道：「瓊，是妳嗎？」不是麥珂，又是誰？

「麥珂，你好？」我掩飾聲音中的興奮；我本以爲他不會打電話給我的。

「瓊，我……我好想妳……」他沙著嗓音纏綿不清地說：「妳……妳……能出來嗎？」

「麥珂！你又喝醉了，是吧？」我說：「你喝到這般光景，我是不要去見你的。」

對方沒有回聲。過了好半晌，麥珂才又捲著舌頭說：「對……對不起……瓊！我……我不該這當兒打電話給妳的，可是我……我……好希望見妳……見妳……妳明白嗎？我也猜到妳……妳不要見我……」

我開始有些拿不定主意。剛想開口說行，麥珂卻接口道：「瓊，妳眞好！我……我不勉強妳……明……明天見好嚒？在熱帶……熱帶……」

我順水推舟地說：「幾點？」

「十點……十……十……熱帶……怎麼樣？」

還沒等我說好，不知爲什麼對方的電話竟掛斷了。

34

我搭車去「熱帶花園」的時候，天開始下起毛毛的細雨。我還流著淸鼻涕，竟忘了帶傘，也不想再回家去拿。下車後，便豎起風衣的領子，急急地趕到「熱帶花園」去。到了那裡，剛好十點過十分。雖然不是周末，十點一過，人已開始擁擠起來。我寄存了風衣，便在人縫中擠過，尋找麥珂的影子。兜了一圈，並不見麥珂，想找一個座位坐下，又沒有空位。我便去買了一杯蘇格蘭威士忌，站在一個角落看人們跳舞。

我雖在看人們跳舞，卻不時留意地往人群中瞰望，但始終不見麥珂的影子。難道我聽錯了？不會的。昨晚他明明說的是今晚十點在「熱帶花園」見。我愈來愈覺不安起來。我爲什麼竟跟這樣的一個人認起眞來？我對麥珂尙所知有限，但冷靜地觀察起來，這不過是一個當下那種無所事事不肯上進的頹敗青年罷了。我怎麼企望這樣的一個人來守時負責呢？這樣理智地思考著的時候，我內心卻又隱隱地反抗著這種理性的呼聲。什麼是上進？什麼是頹敗？難道說像詹那樣地斤斤於成敗得失，一心一意獲取成功的榮光的，就是上進的典型嗎？這樣上進的人，不但把自己終生綳在一根弦上，連他四周圍的人也弄得緊張無比。他們忘了什麼是生活，他們也不知人與人之間到底應該有什麼關係。他們生活中只有一個目的：成功！但是爲了什麼而成功，卻並不去深計。好像隱隱中肯定了人類只要毫不遲疑地朝前猛進，就必定是對的。哪怕是面臨了懸崖深淵，也絕不回頭！這就是西方的主導精神，把其他文化其他種族遠遠地拋在後頭的精神！我豈不是正因爲受了這種精神的召引，才遠渡重洋到這裡來的？然而現在呢？我還不曾眞正加入這種競馳的行列，就已感到筋疲力盡，我開始自問：「過去中國大家族那種悠閒的生活，甚至寄生的生活，有什麼不好？印度人懶散而虔敬的心態有什麼不好？阿拉伯人對游牧騎射的部落傳統的固執有什麼不好？爲什麼人人必得終日營營苟苟處心積慮地掏光地球的資源，去創造可以取代人手人腦的機器？難道最終的目的就是爲了摧毀地球？或捨棄地球？爲了以機器代替人的一切？不但代替人工作，代替人思考，還要代替人生活嗎？西方人的最大野心，難道說如不把人進升到不再需要生活的上帝，就把人貶抑到不能再有生活的蟲豸的地步嗎？

我對這種力量與精神懷著一種隱隱的恐懼。我想不只是我，住在西方的很多人都有這種連自己都不怎麼明確的恐懼感，然而麥珂卻是我所遇到的第一個不給我任何威脅、不引起我這種恐懼感的人。並不是因爲他的行動、思想像一個孩子。不是！因爲現在的孩子也早已被他們的父母綁在箭弦之上，在很幼小的年紀已經準備著脫弦急射而出了。麥珂雖然才只有十九歲，但在各方面他已經成熟得像一個大人。唯一的例外是他沒有把自己綁在箭弦之上。他不但脫離了父母的掌握，也似乎脫離了社會的掌握，他生活在社會的邊緣，不參與社會中的組織，不尊重社會的成俗，不關心社會中所發生的事件；自然也不會爲社會所關心。他是社會任其自生自滅的那一類，我想正是他這樣的生活方式，引動了我的好奇心。

我這樣想著心事的時候，有兩個男人過來請我跳舞，都給我婉拒了。我等著麥珂，一心一意等著麥珂，卻始終不見他的踪影。我已經在酒吧的人叢中轉了好幾圈，在幽黯的燈光下幾乎把每個人的面孔都仔細地看過了，就是不見麥珂。看看已經過了十一點鐘，我不免暗暗地擔起心來。麥珂會不會發生了什麼事情？就在這時，心中一動，忽然想起麥珂給我的電話號碼。何不打個電話去問問？如果他不在，也許他的朋友史提夫可以告訴我他在哪裡。

於是馬上就用存衣處旁的公用電話撥了他的號碼。

鈴響了半天，沒人接，大概是都不在家。我剛要掛斷的時候，對方忽然傳來一聲蒼勁的哈囉。我一聽就知道不是麥珂，急忙說：「對不起，可不可以叫麥珂聽電話？」

「麥珂？」對方說：「兩天不見他的人影了。」

「對不起，打攪了。謝謝！」我剛要掛上電話，對方忽然叫住了我，問道：「妳是不是叫瓊的？」

我聽了一楞，但馬上答道：「是！」

「嗨，瓊！我是史提夫。」對方說：「聽麥珂說起過妳，你們是不是今晚有約會？」

「本說要今晚見面的。」

「他沒去？」

「就是因爲沒見他，才打電話問一問。」

對方哧地笑了一聲道：「我知道妳現在是麥珂的好朋友，他提了妳不只一次了。不過我倒想告訴妳一句話：千萬不可把麥珂的話當眞，特別是跟他的約會。他自己說過的話連自己都會忘記的。」

「知道了！謝謝！」我有點不高興地說，立刻掛斷了電話。心中不解爲什麼史提夫要在他朋友的背後說這樣的話。但如果史提夫說的不錯的話，那麥珂一定是忘記了今晚的約會。好朋友？連約會也忘掉的也能算好朋友嗎？

我又在酒吧中轉了一圈，在確定麥珂的確不在後才離開了「熱帶花園」。外面，雨仍然霏霏地落著。夜中的街燈在雨裡顯得迷迷離離，一盞盞向遠方蔓延而去時便漸漸地隱沒在交飛的雨絲中。我走了不到一條街，落在髮上的雨絲已經積成雨滴，沿著鬢角滴了下來。覺得有些冷，就截了一部計程車回家。

回到家已將近午夜，伍家夫婦早睡下了，一切都靜悄悄的。我淋了一個熱水浴，躺下來，卻久久不能入睡。想到我和詹的關係，現在雖尙未離婚，但已正式辦了分居手續，兩年後只要一方提出申訴，婚姻關係就會失效，所以現在我已經可算是個自由人了。我終於得到了多年來所期盼又恐懼的自由，但與之俱來的卻是徬徨與不安。今後何去何從，我全沒有一定的計劃。我正像一隻剛飛出籠的鳥，過慣了爲人豢養的生活，已失去了展翅高飛的能力；也許我從來就沒有養成過任何展翅高飛的能力。雖然我從中國超越了大洋飛到了美洲，可是我的腳踝始終被些有形的和無形的線索緊緊地牽絆著，每走一步似乎都有所顧忌。我不知咬了多久的牙，下了多大的決心，才忍心切斷了有形的線索，然而無形的線索還牽在那裡，使我自覺仍不是完全自由的。也許世間根本就沒有什麼完全的自由，總要有所倚附，有所羈絆，否則便是游絲一條，不會有任何目的地與趨向。

我也並不要追求什麼完全的自由，我只不過企圖逃脫別人的控制。一個人只有一生的機會，除此之外再無所有。爲什麼我要把這唯一無二的機會糟蹋在別人的手掌中？我要在我的有生之年做一些我自己想做的事、甘心情願做的事，做一些使我自己眞正感覺到自己存在的事，而不只是爲了取悅於人，取悅於世。最重要的是，一個人應該先取悅自己。如果他是一個以偷竊爲樂的人，就大膽地去偷竊吧！如果他是一個以殺人爲樂的人，就大膽地去殺人吧！但是他也要勇敢地負起偷竊與殺人的後果。只有孩子或令人不齒的懦夫，才會心存僥倖，不負自己行爲的責任。一個成熟的人，是不會不計較後果的。然而把可能的後果預算在內之後，一切的冒險都應該具有價值、合於道德的。人生如果沒有這樣冒險的可能，沒有這種自主的自由，那就不再是生命，而只是肉做的機器。即使算是生命，那生命也就沒有什麼價值，不值得憐惜的了。

想了一通，我正在思潮淡落隱約入睡的當兒，樓下的電話忽然鈴聲大作。我眞怕是麥珂打來的。已經快要深夜一點了，不知是否應該起身去接，又怕吵醒了伍氏夫妻。響了一陣，我還在猶豫著，卻有人起身去接了。是伍太太的聲音。只聽她沒好氣地叫道：「幾點了，還打電話！有什麼重要的事，不會明天再說！」說著就拍達一聲掛斷了。

35

第二天伍太太一早就上來抱怨說昨夜有我的朋友三更半夜地打電話來，怪我不該把電話號碼隨便給人。我說是她自己說過我可以隨意使用她的電話的。

「我是說給可靠的朋友沒關係，不要給不三不四的人！」她不快地說。

我辯道：「我並沒有給不三不四的人，到現在爲止，除了妳的侄女艾梅外，我只告訴了三個人這裡的電話號碼；而這三個人都並不是不三不四的。」

「那可就怪了！這個人我聽得出聲音，已經打過兩次電話來了。叫著妳的名字，可又不知你姓什麼。」

我心中一跳，一定是麥珂。他從沒問過我的姓，我竟也忘了告訴他。其實我也並不知道他姓什麼。這又有什麼要緊呢？也許我們都沒覺得姓氏有什麼重要，但在別人的眼裡可就有些怪了；特別是極重姓氏的中國人。不過麥珂也眞胡塗，我早告訴他我住在人家家裡，一切都不十分方便，他竟不以爲意地在深更半夜的時候打電話來！我只好支吾道：「我也不太淸楚，也許這個朋友忘了我的姓吧！大概是剛認識不久的那個朋友。」

「妳給了他這裡的電話號碼？」

「是！他就是我說的三個人中的一個。」

「那就好！」伍太太訕訕地道：「說明白了，免得以後有誤會。不過請妳告訴妳的朋友，打電話來是沒有要緊的，別在三更半夜時候打就好了！」

一連幾天麥珂沒有再打電話來。我也不願打電話到史提夫那裡去，我也沒再去「熱帶花園」，這樣一連三四天就跟麥珂完全斷了消息。直到星期六，我起得很晚，吃過早飯，已經十一點多鐘，伍太太忽然在樓下喊我聽電話。我三步併作兩步地跑下樓去。

「又是妳那位朋友！」伍太太說。

我接過電話，就聽到麥珂軟軟的聲音，並不沙啞，大概是清醒的。

「瓊，妳好啊？」麥珂高興地說。

「不錯！你呢？」我剛想說：「今天還沒有喝醉吧？」一眼看到伍太太裝作收拾東西的模樣還留在客廳裡，我便把這句話壓了回去，改口道：「那天沒見著你。」

「抱歉！瓊，妳得聽我解釋！」麥珂說：「我先問妳，妳是喜歡聽實話的人，還是喜歡聽謊話的人？」

「那要看哪種話聽起來好聽哪！」我壓低了聲音說：「你不妨說說謊話該怎麼說，實話又該怎麼說。」

「要是妳愛聽謊話呀，我就說那天出了車禍，我叫汽車撞傷了膝蓋，到醫院擦藥去了。妳信不信呀？」

「那要看你有沒有傷了？」

「傷自然是有的，這兩天我正好擦傷了膝蓋。」

「實話呢？」

「實話嘛……老實說，我忘了我們的約會！」

「忘了？」我心中酸溜溜的。

「忘了！真地忘了！所以那天夜裡打電話向妳道歉，不想又給妳的房東——是妳的房東不是？——搶白了一頓。」

「太晚了嘛！你應該知道半夜裡不是打電話的時候。」

「可是我著急呀！」

「以後也就不急了，是不是？」

麥珂楞了會兒，大概想不出更好的藉口，就說：「以後怕妳的房東聽出又是我，給她罵，所以才等到今天。周末總該是打電話的好時候了吧？」

「周末可以。算你運氣好，」我說：「我正預備出門呢！」我也扯起謊來了。

「瓊！」麥珂說：「是這樣，今晚我請妳吃飯，向妳謝罪好不好？」

「不必這麼客氣！」我說。

「其實也不是我請。」麥珂又說。

「噢，本該謝謝你的，原來又不是你請！」

麥珂笑道：「我哪裡請得起呀？一頓飯少說也得十幾塊。是這樣，愛蓮妮要請你。」

「誰是愛蓮妮？」

「愛蓮妮妳都忘了嚒？給妳介紹過的，就是道格的朋友呀！」

「噢，記起來了。介紹過是不錯的，可是人還沒有看到。」

「就是嘛，愛蓮妮也沒看清妳。我說妳多麼多麼的好，她才非要見妳不可。」

「謝謝你的宣傳！」我說。

「今晚就來好不好？松樹街一八六四號，妳還記得嗎？」

「好，等我記下來。」我拔筆記下了地址。「就是今晚嗎？」

「今晚八點！」

「要我帶些什麼？」

「什麼都不需要帶的。愛蓮妮是天下最周到的人，她什麼都會備好。妳就帶妳的愛情來就好了。」

「愛情？」

「不錯！妳會發現人人都會愛上妳的。」

「這倒是值得冒險的一次聚會，對不對？」

「不是冒險！瓊！愛情是頂自然的事。妳愛的人，妳愛就好了，沒有什麼險可冒的。」

「不同意你的看法，麥珂！」我回頭看了一眼，伍太太還在客廳裡東摸摸西弄弄地收拾著東西，就說：「我不能在電話裡跟你辯解。我們晚上再談好不好？」

「好！」麥珂說：「妳可準來呀！」

「就不許我忘記了嗎？」

「不行！不行！」麥珂著急地說：「妳要是不來，咱們的關係就完了！瓊，眞的！妳要是故意忘記來報復我，咱們的關係就完了！」

「原來你是那麼經不起報復的一個人！好，我記住了。晚上見！」

我掛上電話。

36

想起上次在道格和愛蓮妮那裡看到不少盆栽，想必是他們偏愛的，就特意上街買回了一盆闊葉細莖綠色植物，預備帶給他們。

七點鐘我已經準備好。穿了一件淺藍色的連裙衣，頭髮披在肩上，胸前掛了一串紅珊瑚項鏈，腳下是一雙淺藍色的粗跟高跟鞋，臉上沒有化妝，只輕輕地敷了一層面霜。看看時間還早，就在書架上抽一本書來看，卻是普魯斯特的《斯萬之家》。一個句子竟有半頁多那麼長，看不幾頁已經昏昏欲睡了。猛一看錶，不好，已經過了八點，趕緊穿上風衣，拿起皮包跟剛買來的盆栽就走。到了百老匯大街，心想只不過七八條街的路，有等車的時間，恐怕走也走到了，於是就沿街走去・走了不過兩條街，公共汽車已打身後趕過去，這時深悔沒有等車。但既然已經錯過了這班，就更沒有再等下一班的道理，只好慢慢地走吧！等走到愛蓮妮的門口，已差不多八點半鐘。遲到了半個鐘頭，總比上次麥珂讓我白等一晚要客氣多了。

按了門鈴，來開門的是道格。他以他褐色的大眼定定地望我一眼說：「瓊，妳遲到了！」

「對不起！我沒算準時間，來晚了半個鐘頭兒！」

「半個鐘頭兒？」道格拖長聲說：「我們打七點就在等妳。」

「七點就在等我？麥珂對我說的是八點！」

「我知道！可是愛蓮妮七點就已把晚飯準備好了。我們等了一陣，肚子餓起來，就先吃了。」

「這算哪一款！」我心裡說：「客人未到，主人倒先吃了！」

這時走道裡響起一個略帶沙啞的女聲：「道格！快讓人家進來，別淨站在門口囉嗦！」

道格一閃身，我就看見在走道的燈光下站著一個中等身材棕紅頭髮的女人。圓臉、小巧的尖鼻子、略形突出的大眼，猛一看似曾相識，倒像在哪裡見過似的，但一時又想不起來。她穿一件石榴紅的上下同寬的筒子衫，大開領，肩上披了一件手織的白色細毛線披肩。她滿臉堆笑地迎了過來，一把將我抱住，把她的披肩裹在我的肩上好好地擁了一把，才鬆開手。但一隻手仍然扶在我的臂上，望著我的臉說：「可不是，眞地有點像呢！」她扭轉臉對道格道：「要說是你的表姊妹，準有人相信。」

道格撇了撇嘴，靦腆地笑起來。這是我第一次看到道格的笑容。他一笑就露出一嘴極整齊的白牙，左腮上顯出一個笑渦，那副似羞又惱的神氣，十二分地迷人。

這時麥珂越過愛蓮妮，拉起我的手說：「瓊，妳可來了！我們都先吃過了；不過我只吃了半飽，還可以陪妳吃的。」

鬧了這一場，我才想起進門時擱在門邊的花盆，就趕緊拿起來遞給愛蓮妮說：「愛蓮妮，這是帶給妳的。」

愛蓮妮尖聲叫道：「天哪！妳竟買這個來給我！妳沒見我家裡到處都是？」

麥珂搶著接口說：「瓊，妳不知道愛蓮妮是開花店的？她賣的正是這種玩藝兒！」

聽了麥珂的話，我不覺臉上一陣發燒。今天眞糟，不但遲到了錯過了晚餐，又買花送給賣花的人！遂埋怨麥珂說：「你爲什麼不早告訴我？」

「我本告訴妳不要帶什麼的，誰想到妳會買這種東西！」

「什麼話！」愛蓮妮急忙接口說：「人家送我的，自然是好意，我也不怕家裡多了一盆花草出來。不管怎樣，我都領情。」說著又抱起我來吻了一下。

我們隨說隨到了那間充滿了盆栽的陰暗客廳。然而今晚出乎我意料之外的卻並不陰暗。屋角的兩盞立燈都開著，而且室內又重新佈置過，密密厤厤的綠色盆栽雖然依舊，那幾張破舊的沙發卻不見了，取而代之的是好多個顏色鮮艷的坐墊。坐墊中有一張矮桌，桌上面擺了杯盤。愛蓮妮立刻到廚房去端來了一盤澆了番茄肉醬的麵條；桌上還有切成長條的生芹菜、胡蘿蔔和奶酪、麵包等。

「吃吧！這是妳的一份！」愛蓮妮親切地說。說著又替我倒了一杯紅酒。

我有些尷尬地接過盤子和酒杯。

「乾杯！」麥珂端起他的酒杯，忽然用中文這麼說。

我不覺一楞。麥珂瞥了道格一眼道：「我說錯了嗎？」

道格撇了撇嘴，也端起酒杯來。愛蓮妮的酒杯是空的，道格給她斟滿了。四人彼此碰了杯。

「快吃吧！想必妳也餓了。」愛蓮妮見我沒有吃麵，就催我說。

「我來陪妳！」麥珂揀了一塊奶酪放在一片麵包上又吃了起來。

桌上的刀叉零亂地丟在那裡。我隨便拿起一把叉子，開始吃麵。

「我們都是些沒有文化的野人！」愛蓮妮說：「客人未到，主人倒先吃了！」說著就咯咯地拍手笑起來。她這種坦然的態度，倒破除了我的拘謹。我也就放懷地吃了那一盤麵，又吃了奶酪麵包跟些生菜。愛蓮妮問我還要不要麵，我說已經吃飽。我見他們的盤子都收了，就順手把我的盤子送進廚房裡去。愛蓮妮收了其他的食物。我們回來的時候，見道格正在點燃矮桌上兩隻半燃的蠟燭。他點了蠟燭，就熄了兩盞立燈，客廳中立刻又沉入上次所見的那種幽黯的光影中。愛蓮妮走回她的房間去。不久就聽見一種單調而幽婉的音樂，正是我上次所聽到過的那種。

「是不是印度音樂？」我問麥珂道。

麥珂點了點頭說：「愛蓮妮是練瑜伽的。」

愛蓮妮回來的時候，手中端了一隻奇怪的煙袋。紅色的煙斗像一個雨傘蛇的蛇頭聳立著，煙斗下拖了一條紅白相間彎曲纏繞的煙管，像是蛇身，看來叫人心驚。

我們圍坐在矮桌的四周，每人盤據了一個坐墊，各人面前都有自己的酒，桌上還有一碟奶酪。這時愛蓮妮在一個彩綢的口袋裡捏出了一些葉子放在煙斗裡。點燃了，自己抽了一大口，就遞給了道格。道格抽了一大口，又遞給麥珂。麥珂抽了一口以後，遞到我的手中。

「是大麻對不對？」我問道。

「是，一點草葉。」麥珂說。他們管大麻叫草葉的。

我抽過幾次大麻，對我一點影響都沒有。就道：「這種草葉，我抽了沒有什麼感覺。」

「沒有什麼感覺？」麥珂道：「那是因爲妳不會抽的緣故。讓我來教妳！」說著就歪過身來，接過煙袋道：「先做深呼吸，把肺裡的氣全部吐出來。」

我照他的話做了。

「先不要吸氣！」他說著就把煙袋嘴猛一下塞到我的嘴裡，叫道：「快吸！深深地吸！」

我剛吸了一口，就覺得煙氣麻酥酥地直鑽入肺葉，嗆得我咳了出來。

「咳出來是不行的！」麥珂說：「快再吸一口！憋住氣，不要馬上吐出來。」

我吸了一口以後就把煙袋遞給了愛蓮妮。我們就這麼依次地吸下去。大家都靜靜地垂目靜坐。

直到吸到三袋煙以後，我漸漸覺得有些飄飄然起來了，這是我從前吸大麻從來沒有的感覺。我知道以前在社交的場合，從來都是隨吸隨吐，並沒有敢眞正吸入肺中。這次不知爲什麼，居然大膽起來。在飄飄然之中，我覺得我的頭開始向外擴張，好像敞開了一扇門戶。我有一種赤裸裸與外界接觸的快感。坐在我對面的道格，似乎在放大，在搖曳不定。他的大而長的褐色眼睛，使我想起莫底格里尼的人像，在一雙藍汪汪的眼睛中空無一物。道格的眼睛雖然不是藍的，但也像一池凝定的秋水，肅殺而空寂。他的膚色帶著幾分中國人的棕黃，但那種顏色像微微烤過的麵包，非常引動人的食慾。今晚他穿一件半透明的白色縐紗襯衫，袖子很肥，腰間以一條紅色的窄皮帶束在牛仔褲外。領口大敞，露出他胸前佩帶的一條用咖啡色細珠鏈繫著的銀色小十字架。他的黑髮在額間中分，略微鬈曲地鬆鬆地垂下來，遮去了他的兩耳，把他的面龐框在一種黑色的雲霧中。我這麼望著他的時候，就似乎覺得這黑色的雲霧正在蓬動飛捲，使他的臉龐一忽兒朦朧，一忽兒清晰，像在照像機中看到的正在調焦距的景物。我心中覺得迷離而通暢，神經好像鬆下來的弓弦，雖然無所倚持，但也無所期待。這種心情使我不禁出聲地笑起來。道格也露齒而笑，大概他也有些相似的視景與感覺。我再轉頭看坐在我左右兩邊的麥珂與愛蓮妮，他們也正在笑著。我們四個人這麼彼此望著的時候，更按捺不住內心湧起的笑意。於是愈笑愈響；特別是愛蓮妮的咯咯聲更加震耳，拍手擊桌，眼淚都笑迸了出來。

這麼大笑足足好幾分鐘，才漸漸地疲落下來。愛蓮妮慢慢地站起身來，隨著悠曼的印度音樂，舉起一隻赤裸的腳（她沒有穿鞋襪），然後一隻臂，然後另一隻腳，另一隻臂，終於翩躚地舞起來。

37

「我是一隻蝶，」愛蓮妮一面舞一面說：「我正在林間飛，我面前全是大樹身，在樹身間我看遠處的枝葉，有細碎的、有闊大的，各種各樣的都有。地下也鋪滿了落葉，一層又一層，又厚又結實，腐爛了的又被新落下來的葉子蓋了上去，我可以聞見腐葉的氣味。我不喜歡這種氣味，可也並不特別討厭。我在林間飛。這裡除了樹身，就是樹葉，除了樹葉，就是落葉，沒有一朵花，也不見陽光，我多麼盼望一朵花。一隻蝴蝶不該有一朵花嗎？可是我媽說，那是不該的，因爲我是隻生在森林裡的蝴蝶。森林裡就只有樹葉，沒有花朵。這是命定了的。上帝在沒有蝴蝶、沒有森林之前，就已經決定了這一切，決定了生在森林中的蝴蝶不該有花。森林裡的蝴蝶就只能在幽暗的森林中翩躚，只能在綠葉上棲息，卻永遠看不到陽光與花朵。我媽不覺得有什麼不好，她從來不盼望什麼陽光、什麼花朵。她說那根本是不存在的，那只是蝴蝶的幻想。可是我是一隻不安分的蝶，我腦中常常充滿了各種各樣的幻想，特別幻想著陽光與花朵。我從沒有見過一朵花。怎麼會幻想出一朵花？除非是上帝在創造蝴蝶的時候，已經把對花的幻想裝在我的腦子裡。我父親從不說什麼；不過我可以從他的眼中看出來，他也幻想著花——特別是在陽光下綻放的花。他雖然這麼幻想，可是沒有勇氣追尋，因爲他連翅膀也懶得動一動。他只棲息在一株老樹上，長久地停駐在那裡。可是他的眼睛總朝遠方眺望著，彷彿企圖穿過密林看到他腦中幻想的東西。自然他什麼也看不到，只有沮喪地歎息。他仍然不肯動一動他的翅膀，只停駐在那裡細細地咀嚼他的歎息；他的歎息也愈來愈空洞，他的眼光也愈來愈悲哀，我從沒有見過他有一絲一毫的笑容。對他，生活非常乏味；對他，生命非常沉重。父親呀父親！你爲什麼活得這麼艱苦？既然生命是那麼沉重的一種負荷，你爲什麼要苟活下去？父親呀父親！我會不會走上你一樣的命運？既不能享受生命，又不能放棄生命，只讓時間的鋸齒在咽喉間來回鋸磨？天哪！我不要像我的父親！」

愛蓮妮慢慢地跪下去，她的眼中充注著淚光。然而沒有一個人出聲，大家都屏氣止息地瞪視著愛蓮妮。這時她抬起頭來，眼光在我們三個人臉上來往逡巡。她的眼中像有一片在日光中逐漸溶逝的烏雲，愈來愈光亮了起來。她終於微微地笑了。

「啊！我看見了三朵花。」她指著我們三個人說：「你們就是我幻想中的花，正在陽光中盛開著。」她走過來依次在我、麥珂和道格的唇上輕吻了一下，然後就停在道格面前，目不轉睛地看入他的眼中，道格也並不眨眼地回望著愛蓮妮。這樣過了好大一會兒，愛蓮妮突然抱住道格的頸，深深地吻在他的唇上。她的眼淚撲簌簌地落在道格的腮上。

道格開始回吻著愛蓮妮，但終於撐拒起來，費了好大的力氣才推開了愛蓮妮絞纏著的身體。

「道格！道格！你就是我最想要的那朵花！」

道格沉默著。

「你聽見我的話了嗎？」

「聽見了什麼？」道格不快地反駁道：「妳不是說上帝決定了生在森林裡的蝴蝶不該有一朵

花嗎？」

「是！我說過！」愛蓮妮安靜地答道。

「妳違背了上帝的規劃，妳要受什麼懲罰？」

「我不怕懲罰！」愛蓮妮細弱地說：「凡是得到一朵花的蝴蝶，遲早都會僵死在那裡。」

「妳不怕？」

「怕有什麼用？這刑罰實在也早在上帝的規劃裡。上帝決定了生在森林裡的蝴蝶不能有一朵花，卻偏偏又把對花的幻想裝在蝴蝶的腦子裡，自然也就規劃好了應有的懲罰。可是我並不怕！」停了下，她又道：「我只怕一件事！」

「怕什麼？」

「我怕我配不上你這麼朵好花！道格，我已經三十三！三十三啊，老天！你才十九歲！你前邊還有多少多少年月才到了我這種歲數……道格！我也許應該回到喬治那裡去，他還等著我。道格！告訴我，說你心裡的話，不要騙我！我該不該回到喬治那裡去？」

道格慢慢地垂下眼去，極低微地說道：「愛蓮妮，我愛妳！」

道格的話剛出口，麥珂就哈哈地大笑起來。除了我以外，愛蓮妮和道格都沒有注意麥珂。可是麥珂一手扶胸笑個不止，終於使愛蓮妮和道格都轉過臉去詫異地望著他。

麥珂止了笑說：「愛蓮妮，道格說他愛妳，妳聽見了嗎？」

「聽見了！」愛蓮妮有些不耐煩地回答道。

「道格是從不說謊的。」麥珂又說。

「這個我也知道。」愛蓮妮說。

「一年前道格對我說過一句話，」麥珂轉向道格說：「道格，你記得那是句什麼話？」

道格瞪著空茫的大眼望著麥珂。

「你說，」麥珂見道格不響，就又接道：「愛蓮妮正是我需要的那種女人。不管她是誰的，我要她，她就是我的！對不對？你有沒有說過這句話？」說著麥珂又嘿嘿地笑起來，笑得幾乎岔了氣，我們都不解這有什麼可笑的地方。麥珂停了笑，他的臉色一瞬間就陰沉了下來，低聲說：「那時候我們剛打東部到了這裡，沒有錢，沒有工作，沒有飯吃，連住的地方也沒有。我們只有一隻睡袋，夜裡兩人擠著睡在一隻睡袋裡。我們是一對難兄難弟，比親兄弟還要親的兄弟。是不是，道格？你還記得那段日子嗎？」

道格仍然瞪著空茫的大眼望定了麥珂。

「道格，你為什麼不說話呢？」麥珂乞憐似地道：「你眞地忘了那段我們同甘共苦的日子了？」

「要我說什麼？」道格終於接口道，聲音是暗啞的。

麥珂閉起眼來，好像要嚥下些什麼。好一會兒才睜開眼皺著鼻翼自嘲地冷哼了一聲道：「唉！沒什麼！不要你說什麼，也沒有什麼可說的！」

「麥珂，」愛蓮妮忽然提高了聲音說：「你今晚怎麼啦？你到底有些什麼話想說？」

麥珂站起身來。他今晚穿了一件黑色的運動衫、牛仔褲，赤著一雙腳，胸前掛著他的小銀佛，左耳上扣著金黃色耳墜，頭髮上束了一條黃色的布帶，像印地安人的模樣。他注視了我們一會兒，就慢慢地轉過身去，背對著我們，兩手掬在胸前微仰著頭，像印地安人禱天似地說：「我要說什麼？我覺得我好可憐，就像一隻沒人注意沒人關懷的小蛤蟆。嗯，短命的小蛤蟆！不錯！」他轉回身來，又面對著我們，詢問道：「人能活多久？七十？八十？噢，那太久了，太久了，久得沒意思！沒味道！你們有沒有見過老人？皺臉癟腮，駝背弓腰，變了形的手腳，一身的怪味兒，一口的臭氣。就像我的外祖父，露出他那一嘴糟牙吃吃地對我們笑的時候，我的母親就趕快一把把我拖到她的身後去。我從沒有見過這麼醜陋的人。他只剩下稀疏的幾根白髮，在光禿禿的頭上矗立著。他的兩眼血紅敗爛，鼻子腫成紫黑的顏色，一臉的皺褶與黑斑。他已說不出一句完整的話，只能呆望著我的母親和我吃吃地傻笑。我遠遠地跑開去，躲在石柱後看我母親跟他談話。我的外祖父一直吃吃地傻笑，我的母親就掏出手帕來拭她的眼淚。過了一會兒，老人院的護士才把我的外祖父推走。我再也不要到那裡去！再也不去！太可怕了！我還是寧願做一隻可憐的小蛤蟆，該跳的時候跳，該唱的時候唱，秋風一起我也就四腳一伸把我的屍體葬送進池塘的深處。我是不要老的！不要說七十、八十，五十、六十也不要；四十也太老，三十也太多！二十歲就是我最老的年紀！二十歲！你們聽見了嗎？二十歲！我只要活到二十歲就足夠了！我要你們永遠記著二十歲的麥珂，年輕漂亮的麥珂！要是死後有永生的話，現在的模樣也就是我永遠的模樣了。你看啊！這裡站著的就是永遠不會老的麥珂！」

「麥珂！」道格撇了撇嘴說：「你又說瘋話了！」

「這不是瘋話！」麥珂辯道：「我說的都是至理銘言！要是每個人都只活到二十歲，這個世界有多麼美好！沒有中年人的世故狡詐，沒有老年人的醜陋拖累，也不會有戰爭，也少有疾病，世界上有限的資源可以快快活活地讓二十歲以下的人盡情地享受。在古希臘羅馬的時候，人們活得不太久，日子就比現在好得多！」

「依你這麼說，在這裡只有你和道格有活著的資格。」我插嘴道：「我和愛蓮妮早就該進墳墓了。」

麥珂楞楞地望了我一會兒說：「瓊，妳算例外吧！妳看起來也不過二十歲。」

「我呢？」愛蓮妮笑著問道。

「你？」麥珂遲疑地說：「看在道格的份上，妳也活著吧！」

「謝謝你啦！」愛蓮妮說。

然而麥珂忽然氣憤地說：「你們都活著吧！你們這些可厭的人哪！還是讓我獨自去死掉算了！算來我也不該活在這個世界上。我母親就曾指著我爸爸的臉說：『你這懦夫！你這無用的人！你不該活在這個世界上！』是，我爸爸是不該活在這個世界上。他沒有事業、沒有野心，在這裡做一年事，在那裡做一年事，處處都讓我母親看不起，時時叫我母親恨的牙癢癢的。我奇怪他們怎麼湊到一塊的？怎麼能夠相愛起來？又怎麼能夠生下我來？不但生了我，而且除了我以外還生了四五個別的孩子，他們在家裡幾乎天天吵鬧。你們看我眉上的這塊疤，就是我五歲那年他們打架時把我從椅子上推下去跌的。可是一到了教堂，他們又裝出一副虔誠和睦的嘴臉來，給親戚朋友們看他們是一對多麼美滿的好夫妻！他們都是虔誠的天主徒啊！我七歲的時候就參加了唱詩班，穿著白色的袍子，夾在別的孩子中慢慢地走向禮壇。我一面唱著讚歌，一面就瞥見我母親對我父親怒目而視，因爲他在唱詩的時候打瞌睡。我父親的聖經噗嗒一聲跌在地上，引來了別人的注目，把我母親的臉都臊紅了。我沒法再唱詩，就用手去捏前面一個孩子的屁股，旁邊的另一個就多管閒事地踢我一腳，我照臉給他一拳，他就放聲大哭。我知道事後我不但挨神父的巴掌，還要挨母親的皮鞭。她備有一條皮鞭，是專門爲了對付我們兄弟們用的，她又要百般地哀告神父開恩把我留在唱詩班裡。爲什麼我要留在那裡？爲什麼？我唱了那麼多時候的讚美詩，上帝也沒有答過我一句。有時候我舉著燭臺跟在神父的身後，有好幾次我想用蠟燭的火燄燒掉他的道袍。看他那副道貌岸然的模樣兒，心裡就氣，也該讓他赤裸裸地站在人前，露一露他的本像。他不過跟衆人一般模樣，還裝什麼神聖超然！在學校裡，老師們三日兩頭就要打電話給我的父母：『你們管一管麥珂呀！他在課堂裡公然地抽煙！』『哎呀！麥珂打腫了別人的鼻子！』『不好了，麥珂不見了！』『麥珂又不見了！』你們聽，都是這一類的怨言，他們總想把麥珂弄成跟衆人一樣。他們永不懂麥珂就是麥珂，麥珂是與衆不同的！麥珂永遠做不成一件事情，不是麥珂沒有這種能力，是麥珂不肯！做了一半的工，才是最美的，正像活了一半的生命才是最鮮活的。一件事情完成了，也就老死無味，這正是麥珂與衆不同的地方。麥珂永遠不會跟衆人一樣，因爲在這個世界上只有一個麥珂・葛斯坦，再沒有第二個麥珂・葛斯坦了。好也罷，歹也罷，就是這麼個樣兒！愛不愛隨你們的便吧！」

他說這句話的時候，在我們三人臉上兜了一圈，好像是徵求我們的意見。可是我們誰都沒有出聲。他就又道：「麥珂只是一隻不起眼的小蛤蟆，你們還是把他忘了吧！」

他說完了，依然瞪著我們，空氣弄得很是沉重嚴肅，可是我心中卻非常激奮，自己也想說些什麼，就隨口道：「這裡已經有一隻森林裡的蝴蝶，一隻可憐的小蛤蟆。道格，你是什麼呀？」

「我？」道格瞪著一雙褐色大眼，想了想說：「我什麼都不是！」

「我……我想……我想……」我感到有些茫然。

「不要緊張！慢慢說，瓊！」麥珂說。

我褪掉鞋子，也赤著腳，慢慢地站了起來。

38

「我覺得我自己是一隻刺蝟，渾身長滿了刺，摸不得，動不得，連我自己都嫌我這種刺模樣。不但渾身長滿了刺，而且沾滿了污穢，到處都是洗不淨揩不去的髒東西。我想最好是遠遠地躲開別人，只在陰暗的夜裡偷偷地出來逡巡。我盼望我不是刺蝟，最好是一隻能跑會跳的野兔，像我哥哥似的。是，我哥哥是一隻野兔，聰明伶俐，能跑會跳，他總是跑在我的前頭。我只能在老遠的地方拖著遲重的腳步跟著。有時他也停下來，回頭望著我，帶著些憐憫的神色，好像說：『快一點跟上來呀！跟上來呀！妳這個小女生，眞是沒用的！』他很失望，他不能等我，他是男孩子，男孩子天生的優越，事事強過女人。所以我跟不上他的時候，不是他的錯，我應該恨我自己。我一看到他那種憐憫的眼光，就感到自己的可哀。他教會了我怎麼來卑視我自己。其實他是個溫柔的人，處處讓著我，護著我。是我常常挑剔他，攪纏他，使他不知所措。他這麼溫厚寬大，更使我覺得我自己多麼不知感恩，脾氣多麼固執暴戾，就像我父母常說的那樣：『哥哥處處讓妳，妳倒是有個夠沒有？』我眞想大聲地告訴他們：『沒夠！沒夠！永遠沒夠！』爲什麼我應該做人家的『妹妹』？爲什麼我應該爲別人憐憫？不能去憐憫別人？我也想成爲一隻能跑會跳的野兔，把天生遲鈍的刺蝟遠遠地拋在後頭。叫他在後頭喘氣，叫他著急，然後我就可以大大方方地停下來，憐憫地望著他說：『快一點跟上來呀！跟上呀！你這個大男生，眞是沒用的！』我也會變得非常溫柔、寬大，我也可以把什麼都讓給他，因爲我知道他永遠趕不上我，永遠不如我。然而不幸的是我不是一隻野兔，而天生的是一隻刺蝟，所以處處都要被人憐憫，處處看別人的臉色。我也知道我多麼地不討人喜歡，不會跑，不能跳，又一身是刺。在別人厭惡的眼光下，我就只能蜷縮在我的刺裡，緊緊地縮作一團。別理我！別動我！別招惹我！誰敢來動我一指頭，我就狠狠地刺進你的肉裡。因此我只有獨自躲在一個角落裡才覺得安全。可是躲在哪裡呢？沒有一個地方是眞正屬於我的。我的母親就常說：『嫁出去的女兒，潑出去的水。』我終要被人遠遠地潑出去！也不知道會落在一個什麼地方。從小父母就教育我夢想著遠方，夢想著異國，好像我們是沒有國土沒有歷史的一個民族。我們最大的理想就是向異國漂流。我們努力學習異國的文字，比學習本國的文字還要努力。我們努力探聽異國的風情、異國的藝術、異國的文學，暗暗地羨慕著異國的生活。轉回頭來看自己，便覺得異常的醜陋。所以我只能是一隻醜陋而畏怯的刺蝟，只能躲在陰暗的角落裡暗羨著別人；自己眞是一無是處。我還記得我躲在無人的花叢中，在很晚很晚的夏夜裡，望著滿天的星斗，我便獨自跟星星說話。我想有一天也許可以飛離了地球，在衆星間遨遊，無生無死，無始無終，冷然地穿越在宇宙的隙縫裡，那樣我就不再需要有一個屬於我的地方。然而任何地方、任何時間都是有限的，都會一瞬即逝。我的生命也就只是短暫的碎片連綴起來的一個長串，沒有目的，也沒有歸宿。生命卻又像從土地中冒出來的一根芽莖，永生抱著對土地的懷想。現在我在這裡，踏著這裡的土地，卻覺得如此恍惚游離，根也扎不下去，花也開不出來。我便迷失了我的方向，像偶然飄落進大海裡的一片枯葉，無目的地隨波漂流，漂到東是東，漂到西是西，東西南北沒有任何不同，生命之中也就沒有任何好惡與選擇。這又不是我所情願的。我需要我的生命，雖然是一隻醜陋的刺蝟，可也是一個生命。我要有我的好惡、我的選擇，我多麼不甘心隨波逐流苟且度日。我也需要一個同伴，瞭解我、接受我，不管我多麼醜陋的形貌、多麼尖銳的利刺，仍然張開懷抱接納我，不是要我俯就他，做他的奴僕，做他生活中的點綴，而是給我一個立身之地，把彼此的生命注入彼此的生命，讓我也可以慢慢地復甦過來，開出一朵小小的花朵；那怕是小小那麼一朵，也就是生命的意義了。然而我又知道這只是妄想，因爲不管多麼堅強的夥伴，在他敞開胸懷接納我的時候，我的利刺必定刺入他的心中。我怎麼才可以解決這樣的矛盾？告訴我！告訴我！你們說我怎麼解決這樣的矛盾？」

「沒辦法解決的矛盾！」道格說。

「那也沒有什麼可怕！」麥珂說。

「我不懂！」愛蓮妮睜開朦朧的兩眼道。

「沒什麼！」我說。端起面前的一杯紅酒，一飲而盡。酒汁像一杯苦汁，然而我正需要這樣的苦汁。

「該你了！」愛蓮妮轉向道格道：「就剩你還沒有說出來你是個什麼東西。」

「我說過了我什麼都不是！」道格茫然地睜著兩隻大眼道：「一定叫我說的話，」道格盤起腿來，把兩手高舉過頂，扭動著身軀說：「我覺得我是一條蛇。一條雨傘蛇？不！太可怕了！一條花斑蛇？還是一條無毒的小綠蛇，就像我從前養的那一條，牠盤在我的手腕上，張開嘴來輕輕地咬我的手指頭。對！我就是那樣的一條蛇！我要做一條蛇，蛻一次皮後就變一種樣子。我要變成各種各樣的樣子，有時候像蛇，有時候又不像蛇。我不要做一種人，一種不變的道格，就像我父親要我做的那種樣子。『道格，你要好好唸書！』他說。『道格，你不可抽煙！』他說。『道格，下課後不要這麼游手好閒，去把院裡的草剪一剪！』他說。『道格，你眞叫我失望，你的成績單上沒有一個一等！』他說。『道格，少年不努力，老大徒傷悲！』他說。『道格，你要做個成功的人，不要做個失敗的人！』他說。『道格，你是家裡唯一的男孩子，你知道我對你有多大的期望！』他說。『道格，這幾家店從你祖父手裡傳到我手裡，將來就要從我的手裡傳到你手裡！』他說。『道格，你是李家唯一把這個姓傳下去的！』他說。『道格……』他說。『道格

……』他說。『道格……』他說。我不知道他爲什麼有那麼多的話對我說。爲什麼不對我的姊妹說？爲什麼不對他自己說？他自己要做什麼人，就儘管去做他的好了，沒有人去管他。爲什麼他總支使別人做這做那？爲什麼他一心一意非要叫別人按著他的法子做？照著他的路子走？父親，你是一個主人！我成了你的奴隸！就像媽媽是你的奴隸一樣。你說做這，媽媽就做這；你說做那，媽媽就做那。你看報，媽媽就給你拿眼鏡。你打噴嚏，媽媽就拿阿斯匹靈。然而她仍然不能使你滿意。你走得太快，你爬得太高，我們都跟不上你，沒有人跟得上你，就連你自己也跟不上你自己。我不是沒看見過你把手指頭掰得崩崩響的時候，我不是沒看見過你頹然地坐在椅子裡臉上的筋肉驟然地鬆落下來。你跟你自己掙扎。你手中的鞭子不但鞭策著別人，也鞭策著你自己。我似乎清清楚楚地看到你滿身佈滿了自刑的鞭痕。那時候，我好可憐你，父親！你爲什麼這麼努力地往前驅馳？爲什麼？爲什麼？爲什麼？只爲了驅馳而驅馳嗎？你是那種奪標的人，我知道。爲了奪標而奪標。這樣的標能給你帶來什麼？也許你早已想過，也許什麼也沒有想過。你只像一匹瞎眼的狂馬，奔馳！奔馳！奔馳！父親，我趕不上你，追不上你，你就讓我休息吧！跟你生活在一起，好累！好累！我多麼想走到一個地方，沒有一個人，沒有一點聲音，靜寂，絕對的靜寂，在靜寂中有那麼一抹海灣。藍色的水、白色的沙、黃色礁石，太陽靜靜地照在那裡。只有我一個人，經過礁石，經過沙灘，走入藍色的海水裡。海水不冷也不熱，恰像春天的風，愜意地拂在我赤裸的身體上。我慢慢地走下去，一直地走下去。海水沒了我的腰，沒了我的胸，沒了我的頸，沒了我的頭，我就漂浮起來。但也不會漂浮得太久，以後就慢慢地沉落下去，在透明的藍色的海水中一寸寸一尺尺地往下沉落。只有幾個小小的氣泡還漂蕩在水面上，其他一切寂然。太陽仍然靜靜地照著黃色的礁石、白色的沙灘、藍色的海水。那海灣仍然寂靜得沒有一點聲息。父親，你要不要來呢？在那裡，你不用掰你的手指，不用讓你臉上的筋肉頹然地鬆落下來。你也可以靜靜地走入藍色的海水，讓那溫暖的海水浸潤著你的肌膚。你可盡情地漂在那裡，放鬆你的肢體。再也沒有奔馳，沒有競爭，沒有恐懼。時候到了，你就靜靜地沉落下去。你會看到周身環繞了藍色的水晶，你會看到美麗的游魚和多彩的珊瑚。然後你就靜靜地睡在那裡。父親！你要不要來呢？你是不會來的，我知道，你是不會來的！我覺得好寂寞！好寂寞！」

在道格一口氣不停地說著這些的時候，我直視著他的眼睛。他的眼睛那麼大、那麼茫然，如果是藍色的，我就會想正是他所說的那一灣寂靜的海水。但他的眼睛不是藍色的。雖然不是藍色的，卻也遼闊空茫得足以走得進人去。在那裡似乎一切都是死寂的，沒有海水，沒有礁石，只有一片空漠的沙灘籠罩在清冷的月色中。

在我正在發呆的時候，忽聽愛蓮妮叫道：「道格，你怎麼了？」

我也突然看到道格的嘴唇索索地抖動起來。隨即他張開嘴，想要呼喊，但卻沒有喊出聲音來。愛蓮妮憂慮地摟住了道格的肩，被道格猛力推開去。

「我們在演戲，對不對？」道格終於啞聲環視著我們三人道。

「是，我們在演戲！」愛蓮妮接口道：「不過我們演的就是我們自己！」

「我們自己？你眞以爲我們演的是我們自己？」道格挑釁地對愛蓮妮說：「妳知道我是誰？

我是怎麼樣的一個人？」

「你是道格！」愛蓮妮懇切地說。

「可是現在我想的是什麼？我要的是什麼？妳知道嗎？」

愛蓮妮茫然地望著道格。

「我知道你現在想的是什麼，要的是什麼。」麥珂突然插嘴道：「你現在要的是有一個人趴下來舔你的腳趾！」說罷麥珂又呵呵地大笑起來。

道格卻一臉嚴肅地對愛蓮妮道：「不錯！麥珂說的不錯！愛蓮妮，妳說妳愛我，對不對？妳肯不肯趴下來舔我的腳趾？」

愛蓮妮尷尬地望向我和麥珂，最後又把眼光落在道格的臉上道：「道格，你瘋了！」

「我沒瘋！」道格道：「我只是想知道妳肯不肯趴下來舔我的腳趾？我相信如果我父親對我母親這麼說，我母親會毫不猶豫地趴下來舔他的腳趾！」

愛蓮妮紅了臉道：「我可不是你的母親，道格！你別想歪了！」

道格也忽然像麥珂似地呵呵地大笑了起來。一面笑一面斷續地說：「不錯！你不是我的母親！妳只是愛蓮妮！愛蓮妮……」道格依然呵呵笑著，出其不意地從桌上撈起了那把切奶酪的小刀，朝他自己的另一手的掌心猛力戳去。看到鮮血一下子從道格左手的掌心冒了出來，愛蓮妮尖叫了一聲，我們也都楞住了。可是道格卻好整以暇地放下小刀，慢慢地舉起他的左手來，看血液像一條赤練蛇蜿蜒地經過他的手腕向肩臂上流去。幸虧刺得不重，血液流出的不多，馬上也就止了。

「誰要舔去這些血？」道格高舉著左臂，挑戰地環視著我們三人。

愛蓮妮的臉上充滿了憂懼。

「道格，你實在可怕！」麥珂說著站了起來，一伸手抓住了道格的左手掌，伏下身去，從他的手腕開始一寸寸地把蜿蜒的血跡舔舐乾淨。

道格收回了他的左臂，又把一隻腳舉向麥珂道：「喏，這裡還有一滴！」

麥珂毫不遲疑地伏下身舔了去。然後兩人就呵呵地笑作一團。

「眞噁心！」愛蓮妮憤憤地說。但是說完了這句話之後，她也不能自已地跟他們一起笑了起來。我自己也好像受了傳染，不可自止地跟他們一起笑作一團。道格張開一臂摟進了愛蓮妮，麥珂張開一臂摟進了我，於是四個人在笑聲中滾作了一堆。我感到一種從不曾有過的放縱的鬆弛和自墮的歡愉。好像突然間從天空墜落到地面上，被大地的掌心承托了起來。我才意會到我多年以來的生活，都不過是懸在半空的。我感到其他三人所給予我的溫熱，感到我們都是同類的動物，我們誰也不比誰高尙，誰也不比誰低賤，都是同類的、可憐的、心中充滿了各種慾求的動物！

39

又有好幾天沒有麥珂的消息。他沒有打電話來，我也沒有打電話給他。倒是接到了一封我母親的信。打開一看，第一句就是：「聽到妳婚變的消息，我跟妳父親都大吃一驚！」接著又說：

「我們都老了，趕不上時代了，我們不大瞭解你們的想法。妳說妳跟詹之間也沒有什麼大問題，只是意見不同。意見不同是可以調和的。我和妳父親的意見就不盡相同，不是也和和美美地過了大半生？妳們結婚的時候，我本覺得不合適，可是後來見到勞倫森先生，才知道是個彬彬有禮和藹可親的學者，年紀雖說大幾歲，對妳這種倔強成性的脾氣倒可以有所擔待。為人妻室者，諸事俯就一點，什麼大不了的事也就過去了。表面上是女人依靠男人，其實內心裡沒有一個男人不是依賴女人的。做女人的應該懂得這種關係，善為運用……」

看到這裡，闔起信來。「善為運用」這個字眼兒叫我心裡隱隱作痛。難道人與人的關係眞得需要善為運用的嗎？甚至於夫妻之間，也得掩飾起自己眞正的感覺來善為運用的嗎？我知道我母親還要說些什麼。她那種大道理，我不知聽過多少次了。我眞不想再看下去。可是過了一會兒，又忍不住把她的信再打開來。看到最後，不覺大吃一驚：我的母親竟要自己來調解我的婚事！而且說已經寫信命瑛兒先來排解。最後還有我父親的一個附筆說：「聽妳母親的話。她事事都看得清楚，也做得周到。不要任性！切記！父字。」

這是什麼話！我又不是小孩子，我自己的婚事，怎麼能叫他們來任意干涉！他們對我和詹的關係，對我們生活的環境，什麼也不清楚，居然要立刻行動起來！上次瑛哥的婚變，如若不是他們橫加干預，也不會鬧上法庭，也不會弄得瑛哥跟他的前妻仇人似地參商不相見。他們竟然不會在這次經驗裡得到任何教訓，還要來干涉我們的事！我眞後悔早告訴了他們！

我立刻寫了封回信，請求我的母親千萬不要來。我說我自己的事，我自己會解決。並告訴她瑛哥早知道我的事情，而且也已經來過，不要再麻煩他了。

下班後發了這封信，帶著沉重的心情回家。走進住家那條街的時候，遠遠地就看見麥珂坐在門前的臺階上。麥珂今天穿一件黃色運動衫、牛仔褲，腳下拖一雙日式膠拖。

看見我，麥珂站起來說：「瓊，妳可回來了。妳的房東不讓我進去，我只好坐在這裡等妳。」

「是嗎？」我這麼問著，心想也難怪，伍太太並不認識麥珂。我開了門，帶麥珂一逕上樓到我自己的房間裡去。

「你還沒吃飯對不對？」我問他。

麥珂搖了搖頭。

「我自己也沒吃。」我說：「你坐著，我去預備，很簡單，可是保你滿意。」

「妳有什麼喝的？」麥珂問。

「喝的？有啤酒。」我說。

「妳也愛喝啤酒？」

「我自己倒並不多麼愛喝。算你運氣，是前天剛買的，本就是買了預備朋友來喝的。」說著就替他開了一瓶。

麥珂接了啤酒，卻調皮地說：「是不是給我預備的呀？」

「你想你那麼重要嗎，麥珂？」

麥珂聽了我的話，一時呆住了，尷尬地笑了笑，不知如何回答才好。怕他的心裡難堪，我就急忙道：「說實話，想你這兩天也許會來，總要有點酒準備著。你不是說要來看我的嗎？」

「所以我才猜是給我預備的。」

「不管給誰預備的，你就儘管喝吧！」

「喝醉了也沒關係？」

「喝醉了也沒關係！可是爲什麼要喝醉呢？喝酒本來是快樂事，喝醉了反倒難受了！」

「難受？那才不！瓊，妳大概是沒有喝醉過。喝酒的痛快處就是不在乎喝醉。要是老怕喝醉，喝起來才無味呢！」

「我也不是沒喝醉過。」我說：「有一次醉在一個朋友家裡，吐的到處都是！」

「那一定是吃得太多了。」麥珂說：「會喝酒的人就不能貪吃。」

「我本來就不會喝酒，所以才貪吃，才覺得醉了難受。」

「我也不是天天喝酒的。」麥珂說：「妳也不要想我是個酒鬼。我只是愛喝就喝，隨意而已。」

我出出進進地在收拾晚飯，麥珂也走來問我要不要幫忙，其實是因爲他的一瓶啤酒喝光了，趁機會來取第二瓶。

我做的是紅燒蘑菇鷄腿，米飯和涼拌生菜。一個小時也就弄好了，就把書桌當飯桌，一邊放椅子，一邊拖過來那張單人沙發。桌子中間豎立了一隻紅鸚鵡蠟燭。我點燃了蠟燭，熄了電燈。

我在每人面前放了一隻高腳杯，打開了一瓶法國進口的白酒，注滿了兩人的杯子。

麥珂叫道：「呀！還有白酒！又是啤酒，又是白酒，今晚可非醉不可了！」

就在這時，忽然有人來輕輕地叩我的房門。開門一看，竟是我的房東伍太太。

「對不起，勞倫森太太！」伍太太大聲地說：「我不知道妳有客！」

「有什麼事嗎？」我有些不悅地問道。

「沒事！沒事！」伍太太囁嚅著：「我只是看看妳吃晚飯了沒有。對不起呀！」說著就退步轉身下樓去了。

我關了房門，不禁憤然道：「眞討厭！」

麥珂望著我有些驚訝地問：「她叫妳勞倫森太太？」

「不錯！我是勞倫森太太。」我說：「麥珂，你想，像我這種年紀是沒有結過婚的嗎？」

「我不是說那個！我本來想妳的丈夫是中國人的。道格說過，中國的姓都是單音字，跟我們的姓很不同的。」

「麥珂，告訴你吧！我的先生是英國人，我們分居不久。我自己姓汪，我父母在臺灣，有一個哥哥在西雅圖工作。這些個，也許我早該告訴你的。」

「為什麼要告訴我這些？我也沒有告訴你我自己的家事。重要的是我要認識妳，而不是認識妳的前夫或是妳家裡的人！」

「你說的對，麥珂！我有幾次忍不住想問你，你是哪裡人呀？你家裡都有些什麼人呀？你做什麼呀？等等等等。可是後來想想這些個雖然可以幫助我認識你是怎麼樣的一個人，但畢竟不能代替你這個人，是不是？有時候也許反倒先造成許多不必要的成見。不過有一點，我卻想知道：你姓什麼，麥珂？好像聽你說過一次，我卻又忘了。」

「葛斯坦！葛斯坦！」說著麥珂的眼睛忽然閃起光來：「妳不知道這個姓？我的祖父和伯父，兩代都是國會議員。這個姓，在魁北克，甚至於在全加拿大，幾乎是無人不知的。」

「失敬！失敬！」我說。

「算了！」麥珂忽然又頹喪地道：「我父親已經對不起這個姓，我更不行了！」

「為什麼這麼洩氣？麥珂，你還年輕，誰知道你不會做出一番事業來？」

麥珂低下頭去，過了半晌才抬起頭說：「瓊，妳說這話是什麼意思？妳知道我不是那種人！」

「哪種人？」

「那種拚命往上爬、朝前竄的人！那種只為成功不顧一切的人！那種把金錢名位看成人生唯一目的的人！那種不懂青春之美而企圖長壽不死的人！那種……」

「麥珂！麥珂！」我打斷了他的話：「我知道你只要活二十歲，保持你永遠的青春；什麼事只要做一半絕不完成，表示你對這個不完滿的世界的抗議。但是這是不是只是一種美妙的藉口？問題是你不想工作！」

「不想工作？」麥珂冷笑幾聲道：「不想工作？瓊，妳知道得很清楚，現在失業的人成千累萬，哪裡是都不想工作？而是社會上的工作機會越來越少。我們的科技越發達，我們就可以製造出越精美越有效的機器來。我自己是管過電腦的，我知道，不僅手做的工作可以用機器來代替，腦力的工作也越來越容易用機器來代替了。可是我們人呢？一天天被工廠被雇主解雇下來，成了無所事事的游民。雷查說：現在這個社會的職業分類已經操縱在大企業家的手裡，甚至於連失業的人口比率也不出他們的掌握。他們寧願把雙倍的薪水給一個人，也不肯把同一個薪水一分爲二，多雇幾個人手。爲什麼？只因爲他們要保持所謂的水準，包括科技精進的水準和生活質量的水準。如果社會上的財富完全平均了，就不再有任何水準可言。這能怪我不想工作嗎？社會上根本沒有足夠的工作機會給每一個人！」

「可是眞正想工作的人，總可以找到工作。」我說：「我們可以自問：失業的固然有，但也不過人口的百分之十。爲什麼失業的就一定是我，而不是別人？」

「不管失業的比率有多少，總有一部分人是沒有工作的。爲什麼我們不能自問：失業的一定就該是別人，而不是我？」

「麥珂！可是我聽說有許多人是挑三揀四，情願拿失業保險，也不願做比較勞苦單調的工作。要是什麼都可以做的話，工作還是有的。」

「什麼都做？爲什麼我就該什麼都做？瓊，妳在加拿大也有不少年了，妳該知道加拿大社會的階級是多麼嚴明！英語系的移民是一級，法語系的又是一級，德意的是另一級，東歐的移民又下一級，你們東方來的跟當地的印地安人是最後一級。妳以爲這是合理的嗎？我們魁北克人鬧獨立不是沒有原因的。這樣的階級劃分，雷查說正是大企業家的一種陰謀。這般人不但企圖維持種族的界限，而且企圖把社會上一部分人擠入某些職業行當，以便重新建立起一種階級分明的社會，以利他們的控制。我才不去上這種當呢！」

「你說的雷查是誰？」想到朱娣的朋友雷查，我不禁好奇地問道。

「當然是雷查‧莫登！妳也認識的。他說他跟妳很熟。」

「噢，你說的原來是他。怪不得一來就是這麼一片大道理！跟我很熟談不到，他倒是我的一位很熟的朋友的很熟的朋友。」

「雷查也是一樣，他寧願拿了失業保險到海邊上去晒太陽，也不會什麼樣的工作都去做！人應該按照自己的方式生活，而不應事事由人支配。妳說對不對？」

「我能說什麼？年紀大的老是告訴我們：應該服務社會，服務人群，犧牲小我，完成大我。」

「說這種話的人是最虛僞的騙子！」麥珂憤憤然地說：「沒有小我，哪來大我？我們就是社會，我們就是人群。說這種話的人爲什麼自己不來爲我們服務，反叫我們去服務他們？Merde！這都是上了年紀的人幹出來的鳥事！我知道要是我自個也長了一大把年紀，我自然也會變成這一類的人。那才是天下最可怕的事呢！」

我把最後的一杯白酒倒給了麥珂。他舉起來說：「青春萬歲！自由萬歲！快樂萬歲！讓我們各人照各人的方式去生活吧！等我們生活厭了的時候……」

「怎麼樣？」

「布登！往海裡一跳，豈不乾淨！」

40

這晚麥珂還是喝醉了，就睡在我這裡。兩人擠在一張單人床上，我也不要求什麼，他也不要求什麼。然而麥珂不是個粗暴的人，我自己相信自己也是一個溫柔的人。我喜歡麥珂的手撫過我的身體，我喜歡他的唇輕輕地吻在我的唇上，只是輕輕地，從來沒有狂熱的激情。他也喜歡我對他的愛撫。我可以把手掌輕微而緩慢地撫過他身上的每一部分。有時候我的愛撫也會使他衝動起來，他就把身體伏在床上，等待他亢奮的情緒慢慢地消沉下去。我並不問他原因，他也並不解釋。在我們中間好像有一種默契，誰也不要求不期待對方做自己不曾主動地做過的事情。

第二天，因爲我昨晚也喝多了酒，又因爲睡得過遲，早上沒有聽到鬧鐘的聲音，上班遲到了一個多小時。阮主任非常不快，拉下長臉對我說：最近妳不是請假就是遲到，這樣工作是不成的。我也知道自己理虧，趕緊道歉，阮主任才沒有再說什麼。可是到了中午，艾梅特意約我一塊兒午餐。到了餐廳，各自買好了食物，艾梅就開門見山地說：「瓊，我姑媽要趕妳搬家！」

「趕我搬家？爲什麼？」

「她說妳隨便帶男朋友回去睡覺，她看不慣！」

「她租給我的是房間？難道也要管我的私人生活？」

「妳不知道他們上了年紀的人，有他們的看法，跟他們有理也說不清。」艾梅抱歉地說：「我看妳還是另外找間比較方便的房子吧！」

「眞是豈有此理！」我憤憤地說：「當時我並不是另外找不到房子，全是因爲妳的關係，才住在她家裡。妳並沒有告訴我，妳的姑媽這麼老道學，愛管別人的閒事！」

「我也覺得很不好意思。」艾梅意味深長地說：「可是我也沒料到妳剛跟妳先生分居，馬上就又有了男朋友。妳也並沒有告訴我這種可能，對不對呀？」

「這還用告訴嗎？」我更加憤懣地說：「我跟我先生分居，並不是預備去做尼姑的！」

「好好！算妳有理！我們不要爲這個傷了兩人的和氣吧！現在的問題是我姑媽這個人頑固得很，她看不慣的事，誰也改變不了她的主意。妳住下去也沒有意思。要是妳的男朋友來了，叫她搶白兩句，反爲不美。妳說是不是？」

聽艾梅說的也有理，只好趕緊找房子搬家。幸好第二天我就在城中英吉利海灣附近找到了一間地下室。雖然價錢貴了一些，離大學遠了些，可是比原來的房間寬大，而且有個小廚房和浴室，還有半舊的傢具，又是公寓式的，上下左右都是房客，各人有各人的自由，沒有房東來干擾的麻煩。這是第一次租房時沒有想到的問題，因爲那時候我也不曾料到自己會有些什麼遭遇。

麥珂幫我忙搬到新居去。我們大大地慶祝了一番。這一晚我們到「熱帶花園」去跳舞到深夜一點才回家。現在我們用不著坐車，只要慢慢地走回去就成了。在經過丹蒙街口的時候，麥珂忽然想到海邊去走一走。

「可是我明天上班，又要遲到了可不是玩兒的！」我說。

「只要稍走走就回家行不行？十分鐘，就十分鐘！明天是我的生日！」

「明天是你的生日？」

「可不是？我就要二十歲了，就要老掉了！」

「胡說什麼！要是二十歲就老掉，我早就該死了！可是我現在覺得自己還年輕得很呢！我還有好多事沒有看過、聽過、經驗過，還有好多事情需要學的。」

麥珂扭過頭來調侃地望著我，用肩撞了我一下道：「妳是妳，我是我呀！」

「麥珂，」我說：「你眞可算個怪人。在我認識的朋友中，數你最怪了。」

「我怪嗎？那是因爲妳們都太平常的緣故。平常的人啊！妳們只會跟人學樣兒，卻創造不出個自己的樣子來。」

「你又創出什麼自己的樣子了？我倒要問你。」

「教你覺得怪的樣子就是我自己的樣子了。」

「你六月生，巨蟹座的，怪不得這麼怪！」

「巨蟹座的就怪嗎？妳什麼星座，瓊？」

「天秤！」

「天秤？」麥珂瞪大了眼睛望著我：「眞的是天秤？跟史提夫一樣！難怪咱們這麼投機。巨蟹只有跟天秤合得來。我們這種星座的人，注定了是風中柳，浮蕩不定，只有找一隻天秤來穩定穩定。」

我們正好走到一盞路燈下，我就說：「伸出你的手來，麥珂！不是右手！是左手！」

「妳會看手相？」

「會一點兒！」我剛舉起麥珂的手來，不禁吃了一驚，他的生命線短得驚人，等於一開始就齊齊地折斷了。按照手相的原理，能活到二十歲已是奇蹟。我並不十分相信這種手紋相法，麥珂還不是活得好好的。

「怎麼樣？命不長，對不對？」麥珂不在乎地問道。

「哪裡！哪裡！活到四十歲沒有問題！」我說。

「四十歲？天哪！我絕對不要活那麼久。四十歲以上的人太可怕了！」

「爲什麼？」

「爲什麼？人一過四十歲，就明顯地知道自己往老裡走了。往老裡走也就是一步步地走向死亡。在你明知道你給判了死刑的時候，你還有什麼盼望？你心中充滿了什麼？沮喪、悲哀、嫉妒。年長的人在死亡的威脅下對年輕人嫉妒得要死。他們除了想盡了辦法來折磨年輕人以外，再也沒有別的出氣的法子。老子折磨兒子，老師折磨學生，全是出於這種心理。瓊，你聽我說：我曾經有一個老師，他時常把我叫到他的辦公室跟我個別談話。他說他關心我，希望幫助我。他又說我不是一個好學生，不是一個好孩子，沒有出息，沒有前途。我不能說他的話有什麼不對，我是做了些不怎麼討人喜歡的事。可是我每次面對著他，我就發現他眼中燃燒著一種嫉妒的光芒。他使我覺得他一面詛咒我，一面卻暗暗地羨慕著我。不管我多麼惡劣，可是憑了我的年紀，我就高他一等。他實在是恨不得可以跟我易地相處；然而這卻不能！他的臉已經皺了，髮已經半白了，牙齒烏黃了，嘴唇青紫了，他早已失去了生命的血色，沒有一點值得叫人羨慕之處。我想像他也該有過一段青春的光陰的，而竟變得如此醜陋！有一次他笑著把他的手放在我手上，我急忙抽回了我的手。也許他覺得失了面子，他的眼光充滿了憤怒。由憤怒而悲哀，由悲哀而嘲弄，由嘲弄而艷羨，他凝定的眼光直直地射入我的眼中，好像用眼光來吸吮我的生命。他叫我害怕。不但害怕他這麼一個人，也害怕有一天我也會變成他那種樣子，變成一種貪婪嫉恨的人，在衰老的威脅下，恨不得把比他年輕的一個個掐死在他的手裡！於是這般年老的人發明了教育，創造了學校，無非是把年輕人關進牢籠裡，使年輕的一代在無聊的追索中消磨了他們寶貴的青春。我一想到他那種綠燐般的眼光、他那種乾澀的笑聲，我的心就要緊縮起來。如我一個人裡裡外外到了這種光景，還有什麼生存的意義？瓊！妳說，妳說是不是？」

他的聲音因激動而顫抖起來。我沒有什麼可說的。這時我們站在海邊。穹窿是無月的星空，海水一片漆黑，只有西岸灑著一片零落的燈火。往東望去，便是那一連幾座大橋，橋上整齊的燈柱一排排明顯地映在海水中，分不清何者是幻，何者是眞。

麥珂望著那邊的橋影楞了一會兒，自語似地說：「有幾次我走在百樂大橋上，我就想，只要我爬過橋欄杆……」

我打了個寒顫，好像有一滴冰水滴在了我的脊椎骨上。我忽然覺得麥珂好陌生。我幾乎有一種衝動背轉身揚長而去。

麥珂好像感覺到我不安的神色。他拉起我的手來。我感到他的手指冰樣的涼。他站在我的面前，他的身體差不多碰到我的身體。我感到他的呼吸，在朦朧中也看出他的面龐，特別是閃著一點兒燐光的兩顆瑩瑩的眼睛。像兩點寒霜，拒人於千里之外。隱隱地我好像感覺到另一個我所尚不認識的麥珂顯現出來，在他的青春的美貌與天眞中似乎包容著一種蒼敗的衰老，一種尙未盛開就已頹謝的徵候，這種對麥珂突然發生而以前從未曾觸及過的感覺，使我產生一種隱忍不下的恐懼。然而同時我又倔強地掙扎著，企圖從這種恐懼中脫身而出。我幾乎想使出全身的力量去擁抱他，強制我自己去感覺我多麼需要他的身體，需要他這個人。這兩種相反的力量在我的身體內互相推拒。

他鬆開了我的手，卻抬起他的手來用他冰冷的指撫摩著我的面頰，由上而下，再由下而上。

「別怕！別怕！瓊！」他輕聲說：「就是有一天我從百樂橋上縱身而下，那也沒有什麼可怕的，因爲我只是從一個世界進入另一個世界。那個世界裡沒有衰老、疾病、貧窮、痛苦，沒有虛僞、欺詐、背叛、兇殘，也再沒有死亡。那裡有的只是永遠的愛心、永恆的青春、永久的和平！每個人都有按著自己的性兒生活的自由。沒有父母要你做這做那，沒有老師打你的分數，道你的短長，沒有一個社會的集體強制你工作或是乾脆不給你工作。妳看看，就在那裡！」他轉臉指向東方：「就在那橋下的燈影裡，就在那橋下的水光中，是一片黑暗的柔情、一片黑暗的和平、一個可以永遠安息的所在。」他忽然又轉回頭來直視我的眼睛說：「或是這裡，在妳這黑暗而空洞的大眼裡，也是一個安身的地方。瓊！妳可知道妳的眼睛有多麼空闊？空闊得好像一片望不見頭望不見邊的沙灘、一片冷靜的沙灘、一片寂寞的沙灘、一片空無一物的沙灘。我多麼想跳進去！」

我打了一個冷顫。

廖敏雄一手搭在我的肩上，在樹葉篩過的月色中凝視著我。

他的臉愈逼愈近，他的鼻息嗖嗖地吹在我的臉上。有些汗味兒，卻是種誘人的汗味兒。

可是突然間我看見了我母親坐在明淨的窗前的側影。玉色無瑕的額上漆黑的髮髻梳理得紋絲不亂。她的染著鮮麗的蔻丹的玉蔥似的纖指，正顫巍巍地端起一個雨過天青的細瓷茶碗，舉到唇邊。

我無助地躺在糞便中，我知道我裹在下身的尿布已充滿了糞便。稀薄的糞便從尿布裡滲出來，沾在我的背上、我的手肘上、我的腹上、我的胸上，到處都是。可是我竟哭不出聲來，我只呆望著我那潔淨無瑕的母親的側影。

我猛然間推開了那張俯壓過來的方臉，廖敏雄喘著氣傻楞楞地望著我。

我卻屏住了氣，我像又走在那條長廊裡，耳中充滿兒童的嬉笑聲，鈴鐺咯啷咯啷地搖著，我屏住氣，慢慢地叉著步，以免我的糞便從褲腳裡流洩下來。

「小琳，這裡來！」吳阿姨過來拉我的手。

我屏住氣，微微地仰起臉來，就看見吳阿姨潔白的臉和她梳得紋絲不亂的髮髻。

「小琳！打過鈴就要到教室裡來。」

我屏住氣，不敢舉步。

「小琳！妳是怎麼啦？」吳阿姨用力一帶，我就好似在那條長廊裡飛了起來。

我哇地一聲哭出來，糞便順著我的兩腿淋淋漓漓灑在長廊裡方形的潔淨的紅磚地上。

「汪佩琳！妳倒是怎麼了？」廖敏雄不耐地說。

「你走好不好？你走好不好？讓我一個人在這裡。」

廖敏雄猶豫著。

「我叫你走！」我幾乎是怒聲地說。

「爲什麼？」

「不爲什麼！你要不走，我就走！」我猛然站起身來。

廖敏雄遲疑地後退了幾步，又後退了幾步，終於回轉身去。走了幾步，又回過頭來，那卻不是廖敏雄，而是瑛哥。他嘲訕地說：「跟上來呀！跟上來呀！妳這個小女生，眞是沒用的！」

我呆立在那裡，一動也不動。

瑛哥就哈哈地笑起來，獨自朝前走去。他終於消失在朦朧的月色中，可是他的笑聲仍然殘留在樹叢間，發著金屬般鏗鏘的餘響。

這餘響就如水波般地向四周擴展。睜開眼就是星光點點的穹窿。麥珂冰冷的指殘留在我的頰上，麥珂冰冷的唇殘留在我的唇上。

「該回去了！」我屈身坐起，麥珂也屈身坐起。我們拍拍身上的沙土。

「該回去了！」我又說：「明天是你的生日，我們該怎麼慶祝呢？」

「慶祝？」麥珂笑著說：「妳是第三個人說要來慶祝的了。史提夫說是要慶祝的，道格也說要慶祝的。」

「那就大家一起來慶祝好了！」

「不行！」麥珂正色道：「史提夫跟道格是不能在一起的，他們誰也不喜歡誰。」

「那怎麼辦？」

「不怎麼辦！我是不要慶祝什麼的。人又老了一歲，已經夠悲哀的了，還要慶祝什麼！」

「也許正是爲了消解這種悲哀的情緒，人們才來慶祝生辰的。」

「這是別人的事！我是不要慶祝什麼生辰的。也許我要跟史提夫過一日。他要是一定要出去大吃一頓，我就跟他去。好久沒有跟史提夫在一起了！」

「史提夫是誰？」我不禁又衝口而出。

「一個朋友！我早就告訴過妳！」麥珂不耐煩地說。

我知道自己又失言了，就閉口不語。走了兩步，麥珂忽然轉過臉來，在我的頰上吻了一下說：

「再見！瓊！」

「再見？」我頗感意外地說：「你要到哪裡去？」

「回家！」

「回家？你是說到史提夫那裡去？」

「不錯！到史提夫那裡去！到史提夫那裡去！」他粗聲嘎氣地說著，頭也不回地揚長而去。

41

下班以後，先到電話公司申請接通電話，又到葛蘭維大街的百貨公司想替麥珂買件禮物。麥珂雖然不要慶祝他的生日，也許應該買點東西送他。買什麼好呢？心中沒有主意。一連走了兩家公司，在男裝部、唱片部都折騰了不少時間，並沒有找到適合的東西。後來忽然想到麥珂佩帶的小銀佛來，也許送他一件飾物，他會高興的。於是轉到首飾部，看了好半天，都沒看到適合男人帶的。後來找到一家專賣首飾的商店，進去一看，貨品是比百貨公司的首飾部多了些。我看見本地產的翠製品竟有中國式的，價錢也並不太貴。又想到麥珂金色的耳墜，在翡翠中間嵌一個小小金字的項飾，也許跟他的耳墜可以相配。我請店員拿了幾個出來。一種嵌的是壽字，對麥珂沒有意思。一種嵌的是祿字，我放下了。另一種嵌的是愛字，我躊躇了一下，還是擱在一邊。剩下的只有福字和喜字了。這兩個字都不錯，我卻不知道選那一個好。後來想想麥珂既不會喜歡壽和祿，福字對他大概也沒有什麼意思，只有喜字還過得去。於是就買了一個翡翠鑲金的喜字，用去了我一個星期的薪水。叫店員包好，好像完成了一件大事，帶著凱旋的心情回家。

然而麥珂並沒有來。我也原料到他不會來的。今天是他的生日，也許史提夫請他出去吃晚飯了。

第二天正在上班的時候，阮主任忽然來叫我接電話。我拿起聽筒一聽，卻是個陌生的女聲，問我是不是瓊·勞倫森。我說是。對方說：「我們這裡是中央醫院。」我嚇了一跳，誰會住到醫院裡去？對方接著說：「這裡有一個病人，說是你的朋友。」

「誰？叫什麼名字？」我急迫地問道。

「麥珂·葛斯坦。」

「麥珂？是什麼病？」

對方急促地說：「妳還是自己來一下吧！妳來了就知道了。我們會客的時間是下午二至四時。」

我放下聽筒，愣了一下。麥珂前天還好好的，怎麼忽然生病了？還是發生了什麼意外？我轉身對阮主任道：「對不起！我下午能不能請兩小時假？」

一聽我的話，阮主任的臉立刻就放了下來道：「瓊，妳最近可眞請了不少假啊！」

「一個朋友忽然住進醫院裡，我一定得去看看發生了什麼事。」

阮主任沒有做聲。

「行不行啊？」我懇求地道：「這個朋友這裡沒有親人，說什麼我也得去一下。」

「妳去就是了，還有什麼行不行的！」阮主任板板地說。

我請准了假，好歹熬到了一點多，坐車去醫院。先到掛號處查到了麥珂的病房號碼，是在四樓，就匆匆地乘電梯上去。那是一間四人的病房。我一眼就看見了麥珂，因爲別的病人都有家人在談話，只有麥珂的床前是空著的。

麥珂的臉上青了一塊，但精神很好。他看見我就高興地笑起來，叫我坐在他的床邊。

「你怎麼了？」我問道。

「撞了車，昨天！不如說是叫車撞了。」

「撞了車？」我有些吃驚地說：「傷的重不重？」

他用左手掀開被單，給我看他的右腿，有些紅腫，膝蓋附近裹著紗布。他說有個傷口，已經縫合了。他又指著右臂說：「這條臂的骨頭裂了條縫，今天下午或明天就要裝石膏。」

「怎麼撞成這樣？是坐車撞的？還是走路撞的？」

「別提了！跟史提夫吵了嘴，自己跑出去喝多了點，過馬路不小心，叫輛公共汽車給撞了下。本來想活到二十歲正好，沒想到又活過來了！」麥珂笑了，露出他那裂著條大縫的門牙。一面笑著，麥珂用他的左手抓起我的手來在唇上吻了一下，又說：「瓊，謝謝妳來看我！」

我忍不住俯下身吻在他臉上的那塊青傷上，然後又吻在他的唇上。他用左手摟住我的頸，我伏在他肩上，心中有種按捺不住的感動。如果他昨日撞死了，今天在這個世界上便不會再有麥珂了，永遠不會再有麥珂了。以後我可以再遇見其他的人，但不再是麥珂。我忽然想到麥珂自己說過的那句話：「這個世界上只有一個麥珂，唯一的麥珂！」不錯！再也不會有第二個戴著金色耳墜，一笑就露出門牙上一條大縫的麥珂了。

麥珂歪過頭來連聲問道：「妳哭了嗎，妳哭了嗎？」

「沒什麼！」我掩飾地背過臉去，在皮包裡摸出一張紙巾來，拭去了臉上的淚。就在這時，一位護士走進房來，一直走到我的面前問道：「妳就是瓊‧勞倫森嗎？」

「是！」我說。

「傅林大夫想跟妳說幾句話。」

「啊？」我有些不解地問。

「傅林大大夫想見見妳。」

我看了一眼麥珂，他欲言又止，最後才說：「瓊，妳去看看吧！」

我站起身來說：「麥珂，好好休息，見了大夫要是時間還早，我就再過來。」

「別擔心，瓊！」麥珂坦然地說：「妳看我傷的一點也不重，最多住一兩天就可以出去了。」

我告別了麥珂，就跟著護士穿過了長廊，到了一間醫生專用辦公室的門前，玻璃門關著，護士敲了兩下，沒等回答就把門推開了。她推開門讓我進去，自己並沒有跟進去，就隨手把門從外面又帶上了。

這是一間很小的辦公室，只有一桌兩椅和一個資料櫃，桌上倒是擺了一盆闊葉的植物，用一條粗樹枝支柱著，長得非常茂盛。

我一進門，傅林醫生就從桌後站了起來。他穿著大夫的白色罩袍，領間卻打了一條極鮮艷的領帶。看來五十來歲，兩鬢的髮已半白了，可是臉上仍然很紅潤。他一見我，就滿臉堆笑地從桌上伸過手來，笑著說：「我是史提夫！」

我不覺一楞，囁嚅地說：「史提夫？你說你是史提夫！」想到了麥珂的朋友，想到了他們房子的裝飾，似乎不應該是這麼大年紀的一個人。

「不錯！麥珂一定跟妳談到過我。」

「你是說：你就是麥珂的朋友，那位史提夫？」

「不錯！」他仍然笑著說：「瓊，妳大概不認識我了，我們見過面的。還記得吧？妳跟詹去東京的時候，我們坐同一架飛機去的。我們一同看過表演。回來以後，我們還一起吃過一次飯。」

我把史提夫仔細端詳了一下，是有些面善。可是去東京同飛機的有好幾個詹的熟人，回來又跟很多人吃過飯，我已經記不太清楚了。

「請坐！請坐！」史提夫指著桌前的那把椅子說。他自己也同時坐了下來，繼續道：「聽我說，瓊！我一聽到麥珂談起妳的模樣，同時又聽說妳跟詹分居不久，我就想到一定是妳。妳打過一次電話，我聽到妳的聲音以後，雖不敢十分確定，但覺得我猜想的八成不錯。妳看，我完全猜對了，是不是？我完全猜對了！」說著不必要地哈哈地笑了起來。使我覺得莫名其妙。他笑完了，望著我，用中指的指甲輕輕地叩著桌面，好像在等我說話。

「你想見我，就是爲了證明你沒有猜錯？」我問道。

「不！不！自然不是爲了這個！」他搖著頭急切地說：「妳知道麥珂昨天爲什麼撞了車？」

「我想大概是喝多了酒。」我說，遂又補充道：「至少他是這麼告訴我的。」

「這是一樁。但不只是因爲喝多了酒，還……」史提夫說著指了指他的腦袋。

我不解地瞪著他。

他又指了指他的腦袋。

「你的意思是說……」我遲疑地道：「麥珂這裡，這裡，」我指了指我自己的頭：「這裡有什麼不對嗎？」

史提夫又笑了起來，搖頭道：「誰又敢保證自己這裡完全沒問題，在這個世界上？我的意思是說麥珂有個奇怪的念頭。」

「奇怪的念頭？」

「嗯，不錯！奇怪的念頭！他怕老！他怕老了以後所帶來的種種問題。妳知道，誰又願意老呢？在我們這種一切以年輕至上的文化中。老的徵象的確可畏。老等於醜陋，等於無用，也等於爲世人所棄的垃圾！人一老，在世人的眼裡就成了一個可厭的失去了性吸引力的傢伙，是一個自私陰沉嫉妒暴戾的怪物！除了等死以外，似乎沒有別的價值了。在這種情形之下，誰不怕老呢？這是世人的通病，原不足爲奇，但特別的是麥珂，他把二十歲以上的人都看成老人了。在麥珂的眼裡，不但我是老人，連妳，瓊，也是老人了。」說著史提夫又呵呵地笑起來。不等我接口，他又道：「但妳不同，瓊！麥珂說妳還是屬於二十歲以內的。憑這句話，妳就知道妳在他眼中的分量了。請聽我說完。昨天是麥珂的生日，也就是說他自己也滿了二十歲。妳看，就在那一天出了車禍，妳說巧不巧？」

「你的意思是說，可能不是意外？」

「我只是根據肇事的司機的報告推想，我並沒有什麼證據。」

「如果像你所說，爲什麼他傷的並不重？」

「那是……那是……」史提夫猶豫著，終於一字一字地道：「那是因爲他臨時又改變了主意。」

「改變了主意？怎麼改變了主意？」

「又不想死了啊！司機說他自己衝到街心又滾了開去。」

「爲什麼？」

「誰知道爲什麼！也許他想到了一個人。」

「想到了一個人？」

「嗯，這也是我的猜想。我想他想到的這個人至少是跟妳有些關係的。」

「你是說……我？」

「妳？也許是妳，也許不是妳，但很可能就是爲了妳，才沒有發生嚴重的後果！」

我低頭，不知如何接口才好。

「瓊，問題還不止此。麥珂傷得並不重，我今天下午就可以給他裝好石膏。像他這種年紀，兩個星期足可以痊癒了。他這種情形，並不需住在醫院裡，石膏一裝好，就可以立刻出院。」

「你是說他今天就可以出院？」

「不錯！今天還是明天都可以。像他這種輕傷，何苦佔一個病床呢！但是雖說輕傷，頭幾天總也需要一個人照顧照顧。」

「我明白了。你想這幾天，我也許可以照顧他，對不對？」

「也許不只是幾天！麥珂需要一個人照顧的，不是妳，就是我。但我想現在妳比我更合適。妳知道，麥珂跟我在一起已經一年了。我已經做了一年的父親，現在我覺得麥珂也許更需要一個母親。」

「母親？你要我做麥珂的母親？」

「我不是這個意思，瓊！妳千萬別誤會！」史提夫一臉歉意地說：「在某種情形下，朋友也好，夫妻也好，仍不過是一種變相的父母子女的關係的延續。如果你們彼此適應得好，妳做他的母親，他也可以做妳的父親，這樣你們彼此都可以得到好處。」

「哼！」我冷笑了一聲道：「我並不需要一個父親！你知道我跟詹分手的一個原因，就因爲我覺得詹太像一個父親。」

「我知道！我怎麼能不知道呢！」史提夫頹然地說：「歲月是不饒人的。我們這些人眞地已經往老境裡走了。不管多麼不服輸，也是不中用的。歲月畢竟是不饒人的！」

他忽然抬起頭來盯視著我道：「對不起，瓊！讓我問妳一個冒昧的問題。妳要是不說，就不必回答。」

「什麼問題。」我不安地問。

「妳多大年紀？」

「哦！」我鬆了一口氣，爽然地道：「二十六！」

「二十六！二十六！」史提夫喃喃地自語著：「好叫人羨慕的年紀！我自己二十六歲的時候做了些什麼？那時候我還在英國，剛剛唸完醫學院，在倫敦市立醫院幹實習醫生。爲了成名，爲了賺錢，爲了奠立好事業的基礎，晝夜地忙，眞是晝夜地忙。二十多歲的年輕的時光，就這麼在實驗室、在病床間、在藥物堆裡送掉了。到你發現你原來並沒有眞正生活過的時候，你鬢上已經生了白髮，一切都已經太遲了！妳們是遠比我們聰明的一代，妳們到底更知道怎麼利用你們的生命！我第一次碰見麥珂的時候，就有這種感覺。麥珂是另外一個我自己，是一個我不敢想也不敢做的一個人！我也可以成爲一個麥珂，可是我沒有。我也並不後悔。可憐的是我們只能一世爲人，完成了一種，就無法成爲另一種，我們只好安於我們既已塑成的這個模子裡。麥珂是個拒絕被塑入模型的人，妳知道嗎？也許他的拒絕，使他墜入另一種模型，但這種模型總是在有意的塑造之外。他有更多自主的能力，更強韌不屈，雖然表面上看來他比誰都軟弱無力，比誰都需要別人的照拂與憐惜。麥珂跟我的關係妳是一定知道的了？」

我剛想說我並不知道什麼，史提夫卻不容我插言滔滔地接下去說道：「妳知道我第一次遇到麥珂的時候，他是種什麼樣子？他跟他的朋友道格拉斯・李都深陷在毒品中，到了不能自拔的地步。那時候因爲沒有家長出面，連醫院都不肯收留。我幫他們戒了毒。他們卻不覺得有什麼重要。現在說起來，他們可以一笑置之。他們好像對生命看得不像我們重要，他們似乎覺得活著的時候就盡情地活著，完了也就完了，並不像我們那麼掙扎奮鬥努力求存。」他停了一下，腮上的肌肉在緊張地顫動著。他用手使力地在臉上拂了一把，繼續道：「這並不是說他們對人生有什麼深刻的思考。不過！他們實在太年輕，太缺乏經驗，對人生所知有限，然而他們卻似乎有一種強烈的自覺，使他們盡力從種種文化、社會、家庭的壓力下逃脫出來。他們有種不可征服的固執，似乎對我們說：『放開我們！放開我們！你們做什麼，追求什麼，我們不管，只求你們放開我們，讓我們按照我們的方式生活。要是你們一定不肯，就拿我們的命去吧！我們並不在乎！我們絕不改變我們的生活方式！我們就要這麼活！』你看，麥珂就是這樣的一個人。這一年中，他使我學到了許多，學到了如何去接受一個與我的性格、思想、看法那麼不同的一個人。可是我們實在太不同了！我並不想去改變他，但我也不能改變我自己。我現在覺得好累！好累！」說著，他臉上的筋肉慢慢地鬆落下來。這一瞬間，我忽覺他顯得非常衰老，竟像一個六十以上的老人。「我不能不承認我的年紀已經不適合有麥珂這樣的一個朋友。我一直想自己還年輕，我的朋友都比我年輕得多，在他們中間我可以忘了自己的年紀。我的身體一直很好，精力充沛，思想開放，絕不肯落在時代的後頭，這也就是爲什麼我有許多比我年輕得多的朋友。我一直假想我跟他們一樣年輕。他們也沒有對我另眼相看。直到昨天，昨天麥珂把我叫做『髒老頭子』的時候……『一個髒老頭子』！哈哈哈哈！」史提夫縱聲大笑，有幾滴眼淚跟著從眼睛裡迸了出來。「一個髒老頭子！」他喃喃地說：「這就是他對我說的話！這就是他直對我的面前叫出來的話！別人說這種話我不會多麼在意，可是在麥珂口中那意思就不同了。我早就知道一個髒老頭子在他的心目中是多麼的可憎可恨！現在我在他眼中是種什麼地位，也就可想而知了。當時我的確又氣又恨。『一個髒老頭子』！這就是他對我的報答！我把門敞開，厲聲喊道：『滾出去！你給我滾出去！』他像一陣風似地竄了出去，頭也不回。到我冷靜下來的時候，第一件事就是抓起一面鏡子，我看到了我的灰白的髮，我看到了我臉上的皺紋。麥珂並沒有說錯，我已是一個髒老頭子！我必須面對這一個事實，也必須接受這一個事實。我必須退後一步，把地位讓出來，這個世界已不再是我的。我已經活過了，不管我有沒有好好地利用我的生命和時間，我總算已經活過了五十多年的光陰，早該把位子讓給年輕的你們。你們更有權力享用這個世界，享用一切。這才算公平，對不對？上了年紀的人，不能因爲把持了更大的權力，就可爲所欲爲，也得替年輕的一代想一想，是吧？」不等我接口，他又繼續道：「瓊，妳一定很奇怪，我爲什麼對妳說這些個。說實話，我自己事先也沒料到會對妳說這些話。本來我的意思是乾乾脆脆地告訴妳：『妳贏了，瓊！麥珂現在是妳的朋友。我和他的關係到此爲止！』可是現在突然之間，我似乎看明白了一件事情：人與人的關係都有一個限度，特別是時間的限度。到了那一個限度，便人緣已盡，諸事已了了，是勉強不來的。我現在在眞正的感覺是從我的背上卸下了一種重負。妳想，如果麥珂使我覺得成爲一種負擔的時候，這種關係還有什麼意思？」說著他停下來楞楞地望著我。我也楞楞地望著他。這麼過了一會兒，他搖搖頭站了起來。我也跟著站了起來。

「瓊，謝謝妳的耐心！」他又伸出手來，緊緊地握了下我的手。眨眨眼睛，他的嘴唇雖然抖動著，卻勉力擠出一種似乎不在乎的輕鬆的笑容道：「不過，小心哪，瓊！麥珂是很會利用人的。但這並不是說我抱怨被人利用過。不是！一點都不是！在這個世界上沒有人是平白爲人利用的。如果心甘情願地爲人利用，也就不算是什麼利用了。妳說對不對？」

42

我不太明白史提夫跟我說這番話的用意何在。也許他想使我知道了他和麥珂的關係、知道了麥珂是怎樣的一個人，因而卻步。也許他只是找一個人發洩心中的積鬱，而我正是他認爲的一個適合的對象。如果是前者，他並沒有達到他的目的，他的話毫不出我的意外，我自不會因此而吃驚，自然也不會因此而卻步。對麥珂，我只用我自己的眼睛、我自己的心、我自己的感覺，我用不著通過別人的看法和意見來批判一個人。在加拿大這種環境中，每個人都是一個孤立的個體，雖然缺少人與人之間的關切，可也沒有人輕易地批評你、干預你的行爲，因此一個人輕易地就學會了如何依賴自己的判斷力，如何爲自己的行爲負起責任來。如果麥珂願意跟我來呢，我覺得沒有什麼不便；如果麥珂不願意跟我來呢，我也不會因此而沮喪。我很難分析我對麥珂的感情，在友誼中摻雜著超友誼的成分。但若說是愛情，那又未必。麥珂甚至於還沒有喚起我對廖敏雄所懷抱的那種激情。對廖敏雄我都可以一刀斬斷，何況是麥珂！

打史提夫那裡出來，我又匆匆地經過麥珂的病房，把史提夫說他可以馬上出院的話告訴他。其實他自己早就知道了。我故意問他道：「出院以後，是不是回到史提夫那裡去？」

「不！」他立刻答道：「我可以先在道格和愛蓮妮那裡住幾日。」

「其實你也可以先住在我那裡。」我說。

「眞的？」他驚喜地睜大了眼睛說：「妳不嫌不便嗎？」

「就是我一個人，沒有什麼不便！」

「那太好了，瓊！我也並不願意住在道格那裡。」他似乎鬆了一口氣，臉上又露出那種童稚的笑容。

我們約好第二天我下班後來接他。

第二天我到的時候，麥珂已經收拾好等在那裡。右臂也已經裝好石膏掛在脖子上，另外還有一枝嶄新的木柺。麥珂說他大概還可以得到保險公司的一筆賠償費。我們走的時候，史提夫沒有出現，只有一個護士讓麥珂在幾張表格上簽了字，送我們上了電梯而已。

回到家，當我們兩人獨對的時候，卻忽然產生了一種奇怪的感覺。有一種忸怩不安彷似驀可裡從天上掉落下來。我們以前相處是在夜裡，在一種特殊的氣氛中，現在忽然在光天化日之下，在一種平常的環境相遇，四目相對，竟覺得比夜中的赤裸還要赤裸！

麥珂放下了他的柺杖，仰身躺在那張半舊的長沙發上說：「我可以睡在這裡！」

我看看麥珂，那長沙發如果麥珂睡上去，腳一定得伸到沙發外頭。又看看那張寬大的雙人床，麥珂已經在上面睡過，就說道：「放著床，爲什麼要去睡沙發？你也不是沒在這張床上睡過！」

「我覺得現在有些不同。」

「什麼不同？」

「現在我們是同房室友，對不對？」他露著他那裂縫的門牙笑了笑：「瓊！妳知道，我睡著了的時候，會打鼾，又會打滾，我不得不事先小心，免得不兩日就叫妳趕出門去。」

「到我受夠了的時候，我自會趕你，麥珂！」我說：「我們用不著客氣。我雖然比你大幾歲，我也沒有多少經驗。我要學習如何與人相處，我要學習如何去接受一個人。我並無求於你。我知道你也無求於我。但是我也知道我喜歡你。就只爲了這一點，我把你接到這兒來。現在在你痊癒之前，你需要一個人的照顧，而我正好很願意去照顧一個人。如此而已。」

「妳說妳很願意去照顧一個人？」

「是，不錯！你也許覺得很奇怪吧？在這個一切以金錢計算的社會裡？我並不是聖人。也不是一心一意地爲人民服務，我實在有我的問題，麥珂！記得嗎？我說過我是一隻刺蝟，那並不是瞎說的。我確實覺得我身上有太多的刺，叫我害怕毫無保留地去接觸一個人。我雖然自覺心裡像沸水般的熱情，可是到目前爲止，我並沒有眞正愛過一個人。我莫名其妙地結了婚，我也不知道我是否愛過我的丈夫。在結婚前，我有過一個極好的男朋友，我們本來是可以結合的，結果並沒有。當時我想是因爲我父母的反對，是因爲我的男朋友不符合我的理想等等，我曾找過種種藉口來脫卸我自己的責任。現在我才漸漸明白過來，如果我眞正地愛他，一切都不成其爲理由。是！我並沒有眞正愛上了他。這麼說也許仍然並不眞實。可能當時我極想愛他，可是事到臨頭，我卻又退縮了，我怕，我怕我滿身的刺，我怕我不能給任何人眞正的愛情。麥珂，你也許不明白這種心理。我想你是不明白的。」

「我懂！我懂！」麥珂皺著鼻翼急促地說：「什麼是愛？愛就是一種私慾！一種佔有！佔有！

在你愛一個人的時候，你不過想吞掉了他，把他佔爲己有而已。Merde！我踏在這種愛上！吐在這種愛上！」他咬牙切齒，把臉都漲紅了。

「住口！麥珂！」我沒想到會引他這樣的話來。「這是什麼話！我並不需要你來替我詛咒愛情！該詛咒的是我自己。不知道爲什麼？總好像有些東西阻止著我，使我心中的熱沒法子發散出來。」

麥珂好像並不在聽我的話，仍然紅漲著臉嘟囔道：「我不是替妳詛咒愛情，我是爲我自己詛咒愛情！人本來就是天下最自私的動物，只知有己，不知有人！耶穌把他自己的生命給了世人，這是愛，這是人們教給我們的愛的方式。可是到了自己身上，要愛的時候，恰恰相反，一個男人愛上一個女人，目的就是要把她據爲己有。一個女人愛上一個男人，差不多也有相同的企圖。爲什麼沒有一個人情願爲你所愛的人去背負十字架呢？你想耶穌是存在過的嗎？世間眞有過這麼一個甘心爲世人背負十字架的人嗎？」

「我不知道！我不知道！麥珂！我不是教徒，我也沒有想過宗教的問題，我只能由我自己出發來思考。是！我想我自己是極需要愛的，我也極願意去爲人背負十字架；但世間有沒有一個值得我爲他背負十字架的人呢？」

「爲什麼要找一個值得的人？還不是爲了滿足妳自己嗎？」麥珂狡黠地說。

「你說什麼，麥珂？」

「我說妳爲什麼要先找一個值得妳愛的人？」

我楞住了，一時接不上口去。

「什麼樣的人才是值得妳愛的人呢？」麥珂又問道。

我覺得我的心在裂開，血殷殷地從裂開的創口流出。這種話為什麼要從麥珂的口中說出來？

43

上班以前我爲麥珂做好早飯放在桌上。麥珂還在熟睡。給他留了個字條，心中覺得極快活。

到了大學，一進圖書館，艾梅就笑嘻嘻地迎了過來說：「瓊，恭喜！恭喜！」

我倒楞住了。有什麼喜？

艾梅見我一楞，伸伸舌頭道：「對不住，我不該給妳恭喜的。我忘了，已經不算是妳的喜了！」

「妳倒是搗什麼鬼？」我捶了她一下。

「瓊，妳沒看見今天的早報？」

「沒有！」我從來不怎麼看報的。「有什麼大事？」

「勞倫森博士的好消息，妳都不知道？」

我不免一驚，有什麼好消息？

「快去看吧！我已經把那頁報紙放在妳的桌子上。」

我急忙過去，果然有一頁報紙擱在那裡。右上角有一個小小的標題，寫道：「加拿大的先進科學成就，勞倫森博士今年有望被提名諾貝爾化學獎候選人。」內容是說詹在脂肪激素的研究中發現新的胺基酸組成方式，對遺傳中決定性別因素的研究打下了決定性的基礎。

我一面爲詹高興，一面心中又有些歉然。不管詹是爲了名，還是爲了利，他算對人類的知識有了貢獻。人類的文明不就是由這種苦幹的人一點點積累起來的嗎？然而要是相信斯賓格勒式的悲觀論，認爲文明的頂點就是毀滅，那麼所有人類的努力都不過在爲人類的滅亡鋪路。反倒不如沒有文明，過一種渾渾噩噩的自然生活來得好了。我一想到這種問題，就如墜身於五里霧中，弄不清誰是誰非。最好是不要再去想它。

我想我也許應該給詹打一個電話，說幾句好話總是應該的。中午趁午餐的機會，我就撥了個電話到詹的研究室裡。詹果然還在，就是他自己接的電話，大概他的秘書去吃午飯了。

「詹，恭喜你！」我激動地說。

對方沒有言語。過了好半天，才聽他歎了口氣說：「我以爲是誰，原來是妳！」

「不錯，是我！」我說：「我就不能恭喜你嗎？」

「當然！當然！謝謝妳！這沒有什麼要緊！」

「沒什麼要緊？別說謊話吧！你日日夜夜夢想的不就是有那麼一天？」

「妳說得不錯。可是現在我有些改變了，我覺得生活中也許還有些別的同樣重要的事情？」

「你是說同樣重要，而不是更重要？」

「我只能說同樣重要，我不能說更重要。瓊，妳說的對，我的確不是一個好丈夫。像我們這種做科學研究工作的人，有野心的人，大概是不應該結婚的。」

「不是不應該結婚，」我說：「是不應該選錯了對象。你要是娶一個也對科學研究工作有興趣的人，像居禮跟他的太太，不就是很好的一對？」

「這是不可能的。居禮也許是僅有的一對。我不知道兩個做同樣工作的人，能不能再在工作之外生活在一起？」

「不然，娶一個肯爲了你的科學研究而犧牲的人，也是一樣。」

「別說笑了吧！世間會有這樣的女人嗎？」

「也許有的吧！只是你沒有找到就是了！」

「我哪有那麼多時間去找呀！瓊，如果像妳這樣的人，都不能爲別人著想，我想世間再也沒有肯爲別人犧牲的人了。再說，不管你有多麼崇高偉大的藉口，也難以要求別人爲你的目的而犧牲的。」

「哎呀呀！詹！你居然說出這種話來了！這太不像你的話了嘛！」

「妳說的對。人總會變的。近來我思考了許多我過去沒有想過的問題，我的看法跟以前也許大不一樣了。」

「這總是一件好事，祝你好運吧！」我剛要掛斷電話，詹卻又止住了我道：「聽著，瓊！我不想跟妳訴苦，這也不關妳的事，可是我近來心緒很不好。」

「那又是爲什麼？」我說。

「爲了露薏絲，露薏絲！妳知道露薏絲跟雷查的關係？」

「我不知道。」我說。

「雷查本來是我的學生，是個公開的同性戀者。他跟露薏絲的來往，我本來並不覺得有什麼不好。誰知露薏絲竟認了眞。而雷查，妳知道，同性戀的人都是沒有救的，一旦掉了進去，一輩子都走不出來。露薏絲眞是個愚蠢的孩子，竟愛上一個這樣的人！」

我聽了不禁一震。接口道：「這是她的事情，你也管不了這麼多！」

「自然我管不了她的事，我總是她的父親，不能不爲她的問題而煩心。如果她的母親還在的話，一切都好多了，我也不會覺得有那麼重的責任。我想到……也許我不應該說，現今我們的關係不像以前，但是也許妳還可以爲我做點事情，就算是對我的一點恩惠。瓊，妳是不是能夠開導開導露薏絲？」

「這不是笑話嗎？詹！你明知道露薏絲對我的情感。我想她一直是恨我的，對不對，詹？」

「本來我也是這麼感覺，可是現在不同了。自從我們分居以後，露薏絲常常談到妳。每次都說些歉意的話，好像對我們的分居，她也負了一部分歉疚似的。她說很想跟妳談一談，只怕妳不肯。如若妳願意，我就叫她打電話給妳。」

「我沒有什麼不願意。」我說。

「妳還住在原來的地方？」

「不！我又搬了家。」

「妳現在的電話跟地址？」

「她可以到大學來找我。」

「不能打電話到妳家裡？」

「沒有什麼不能！」我忽然提高了嗓門道：「我不是一個人住，有一個朋友住在我那裡！」

「啊？妳是說……」

「詹！」我打斷了他的話說：「這跟你沒有什麼關係，對不對？」

「當然！當然！」他乾笑了一聲：「好，我就告訴她到大學來找妳。先謝謝妳啦！」說完又歎了口氣，才把電話掛上。

我遂又撥了一個電話回家。麥珂以一種半睡不醒的聲音說一切都好。

回到圖書館，心中感到老大的不舒服。我不知道為什麼會破口告訴詹我不是一個人住。我本可以閉口不言，卻幾乎是按捺不住地故意地聲張了出來。是示威？是報復？還是肯定我自己的決心？事實上我不但對麥珂沒有把握，對我自己也沒有把握。我們今日相聚，也許明日就離散。我們沒有什麼心理準備，不企求什麼保障，我們似乎只有今天，沒有明日；我們就為今天而活！難道這有什麼不對嗎？今天在一個人的生命中，不是比明天更為重要？我以前就是因為太顧慮了明天，以致忽略了今天，以致似乎從不曾在當下生活過。

下班後，我急迫地回到家中。悄悄地開了門，出乎我意料之外的房中非常寂靜。我探頭分別到廚房和浴室裡一看，空無一人，麥珂不在。麥珂哪兒去了？瘸著一條腿，帶著隻包著石膏的手臂，能到哪兒去了呢？我坐下來，點了一支煙，環顧這一間寬大的地下室。一邊是一個關閉了的壁爐，旁邊的矮几上放了我的電唱機。再過來是一套半舊的綠色沙發。地毯是猩紅色的。中間擺了一張大床。房間的左角是廚房，廚房前有一張圓形的餐桌和四把椅子。右角是浴室。牆是剛粉刷過的，除了兩個壁櫥和房東在壁爐上掛的一張俗不可耐的風景外，空無一物。我的盆栽都沿另一邊的牆一溜地擺在那個小小的窗戶下。那個窗戶恰好與窗外的地面齊平，朝著西面的一條小街。越過一片綠色的草地，可以看見對街的棒球場，和玩棒球的孩子們。像這樣黃昏的時候，便有一線殘弱的陽光透窗而入，可以淸楚地看見微塵在陽光中飛舞。這時除了遠遠地傳來棒球場上孩子們的嘻笑聲外，眞是沒有什麼聲息。廚房裡一隻未關緊的水喉，正在巴達巴達地滴著水滴。因爲寂靜的關係，這滴水的聲音似乎越來越響，一聲聲彷彿都敲擊在我心上一般。我想去扭緊了水喉，可是我竟仍然坐在那裡，不曾起身。我彈去了手中煙蒂的灰燼，抬起眼來，就又看到在陽光中飛舞的灰塵。我闔起眼來，似乎看見了我自己，坐在這間陌生的地下室中，旣眞實，又空幻。我何以竟到了這麼一個所在？再睜開眼來，看到了我坐在上面的綠色沙發，我踏在上面的猩紅的地毯，又似曾相識。不知在何時的夢境中曾到過這樣的一個所在。我居然想到我現在是不是也正在作夢？出國、留學、結婚、分居、麥珂，是不是都不過是一個夢？夢醒後，也許我仍然睡在台北的家裡，我得急急地梳洗去趕八點的早課。也許睁開眼，我就又會看到母親在窗前的側影，翹著一隻玉蔥似的手指在靜靜地呷著香片。也許睁開眼來，發現自己仍然睡在充滿了屎尿的布片裡。

我突然跳起身來，衝到廚房去，扭緊了滴水的水喉，順手把下班後順路買回的食物擱進冰箱裡去。我沒有心情做飯，只把冰箱中昨日剩下的拿出來隨便吃了些。

我扭開了收音機，也不去注意是什麼音樂，只要有點聲音就好。又點了一支煙，眼看小窗上的光線逐漸地暗淡了下去，室內便也就沉落在一片陰黯中。這時忽然聽見有人在門上篤篤地敲了幾下。我像一隻離弦的箭似地竄了過去。一開門，就見麥珂斜著身子鑽了進來。然而令我吃驚的是麥珂身後還有一個人。仔細一看，我忍不住笑了起來，原來我又把那個衣服模型當做了麥珂。先探身進來的是那個像極了麥珂的模型，後邊的那個才是眞的麥珂。他正用他的左手緊緊地摟著模型的下體，一拐一拐地走了進來。

「來，瓊！幫幫忙！在門口還有些東西，妳去拿進來好嗎？」麥珂說。

我到門口一看，正有一部計程車匆匆離去。地下放著一隻衣箱、一隻提包，還有一大捲海報。我都提了進來。

我回到房中時，麥珂已扭亮了牆角的一盞立燈，他還一手摟著他的模型站在那裡。

「我到史提夫那裡去搬來了我的東西。」他說。

「你去搬東西爲什麼不事先說一聲？也不留一個條子？自己還瘸著一條腿，叫人好不擔心！」

麥珂瞪大的眼睛，顯出有些手足無措的模樣。呆了一會兒才說：「妳看，我的腿差不多全好了，枴杖也不必用。我必需搬回這個來。」他指了指手中的模型說：「擱在史提夫那裡，我不放心。」

我咬著嘴唇無可奈何地搖了搖頭。

「放在哪裡？」他又問。

「放在哪裡？我怎麼知道？」我說。

「放在這裡好不好？」說著他把那個模型倚在壁爐和浴室之間的牆上。「瓊！這個麥珂比這個麥珂，」他先指了指模型，又指了自己說：「忠實可靠。等這個麥珂不存在的時候，至少還有這個麥珂可以伴著妳。是不是，瓊？」

「什麼話！」我不在意地說：「你吃過晚飯了，對不對？」

「飯沒吃，可也不餓。嘴裡倒是渴得很。」他說著踅到廚房裡去，自己在冰箱裡提了兩瓶啤酒出來。他問我要不要？我說不要。他就自己開了一瓶，把另一瓶放在沙發旁的桌上。我忍不住到廚房裡去給他做了兩個三明治，端出來放在他的身旁。他突然抓住了我的一隻手；抬起眼來遲疑地說：「瓊，妳太好了。」

我心中也湧起了一股熱流。然而就在這時，麥珂卻鬆了我的手，又抓起了他的啤酒瓶來繼續喝他的啤酒。

「麥珂！」我忽然想起了那天買的禮物還沒有給他，就道：「我有件禮物要送你。」

「禮物？什麼禮物？」

「生日禮物！你生日那天買的。後來因爲你出了事，一混也就忘了。」

找到那個紙包，放在他那隻手肘包著石膏的手裡。他放下酒瓶，慢慢地把紙包拆了開來。到他看到那是一個翡翠鑲金的喜字時，他的嘴張了好半天沒有合攏來。
「這是不是一個中國字？」他端詳那個喜字問。
「這是一個喜字。喜就是幸福快樂的意思。」
「我已經夠幸福快樂的了！」說著一伸手摟住了我的頸，在我的頰上重重地吻了一下叫道：「霍！太好了！Cherie，Merci！Merci！妳眞不該買這麼貴重的東西！」
他伸手解下了頸上的小銀佛，把金喜字戴了上去。剛想把小銀佛裝在衣袋裡，一轉念又戴了回去。轉臉對我道：「妳看，瓊！兩樣都戴行不行？」
「沒有什麼不行！就是一個金，一個銀，看起來有些扎眼。」
「沒關係！一個是妳的，一個道格的，我就都帶著。」
「是道格的？」
「可不是！這是道格的祖父的遺物。」說著他把那個已磨得面貌模糊的佛像舉給我看。「是妳們中國來的。是道格的一件寶貝！」
在麥珂這麼說著的時候，我發現他眼中流露出一種我從沒見過的溫柔的光芒。

44

過了兩天，露薏絲果然打電話到大學來，問我什麼時候可以見面談談。我想了想，就約了她一起去吃晚飯。我知道露薏絲不喜歡中國的東西，就約她在一個專做薄餅的法國飯館見面。我打電話通知麥珂，告訴他我不回去吃飯，冰箱裡還有前一天的剩菜，他可以自理。

我到的時候，露薏絲已經先在了。她穿了一件銀灰色開領的襯衫，紫色天鵝絨的坎肩，下邊是印花布的落地長裙，金黃色的髮挽了個高髻，顯出從未有過的優雅大方。她一見我，就站起來親熱地吻了我一下。這是她對我極少有的表現。

「好漂亮，露薏絲！」我扳著她的肩端詳了一下，忍不住由衷地讚美說。

露薏絲露出一種靦腆的笑容，輕聲道：「瓊，妳自己也越來越年輕了。妳看起來比跟爸在一起的時候要年輕多了。」

我們坐下，侍者送來了菜單。我點了一客菠菜餅，露薏絲點了一客蝦餅。我問露薏絲喝不喝酒，她點了點頭。因爲她點的蝦餅，我就叫了兩杯法國白酒。

酒到了以後，露薏絲舉起酒杯來說：「瓊，祝福妳的新生！」

我聽了不覺一楞。

露薏絲遂道：「我的意思是祝賀妳現在的新生活。」

「噢！」我還是有些不明白她的用意，但也舉起酒杯來道：「祝妳事事如意，露薏絲！」

「瓊，」她放下酒杯直視著我道：「我知道以前我們中間有許多誤會，多半是由於我年紀小，不懂事。我希望妳能原諒我。」

「我明白，露薏絲！」我說：「我要是處在妳的地位，我也會像妳一樣。妳想我奪去了妳的父親，佔據了妳母親的地位，妳怎麼能心裡舒服？妳怎麼能對我這個闖入者抱著好感？妳那時的感覺我是完全可以理解的。」

露薏絲露著微微的笑容，靜靜地聽我說話。待我說完之後，她才搖了搖頭說：「瓊，妳是完全誤會了。人的情感不是這麼簡單的。不錯！我嫉妒過妳，我想妳奪去了我的父親。但重要的不是這個，而是我自己的父母。我自己的父母並不像妳想像的那麼和美。妳實在對我父母的關係一無所知。當時我也不怎麼明白。我現在年紀大了，再回過頭來回想那時候的情景，我才恍然我自己心中所負的傷痛有多麼深重。瓊，我必得告訴妳這一點：我父母的一生是痛苦的。我不能說他們之間不曾相愛過，可是那種愛……那種愛……那種方式的愛……」一滴淚在她眼中滾著滾著就滾了出來。她急忙拿起餐巾拭去了，又繼續道：「那種方式的愛是難以叫人忍受的。」

「哪種方式的愛？」我忍不住問道。

「我也說不清楚。我只覺得他們並不是在相愛，而是彼此在折磨著。我父親多半的時間都花在實驗室裡，這是妳也知道的。我母親像隻困在籠裡的獸。我還清楚地記得她在房中走來走去不知做什麼好的那種徬徨的模樣。她本來是極喜歡彈鋼琴的，可是每次坐到琴前，彈不到十分鐘，就開始瘋狂般地亂敲一通。我父親回來的時候，我母親就說些刻薄的話，讓他心裡難受。我父親因此就更加地多留在實驗室裡。後來我母親開始喝酒，幾乎天天都在半醉的狀態中。我父親對此竟完全無動於衷，好像覺得這也許可以解決了他們中間的問題。不但不幫我母親戒絕酒患，反倒百般地鼓勵她，替她買了種種的烈酒，讓她一步步地愈陷愈深。直到有一天使她痛醉不醒，結束了她可憐的一生，我父親才有些悔意。他慟哭自責，可是一切都太遲了。瓊，妳想，在這種父母的關係中，我的童年是怎麼過來的！」

聽了露薏絲的話，我的確很吃驚。詹總是把瑪麗描繪成一個賢妻良母的典型，從來沒提過他們中間有任何問題。

我忍不住伸出一隻手來，按在露薏絲的手上，心中充滿了同情。

「所以說，瓊，」露薏絲又道：「眞正的問題是我父親。我想他是一個沒有能力愛人的人。我當時急急地離開家，妳也許想是爲了妳，其實眞正的原因不是妳，而是我的父親，我不要再分擔你們中間的任何關係。我還記得妳對我的種種好意都被我冷漠地拒絕了，因爲當時我也不太淸楚我所不能忍受的是妳，還是我的父親。要是那時我像現在一般的淸楚，我們不是不能相處的。妳是一個熱心腸的人。不懂愛人的是我父親，而不是妳，所以現在我完全瞭解妳爲什麼終於離開了他。妳這麼年輕，妳沒有理由再步上我母親的後塵，妳做得對！完全對！」

不知道爲什麼，聽了露薏絲這番話，我差一點要笑出聲來。我一直以爲自己是一個沒有能力去愛人的人，而現在露薏絲卻把她的父親描繪成一個沒有能力愛人的人。我盡力忍住了這種想笑的衝動，靜靜地道：「我沒有想到這一些。我們所以分手，我只以爲是因爲個性不合，我並不怪妳父親什麼。愛是個太大的題目，大家都不過在學習如何與人相處，如何愛人，誰又敢說已經透徹瞭解了這個問題？」

「不！」露薏絲肅然地道：「愛是用不著學習的，愛是天生的！自然的！我在我父母那裡什麼也沒有學到，可是我覺得我心中的愛情像海樣的深。」

我注視著露薏絲，見她正用一種堅定的眼光望著我，就道：「妳是說妳愛上了一個人？還是指的一般性的愛？」

「我指的是一般性的愛。」她喝了一口酒，略一沉吟又道：「同時也指的是對一個特別的人的愛。」

「是不是雷查？」我單刀直入地問道。

「是！不錯！是雷查！我知道我跟雷查的關係使我父親難受，因爲他自己從來不懂愛人，他自然也就不懂別人爲什麼愛人。」

「露薏絲！我想妳父親並不是反對妳跟雷查來往，他擔心的是雷查。妳大概也知道，雷查是一個同性戀，不管妳多麼愛他，他怎麼能愛上妳呢？」說出這句話來以後，我自覺有些糊塗。我覺得這句話好像並不是我說的，而是詹借著我的嘴說出來的。

露薏絲微微搖著她的頭說：「不！雷查自以爲是個同性戀，可是我知道他不是！對這個問題，我已經看了不少有關的書籍，有醫生的分析，有社會學家的調查，我的結論是：沒有一個人是眞正的同性戀或眞正的異性戀，我們需要的是愛，我們愛的是可愛的人，不問他的性別如何。我們考慮到性別，只是由於社會的原因、文化的原因、傳統的原因，而不是生理的原因。所以我知道雷查不是一個同性戀，不管他自己多麼想他是個同性戀，他仍然跟別的男人無異。問題只是他從來沒有遇到一個眞正愛他的女人！」

「所以現在妳要做這樣的一個女人？」

「不錯！正是這樣！我想他也許並不愛我，不只是因爲我是一個女人；就是我是一個男人，他也不一定要愛我。但這並沒有關係。我愛他！愛他！只要有一天我覺得我心中充滿了對他的愛情，我就會覺得非常富足，非常快樂，我就是天下最幸福的人了。除此以外，我還能要求什麼？」

我望著露薏絲堅定而明澈的眼光，竟無言以對。詹本要我開導他的女兒，可是我忽然覺得這一代的年輕人並不是渾渾噩噩不懂世故的孩子。他們對待事物的角度雖然與前人可能不同，但是他們並非沒有頭腦見解。在露薏絲的面前，我忽然感覺到自己的遲鈍與卑微，我還有什麼置喙的餘地？我只有覺得對詹抱歉！

跟露薏絲分手後，我心中充滿了露薏絲的影子。我從沒有想到露薏絲是這麼一個堅定的人。不管是非如何，就憑她這種自信，就是我所沒有的。跟露薏絲相比，我自己遇事卻總是優柔寡斷、模稜兩可。有時候我覺得我應該做一件事情，可是事到臨頭，我又會躊躇猶豫、手足無措。也許跟詹分手是我一生最大的決定，可是也是在猶豫了多時才下的決定，而且免不了我的父母還要來責備我做了錯事！

我回到家的時候已將近深夜，然而那間地下室靜悄悄的，麥珂又失去了踪影。沒有留字，只有那具麥珂的模型呆呆地站在那裡。

45

我知道人與人的關係，都有種種的條件。一個人覺得另一個人可愛，多半是因爲這個人符合了他期望的條件。世間有沒有不講條件的愛呢？我不知道！因此我拿不穩對麥珂的感情。昨夜他一夜未歸，沒有留字，沒有電話，這足證他完全是一個不肯替別人著想的人。然而從另一面看，這也正是麥珂之所以爲麥珂。也許他並非不替別人著想，而只不過他覺得這是不重要的事，甚至不能理解別人爲何因此而著急擔心。他要像鳥兒似地隨意飛到東就是東，飛到西就是西，有一個巢沒一個巢對他沒有關係，他可以隨遇而安。我又有什麼力量和權利去影響他、改變他呢？也許唯一的法子就是去適應他這種脾氣；否則同居一處便成爲不可能的事。

我同時也想到露薏絲與雷查的關係。昨晚露薏絲的一席話不但大出我的意料，恐怕也出乎詹的意想之外。他要是知道露薏絲竟道出了他跟瑪麗的關係，他再也不會鼓勵露薏絲來看我的。聽了露薏絲的話，我雖然佩服她的堅決自信，然而隱隱中我仍直覺到有些不妥。雷查之所以自以爲是個同性戀者，難道眞如露薏絲所設想的只是因爲他從沒有遇到過一個眞正愛他的女人？事情恐怕沒有這麼簡單！我因此想到了朱娣，也許我可以從朱娣那裡多瞭解一些雷查。我也好久沒有見朱娣了。趁著周末的機會，我就掛了個電話給她。一聽見我的聲音，朱娣就有些不高興地說她打電話到伍家，說是我搬了家，可是我竟沒給她我的新址和電話。我趕緊抱歉說我的新電話接晚了兩日，我這就給她號碼。我提議請她出外晚餐，她卻說她今晚不想出門，要趕一篇論文。不過要是我願意來給她料理晚餐，她倒是極端高興的。

「不妨礙妳的論文？」我說。

「只要妳替我做晚飯，就是補償了。」她說。

我提議由我買應用的材料，由我來做，算是請她。她高興地答應了。我於是趕到中國城去買了一條未經冰凍的鮮魚。我記得朱娣吃過一次我做的糖醋魚以後，讚不絕口。我今晚預備讓她嚐嚐清蒸，清蒸雖不及糖醋那麼麻煩，可是在配料與火候上更見功夫。我要使她領略到中國吃的藝術是何等的偉大！這種偉大處，恐怕人類學家更容易體會得到。

我的成績果然不錯，朱娣才吃了一口就大爲激賞，馬上去開了一瓶白酒出來，嚷著說：「有這麼好的魚怎能無酒？」

我卻擔心地提醒她：「喝了酒，論文也別想寫了！」

朱娣攤了攤手說：「算了！算了！副教授今年大概是泡湯了。沒有一兩篇有分量的論文，別想升級！」

我笑著說：「還升什麼級？妳們這般人已經是出類拔萃高高在上了。」

「什麼出類拔萃！妳沒在這圈子裡，妳不知道。眞正出類拔萃，得要像我們的勞倫森博士，苦幹苦拚！不過到頭來，拚得都沒半點人味兒了。其他大多數的人，只等拿了鐵飯碗後混日子。看到別人比自己強，就說些酸話。成了名，就以權威自居，頑固驕橫，沒幾個有人味兒的。我在大學教書多年，也沒交到幾個像樣兒的朋友。前兩年我們系中有個教授非常開放，處處站在學生的立場維護學生的利益，很受學生歡迎。別的教授看不慣，終於把他擠走了。現在我又成了別人的眼中釘，還不是也因爲我跟學生比較接近一點，可就有人在說閒話了，說朱娣不搞研究，盡搞些不三不四的活動。這種話簡直狗屁不如！什麼是不三不四的活動？婦女運動能算不三不四的活動嗎？這些人就高興把女人永遠踩在男人腳下！」

「眞是幹一行怨一行。我看妳罵來罵去把妳自己也繞到裡頭去了，妳畢竟也在這個圈子裡邊的。」

「妳說的不錯！我自己也不見得比別人高明。在資本主義社會中，我們這種人不過是資本家的幫閒罷！」

「聽妳這麼一說，連當教授都不值了。」

「那倒也不是！只要我們有自覺，對資本主義帶著批評的眼光，我們就不會流於資本家的奴隸，我們就仍會對這個社會有所幫助、有所貢獻。我說是等於資本家的幫閒，不過是就社會結構而言。我也並不覺得做資本家的幫閒有什麼不好。比起來，我還是寧願做資本家的幫閒，不做政府的幫閒。做資本家的幫閒，還可唱唱反調；眞正不合，還可拂袖而去。一旦做了政府的幫閒，像在某些極權國家中，那就眞正成了走狗奴隸。誰敢唱反調，就把他送進集中營、或關進精神病院，那可就慘了！」

「爲什麼一定要做幫閒？難道就不能做自己的主人？」我說。

「做自己的主人？哈哈！談何容易！」

我趕緊說：「我的意思是在有限的範圍內做自己的主人。每個人都有不做他人奴僕的自由！」

「一個人是否可以不做他人的奴僕，是一種個人的自覺，我覺得倒與社會結構或一個人的社會地位無關。妳看過英國的那部叫做『僕人』的影片吧？在那部電影裡，主人到了後來反成了奴隸，奴僕成了主人。所以說做自己的主人，是一個人自己的問題，不完全是社會結構的問題。說到這裡，瓊，我要告訴妳件有意思的事。妳還記得羅拉嗎？」

「妳說的是上次妳訪問過的那個羅拉？」

「不錯，就是她！提到自己的主人，羅拉就是一個最好的例子。她喜歡這種職業，她就去做；但她沒有陷到這種生涯裡。她現在積了一筆錢，她又預備回到大學去唸書了。」

「眞的？」

「她只是這麼想。她問我到了大學以後，要是有人知道她當過妓女，會不會受到歧視。我說妳若自己不到處張揚，誰又會知道？她說大學教授中就有她的客人。我說那更沒有關係，自己去嫖妓，還要輕視妓女嗎？」

我插嘴道：「那可說不定。輕視妓女的人也許正是這種嫖妓的人呢！」

「我想沒有問題，我們畢竟已不是十八世紀。特別在大學裡，心胸應該更開闊一點，頭腦應該更開放一點。我是鼓勵她去。還不止於此呢，妳可別小看了羅拉，羅拉還是一個詩人！」

「一個詩人？」

「可不是！她寫了不少詩，拿來給我看，她說想去申請政府的文學創作獎，問我能不能做她的推薦人。」

「眞有這樣的事？」

「我還騙妳不成？妳等等，吃完飯，我拿來給妳看。」

飯後喝咖啡的時候，朱娣果然拿了一大卷紙來。

我接過來一看，已經是用打字機打過的清稿，有一百來頁，很可以出一本詩集了。

「這麼多！」

「就是呢！我大概看了一遍。」朱娣說：「寫得還眞不錯。雖然有時候字彙不怎麼夠，可是感覺敏銳強烈，足可彌補用字上的缺陷。其中有一首沒有題目的，我覺得寫得特別好。喏，就是這一首。」朱娣一連翻了幾頁指給我看。我們一同唸了一遍。

「這一首沒題，還有幾首也沒題，她問我能不能替她加上題目。瓊，妳有沒有靈感？」

「這一首是描寫夜景的，心情也是淒清的，我覺得倒可以題作『夜遊』！」

「對！對！」朱娣把手一拍道：「這個題目再妥貼不過了，虧妳想得出來！夜遊不但可以做這一首的題目，做總題目也合適，因爲大多的詩都是描寫夜生活的。妳說是不是？」

「夜遊！夜遊！」我有些神往地說：「人們大概只有在夜裡才敢於脫下白晝的假面，過一種比較眞實的生活。也只有在夜裡，生命才更爲鮮活，心靈也更爲慷慨豁達。就像羅拉這裡所說的：

夜以溫馨的雙臂

不分美醜雅俗一齊納入懷抱！

「妳想不到羅拉這樣的人竟有這樣的心胸吧！」

「哪裡！也許只有像羅拉這樣的人才有更闊大的心胸！」我說：「妳眞預備推薦羅拉去申請政府的文學創作獎？」

「我正在考慮。因爲這些詩都是表現娼妓的感覺和心情的，我不知道負責審核的老爺們是否嚥得下去。我想我可能要試試；不過我一定得好好準備一封推薦信。這件事非同小可，很可能在報紙上轟動起來，連我自己都會牽扯了進去。系裡早已經把我看成異端，再加上這一套，要打破飯碗也說不定。這是不能不考慮的。」

「眞會這麼嚴重？」

「也許不會。誰知道呢？但無論如何埋沒了像羅拉這樣的人才，才眞是罪過。我想應該冒險一試的。」

「妳說的不錯，朱娣！羅拉沒受過什麼教育，又做了這種爲人輕賤的職業，竟有這麼大的勇氣與信心，敢於挺起胸來，毫不自卑地傾吐出自己的心聲。憑這點，就足夠令人欽佩的了。」

「這就正是妳所說的，在有限的範圍內做自己的主人。瓊！」朱娣嘆了口氣說：「不是我說句洩氣的話，就這一點而論，羅拉比妳我都強！」

朱娣的話沒錯，細想我自己，雖然受過了良好的教育，所處的地位不知比羅拉高出了多少倍，但遇事不是趦趄不前，就是隨波逐流，我又做過幾件自覺自主的事？想到這裡我竟衝口而出道：「朱娣！也許我有生以來第一次做了一件自覺自主的事。」

聽見我自己這麼激奮的聲調，連我自己都不免吃驚。朱娣也驚愕地望著我。

「我……我……」我吃吃地道：「我現在跟另一個人住在一起。」

「妳說什麼？」朱娣似乎沒聽清楚我的話。

我喘了口氣，稍稍提高了聲音說：「我現在跟一個人同居！麥珂！也許妳也認識，我記得我們一起見過的。」

「麥珂？誰是麥珂？我不記得我見過一個什麼麥珂！」

「沒關係！麥珂是一個遊手好閒的小伙子、一個沒有職業的流浪漢、一個三日兩醉的酒鬼！就是這麼一個人！就是這麼一個人……」我說著說著竟失聲哭了出來。

「瓊！瓊！」朱娣探過身來，不知所措地拍著我的肩。

「我眞蠢！朱娣！」我收了淚道：「我沒有什麼值得哭的，他其實有許多別的長處；而且我們不過是朋友而已。」

「朋友？」朱娣有些不解地問道：「妳說妳們只是住在一起的『朋友』？住在一起，但只是『朋友』？」

「不錯！也許妳不會相信有這種事。我們住在一起，但從來沒有過……妳知道我的意思。麥珂車禍受了傷，現在正在養傷。其實這不是原因，他傷得很輕微，已經快全好了。我們一遇見，彼此便感到一種很強的吸引力，也許並不完全是身體的吸引力。麥珂是個心理很複雜的人，似乎懷著不少解不開的問題。我自己很清楚自己的心中也有很多難解的疙瘩。我們因此正可以彼此安慰。我覺得我需要他，我想他也需要我，但我們並不知道這是不是就是愛。麥珂從來沒說過他愛我，我想這是因爲他對我沒有產生過這種感覺。我也沒有說過我愛他，倒不是爲了守住女人應有的被動地位，而是我也不淸楚我自己對他的感覺。有時候我覺得我對他似乎有一種強烈的佔有慾，有時候又覺得不過是一種同情與憐憫。在這種情形之下，我也不淸楚我對他的情感到底如何，但我決定跟麥珂住在一起，卻的確是我自覺自願的。」

「有意思！」朱娣輕描淡寫地說。

「妳想只是『有意思』？」我有些不快地道。

「妳們不過是住在一起的朋友而已，過幾日也許又分開了。妳能叫我說什麼？」

我沉默了。朱娣說的對，我跟麥珂的關係也不過如此而已。可是當眞不過如此嗎？我隱隱地覺得我並不滿足於這種關係。我好像期待著、盼望著在我和麥珂之間會發生些新的關係，但我又不太淸楚這種關係將是種什麼情境。

「人和人的關係都是很微妙的。」朱娣又說：「社會上總喜歡把人的關係納入幾種範疇，如夫妻關係、愛人關係、朋友關係等等。其實夫妻關係中就不知有幾千萬種不同的方式，朋友關係中又有千萬種的不同，哪是那麼容易分類的。」

「也許這正是人生値得活、値得經驗的原因。」我恍然若有所悟地說：「如果人與人的關係已成了定型的模式，在生活以前已經知道了全部內容，還有什麼值得經驗的意味！」

「說得好！瓊，妳常常帶給我許多社會科學以外的靈感。」朱娣微笑地直視著我。她的綠瑩瑩的眼睛在燈光中閃出一種睿智的光彩：「可是要盡情享受人生中未知的經驗，也得需要勇氣呢！」

「那是自然！」我說：「人生就是一種探險。在人際關係中的探索，也許和你們社會科學家或自然科學家的探索，基本上並沒有什麼不同，都是出於一種好奇心的誘導，也都是來自向無限中擴展自我的慾望與野心。」

朱娣連連地點頭，稱讚道：「瓊，妳的思想越來越精銳了。」

朱娣的話倒叫我不好意思起來，忙道：「跟妳在一起時，我總覺得自己好嫩。我哪裡像妳，讀過這麼多深奧的書。」我溜了眼朱娣客廳裡書架上塞得滿滿的各種顏色和尺寸的書籍。「做妳的學生，恐怕都不夠格呢！」

「那要看是什麼。在人類學上也許妳眞不夠資格做我的學生，但在別的方面妳一定可以做我的老師。人的能力畢竟是有限的，學了一種就不得不丟了別的。」說著朱娣打了個哈欠。我一看錶，已經快要一點了，就趕緊道：「妳累了，明天還要寫論文，我也該走了。」

「我送妳回去。」朱娣站起身來說。

我本想說「不用」，但繼而一想，地址都給了她，我和麥珂的關係也全說了出來，還有什麼好掩飾的！

幸虧開車不是多麼遠，經過百樂大橋，再轉幾條街就到了。要叫我搭公共汽車，說不定要轉磨一個小時才能到家。

我叫朱娣把車停在房子前頭。

「就是這裡？」朱娣說：「房子滿大的嘛！」

「房子跟我沒關係！我住地下室，只有一間。」我說：「今兒晚了，不讓妳進來了。改天專門請妳來。」

「自然！自然！」朱娣笑著說：「何況還有養傷的麥珂在等妳。」

我捶了朱娣一拳，就下車而去。

46

我悄悄地開了門，怕驚醒了麥珂。但等我開燈一看，房中空盪盪的，還是我離去時的模樣。麥珂並沒有回來。心中不覺一涼。

我放下了外衣，脫了鞋襪，獨自坐在床上。回想今晚去見朱娣，本是想打聽雷查的，不想談的卻是麥珂。不知道爲什麼，我腦中充滿了麥珂的影子。他在的時候，我反倒可以不去管他，越是他不在的時候，他的形影越發地盤踞著我的腦子，簡直到了揮之不去的地步。我呆坐在那裡，望著那綠色的沙發，便想到麥珂躺在那裡的模樣；望見那扇覆著窗簾的小窗，便想到麥珂站在窗前朝外瞭望時的模樣。忽一扭頭，眼光就落在麥珂的那架模型的身上，眞像是麥珂本人佇立在那裡。我忍不住走過去，伸出一個手指，觸到了模型的臉，卻又是那麼堅硬與冰冷。就在這時，我聽到一種散漫的腳步聲自門外的甬道裡傳來，接著有人用鑰匙在開門上的鎖。我急忙熄了燈，一下就鑽進床裡去，裝作睡著了的樣子。

不一會兒，門開了。在黑暗中我什麼也看不清楚，但從那走路的步伐和特有的氣息，我知道自然是麥珂回來了。不知道爲什麼我的心竟不能自制地通通地跳起來。

麥珂進來後並沒有開燈，在黑影裡不知碰到什麼東西，發出一聲響：「Merde！」他咒了一聲。等他摸到床前，我就聞到一股強烈的酒味兒。我自己今晚也是喝過酒的，但我仍然可以聞得出他的酒氣，足見他不是泥醉，也離泥醉不遠了。

他伏下身仔細望了我一眼，我仍然裝作睡熟了的模樣，並不出聲。他就開始脫衣，然後在黑影中他又摸到浴室裡去。我聽見小解的聲音和馬桶的抽水聲，接著是浴盆的水喉的流水聲。因爲麥珂還吊著一隻膀子，不能淋浴，所以他要洗澡的時候只能坐在浴盆中用一隻手慢慢洗。

我這時再也忍不住了，就坐起身來，扭亮了床頭的小燈，點了一支煙吸著。過了一會兒，麥珂從浴室中赤裸地走了出來。他一看見我，就驚訝地楞住了。

「妳不是睡……睡……睡了嗎？瓊？」他結結巴巴地說。

「不錯，是睡了！可是又叫你給吵醒了。」

「對……對……對不起！我小……小心的，不弄出聲音，連……連燈都沒敢開。」

「你又喝醉了是不是？」我簡捷地問道。

「沒……沒……沒醉！」他瞪著眼，咧著嘴，盡力裝出一副清醒的樣子，看來既可笑又可憐。如沒有全醉，至少也是半醉了。

「麥珂！你到哪裡去，我管不著；你喝酒，我也管不著！這是你的自由！可是咱們既然住在一起，也要想一想別人。一出去，兩天不回來，既不事先說明，事後連電話也不打一個，別人會怎麼想？又出了車禍？還是跳到海裡淹死了？你想別人會不會爲你擔心？你想過這種問題沒有？我倒要想知道你是不是一個只想自己，從不替別人著想的人？」

麥珂呆呆地望著我，臉上沒有任何表情。

看了他這副模樣，我直覺失望。但是忽然間，我見他眼中閃出一些晶瑩的淚光。

「我沒想妳會爲我……爲我擔心的。」麥珂終於囁嚅地說。

我按熄了手中的煙蒂，心中有種說不出來的熱辣辣的滋味。「我不擔心！我不擔心！麥珂！你想我是什麼人？我關心你！麥珂！我關心你呀！……」

我還沒說完，麥珂就衝了過來，摟住了我的頸，一邊紛亂地把他的唇印在我的頰上、頸上，一邊嗚咽道：「我想沒有人眞正關心我的！在這個世界上，沒……沒人會關心我的！」

「麥珂！」

「對不起，瓊！我眞是個不識抬舉的東西。大概，就是所謂的不可救藥的那種人吧！我的父親這樣說過的，我的母親這樣說過的，學校的老師也這樣說過的。我……我想，我眞是不可救藥的那種人。瓊，對不起！對不起！」

在一種不可抑制的衝動中，我摟緊了麥珂。我用唇堵住了他的話。我們的唇黏在了一起，我們的舌絞在了一起，我們的手臂纏在了一起；連他的那條裝著石膏的臂也無法隔開我們。我感到他的體熱、他的汗膩，在一種忘情的狀態下我似乎歸附了他。我感到他的下體一點點地勃起。他需要我！他需要我！我心中這麼狂呼著。然而就在這種關頭，他突然用力地推開了我，像正放著交響樂的一架錄音機忽然崩斷了聲帶，所有的狂鬧的音符登時都湮沒在死樣的沉寂中。我們四目相對，如不是還剩下些激切的喘息，我們竟像突然之間失去了生命僵死在那裡的兩具屍體。

我們這麼對望著，似乎已經失去了時間的觀念，一秒、一分、一時、一天、一年或終生，都可能會在這種可怕的凝視中滑了過去。時間已死。我眼裡看見的似乎已不是麥珂，而是一個絞曲的靈魂，沒有體殼沒有形質的靈魂，在茫茫的黑暗的宇宙中盤曲、絞繞、絞繞、盤曲，上下四方，無涯無岸，無始無終。而我自己，也終於化做一個相同的沒有體殼沒有形質的靈魂，在茫茫的黑暗的宇宙中盤曲、絞繞、絞繞、盤曲，上下四方，無涯無岸，無始無終！

時間復甦了，我們仍是兩個在心臟中有著波波鼓動著的血漿的肉體。

麥珂仍然在激切地喘息，而且愈來愈粗重。他的兩腮也微微地抖動起來。他的額上漸漸地冒出汗珠。他舉起了那隻完好的左手，箕張地伸了過來。我接住了他的手，在一種不能自持的激動中，把我的唇在他的手上、臂上、肩上、胸上，印了上去。麥珂呻吟了起來，說不清是愉快還是痛苦。他的身體開始激烈地扭絞。突然間，他揪住了我的髮，使力地把我的頭按了下去。他呻吟著，撕扭著，像個鬼神附體的乩童。我的頭髮被他揪得生痛。我也掙扎著，撕扭著，想從他的掌握中掙脫出來。然而我不能，不是因爲麥珂的力量，而是因爲我自己。我忽然覺得我願意完全屈從在他的意志之下。我好像變得那麼卑微，那麼無足輕重。他的意志就是我的意志，他的滿足就是我的滿足。然而，我的身體卻背叛著我，像綳在弦上的一枝利箭，急等破空而去，便沒入肌中、沒入肉中，侵蝕在鮮紅的血漿裡。這是超出於我的意志力羈絆之上的，我不能自止。他已僵脫，如已負傷的士卒，灰敗而氣餒。我仍不能自止。雖然我心中實願僕從在他的腳下，我的身體卻急欲掠土陷陣，有著獅爪刺入羊羔體內的那種狂切。突然他痛呼一聲，我才發現我的牙齒咬在他的肩上，有一絲血腥殷殷地侵入我的齒間。

麥珂一手拊肩，闔了目，靜靜地躺在那裡。他嘴邊泛出一絲譏嘲的微笑。我注視著他，心中混雜著一種憂慼虧欠的滿足。

47

我醒來的時候，覺得滿室生輝，空氣非常清新。第一眼就看到麥珂坐在那張單人沙發上微笑地望著我。他好像剛剛刮過了臉似地顯得紅光滿面，精神煥發。沙發前的方几上，在一個盛橘汁的瓶子裡插了一束挺拔的粉紅色的美人蕉。對牆的窗戶洞開，可以看見室外嬌美明朗的夏陽。棒球場上傳來一陣孩子們的嘻笑聲。今天是星期六，孩子卻一早就出來了。

「Bonjour！」麥珂笑著走過來，俯身在我唇上輕輕吻了一下。

「Bonjour！」我也說。「又是好天氣！」

「好天氣！」麥珂說：「我們可以到海邊去。快起來吃飯，已經給妳準備好了。」

我舉頭一看，餐桌上果然擺著橘汁、茶、牛奶、麵包、果醬一大堆東西。

「謝謝你，麥珂！」我說：「你一早已經出去過？這是你買的花？」

「是，是送給妳的，瓊！」

「謝謝！」我跳起來吻了他一下，心中想道：「多麼清新的臉！多麼肉感的唇！」這麼想著，我心底卻積存著一種惶惑與不安。我一面覺得我跟麥珂的距離好像很近，但一面又覺得實在很遠。麥珂的心中，不只是心中，就是他實在的身體上——有些地方是我把捉不住的。我更無法猜度他到底對我懷著一種什麼樣的情感。我可以感到他有一種瘋狂的熱情，但卻無法體味到那熱情是對我而發的，竟似我的身體有一種天然的抗拒力，那熱情還不曾沖激到我身上的時候就戛然而斷了。可是我爲什麼要求這麼多？我竟是那麼一個不知饜足的女人嗎？他已經把可以給妳的給了妳，妳又能給他些什麼？

我是一個極容易受別人情緒感染的人。望著麥珂爽朗的臉色，在這麼明朗的夏日清晨，我的心境也自然開朗起來。吃著早飯的時候，眼睛兜在我們這間傖俗的地下室裡，心中忽有一種衝動，就對麥珂說：「我想，也許我們應該重新佈置佈置這個房間。」

「好主意！」麥珂說：「首先把這幅畫取掉！」麥珂指著壁爐上掛的那張風景畫說。

「我完全同意！這樣的風景實在俗不可耐！」

「我還是喜歡我的羅德・史提華！」

「羅德・史提華，或是不管什麼，都比這張風景好！」

我們匆匆地吃了早飯，就著手收拾房間，先取下壁爐上的那張畫，關在壁櫥裡。牆上分別貼了麥珂的歌星海報和我的舞女跟朋友送的幾張抽象畫。麥珂的模型立在床邊最醒目的地方。我們看看，還覺得不夠滿意，應該還得裝添些東西才行。我們就去中國城買了兩個紗燈罩，一個白色的，一個橘黃色的；又在百貨大樓買了些各種顏色的坐墊和椅墊。爲了配合沙發的顏色，床罩也換了綠色的，於是這間地下室就成了綠、白跟橘黃三種主調的顏色。我們不大喜歡紅色的地毯，可是因爲地毯的價錢太貴，一時還不能換過。

過了幾日，麥珂的右臂已經全好了，拆掉了石膏。有一天他把一張支票塞進我的手中，我一看竟是一張兩千五百元的支票。「這是哪裡來的？」

「保險公司的車禍賠償，妳存著吧！」他說。

「這是你自己的錢，還是你自己存在銀行裡。」

「那有多麻煩！再說吃住都是妳付錢，我也該參加一份。」

「這倒不要緊，你不是也付過房租？等你找到工作，再由你來付，還不是一樣？」

「那要等到哪一天哪！」

我還是堅持他自己管他自己的錢。誰想過了一日，他竟用這個錢買了一部半舊的汽車回來。是法國的雷諾，車身茵綠，在夏天倒也醒目。雖然出門比較方便了，可是更加使人提心吊膽。三天兩醉的人，怎麼能開車？我自己又沒有學過駕駛，也沒有駕駛執照。我只有勸他去喝酒的時候，就把車擱在家裡，坐公共汽車出去。

我發現麥珂的確是上了酒癮的，一日不喝，他就按捺不住。有時候我們躺在海邊上晒太陽，或是閒聊，或是欣賞海景和到處充斥的健美的人體。我私心希望把他喝酒的慾望混忘了過去，可是不成，一到了將近黃昏的時候，他就想起這件事來，如果不是去酒吧，也得至少買些啤酒回家來解癮。既然他並非常常喝到人事不知的地步，我也不覺得有什麼大礙。

偶然逢到他居然十分清醒，我便感到非常非常的幸福。說到底，麥珂是一個溫柔的人，雖然沒有野心，沒有大志，但是他絕不粗暴，絕不刻薄，也沒有一般人那種幸災樂禍的嫉刻心理；看到別人的痛苦，他會比當事人還要難過。有時候我覺得他幾乎像一個沒有心防的嬰兒，非常容易受到別人的傷害。我便滋生出一種母性的情懷，希望保護他、體貼他、愛護他。

我最不能忘記的是我們晚間閒坐的時候。

麥珂坐在那張綠色的單人沙發上，正好在白色的紗燈和橘黃色的紗燈之間。白色的紗燈在他的左側略高於他的頭部，橘黃色的在右側稍低。因此，他的臉左邊映著白色的燈光，右邊便沉在暗弱的橘黃色中。他的兩隻眼睛中反映著兩隻燈影混成的一種既明亮又柔和的光芒。他的髮披垂在兩肩，髮上籠罩了一圈朦朧的光暈。他的襯衫的領一直敞到胸部，露出了一上一下的金喜字和小銀佛，左耳扣著他的金色耳墜。他兩手交叉在腹前，手指圓潤而膩白。藍色的撒腿褲下露出兩隻同樣膩白的赤腳。

這時候的麥珂是安閒、清醒、優雅、漂亮。我常常看呆了。

「妳看什麼？」麥珂有次忍不住問道。

「你！」

「我？」

「你！」

「我怎麼樣？」

「你眞漂亮！」

「眞的？」

「眞的！這就是爲什麼我要好好地看你一眼，把你的印象深深地記在腦中。」

「那我也就可以安心地死了！」

「又是死！你怎麼就忘不了死！」

「妳怕死？」

「不是怕死。該死的時候就死；不該死的時候何苦要找死！」

「怎麼才是該死的時候？」

「老死、病死、意外死，都不是我們控制得了的。」

「那有什麼意思！」

「什麼才有意思？」

「自己決定的時刻才是有意思的。」

「譬如說？」

「譬如說現在，妳說妳已經把我的印象深深記在腦裡，又是那麼漂亮的一種印象，我還能求什麼？難道非要把老醜的印象留給別人才是有意思的事嗎？」

「多麼自私的人哪，麥珂！在你的心目中就只有你自己，你就關心你的美醜，別的一概不問！」

「那也不是。我關心妳，瓊！我關心道格，我關心史提夫，我關心愛蓮妮，我關心許多許多朋友。」

「可是你仍然一心一意地想死。如果你眞愛你的朋友，你也該想到你的朋友必然也愛你。你的死會給他們帶來多麼的不堪。你大概從來沒有想過這個，是不是，麥珂？」

麥珂沉默了一會兒，好像在思索著這一個問題。但是不久他就又道：「不管怎麼樣的愛，都是短暫的，像一朵花都有它盛開與凋謝的過程。爲什麼一定要拖到凋謝的地步？如果在我的朋友還愛著我的時候，我就消逝了，我便永遠留下一個愛的印象在他們的心田中，如果等他們對我的愛凋謝了的時候，我將毫無是處！毫無是處！」

「我無法反駁你的話，因爲理由總是可以無窮無盡地製造出來的。可是你也無法叫我信服。我總覺得活著是一件好事，不管怎麼樣的活法，只要你有勇氣面對自己的生活，就是一件有意義的事。」

「爲什麼？」

「爲活著而活著，沒有別的目的，如此而已！」

「可是妳沒有想到，如果沒有死，便沒有活。就是因爲有了死，才使活著顯出它的意義。所以有時候死是那麼地誘人，那麼的完美，就是正因爲想活的慾望太強的緣故。」

「我不懂這種邏輯！」我有些厭煩地說。

「讓我來給妳解釋！」麥珂探過身來，以一種興奮而激切的聲音說：「一個人感到自己生命的存在，不過是因爲有別的生命的關係。一個孤立的生命是沒有什麼存在與不存在的分別的。正如一面鏡子，如沒有照鏡的人，便不成爲一面鏡子。所以一個人的存在並不是靠了自己，而是靠了別人。麥珂一旦進入到瓊的心裡，麥珂便活在那裡了，麥珂的生死便沒有多大的關係。眞的，如果麥珂不知自惜地繼續活下去，反倒足以毀滅了活在瓊心裡的那一個年輕漂亮的麥珂。所以瓊，妳不必難過，如果有一天妳在百樂橋下發現一具腐爛的屍身。那沒有什麼！那不是眞正的麥珂，眞正的麥珂在這裡，在妳的記憶裡。」說著，他閉起眼睛，入神似地呢喃道：「記著我，記著我，瓊！我多麼想永遠活著！」

48

我們決定約道格和愛蓮妮來晚餐。我特意做了我拿手的杏仁鷄、麻婆豆腐，外加一個生菜和一個紫菜肉絲湯。大家吃得痛快淋漓。酒自然也是少不了的，兩瓶白酒、一瓶紅酒，喝得點滴不剩。還有一瓶紅酒，麥珂提議到海邊去慢慢地喝。大家都覺得是一個好主意，又可乘涼，又可看風景，比憋在這間地下室裡強多了。

我們都穿著短裝。我和愛蓮妮各自拖著雙橡膠拖鞋。麥珂和道格就乾脆打著赤腳。他們赤腳慣了的，也不怕路上扎腳。

一出門，我看見一輛綠色的雷諾停在對面，我本以爲是麥珂那輛，道格卻過去打開車門請我們坐上去。細看原來並不是麥珂那輛，麥珂的那輛好好地在不遠的前方，但我不禁訝然道：「道格，這是你的車呀？怎麼跟麥珂的那一輛一模一樣？」

「不如說麥珂的跟我的一模一樣！」道格說：「麥珂最會學樣，我有什麼，他必定也要有什麼。」

「咱們是彼此彼此！」麥珂笑著爭辯道：「看你這條腰帶，不知是誰學誰呢！」

「我們去哪裡？」愛蓮妮問道。

「去賴可沙灘好不好？」道格說。

賴可沙灘是有名的天體浴場。

「賴可沙灘？」我急道：「我不去！」並且起身要下車。

他們都咯咯地笑起來。麥珂坐在前座，返身把我按下去道：「妳不必全脫。」

「別人都光光的，就你一個穿著衣服，倒成了怪物。」我說。

「那妳也脫了就是。」道格說。

「兩樣我都不幹，所以我不去，要去你們三個去！」我堅持道。

「這樣晚了，沒人看清楚誰是誰。」愛蓮妮說。

「我並不是怕別人看，是我自己覺得不自在。你們在家裡關起門來，都可以光溜溜的。我就不行！」

「我懂！我懂！」道格首先妥協說。

麥珂還要堅持，我只吵著要下車。說好說歹為了遷就我，我們決定到對海的卡塞拉諾海灘去。卡塞拉諾距離不遠，沿著海濱道往東駛，再往南穿過百樂大橋，然後往西拐，不遠就是。這時西天還殘留著點蛋青色的餘光，天空也仍然是藍的，一輪彎月淡淡地掛在藍色的天幕上。沙灘上來日光浴的人早已稀落了，倒是還有些在海中泅泳。

我們就席地坐在靠海邊的草地上。這時候還沒落潮，在草地和海水之間也不過只有兩三公尺寬的一帶沙灘。我們帶來了酒，卻沒有帶杯，只能一人一口地輪替著喝。一面喝酒，麥珂和道格開始談他們在賴可沙灘的所見所聞，又說又笑，一瓶酒不大一會兒工夫就光了。麥珂忽然對道格說：「道格，要不要下水去？」

「你去我就去。」道格說。

「半醉的人，小心淹死！」愛蓮妮警告地說。

「誰半醉了？」麥珂環顧著我們，又指著道格說：「你半醉了嗎？」

道格笑而不答。

「我可一點也沒醉！」麥珂拍著胸脯說。

「來！」說著麥珂就褪下了他的T恤和短褲。麥珂是從來不穿內褲的，就這麼光溜溜地跳進水中去。

道格也跟著脫了衣服跳下水去。

「妳要不要下去？」我問愛蓮妮說。

「我怕冷，我不去！」愛蓮妮搖了搖頭說：「妳要去，妳就去，我可以在這裡守著你們的衣服。」

「我也不去！」我說：「我倒不是怕冷，是游泳技術不成。在這樣黑糊糊的夜裡，下去準淹死！」

「其實天色並不算黑，妳看月光越來越亮了。」愛蓮妮說。

愛蓮妮的話不錯。雖是一輪彎月，在這種萬里無雲無風無霧的天色下，卻顯得特別明亮。鑲了寶石的星光與燈光的海灣，伸展成一鋪銀白色的茵蓆。這銀白色的浮光，卻像一層脆弱的薄膜，覆蓋了那深不可測的黑暗。在這樣的月色中，我總感到一種淒然的美。我隱約中似乎感到，在任何的事物的另一面，都是一種悽慘的面相，因此美的本身就具有了一種可哀的悲感，特別在這種星月交輝的月夜裡，這種悲感的情緒越發地眞切而強烈。

就當我沉在這樣遐想中的時候，突聽愛蓮妮叫道：「他們人呢？他們人呢？」

我朝月光下的海面望去，在茫茫的海面上竟看不到半點人影。我跟愛蓮妮都立時站了起來，跑近了海邊，努力眺望。因爲看不到人影，我們就開始叫喊。我們的喊聲立時消散在廣闊的海面上，沒有一點回聲，卻把在附近海灘散步的人們吸引了過來。他們問我們發生了什麼事，我們就說兩個下海游泳的人不見了影子。有些人也幫著我們一齊喊叫了起來。這時噗噗地打百樂橋那邊駛來了兩艘亮著紅燈的水警巡邏艇。有一艘向深海駛去，另一艘駛近了我們。但他們無法靠岸，只停在距離我們二十多碼的地方。愛蓮妮喊過去說：我們兩個一起來的夥伴，到海裡游泳消失不見了。這一艘就開了探照燈，在海面上搜索起來。我們只看到一閃一閃探照燈的強光穿破了月色的朦朧，卻看不到半個人影，不久巡邏艇也漸漸駛遠了，只剩下我跟愛蓮妮抖索索地無助地站在悽清的月色中。

半小時以後，巡邏艇才駛了回來。在愈駛愈近的時候，我才看見兩個半裸的人體斜倚在船頭的艙壁上，那正是麥珂與道格。每人裹著一條長大的白色浴巾。艇上的燈光照得兩人的臉色蒼青。道格嚴肅地凝注著前方。麥珂望著道格，臉上露著一種嘲弄的笑容。

汽艇在距離我們二十碼的地方停下來，一個水警陪他們淌水上岸，看他們穿上了衣褲，記了姓名，收回了浴巾，汽艇駛去。

這時候我看見麥珂和道格兩人的臉都是青白的，兩人都得得地打著寒顫。

「怎麼回事？」愛蓮妮抱住道格的身體急切地問道。

但道格沒有回答愛蓮妮的話，卻憤憤然地對麥珂道：「你要死就自己去死，我可不陪你！」

我這時也開始用兩手著力地去摩擦麥珂冷顫的身體。

麥珂繼續嘲弄地笑著，但他的臉因寒冷而扭曲成一種奇怪的面容，看來很是悽慘。

「死也是可以陪的嗎？」他說。

「當然不！當然不！麥珂，你不要裝糊塗！」道格仍然氣憤地說。

「每個人的命運都握在自己的手裡。」麥珂冷笑道：「我欠你什麼了呢？」

「什麼都不欠！」道格截然地說，又回頭對愛蓮妮道：「咱們走！」說著就強拉起愛蓮妮，朝停車場走去。

麥珂急道：「喂！我們呢？你們走了，我們怎麼辦？」

「你們自己想辦法！」道格沒好氣地遠遠地喊道。

我趕緊道：「不要緊，我們可以坐公共汽車回去。到底是怎麼回事？」

麥珂只是冷笑，並不回答我的話。他顯得很疲倦，平躺在草地上。已經不打抖了，臉色也漸漸地鬆弛平復下來。我又問他是怎麼回事。

「不過是意外而已。」他說。

「什麼意外？」我不放鬆地問道。

「一個浪打來，差點兒沉下去。」

「浪？」我望了一眼風平浪靜的海灣懷疑地說：「好平靜的海水，我就沒看見有什麼浪！」

「到水深的地方，雖然看不出來，暗浪還是有的，何況是在落潮的時候。」

「爲什麼道格生那麼大的氣？」

「他想我故意拉他一起去死。」麥珂說：「妳想這是可能的嗎？要是另一個不甘心情願，一個人可以拉另一個人一起去死嗎？」

「你拉他了？」

「我沒有拉他，我想反而是他想拉我。妳記得嗎？他自己說過，他多麼盼望睡在海底，睡在藍色的水晶裡。」

「那不過是隨便說說的，他哪裡就會眞地這麼尋死！」我說。

麥珂支起身來，正色道：「那是妳不認識道格！他說過的話，都會要兌現的。」

「你自己不是也說過有一天你要從百樂大橋上跳下去？」

「我說的話也要兌現的！」

月光照得麥珂的臉色慘白！

49

一個星期六下午，我買東西回來，在門口遇到麥珂臉色奇特地走了出來。一看見我，他就說：

「瓊，快進去！妳哥哥在房裡等妳。」

我不免吃了一驚：「我哥哥？你是說我哥哥？」

「他說是妳哥哥，從西雅圖來的。」

我一面急急地進去，一面拉了麥珂的手說：「來！我給你們介紹！」

麥珂甩開了我的手，站在那裡搖頭說：「不必了！我們已經見過。有個約會，現在得出去。」

我不知道我哥哥跟他說了些什麼，使他顯得如此的氣惱，便順口道：「怕不是又去喝酒吧！」

「不錯！」麥珂板著臉回道：「喝酒去又怎樣？不能嗎？」

我看到他那種挑釁的姿態，心中料到可能是我哥哥說了什麼不中聽的話，就不再去理他，自己掉頭進去。

一進門，果見瑛哥在房裡。他正背對了我，倒背著手看牆上掛的那幾張抽象畫。聽見有人進來，他才轉回身來，用一種奇怪的眼光把我上下打量了一番道：「佩琳，妳變了！」

我打開手提包，拿了一包煙出來，放下提包，自己抽出一支，把煙盒遞給他。瑛哥搖了搖頭。我順手放下煙盒，點了煙，這才問道：「怎麼變了？」

「妳看妳這一身打扮，跟嬉皮差不了多少！妳以前不是這樣子的。再說妳的那位朋友，蓬著一頭頭髮，脖子裡叮叮噹噹地掛了一大串，耳朵上還帶著耳環，眞……」

「瑛哥！」我打斷了他的話說：「你就是爲告訴我這些來的嗎？」

他楞了楞道：「自然不是！妳搬了家，也不寫信說一聲，叫我到伍家撲了空。不得已去找到詹，他說也不知道妳住在什麼地方。幸好他靈機一動，打電話找到了妳的一位朋友，叫什麼朱娣的，才終於找到這裡。妳看，大半天就這麼東找西找地浪費掉了！」

「你爲什麼事先不打電話到大學裡聯繫？」

「今天星期六，打電話給誰？」

「我不是說今天，我是說前兩天。你總不會是說來就來吧？」

「可不是說來就來！妳想我願意這麼跑嗎？」

「不是你願意，我可沒下請帖！」說完，趕緊笑了一聲，免得言重了。

「是媽打發我來的！」

我的腦袋轟地一聲響。「媽打發你來的？」

「不錯！是媽打發我來的！昨天媽飛到西雅圖來了。一下飛機，就要轉溫哥華來找妳，可是馬上又辦不妥加拿大的簽證自然來不了。就又逼著我來，好像生怕晚一天妳就出了什麼大事似的。要不是昨晚沒有了飛機，我又不想夜裡開車，昨夜就要逼我來了。」

「媽來做什麼？不是爲了我吧？」我焦慮地明知故問道。

「不是爲了妳又爲了誰？妳既然告訴了他們妳要分居離婚，可又不解釋清楚，把兩個老人家急得什麼似的。妳又不准我替妳解釋。其實我又怎麼知道內情？他們問我，我也說不出道理來。」

「這又不是他們的事，有什麼好解釋的！」

「妳聽聽妳這話！雖然不是他們的事，妳不是他們的女兒嗎？他們能不關心嗎？一個兒子已經鬧了一場離婚，現在又輪到了女兒！在他們看，女兒又不比兒子，兒子好歹是個男人，不怕將來討不到老婆。女兒……」

「怕女兒再也嫁不出去了，是不是？美芳不是照樣又結了婚？」

「他們這種年紀的人當然這麼想，妳能怪他們嗎？」

我沉默了一會兒，問道：「媽的意思怎樣？」

「媽還不知道妳已經說做就做了，也不知道妳本來就是先斬後奏的。她還想來見見詹，希望妳們能夠破鏡重圓。」

「鏡要是已經破了，怎麼能夠重圓？」我說著不禁笑出聲來。

「瞧妳！還笑呢！還是那種不知愁的老脾氣！媽要妳立刻跟我到西雅圖去。」

「噢，原來是派你拘我來的！」

瑛哥也忍不住笑了：「妳就說，人家心裡都在替妳著急，妳還當玩話說！」

「這有什麼可急的！居已經分了，婚也快要離了，急也沒用！」

「也不是我擺出做哥哥的架子來說妳，佩琳！妳也未免太過分了！上次我來，妳還瞞著我，說妳跟詹不過是意見不合，原來妳們分居是爲了他！」

「誰？」

「不就是剛剛見過的那個嬉皮！」

「什麼話！」我立刻反駁道：「第一，麥珂不是嬉皮！就是嬉皮，又有什麼不好？第二，我也不是爲了他才和詹分居的。我分居在前，認識麥珂在後，怎麼能說是爲了他？」

「這也沒什麼關係！可是妳怎麼會跟這樣的一個人搞在一起？」

「麥珂又有什麼不對了？」

「妳別以為詹什麼都不知道！妳的一行一動，詹都非常注意。我看，連妳的住址他也不是不知道的，他不過裝神弄鬼地做給我看。麥珂是怎樣的一個人，他知道得很清楚。我還是不要當妳的面說吧！免得妳心裡不受用！」

聽了他這番話，我不免又驚又氣。想不到詹竟是這樣的一個人！我們好好地分了手，他還要來管我的閒事。不免氣道：「說！說！有什麼關係？把你從詹那裡打聽來的都說出來吧！我知道詹得了些什麼情報，不過是說麥珂是嬉皮，是無業遊民，是酒鬼，是同性戀的！是不是這些？」

瑛哥的臉色突地變了顏色：「還要怎樣！這個世界上骯髒事還不都叫他佔全了？像這樣的一個人渣，妳也要跟他混在一起，妳就不想想妳是什麼人家的女兒！」

「瑛哥呀瑛哥，眞不像你說的話！你也是受過現代教育的，你也算是思想開放的現代青年，怎麼會說出這樣的話來！」

瑛哥低著頭，我看見他的嘴唇在索索地抖著。我又道：「你怎麼能這樣看人呢？找不到工作的就是骯髒人嗎？喝酒的就是骯髒人嗎？同性戀的就是骯髒人嗎？人的好壞高下就是這麼分的嗎？」

瑛哥費力地抬起頭來，看了我一眼，馬上又別轉頭去，苦澀地道：「要不是輪到我自己的妹妹身上，我才不去管他這些！」

我接口道：「你自己的妹妹有什麼與衆不同？大家都是一般的人，都有相同的需要、相同的感覺、相同的問題。告訴你，你也許並不願意聽，我心裡有許多解不開的疙瘩，其中有許多跟你也有關係！」

瑛哥轉過臉來，一臉迷茫地問道：「跟我有什麼關係？我不過是妳的哥哥罷了！」

「就是因爲你是我的哥哥，跟你才有關係！我以前也並不清楚。我可以告訴你，我是怎麼偶然地領悟到人的心理形成過程。有一次我跟幾個朋友一起吃晚飯，飯後有一個朋友拿出了大麻。我從前不知抽過多少次，對我一點也沒有影響。可是那一次不同，有一個朋友教給我吸的方法。我就照他說的法子吸了。過不了一會兒，我就覺得有一股氣兒直衝我的腦子。一時間我好像暈了過去，可是並沒有眞正暈過去。只覺得飄飄忽忽，腦門上好像打開了一扇大門，任何人和物都變得非常接近，彷彿他們只要一舉步就可以走到我身體中來一般。就在這時候，有人站起來說話。他說的是他自己，可是叫我聽起來，他句句說的都是我。我可以跟他說的哭，也可以跟他說的笑。沒有人計畫好要說什麼，都是一時衝口而出的。只要有一個人提一個頭兒，定出一種模式，大家都自然跟著做下去。到了輪到我的時候，你知道我說的什麼？」

瑛哥忐忑地問道：「妳說的什麼？」

「我說我是一隻刺蝟，整天躲在陰暗的角落裡。可是我多麼盼望能變成一隻野兔，聰明伶利，能跑會跳，像我哥哥一樣！」

「我聰明伶俐，能跑會跳？」

「你可不聰明伶俐，能跑會跳？記得吧？小時候不管做什麼你都比我做得好，你年紀又大，又是男孩子，處處都跑在前頭，處處都覺得自己了不起。回過頭來看你的妹妹，真是又蠢又弱又無能。表面上你處處讓著我，迴護著我，實際上你是可憐我，實在是看不起這樣的一個小女生。你想想，我小時候爲什麼那麼愛哭，那麼容易使小性子、鬧牛脾氣？實在我心裡因爲你處處都搶在前頭，才結了一個疙瘩。你想想誰願意叫別人保護？叫別人憐憫？我寧願跟你調換一個位置，處處讓著你，呵護著你，把你看成一個可憐的小男生。這樣我心裡就明明知道我處處比你強。我讓著你，不過是因爲你比不上我。想想看，我說的對不對？」瑛哥低著頭，一聲也不響。

「我現在說這些話，並不是來怪你什麼，瑛哥！」我說：「這也不是你的錯。這只是一種不可避免的生長的過程。我們那時候都是孩子，誰會懂得分析這麼複雜的問題？不要說是我們，就是我們的父母也不懂得。他們要是多懂一點心理的問題，也會多少減少一點兒女心理上的負擔。可是不幸的是，人一旦做了父母，就把自己做孩子時的情境都忘得一乾二淨了。自己受過的折磨，又會不知不覺地加在自己兒女的身上。人沒有自覺的時候，這也是無可奈何的事；可是一旦有了自覺，就不應該再任其蔓延發展下去，把童年時所形成的惡果，再帶到成人的關係裡去。」

我說到這裡，瑛哥忽然站起身來踱到窗前，背對著我站了一會兒，又回身踱到另一邊，好像他要直從牆壁裡走出去。他到了牆邊，不得不又折回來。快走到我身旁時，他停了下來，一手支著沙發的靠背，眼睛並不看我，嘆了口氣道：「妳的話忽然叫我想通了一件事。是，不錯！我現在想通了爲什麼我和美芳沒有搞好關係，而終至弄到離婚的地步。我原以爲都是美芳的不是。我處處讓著她、護著她，她還挑三揀四那麼不滿意。也許實際上我並沒有平等地對待過她，也許我從來沒有把她放在眼裡，只是可憐她罷了。」他說這話的時候，他支在沙發上的手臂不能自制地在微微顫動。

50

瑛哥害怕開夜車，當晚已無法趕回西雅圖。他找了一家旅館住了一夜，第二天我們啓程去西雅圖。我特別換下了我平常穿的藍布衣褲，免得母親也說我嬉皮。

麥珂又一夜未歸，我給他留了個條子；特別囑告他要是我當晚趕不回來，千萬請他打電話到圖書館直接找阮主任替我告一天假。我做的本是短期的暑期工作，沒有什麼保障，若再曠一天職，準定飯碗難保。

瑛哥開車好像很疲倦的樣子，一路沒說幾句話，我自己想好，把心一橫，任憑我母親說什麼，不回嘴就是了。

我們走進門。

我的母親正獨自坐在客廳的長沙發上喝茶。她放下茶杯，站起身來，好像要向我迎過來的樣子，可是她並沒有移步，只是站在那裡等我走向她去。母親的臉半面映著天光，半面沉在陰影中，我驟然的感覺是她似乎突然地變了一個人。我們不過只有一年多沒見，她好像已經不知在什麼時候失去了那種我所熟悉的丰采。她的本來豐盈的兩頰削落了下去，她的皮膚雖仍然細膩，卻泛著青黃的顏色，失去了我記憶中的那種白瓷樣的瑩光。她的髮腳依然一絲不紊，卻雜了半數刺目的白髮，顯得枯萎乾燥而無光澤。

我們這麼對望了幾秒鐘，我的母親首先坐了下來，示意要我坐在她的身旁。不知爲什麼，我竟沒有過去坐在她的身邊，只隔著半個矮圓桌在另一邊的單人沙發上坐下來。

瑛哥一進門就到洗手間去了，這時走來說昨夜沒睡好，又開了三個多小時車，累得很，他要休息一會，然後再一同出去吃午飯。我想他一半是眞累，一半可能是給我們一個單獨談話的機會。

「媽！妳好像瘦了！」我終於說。

母親呷了一口茶，放下茶杯，一手撫著臉頰說：「事事不順心，還胖得了！小琳，妳也沒上回見妳時那麼有精神。」

「我？」我囁嚅地道：「我沒什麼，我很好！」

「這次來，本來想直接去找妳的，可是後來想想還是先到妳哥哥這裡來妥當。接到妳的信，我跟妳爸爸都焦心得不得了。」

「沒想到叫你們煩心，早知道就不該寫那封信了。」我說。

「這不是孩子話嘛！煩心的是爲妳，倒不是爲那封信！妳不同妳哥哥，一向沒個心計，人又任性，誰知道妳會弄出什麼來？我來的目的，也不過是盡盡人事而已！妳現在這麼大了，哪裡還聽我們的？我們都落伍了，又不懂妳們這裡的洋風氣，說的話必是不合時宜的。想妳也不會聽。不過做父母的總是抱著個死心眼兒，就怕一時不周到，在節骨眼兒上沒有伸一伸手，將來倒叫妳抱怨，好像我們沒盡到責任似的。所以才大老遠地跑這一趟。聽呢，當然好；不聽呢，將來後悔莫及的時候也別來怪我們！」

我心裡不免想：幾時怪過妳什麼來？嘴裡卻道：「一切都過去了，現在也沒什麼好說的！」

「怎麼？就沒有挽回的餘地了？」母親瞪著我問。

「沒有了！我們早已經分開。這樣實在對誰都好。」

母親沉默著，又端起茶杯來呷了一口，卻沒有立時把茶杯放下，在手中撥弄著，好像在尋思自己的措辭。她終於抬起頭來看了我一眼說：「妳說好，那是現在。將來呢？將來怎麼辦？就怕錯過了這個村，就沒有那個店了！」

「也管不了那麼多，人總是不能爲將來活著，對不對？」

母親似乎有些不解地望著我：「不爲將來，爲什麼？」

「爲現在！爲現在！我以前就是爲將來活得太多了，才好像從來都沒有活過似的。我現在終於明白過來，人生活中最重要的就是現在這一刻。失去了這一刻，以後百死莫贖！」

母親仍然不解地瞪著我，嘆了口氣說：「我也不大懂妳所說的什麼『現在』、『將來』的這一大套，我就知道一個人活著應該有個長遠的打算，哪能今日有酒今日醉？婚姻是一輩子的事，誰家一時沒有個疙瘩？哪能就解不開呢？動不動就分居離婚？我就不懂這種想法。離婚以後呢？妳就保得準找到個比勞倫森更好的？」

「問題不在這裡，媽！勞倫森沒有什麼不好。也許正是因爲他太好了，我才配不上他。」

「這是什麼話！要是妳眞的配不上他，他為什麼又要了妳？」

「所以說是錯誤嘛！兩方面的錯誤！我們根本就不是同一路的人。他是大學者、大教授，我什麼都不是！」

「妳也是大學畢了業，又留了洋，犯不著這麼自輕自賤！人人都愛爭強好勝，沒見過像你這麼說話的！」

「這能怪我嗎？我有這麼能幹的媽媽，又有個事事得意的爸爸，再加上個逞強好勝的哥哥，哪裡還有我的份？從小我就是被妳們踏在腳下的一個小可憐蟲，什麼都不會，什麼都不行，就會賭氣耍脾氣。在妳們的眼裡還不就是個又笨又倔的醜丫頭，連大便屙在褲子裡都不知道，還會有什麼出息？」我越說越急，嗓門也越高了。

「妳這種頂嘴的脾氣倒沒改。我說一句，妳倒有半筐！看妳這個急倔樣兒，頭上的筋都疊暴出來了。妳幾時大便在褲子裡過？」

「當然妳是不會知道的！妳有妳的工作，妳的應酬，妳哪能來注意這些細事兒？」

「就算是吧！都是些過去的事了，何苦再來倒騰！」

「過去了嗎？妳不知道，什麼事情都不會眞正過去的。只要妳還有一口氣，所有妳的經驗都仍活生生地長在那裡！活在那裡！」

「我知道妳心裡怎麼想，」母親急急地接口說：「妳就嗔我在妳小時候管妳不多，對不對呀？」

「那倒也不是！像妳跟爸這種身分的人，哪能在家裡帶孩子？孩子是應該交給佣人去帶的。這也不就是咱們一家，別家也是這麼著。我說的不是這個，我說的是我自己的感覺。同樣的事情，擱在不同的人身上，可以有不同的反應。妳不知道有多長的一段時間，我不知道我做什麼，我不知道我要什麼，我也不知道我喜歡什麼。我不是做妳們要我做的事，就是故意做妳們不要我做的事。我自己好像只是妳們的影子，一行一動都要看著妳們的眼色，圍著妳們團團轉，好像從來就沒有過一個我自己。」

「我不懂！我不懂！」我的母親一迭連聲地說：「什麼我自己，妳自己！一個女孩子家，要什麼自己！」

「又來了！又來了！還是那種重男輕女的觀念！女孩子就不能有自己嗎？」

「先有了別人才有自己！」我母親冷哼了一聲：「特別是一個女人家！」

「我倒覺得應該是先有了自己，然後才會有別人！」

「怪不得出問題！妳這種觀念，怎麼與人相處？」

「這也是沒法子的事。沒有自己，什麼都沒有了，還有什麼可以相處的？」

「唉！」我母親嘆了一口氣說：「妳說到哪裡去了？我的意思不過是說人應該隨和些，才能與人相處。特別是女人家，結婚以後，不管妳多麼聰明能幹，妳總不能不跟著人家轉。再亮的一個月亮比不過太陽，這也是自然之理。」

「好了，媽！妳千句萬句不過只有一句：就是妳常常說的嫁鷄隨鷄、嫁狗隨狗。我也很瞭解，在過去中國那種社會裡，女人根本就不能單獨生存，只有忍氣吞聲，看男人的臉色。可是現在環境不大一樣了，我們不隨鷄狗，仍然可以活得好好的，爲什麼一定要去隨鷄隨狗呢？」

「唉，妳這個孩子！就是這麼著！」我母親不悅地說：「我可不是跟妳鬥嘴來的！我不過是爲了妳好。妳一定要盡著性子鬧，這是妳自己的事！」

「這不就結了！媽！說眞個的，我和詹的事，妳最好別管！哥哥的那一遭，妳也管來著，還不是越弄越糟，有什麼好結果？」

聽了這句話，我母親忽地一聲站了起來，冷冷地道：「好！我不管！我不管！這就叫佩瑛定機票，明天就回台灣去！反正在這裡也沒什麼好結果！」

瑛哥從臥房裡跑了出來。我也急忙陪笑道：「媽，妳別生氣！是我不好，頂撞了妳老人家！」

瑛哥說：「媽，妳又何苦來！這是她的事，妳又何苦操這個心！」

我母親嗚咽道：「我還不是爲了你們好？不想到頭來受你們的褒貶！好吧！我現在也看開了，你們要分就分，要離就離，盡你們鬧吧！」

瑛哥勸道：「現在這也是常事，也沒有什麼大不了。要是眞是一對冤家，強撮在一起過一輩子，那才眞是孽！」

我母親擦了擦眼淚，整了整衣襟，又端端正正地坐好，望了瑛哥一眼道：「你說的倒也是。我們這些人眞是太落伍了，對這些事總是有些看不開。就說你跟美芳吧！這些年來在我心裡老是一個疙瘩。好好的一個人，怎麼一到了外國就變壞了呢？其實離也沒關係，千不該萬不該帶走了汪家的孩子。也沒見過洋鬼子這種不講道理的法律，明明是汪家的孩子，倒叫外姓的給抱了走。我死也不服這口氣！」

「其實叫我現在想來，」瑛哥囁嚅地道：「孩子跟媽媽也許比跟爸爸強，女人照顧孩子畢竟比男人細心些！何況我又不是見不著。」

「要是她沒再跟人，本也沒有什麼關係。她現在既然又跟了別人，就該把汪家的孩子還給汪家！我就從沒見過這種蠻不講理的人，強霸著孩子不說，還敢打官司。眞虧她有這個臉！」

「要是擱在現在，我就不打這種官司！」瑛哥說。

「爲什麼不打？天下有一百個理，我們至少佔了九十九個！」我母親憤憤不平地說：「錯不在我們！錯就錯在洋鬼子這種鬼法律！」

「我說的不是這個！」瑛哥說：「說實話，自從跟美芳分開以後，這些年來我也想了不少我們過去的問題。開始我總以爲都是美芳不好，美芳不對，美芳不是我理想中的那種女人，在事業上幫不了我什麼忙，在生活上淨給我添麻煩。可是後來想想，她縱有千錯萬錯，也抵不上我自己的一個大錯！」

「你又有什麼錯？」我母親不解地問道。

「什麼錯？天下恐怕沒有比這種錯更不可原諒的錯了！我忽然明白過來，我從來不曾眞正愛過美芳！」

我母親聽了一楞說：「這倒奇了！你跟美芳好，也不是我們的意思，還不是你自己找的！」

「自己找的自然不錯。問題不在美芳，而在我自己！也許正如佩琳所說的，我就是那種自以爲是的人，事事跑在別人前頭，總覺得自己了不起，全沒把別人放在眼裡。對不對，佩琳？」他盯著我問說：「妳這麼說過的。妳是我的親妹妹，妳總不是在胡說八道的吧！我現在也漸漸地明白了，佩琳，我爲什麼沒交到一個眞正的朋友。連美芳對我那麼傾心的一個人，都終要棄我而去！爲什麼？爲什麼？我是那麼自私的一個人嗎？我是那麼可厭的一個人嗎？」他語聲顫抖著，眼內一片殷紅。

「我沒有說你自私！更沒有說你可厭！」我分辯道：「天下可有不自私的人嗎？我只不過覺得你的氣燄太盛了，你又事事順利，至少一直到你跟美芳分手的時候，你沒有遭受過什麼挫折。這怎麼能怪你想不到別人的委屈！」

「我不是想不到別人的委屈，我是看不起這種委屈！佩琳！一個人爲什麼甘心忍受委屈？爲什麼不設法出人頭地？爲什麼叫人踩著而不去踩著別人？在你叫人踩在腳底下的時候，你含冤叫屈，那才是活該！有本事，你就應該把這個世界翻轉過來！甘心忍受委屈的，都不過是些人渣廢物罷了！是！我瞧不起這些人！我沒把美芳放在眼裡，正因爲她甘願忍受了這些年的委屈！直到她棄我而去的時候，我才感覺到她也有幾分個性，不是那麼不值得人敬重的一個人！所以現在我也明白妳爲什麼要離開詹。我要有一分驕氣，詹倒有十分！妳離開的好！妳做得對！要是妳也讓詹在腳下踩過，妳又有什麼選擇！」

「好了！好了！」我的母親不耐煩地插進來說：「我不懂你們這些踩著不踩著的問題！夫妻

之間，能忍的就忍，能讓的就讓，哪裡有這些計較！」

「媽，妳說得也太好聽了！」瑛哥轉向母親，仍以一種無法自制的顫聲道：「夫妻中間沒有計較嗎？妳跟爸中間從來就沒有計較過嗎？」

我母親楞了一楞，張了張嘴，又閉上了。她的嘴唇索索地抖起來，眼淚跟著咕嚕咕嚕成串地滾了下來。她終於顫聲地說：「你爸爸……他……他……」

我跟瑛哥都吃了一驚，急問說：「爸怎麼了？」

「他沒怎麼！」我母親打皮包裡拿出一塊手帕來揉她的眼睛。「還是不要說他吧！」

「這有什麼不能說的？媽！哥哥和我還是外人？」我說：「我們都長這麼大了，也不再是啥事不懂的孩子！」

「挺好的！有什麼可說的！」我母親又揉了揉鼻子說。

「挺好的！挺好的！」瑛哥一面搓著手，一面不停地來回走著。「媽！眞是挺好的嗎？」

「媽！妳們那一代的人好像遇事從來不敢面對現實，」我也插嘴說：「總喜歡彌彌縫縫藏藏掖掖。叫我現在看起來，妳們好像不是爲了自己活，而是爲了別人活著似的。人不過只有一輩子，正像妳剛才說的，才眞是錯過了這個村，就沒有那個店了！」

「我活得挺好的，我不覺得有什麼不對。」我母親說。

聽她說這種話，不知爲什麼我心中有種說不出來的難受，就道：「媽！有些話，擱在以前我是不會說的，可是現在不同了。我在外國也沒有學到別的，卻學會了一件事：面對現實！我覺得一個人活著，最重要的就是要對自己誠實。我要的就要，不想要的就不要，沒有什麼模稜兩可！上次我回家，妳知道爸對我說過什麼？」

「他說了什麼？」我母親驀然抬起頭來這麼問道，眼中又閃出那種我所熟悉的凌厲的眼光。從前一看到她這種眼光，就叫我聲咽氣餒，可是現在我居然覺得在我心中滋生了一種以前所欠缺的勇氣，就直視著我母親道：「他說他不願住在台北，他要住在台中！」

「台中？」我母親喃喃地說：「他已經去了台中，他已經去了台中半年多了！」說完了這句話，我母親的嘴唇抖著抖著眼淚又簌簌地淌了下來。

「媽！妳現在也知道了？」瑛哥說。

我母親低垂著眼瞼，掏出手帕來擤了一把鼻涕，才一字字地道：「那個姓簡的女人，已經有了兩個你父親的孩子，你們以爲我不知道嗎？我不過是爲了大家好，裝作不知罷了！我以爲你父親總會明白過來，誰曉得到了這種年齡，仍然過不了這一關！這也都是命！」

「我倒不覺得這是命！」我接口說：「如果妳們覺得這樣好，妳們就這麼做，這也是出於妳們自己的選擇！」

「選擇？」我母親不解地抬頭望了我一眼：「不這樣又怎樣？我沒有別的選擇！」

我們三個人都沉默了。過了好半晌，我母親才嘆了口氣說：「我看我是白來了。你們自己的事，還是你們自己來操心吧！」

51

我父親和一個姓簡的女人的關係，我們早就風聞了一些風聲，但是總沒有證實過。沒有人問過我父親這樣的問題，我父親自然也從不對我們說什麼。就是那一次我父親對我說他要住台中的話，我隱隱中感到了他的言外之意。當時我也許心中對他產生了一種敵意，使我不但緘口不問，而且故意地把話頭岔開。很可能他那時想對我表白些什麼，只因爲看了我這樣的反應，也就氣餒不言了。現在忽然聽到我母親說到這個問題，原來她也並非全不知情的。不知爲什麼對我母親也產生了一種幾乎不能抑止的敵意。如果我心中也有傷口的話，我母親的話又擊破了這個傷口，使它又汩汩地流出血來。我幾乎想立刻起身返回溫哥華去，但那又是不可能的。想到我母親的心情，我就不能不僞裝出一副堅強無礙的心胸，來安慰素來那麼堅強而忽然間變得如此衰頹憂傷的一個母親。她越是強充出一副堅強的模樣，越使人感到她內心的衰頹。我忽然明白了爲什麼這一年多的工夫她的外貌竟有這麼大的改變！

因此我又陪了我母親一天，星期一才搭晚班的長途汽車回溫哥華。到溫哥華時已將近午夜了。因爲沒有行李，就搭了公共汽車回家。我家房後棒球場的前面就有一個停車站。我在那裡下車，立刻看到我房中那面開向棒球場的窗戶透出暗弱的燈光。麥珂大概在家。我心中這麼想著，就弓下身去從窗中望進去。我發現窗簾是拉上的。一種好奇和惡作劇的心情使我想看看麥珂獨自在家中做些什麼。我就瞇起眼睛打窗簾一端不曾十分拉嚴的一條細縫裡窺了進去。開始在十分暗弱的燈光下，我什麼也沒有看出來，但是我調換了一個姿勢，就發現了麥珂伸在床邊的一隻光裸的小腿被屋角裡罩著橘黃燈罩的那盞暗弱的燈光染成了橘黃的顏色。然而不止是一雙，好像多了兩條出來。我吃了一驚，心立刻通通地跳了起來。我調換了幾個角度，都無法看到床上，然而那四條腿卻不停地扭動著。我一明白了這種光景所代表的意義，就急忙挺起身來。背貼向牆壁，忽感口乾舌燥，連呼吸都停止了似的，腦中早就轟然一聲變成了一團亂麻。

我要怎麼辦？怎麼辦？我絞著手指。進去？還是不進去？我心中幾乎可以斷定那跟麥珂在一起睡在床上的是誰。這一切都在預料之中，沒有什麼值得氣憤與難過的。我雖然這麼寬解著自己，卻仍不能抑止心中那種非常熾熱的難堪。

最後，我決定進去。我繞到前門，在甬道裡故意放重了腳步。我一開門，房中的兩人才驚跳起來。麥珂半跪在床上，吃驚地瞪著我，另一個則跳起來到沙發上去抓他的衣物。

我拍地一聲開了中央的頂燈，房中的人和物都雪亮地顯現出來。那一個在胸前摀著衣物的人驟然間也驚呆了。我自己卻倒抽了一口冷氣，怎麼會是他！突然間我的心燒成了一團火，竟不能自制地歇斯底里地叫道：「雷查！你還有沒有一點羞恥！你知道露薏絲多麼愛你，她多麼愛你！你卻……你卻……」我忽地一聲開了房門。「你！給我滾出去！」

「你聽我說！聽我說！」麥珂揷嘴道。

「滾！」我聲震屋瓦地吼道。

雷查慌亂地蹬上他的褲子，抱著別的衣物，一溜煙地竄了出去。我忽地一聲又關起了房門，人好似瘋狂了似地抓起桌上那個插花用的橘汁瓶就向麥珂擲了過去。給他一閃身躲過了。我忽然一眼看見那個倚在牆上的麥珂的模型。我竄了過去，一把推倒在地，一腳就踩在了模型的頭上。突然一聲慘叫，麥珂衝了過來。我自己也嚇呆了。低頭一看，模型的臉已經被我給踩扁了下去。麥珂一手抱起了他的模型，哇地一聲放聲哭了出來。

「妳殺了我！妳殺了我！」他哭道。

我咬著唇，索索地抖著。我自己也沒有料到竟會做出這樣的事來。

「我做了什麼，叫妳這麼對待我？」麥珂抬起變了形的淚臉望著我。

「你做了什麼？」我辯道：「你跟雷查在我不在的時候做了什麼？」

「我們做了愛！做了愛！有什麼不好？」

「天哪！你最好收回這樣的話！無恥的人哪！」

「瓊！我沒有想到妳竟是這樣的人！妳們中國人都是一樣的！道格跟妳，都是一樣的！妳們害怕身體，妳們討厭身體，妳們只能在按捺不住的時候才帶著犯罪的心情做這樣的事。妳們根本不懂享受妳們的身體，放縱妳們的身體，讓妳們的身體來表現妳對人們的愛心，而不只是燃燒在腦中的一種幻想。妳們眞是一種退化了的族類！」麥珂咬著牙，淚簌簌地落在癟了的模型的臉上。

我不知如何自處。我的確太過分了，千不該萬不該踩壞了他的模型，而我明明知道那模型在麥珂的心中有多麼重要。我眞是內心中懷著野蠻的殘酷的那種人嗎？我竟也是那種我一向輕視的縱容自己而毫不顧及別人感覺的那種人嗎？

我怯怯地道：「對不起，麥珂，對不起！我沒有想到是雷查，我本來以爲是……」

可是麥珂似乎沒有聽到我的話。他的手指輕輕地拂著模型扁了的臉，人已陷入一種沉痛的迷惘中。他的每一聲間歇的啜泣，都重重地擊在我的心上。

我不能忍受下去，就返身靜靜地退出了這間遺存著我的暴行的房間。

52

我獨自走在暗夜中，心中充滿了沮喪和難堪。我自問：我絕無傷害麥珂之心，可是爲什麼我竟做出這樣的事來？可見我心中有些暗流是我無法控制的。我追思那些暗流的來源：來自我的童年？來自與我父母的關係？來自中國的文化？只是一團混亂，我全無能理出一個頭緒來。一個人又有多大的自由？你即使有愛人之心，可是你卻無能把你的愛心表現出來。當你表現出來的時候，竟成了一種完全相反的形式：不像愛，而像恨！我開始恨我自己。而一個恨自己的人，又怎能愛人？我怎樣才能從這種鬱結中解脫出來？

街上已經幾乎沒有了行人。我走上大衛街的時候，才發現了幾個稀落的夜行人。街角上零星地站著幾個站街的夜鶯。徹夜不熄的飲食店仍然燈火通明。驟然間我聽到隱隱的鼓聲，原來我又走在「熱帶花園」的前面。我未加思索地就推門走了進去。煙氣、酒氣、震耳的樂聲，雖然不是週末，在這樣的夏季竟也充滿了人群。我買了一杯啤酒，不多時就喝淨了，我才知道我多麼地口乾舌燥，也才感到身體有多麼地疲倦。我又買了一杯啤酒，想找一個角落坐下，忽覺有一個人向我靠過來。一抬頭，我的眼光就碰上了他的。

「瓊，妳還認識我嗎？」他說。

我遲疑了一下，點了點頭。

「我叫喬治。」他說：「好久不見妳來了。」

他掏出煙來遞到我的面前，我抽出一支。他又掏出打火機給我點了，自己也點了一支。我一手夾著煙，一手端著啤酒杯向前走去，想找一個位子。喬治就緊跟在我的身旁。兜了一圈，竟找不到一個空位。

「妳好像很疲倦的樣子。」喬治說。

「是，很疲倦。我剛從西雅圖回來。」

「這裡連個空座位都沒有。瓊，妳要是眞倦，不如到別處坐坐。」

「哪裡？」

「譬如黑貓、百合，那裡都是日夜不關門的。」

百合就在附近。我說：「好，就去百合！」

我放下啤酒杯，跟喬治從「熱帶花園」裡走出來。

「我並不怎麼喜歡『熱帶花園』。」喬治說：「這裡煙氣太重，音樂又吵！」

「那你還常來？」我說。

「說實話，最近幾次來，我心裡都想可能再遇到妳。」

「眞的？」

「眞的！不騙妳，瓊！妳是個叫人難忘的女人。」

我沉默著，沒有回答。這也許只是喬治的一句恭維話，但叫我聽起來有點刺耳。百合裡牆上桌上都點綴了百合花的圖案，音樂輕徐，人聲低微。如不是今天身體實在疲憊，平常我並不喜歡這樣的情調，倒是「熱帶花園」那種震耳的音樂、嘈雜的人聲，才能刺激我的神經。

我叫了一杯加牛奶的俄羅斯甜酒，喬治叫了啤酒。喬治舉起杯來，我們碰了杯。四目相對，卻忽然發覺無話可說了。

「我今天沒有醉！」喬治終於說。

「爲什麼一定要醉？你們這些男人呀，眞是些叫人不能理解的動物！」

喬治瞪著我，張口結舌無語以對。這時我注意到喬治的臉，雖然看來不過三十多歲，額上卻已刻上了兩條深深的皺紋。兩隻灰色的眼睛下結了兩個微腫的眼袋。方正而有力的下巴，刮得精光，透出隱隱的一片青色。他今天依然是衣裝整齊，全套的灰色西服，淡紅色領帶，很像一個循規蹈矩的白領。不知爲什麼這麼看著他，心中卻泛起一種無法掩飾的厭倦。我於是一口喝乾了杯中的酒說：「喬治，謝謝你的酒。我累了，得回家去！」

喬治顯出些不解的模樣，但隨即看了看錶道：「可不是！都快要兩點了！我開車送妳回去。我今天沒醉！」

我們又走回「熱帶花園」的停車場。上了喬治的車，喬治果然沒醉，看他從那麼擁擠的車堆中倒車出來，就不是個醉漢做得到的。我告訴他我的地址。但開了幾條街，喬治忽然在一幢巨大的建築物前把車停下來，轉臉問道：「還記得這裡？」

我搖了搖頭。

「這就是我家，妳以前來過的。要不要上去坐坐？」

「太晚了！」我疲倦地說。

他沒有作聲，我也沒有催他。過了差不多一分鐘，他才嘆了口氣說：「瓊，我今晚覺得好寂寞！好可憐哪！這就是沒有喝醉的代價了！現在妳該知道爲什麼有些人每喝必醉的原因了吧！」

我轉臉望著喬治，他並不看我，眼睛只茫無目的地望入黑夜的深處。那邊穿過被路燈照成橘皮色的街樹，可以看到滿天的繁星，又是一個無月多星的夜。

「好！我上去坐一會兒。不超過一個小時好不好？我明天還要上班。」我說。

喬治的大嘴巴忽然咧成一個歡喜的笑容，使我覺得一個人不管多大年紀，仍有他天眞的一面。

一進了喬治的客廳，他就脫去了上衣，略顯著羞澀地搓著手問我要喝什麼酒。

我說我不能再喝酒了。

「咖啡？」

「這麼晚我是不喝咖啡的。你有沒有茶？」

「茶？有有，有英國的，錫蘭的，妳要哪種？」

「錫蘭的吧！」

在喬治到廚房裡去弄茶的時候，我忽然一眼看到屋角的小几上擺著一張放大的女人照片。那不是愛蓮妮嗎？圓臉、小巧的鼻子、突出的一雙大眼。照片是黑白的，顯不出她棕紅色的頭髮，但那一雙稍稍凸出的大眼，使只要見過她一面的人都不會忘記。我忽然想起喬治臥房中那張結婚照，怪不得初見愛蓮妮時總覺得有些似曾相識！

喬治為我沏了一杯茶，為自己沖了一杯咖啡。他拿了一個椅墊坐在我的身旁，一隻手有意無意地放在我的膝上。我立刻伸手把他的手挪開了。他有些迷惑地抬頭望著我。

「喬治！」我指了指屋角的那張照片說：「那張照片是不是愛蓮妮？」

喬治吃驚地瞪著我，過了半晌才說：「妳認識愛蓮妮？」沒等我回答，他就敲著自己的腦袋說：「看我多笨！妳一定是道格拉斯•李的親戚。表姊妹，是不是？」他的眼光在我的臉上逡巡：「我原說有些像呢！」

我笑了，急忙搖頭否認道：「我不是道格的親戚，只不過是朋友罷了！」

「朋友？是誰的朋友？道格的？還是愛蓮妮的？」他急切地問道。

「是他們兩個的朋友。」

喬治似乎鬆了一口氣，站起身來，坐到我對面的沙發上去，繼續喝他的咖啡。過了好半晌，他才慢吞吞地說：「瓊，我跟愛蓮妮結婚已經多年了。現在雖然分開了一年多，可是並沒有離婚。我總想她跟道格的關係只是一時的，到時她還會回到我這裡來。」

「你還愛愛蓮妮是不是？」

聽了這句話，喬治的臉立刻沉了下去，腮上的肌肉不能自制地抽縮著，好像盡力地壓服一種激情、一種早已小心地覆蓋著的火燄。我有些後悔自己說話的冒失。但是他終於平復下去。

「是！」他以一種平淡的口吻答道：「不但我還愛愛蓮妮，我想愛蓮妮也還愛我。她跟道格的關係只是一種邪迷！妳懂不懂什麼是邪迷？」不等我插嘴他又繼續道：「邪迷就是一種不是人力所可抗拒的誘惑！我們都是人，我們都無法擺脫這種誘惑！妳只要看看道格那樣的眼睛……那樣的眼睛……」說到這裡，他似乎突然吃了一驚，身子一震，有幾滴咖啡在震顫中濺潑到他置身的沙發扶手上，他自己似乎全沒有注意到，卻伸出空著的一隻手遮了他的臉，低垂了頭痛苦地說：「請妳不要這麼瞪著我！不要這麼瞪著我好嗎？妳怎麼也是生著一對這種眼睛的人？」

「什麼眼睛？我不懂你的意思，喬治！」

他瞟了我一眼，又迅急地低下頭去，好像我的眼神灼傷了他的神經。「什麼眼睛？」他吃吃地道：「就是大而空漠的那種。透過這樣的眼睛，我們永不知妳們腦裡想些什麼，妳們要做些什麼。那裡沒有思想，沒有熱情，只是兩隻空不見底的深洞，是一個謎，一個永不可穿透的謎！這樣的謎洞卻足以把有熱情有思想的心靈陷落進去。這就是爲什麼我叫它作邪迷！愛蓮妮就陷在這種邪迷的深淵裡。可憐的愛蓮妮！她哭著請我原諒她，她哭著對我說，她仍然愛我，她會永遠愛我；可是她不能拒絕道格，不能離開道格，因爲道格不是她的愛人，她說，而是她自己的一部分！妳說可怕不可怕？道格居然變成了她自己的一部分！哈哈哈哈……」喬治忽然不能自制地大笑起來。「妳說，誰又能擺脫掉自己的一部分？這就是邪迷！這就是我們每一個人都無法超越的人間悲劇！哈哈哈哈……」

看了喬治這副神情，我的心不免緊縮起來。我懷著點隱隱的恐怖。我自問喬治的神經是否還是正常的。他的眼光一會兒凝定，一會兒迷亂，比泥醉了的人更叫人擔心。

「靜一靜！喬治！」我說：「也許我不該提起這樣的話頭！」

「爲什麼不？」喬治瞪著我說：「這些話我早就想大聲地說出來了。我十分感謝妳今晚給我這樣的一個機會。別怕，我的神經很正常！要是我的心已經破碎過，現在也早已痊癒了。我並不怪愛蓮妮，也不怪道格，更不會怪我自己。人間的遇合都是極自然的。當你接受了一種情況的時候，創痛自然也就平復了，也就自然心平氣和了。我把我們經營的花店交給了愛蓮妮。我知道我們分開以後，她是無以維生的。我自己再重新經營另一種生意。」

「喬治，你是一個好人，是一個心胸寬大的人！」我說。

「那倒也不見得。」喬治說：「我想每個人都有好的一面，也都有壞的一面。人應該有一種自知，好像花匠在修理他的花木一樣，讓好的健康的枝葉生長，把壞的腐敗的枝葉剪去。我就常常提醒我自己：你是一個花匠，你那麼珍惜你的花草，哪能反倒不珍惜你自己？」

「所以你就時時地修剪你心中的腐枝敗葉？」我說。

「誰說不是？」喬治咧開嘴笑出那種使我一度注意到的極天真的笑容。「我常想一個人愛另外一個人的時候，是不是就該把另一個人據爲己有？就說花草吧，——眞是三句話不離本行——一盆培養好的花，我們尚且有好花共欣賞的心情，對人怎麼反倒如此自私起來？我後來想，那種嫉妒、憤恨，甚至於做出狂暴行爲的情緒，其實並不是因爲愛，而是源於我們自身的疾病。這種疾病多半生在我們尙不懂人事的幼年，可能我們無法得到父母的關懷，也可能什麼別的原因，在我們的心中便埋下了一顆嫉恨的種子。這種子隨我們的生長，在不知不覺中也就發芽茁壯，只等一個機會開花結實。機會總是會有的；即使沒有這樣的機會，也會製造一個出來，是不是？我們患了這種病的時候，便只能在嫉妒與憤恨中獲得滿足了。」

「也許是的吧！」我說：「可是像你所說的，這是一種病。既然是一種病，又是深植在心中的病，又是發生在人生開始的幼年，也就不是那麼容易痊癒的了。」

「一點也不錯！」喬治說：「就拿我自己來說吧！我時時提醒自己，愛不是自私，不是嫉恨，而是寬宥包容。可是有時卻感到自己那麼可憐，那麼寂寞無助，這種自憐自悲的情緒又是那麼強烈，有時幾乎想拿起一把刀來毀了自己。可見這種寬宥包容的心情也並不是全無壓力的。」

「寬宥包容固然是一種美德，我們畢竟只是一個普通的人，在寬宥包容的時候，我們豈能不期望別人也來寬宥包容我們自己的過失？」

「自然！這是雙方面的。恐怕只有神才可以有單方面的愛。」喬治往空投了一眼，好像眞有一個愛我們的神高高地坐在天上的寶座中一般。「人是需要雙方面的表現，因爲人除了愛以外，我們還需要公平，是不是？沒有公平，我們也就愛不成的！」

我們都靜默了。一時間我竟不自禁地闔起眼來。到我突然間打了個冷戰睜開眼來的時候，忽見窗幃上已泛出了晨光。原來我斜躺在我坐的那張沙發上睡了過去。我身上覆了一襲薄薄的毛毯。

喬治就睡在對面的長沙發上，發出輕微的鼾聲。我又不能自禁地閉上眼去。在睡夢中忽然被人搖醒了。我掙起身來，見喬治站在我的面前。

「瓊妳說妳要去上班的。」喬治說：「已經七點半了。我自己也要去工作！」

我坐起身來，整一整衣裝，問道：「我就這麼睡著了嗎？」

「可不是！」喬治笑道：「我來弄點簡單的早飯，吃了，我們就各自上班去吧！」

53

喬治開車送我到大學去。我很後悔沒有先回家看看麥珂。不知他抱著他的模型哭了多久，不知昨夜怎麼睡的，心中充溢著對麥珂的掛念。但又爲了不要遲到，不得不趕到大學去。

到了圖書館，迎頭碰到艾梅。艾梅說：「呀！妳可來了！阮主任昨天找妳一天。打電話到妳家裡去，也沒人接。」

我吃驚地道：「怎麼？我的朋友沒替我請假？」

「我不知道！」艾梅說：「阮主任囑咐了大家，妳一到就叫妳去見她。」

我趕緊三步併作兩步地奔到主任的辦公室。阮主任在低著頭寫東西。

「阮主任，早！」我說。

阮主任抬起頭來，瞅了我一眼，臉色板板地道：「瓊，怎麼回事？昨天一天不來上班，也沒有妳的消息！」

「阮主任，是這樣的，」我解釋道：「我母親從台灣到西雅圖來了。上星期日到西雅圖去看她。行前我不知道星期一是否能趕回來，所以拜託一個朋友，若是我星期一不能回來，就請他向妳替我請一天假。」

「妳託的是什麼朋友？沒有人替妳請過什麼假！」阮主任仍然板板地道。

我囁嚅地說：「也許是他忘了，還是……」

阮主任端了端她的眼鏡，打斷我的話說：「瓊，實話告訴妳，像妳這樣工作是不成的。別說昨天又無故曠職一天，就是沒有這一樁，我們也無法繼續用妳。第一，妳不是學圖書館的；第二，妳的私事特別多。好在這只是個臨時的職位，現在我們手下有個比妳更合適的人選。我看，妳就做到這個月底吧！」

阮主任望了一眼案頭的日曆，又道：「今天已經是二十三號，也就是說妳再來一個星期就行了！」

我咬著嘴唇，一句話也說不出來。

阮主任又勉強擠出了個笑容道：「本來我們可以馬上辭退妳，因爲妳這種性質的工作是按天算的。如果沒有任何原因，也不過給妳五天的期限就可辭退妳；如果有特別的原因呢，像曠職、請假太多之類，就可馬上辭退。我們所以寬限到月底，是考慮到妳的失業保險的問題。到這個月底，妳在這裡已經做滿了十個星期，在找到別的工作之前，妳至少可以領取失業保險津貼的。」

「謝謝妳吧，阮主任！」說罷，我就轉身回到自己的辦公桌上去了。聽到這樣的判決，我心中自然十分難過；可是也沒有什麼可抱怨的。阮主任沒有什麼錯，錯的是我自己，錯的是麥珂，爲什麼他竟糊塗到遺忘了這麼重要的事情？飯碗能不重要嗎？何況這個飯碗他也可以吃到一口的！但是再一細想，我又怎能怪麥珂？難道我還不明白麥珂是怎樣的一個人？要是他注意這樣的事，他自己也不會弄到今天靠失業保險吃飯了。那麼錯的只有我一個人！第一，我不該時常請假；第二，我更不該把這麼重要的事託付給麥珂。跟他一起生活，我只能當他是個無用的人！是個廢物！一想到這裡，我的心又不免作痛起來。麥珂眞的只是一個一無長處的廢物嗎？如果他眞是如此，我怎麼可以長期地跟一個廢物在一起？又想：他即使不是個廢物，也只是個幼兒，整天就知道陶醉在那種自我欣賞的頹廢的美學裡！你能企望他負起什麼樣的責任？兩人共同的生活是有責任要負的，那麼未來的責任就只有落到我一個人的肩上了！然而我呢？我就是那種能負得了責任的人嗎？

我的思想停留在這一個問題上，來回地鋸磨，終至使我的頭都痛了起來。我本來還想借用阮主任的電話打給麥珂。問問他的情形。經過了早上這一遭，我也不好意思再走進阮主任的辦公室了。

中午艾梅約我一同去吃午飯。我讓艾梅等我一下，用公共電話打回家去。鈴響了半天，卻沒有人接。在餐廳裡艾梅悄悄地問我今晨阮主任跟我說了些什麼。

我說：「給開除了！」

艾梅嚇了一跳，叫道：「眞的這麼嚴重？我還以爲訓兩句，也就算了！」

「本來就是個臨時工作，又不是學圖書館的，又有什麼保障？」我懶懶地說。

「看樣子，我可得小心了。」艾梅說：「我跟妳還不是一樣？說不定哪一時就給人趕走！」

「妳不同！」我接口道：「妳畢竟已經幹了一年多，經驗豐富，人又能幹，到哪裡去再找妳這麼把手？」

「得得！經驗有什麼用？就像妳所說的，不是學圖書館的，在圖書館裡工作，在這種專業化的社會裡，自然就比人矮半截！」說著嘆了口氣道：「妳幾時離職？」

我說：「阮主任說叫我做到這個月底。這算是顧全到我的失業保險問題，額外開恩了。」

「那不過還有一個星期，以後怕難見到妳了。」艾梅眨動著眼睛急迫地說：「瓊，我看我現在就向妳下請帖吧！我還沒告訴任何人。除了我家人以外，我還沒有跟任何人講。妳是第一個。妳千萬可別先張揚出去。」

「什麼事？這麼機密！」

「我下個月結婚！」說完艾梅抿著嘴望著我，好像是在觀察我的反應。

我果然吃了一驚，急道：「我怎麼一點也不知道？新郎是誰？怎麼認識的？」

「妳正在忙著談戀愛，怎麼會注意到別人這些細事！」艾梅調侃地說。

我自覺臉上騰地熱了起來。我正在談戀愛？我當眞地正在談戀愛嗎？跟誰？跟麥珂這種關係能夠算是戀愛嗎？連我自己都不明白。

「別胡說！」我道：「說正經，妳到底是要跟誰結婚呀？這麼鐵桶似地一點風聲不露？」

「跟誰？瓊，妳應該知道的。」艾梅帶點靦腆地說。

「我知道？這就奇了！妳從來沒跟我說過什麼，我又不是妳肚裡的蛔蟲，我怎會知道？」

「想想看，一個多月前，我對妳說過的。」艾梅半笑不笑地從她的眼鏡後邊盯著我。

我想了一陣，卻什麼也想不起來，搖了搖頭。

「我沒有跟妳提過王教授的事？」

「天哪，王教授！妳提是提過的，可是妳說他又老又禿，妳是看不上眼的！」

艾梅的臉騰地一下紅了起來，我才知道我又說溜了口，急忙地掩口不迭。艾梅低了頭喃喃地道：「這年月，還是現實一點的好。王教授雖說年紀大了一點，可是有鐵飯碗，大家又都是中國人，總是可靠一些。現在這裡，眼裡看的，耳裡聽的，不是分居就是離婚，也把我看怕了。再想想自己，也老大不小的了，到現在連個正式的工作也沒有。在學校裡唸來唸去都唸成一個書蟲了。正像我爸說的，世事是一點也不懂。妳想，像我這樣的人，又有什麼出路？」

艾梅抬起眼來時，我見她眼圈兒都紅了。

「可是妳要是不愛他，怎能生活在一起？」

「哈！妳還是十八歲呀！」艾梅又恢復了平素她那種譏誚的口吻。「到了我們這個年紀，還什麼愛呀愛的，也不怕說著牙磣！」

我讓她搶白得無話可對。過了半晌，我忽然想起來道：「應該恭喜妳，艾梅！」

「什麼喜不喜的！」艾梅冷笑道：「我也看穿了。我吃不了苦，又怕寂寞。我不管什麼愛不愛的，我全算找一個伴兒罷了。王教授也許不是個好愛人，但可能是個好伴兒。我上過他的課，我知道他頂會講故事了。每天上床以後，我只要聽他講個故事就行了。我不求別的！眞的，人生就是如此……聽聽別人的故事，哭一場，笑一場，人生就是如此！嘻嘻哈哈！」艾梅說著說著就忍俊不住唧唧呵呵地笑了起來，一面笑一面眼淚簌簌地落在她的盤子裡。

54

我回到家的時候，已經是下午五點多鐘。一開門，便覺異常的寂靜。麥珂不在，模型也不在，但床上依然零亂如故，跟我昨夜離去時沒有什麼兩樣。一進入這個房間，昨夜離開時所見的懷抱著模型淚流滿面的麥珂的形象又立刻映現在我的腦際。我爲什麼竟在一種不曾自覺的衝動下做出這麼殘酷的事情？現在傷心的麥珂到哪裡去了？殘破了的模型又到哪裡去了？

我坐在床上，也不想去收拾床上的那一團零亂，胃口緊鎖著，也不覺飢餓。我打皮包中抽出一支煙，點著，看著煙氣在凝定的空氣中慢慢地飄飛上去，耳中似乎聽到一些棒球場上孩子們的嘻笑聲。但不止是嘻笑聲，其中還夾雜著一種斷斷續續的抽泣。我不禁詫異起來。這抽泣聲時遠時近，有時候竟像就在我的房中一般。我不禁毛髮都聳立了起來。幸虧是大白天，要是半夜裡聽到這樣奇怪的聲音，我真會嚇個半死。我又側耳細聽，聲音竟好似來自房門旁邊的壁櫥裡。幾乎是未假思索地我奔了過去，忽拉一聲就拉開了壁櫥的門。天！我驚叫了一聲，竟是麥珂坐在壁櫥裡。我突然打開壁櫥門的聲音，似乎並沒有驚動他分毫。我扭開壁櫥裡的燈，就見他兩眼緊閉，眉頭深鎖，鼻中斷斷續續地發出那種似呻吟又似抽泣的聲音，可是臉上又沒有淚跡。

「麥珂……」我叫道：「你怎麼了？」

麥珂並不理我。

我伸手拉他，他的身體就順著我的力量傾倒過來。我急忙托住了他的身體。伸手一摸，他的頭滾燙。

「麥珂！你病了！」

我吃力地把他從壁櫥中拖了出來，又好歹地把他弄到床上。他仍然緊閉著雙目，一點反應也沒有。我再摸摸他的頭，的確是滾燙的。這時我第一個念頭是找一個醫生。找誰呢？我原來的家庭醫生還是跟詹分居以前的，怎好找他來看麥珂的病？突然，我想到了史提夫。對！史提夫！我應該打電話給史提夫。我找到了原來麥珂給過我的史提夫的電話號碼，撥了電話。

對面傳來一個年輕的聲音：「哈囉！」混雜著叮咚的鋼琴聲。

「我請史提夫說話。」我說。

「史提夫！」那個年輕的聲音叫道：「電話！」

鋼琴聲停了下來，過了一會兒我聽見史提夫的聲音。

「我是瓊！」我急速地說：「我打電話給你，因爲有點急事！麥珂，麥珂忽然病了！」

「什麼病？」史提夫平靜地問道。

「我就是不知道什麼病。頭上滾燙，問他又不作聲。你能不能來看看他？」

史提夫遲疑了一下道：「我現在正有客人在家，不然馬上就可以去的。可是我問妳，麥珂沒有躲進壁櫥裡去吧？」

「我正是剛打壁櫥裡把他拖出來。」

「哈！」史提夫似乎鬆了一口氣道：「要是打壁櫥裡拖出來的，那就沒有什麼關係。這也不是第一遭了。不過是點神經質的燒。妳家裡有沒有阿斯匹靈？」

「有！」我說。

「妳給他吃兩粒阿斯匹靈。我說兩粒，一粒不夠！喝點水，讓他平躺下休息就行。兩個鐘頭以後，要是燒不退，妳再打電話來，好不好？」

「好吧！我就照你說的辦。謝謝你，史提夫！」我掛斷了電話。

給麥珂吃了兩粒阿斯匹靈，又灌了他些水，把他平放在床上。他咿唔了兩聲，又睡熟了過去。

過了一會兒，我去摸他的頭，果然沒有那麼燙了。一個小時以後，燒已經全退，可是他仍然熟睡著。我想不必再給史提夫打電話了，不意史提夫卻打電話過來問麥珂的情況。我告訴他麥珂燒已全退，請他放心。

「妳看，」史提夫嘆了一口氣道：「麥珂是非常脆弱的一個人，他還是一個孩子！這就是爲什麼我說妳得做他的母親了。當時聽了我這樣的話，妳是相當不高興的，我想。瓊，讓我坦白地告訴妳，跟麥珂在一起，妳得有十分的耐心，十分的愛心。他實在脆弱得像一個嬰兒。現在妳該知道了吧？」

我默然。過了一會兒才吐出一句：「史提夫，謝謝你！」

「不謝！」對方掛斷了電話。

這時我覺得有點餓，就去吃了些麵包和奶酪，又喝了些水，然後就睡在麥珂的身旁。我撫摩著他的臉頰，柔滑細嫩，眞像嬰兒的皮膚，就是他未曾刮過的下巴也並不刺手。耳中聽著他平靜均勻的呼吸，我心中感到一種和平與滿足。我第一次心中產生希望有一個嬰兒的慾望。一個無知無識稚弱無助的嬰兒，躺在我赤裸的懷抱裡，需要我的保護和愛心，一個女人的愛心，一個母親的愛心。這麼想著，我感到眼眶有些濕潤，然而心中卻充滿了溫存的感情。不久我自己就沉沉地睡去。

大概是午夜的時候，我突然被一陣夢境中的騷亂驚醒。睜開眼睛，突見麥珂坐在床上，在黑暗中我似乎覺得他正在注視著我。

「麥珂！」我輕輕地叫道。

他沒有作聲。

「米士勒！」我又輕輕地叫道。

他還是不作聲。

我就開了床頭的小燈。麥珂舉起一隻手來在眼前遮著那暗弱的燈光。他注視了一會兒，搖了搖頭，慢慢地往後退去，逐漸地從床上退到地下，然後移坐到沙發上去。

在他後退的時候，我也就坐起身來，以一種憂慮的目光追隨著麥珂。

「麥珂！」我說道：「我抱歉！對我所做的我非常抱歉！請你原諒我！」

他望著我的臉呆呆地說：「瓊！妳殺了他！」

他臉上那種呆癡的表情，使我覺得我的確扼殺了些什麼，摧毀了些什麼，至少破壞了我所不十分瞭解的但爲麥珂心中所珍惜的一些什麼。我突然無能自制地雙手掩面哭泣起來。我自知做了些無法補償的可怕的事情，我又有什麼資格請求別人的原諒？即使麥珂肯原諒我，我又怎能原諒我自己？天哪！我絕不是以踐踏別人的心爲快的那種人哪！

就在這時候，我突覺一隻手輕輕地撫摸著我的髮。那種溫柔、那種愛撫。那種小心，是在我的記憶裡所沒有的，是我從我的父母那裡從沒有經驗過的，是廖敏雄、詹以及任何一個我所接觸過的男人所從來沒有給過我的。那一隻手漸漸地撫到我的肩上，環過了我的肩。我自己突然變成了一個躲在母親懷抱中的嬰兒，爲渴望中的愛心而哭泣。

他的臂愈環愈緊，我完全沉沒在他的懷抱中。這時我差不多感覺我已融化了，化作水，化作氣，滲入了他的身體之中。他的唇輕輕地吻在我的面頰上。

「瓊！不要哭！」他終於說：「其實他已經安息了，他已經到了一個比在這裡更安全更舒適的地方。」

「哪裡？」我轉臉望著麥珂問道：「他去了哪裡？」

「他去了百樂大橋下的海波中。他去了那裡。那正是他應該去的地方。只有在那裡他才會感到眞正的安全、眞正的平靜，像在母親的胸懷中一樣的穩當，不會遭到任何的損傷與欺凌。」

我不能抑止我的眼淚。我哭著，眼前彷彿就看到那個偶人從燈光搖曳的海波中漸漸地沉落下去，愈沉愈深，而終於隱沒在黑暗的海底。我突覺那沉落在海波中的並不是那偶人，其實就是我自己。我甚至感到海水的溫暖。是，在溫暖的海波中，我逐漸地隱沒在黑暗的海底。

55

第二天我回家來的時候，發現麥珂又泥醉了。我沒有說什麼。我能說什麼呢，對一個泥醉的人？何況我並不滿意自己的作爲，又何能去深責他人？也許每個人有選擇自己生活方式的自由。麥珂既然以此爲樂，別人有什麼權利去干涉？然而另一方面，我又不能完全信服自己這種念頭。人們眞會以酗酒爲樂嗎？我們清醒的人不是總以爲酗酒是一種逃避的行爲嗎？在一個人無能解脫，又不肯面對他所遭遇的問題的時候，方法之一就是藉一種藥物爲媒介做暫時地逃避。酒、鴉片、海洛英，以及其他強力的迷幻藥品，都是這樣的媒介。這種暫時的逃避，不獨不能解決問題，反倒會愈陷愈深，終至會陷入無能自拔的淵海。如果眞是這樣的情況，我怎能眼看麥珂沉淪下去？至於我自己，我已經失業了。我若是靠自己的勞力生活，就得另外找一分工作。我還沒有把失業的事告訴麥珂，如果我告訴了他，他會不會因此而難過？而自疚？

麥珂沉醉在沙發上呼呼地睡去。我叫他，他不應，我就給他蓋了張毛毯，讓他睡在那裡。

又過了一天，天氣突然熱了起來。這是溫城八月裡少見的熱天。我回到家裡的時候，見麥珂面向著那個小窗裸著背坐著，手中在玩弄著一件什麼東西。我打開門的聲音很大，竟也沒有驚動了他。我走過去，打他的肩頭往他手中一望，不禁嚇了一跳，原來他手中弄的是一條蛇，好在只是一條無毒的小綠蛇。

「麥珂！」我叫道：「哪來的這條蛇？」

麥珂扭頭望了我一眼，毫不驚訝地慢呑呑地道：「這不是一條蛇！」

「這不是一條蛇又是什麼？」

「這……這是我的寶貝！」說著他就把那條盤在他手腕上的小綠蛇擁在胸前輕輕地搖著。小蛇反過頭來朝我瞪著一雙豆黑的小眼睛，一條慘白的蛇信一呑一吐地顫抖著。我感到說不出的一種痲煞，急忙倒退了兩步，皺皺眉頭道：「你別玩這個好不好？我最怕這玩藝兒！」

「這有什麼好……好怕的！」麥珂舌頭黏纏纏地說：「妳看多……多漂亮！綠……綠的身體，白的舌頭，黑……黑的眼睛，多……多漂亮！」

我看見那條蛇在他的手腕上盤曲著，心中有種說不出來的厭惡，就道：「麥珂！你不能在這裡養一條蛇！我受不了！我實在受不了！」

麥珂側轉頭，斜睨著我，他的眼中攪著些紅絲，眼神呆呆的，微張著嘴，露著裂縫的上齒，跟他平素一般地皺著鼻翼，這模樣像極了一個白癡。我忽覺這張臉極爲難看可厭，突然間使我心中充滿了厭煩的情緒。這樣的一張臉、這樣的一個人，怎麼會引起過我那麼多美感與遐思？我不懂！我眞不懂！我又退了一步，就跌坐在床上。

麥珂又背過身去，繼續玩弄他的蛇，不再理我。我心中有種說不出來的委屈，分不清是爲人所欺，還是爲自己所欺。我也弄不清我實在厭惡的是麥珂，還是我自己。那天我狂暴地踐踏在他臉上的時候，難道是偶然的嗎？即使是一種衝動，在這衝動的背後也該有多少潛藏的原動力才會偶然間使這樣的一種衝動爆發了出來？世間怎有純粹偶然的事？在任何偶然的背後，不知潛藏了多久必然的種子在等待一個恰當的時機來萌芽爆發！我抬頭再看一眼麥珂，他實實在在地存在在我的眼前，就像我自己憤憤然地坐在這裡一樣眞實。他的所作所爲值得我去爲他抱著如此的歉疚？他這種呆癡的面相全是我的罪過？不！我不能肩負這樣的罪悔，這種感覺喚起我內心深處一種不可名狀的傷痛。我雖然找不出致痛之因，但那傷痛卻早就深深地嵌在我的心中，到了現在竟使我再無法虛飾掩藏。我竟覺麥珂是如此的可厭可恨！我寧願想那可厭可恨的不是麥珂，而是我自己。

就在這時，電話忽然鈴鈴地響了起來。我過去一把抓起聽筒。

「哈囉！」我極不耐煩地說。

「瓊，是我！詹！」聲音倦怠而粗澀，如不是他說出名字，我幾乎沒聽出是詹的聲音。

我沉默了幾秒鐘，才道：「有什麼事？」

「瓊，聽我說！」詹急促地道：「有件要緊的事，想跟妳談談。妳有空嗎？」

「什麼時候？」

「今晚，就今晚好不好？」

我略一沉吟道：「今晚不行！」

「那麼明晚行不行？瓊，我一定得跟妳談一談！」詹帶出一點懇求的語氣。一向驕橫跋扈的詹，是不常用這種語氣說話的。

不知爲什麼我非常不想見詹，一點也不想見詹，特別是在我剛剛失了業心情低落的時候。可是聽他的口氣，又像是有求於我似的。無論如何總是多年的夫妻關係，如果他眞有什麼事需要我的幫忙，我又怎能斷然拒絕？於是道：「明天要是有空，我就給你打電話，好不好？」

「這樣也好！」詹似乎鬆了一口氣道：「我知道我不應該這麼打攪妳，可是眞有事跟妳談的。明天我等妳的電話。」說罷就掛斷了電話。

我自己也覺鬆了一口氣。然而一口氣還不曾眞正緩過來，電話又響了。我想大概又是詹。抓起電話，原來是朱娣。

「瓊，妳在做什麼？我是說妳現在閒不閒？」朱娣的語氣竟像詹一樣的急迫：「今晚我心裡好煩躁！」

「我心裡也正煩躁得慌！」我說。

「那正好！」朱娣急忙接口道：「咱們一起去『熱帶花園』喝一杯如何？」

「『熱帶花園』？我不怎麼想去那裡。我怕今晚我受不了那麼大的聲音。」

「那麼來我家好不好呢？妳還沒吃飯吧？」

「沒有！」

「我叫披薩店送一個披薩來，這裡有現成的啤酒，咱們就吃披薩喝啤酒。」

「好！」我說：「半個鐘頭我就到。」

放下電話，我到浴室裡去整了整頭髮。出來見麥珂仍然坐在原來的地方不曾移動，手中也仍然玩弄著那條小蛇。我說：「麥珂，今晚我要出去。冰箱裡有吃的，你自個兒弄了吃好不好？」

麥珂回過頭來，仍然那麼癡呆地望著我。他張了張嘴，像要說什麼。可是我好像怕聽到他的聲音似地不等他的話出口就急急地扭轉身打開門衝了出去。

在穿過那條幽暗的走道的時候，我覺得我的心通通地跳著，有一股酸氣直從胃裡泛上來。「我並未有負於你。」我自語道：「我對你又有什麼責任？什麼義務？一個人應該首先設法打理自己的生活、安排自己的生命。每個人心中都蘊藏著些無法冰釋的積累。我們又有什麼權利把自己的負擔加在別人的身上？何況因爲你，我已失去了工作。然而這也並不重要。失去一個工作，還可以另找一個；再說，眞正的責任在我而不在你。我沒有理由因此而怨你。但是，你卻是個那麼令人難堪的人。是。你酗酒。你酗酒。只因爲你逃避你自己。我們人生下來不應該面對自己嗎？可是在這個世界上，能面對自己的人又有幾個？爲什麼我們竟如此脆弱，輕易地爲環境所壓服？在歷史的重負下喘氣，在文明燦爛的外衣覆罩下暗泣。其實我們眞正需要的不過是那麼微小的一點空間、那麼短暫的一段時間，爲什麼我們不能自主？去你的歷史文明！去你的傳統文化！我們只不過需要在清朗的碧空下呼吸那麼一口無拘無束的空氣。像一隻飛鳥，振翼而起，隨心所欲；像一頭在莽原上獨行的野獸，任意遊蕩，沒有目標，也沒有一定的歸宿，只盡情地享受著那一刻生存在天地之間的喜悅。然而是什麼使我們墮落到鳥獸不如的境地？是我們自己嗎？不錯，是我們人類自己！我們用自己的手絞曲了自己的命運，然後再去彼此折磨。把愛當作了一種洩憤的工具，對自己的怨憤一變而爲對他人的嫉恨。麥珂，是我，還是你，是眞正墮落的一個？」

我止了步。有一股熱辣辣的脈流打我的心裡湧了出來。我差不多想要返身奔回我的房間去。然而一剎那間，我又似看到了麥珂那一張癡呆的臉和盤曲在他手腕上那一條吐著慘白的蛇信的綠蛇。我就不再加以思索地奔出門去。

56

朱娣來開門的時候，使我吃了一驚。她的頭髮零亂地披了下來，臉色蒼白，額頭眼角都刻劃著明晰的皺紋。我從沒見過朱娣這麼疲怠而衰敗的面色。看見我，她笑了笑，但笑得似乎很吃力，綠色的眼珠在圓形的鏡片後惶惑不定地移動著。

她做了個手勢，讓我進去。我看見有一個披薩就放在客廳的小桌上；桌上還放了兩瓶啤酒，一瓶已空，一瓶半空。不用說，在等我的時刻，朱娣已經在開始喝啤酒了。我走進客廳的時候，她早又打廚房的冰箱裡取了兩瓶冰啤酒出來，一瓶遞給我，一瓶放在她那半空的啤酒瓶旁。她又去取來了兩個碟子和兩副刀叉。披薩是鮮菇奶酪的，顏色氣味都很醒胃。

客廳的窗戶洞開，窗外是一片暗綠的樹色。

「天氣好熱。」朱娣轉頭望著窗外說。

「這樣妳就叫熱天了？妳沒經驗過台灣的天氣！」

「還要怎麼熱？」

「可以熱得妳飯也不想吃，話也不想說，光想喝水。」

朱娣從窗外收回了眼光，低頭注視著手中的酒杯。沉默了半晌，忽道：「瓊，妳說好笑不好笑？雷查居然要和露薏絲同居了！」

「啊！」我眞地吃了一驚。「同居？妳說的是什麼意思！」

「同居並沒有第二個意思，對不對？」朱娣低著頭，咬著披薩，「跟露薏絲，就是詹的那個女兒。妳說可笑不可笑！」

「我雖然覺得有些吃驚，但我並不覺得有什麼可笑！」我說。

「還不可笑？」朱娣抬起眼直視著我道：「一個公開搞同性戀的，像雷查這樣的人，居然要跟一個女人同居起來！哈哈！」朱娣笑了兩聲，馬上又咽了回去。她的笑聲冰冷而做作。

雷查和麥珂赤裸的影子忽然顯現在我的眼前，我皺了皺眉頭，言不由衷地道：「任何人都有權利跟任何一個人同居，只要雙方同意。」

「那是當然！」朱娣說：「我的意思並不是說他沒有這種權利，而是他完全昏了頭，失去了自知之明。」

「什麼自知之明？」

「什麼自知之明？那還用說嗎？像雷查這麼聰明的一個人，還不知道自己是老幾？還不知道他需要的是什麼？」

「妳相信雷查眞是一個同性戀的？」

聽了我的話，朱娣怔了一下，立刻皺起眉頭道：「什麼眞！什麼假！大家都是一樣的人！還不是因爲我們這個社會成見太深，把心理的問題弄成政治的問題。一成了政治問題，人就被迫採取立場。一採取立場，哪還顧什麼事實？事實都是多面性的，而立場只有一個！雷查就是在這種情形下，成了他自以爲的同性戀份子！妳想，雷查這樣的一個政治動物，積極份子，忽然要跟女人同居起來，就如同有一天妳聽到主張男女平權的朱娣忽然要嫁人做起傳統式的老婆來一樣的不可思議。哈哈嘿嘿！」朱娣笑得眼淚都快要迸了出來，額頭上冒出涔涔的汗珠。可是我自己覺得並沒有什麼可笑的。我等她笑完了才說：

「我倒覺得這是很可理解的現象。愛也許可以紓解一切問題，包括政治問題在內。雷查也許忽然愛上了露薏絲，他就不再計較自己是不是同性戀的。妳自己有一天要是遇上了一個妳傾心愛悅的人，妳也許就不再管什麼婦女運動，而甘心做他的奴隸。在愛的範圍內便不容人計較什麼權利義務利害得失。」

朱娣咬著唇望了我半天，才慢慢地搖著頭道：「聽妳這麼說話，眞像一個小孩子！什麼是愛？這固然不容易解釋，但愛定然是有條件的，並不是什麼天生的事物。愛不能包容一切，也不能放之四海而皆準。在某種條件下才會產生某種型態的愛。」

「那麼爲什麼基督教的文化中，又有上帝的愛做爲最後的眞理？」我不服氣地辯道。

「我想那只是一個理想，那只是形而上的思辯的結論；也可以說是邏輯地歸納的結論，在萬般殊相的愛中歸納出的一個愛的共相。」

「妳的意思是說有了殊相，才有共相；而不是先有共相，才有殊相？」

「不錯！不過我所說的先後只是邏輯推理的先後、人類理解程序的先後；而不是生物式衍生的先後，也不是歷史的先後。有太多哲學上的問題，是不能用歷史的時間觀念來理解的。」

「我可不是哲學家。妳把我的頭都說大了！」我有些不耐地說：「照妳的說法，妳不承認有一種普遍的愛？」

「不！不承認！世間沒有什麼普遍的愛，只有相對的愛；不然愛便不會以一種無窮無盡的方式表現出來。」

「以妳這樣的推論，雷查跟露薏絲的愛不過是這種相對的愛中的一種型態而已，又有什麼不可？」

朱娣聽了一楞，自知掉到我的陷阱之中，急急地咬了一口披薩，一字一嚼地說：「我並不是說這是不可能的。我只是看不慣雷查這種樣子！」說罷，她舉起啤酒瓶來把三分之一的餘酒一氣喝盡。一抬頭，看見了我面前已空的酒瓶就道：「瓊，妳的酒也空了，妳再給自己拿一瓶來，順便也帶給我一瓶。」

我到冰箱裡拿了兩瓶啤酒來，把兩瓶都掀去了蓋子。遞給朱娣時警告她說：「這已是妳的第四瓶了，可別昏醉了吧！」

「第四瓶？」朱娣強笑道：「我下午已經喝過兩瓶了。」

「那就別再喝了吧！」我有些擔心地說。

「酒逢知己千杯少！誰管它！人生難得一醉！」

「妳說的倒也不錯！」

「計較太多了，又怎麼生活？」朱娣又說。

「好！我陪妳！」把心一橫，我衝動地說：「乾杯！」我舉起瓶來，一口氣就喝下了小半瓶。大概因爲喝得過急，我覺得我的頭轟地一聲膨大了起來。我趕緊咬了一口披薩，把酒氣壓壓。

「不管他跟誰同居，跟我都沒什麼相干！」朱娣在喝下了小半瓶後，低垂下眼瞼望著手中的半塊披薩這麼說：「他又算老幾！昨天他到這裡來，就坐在妳現在坐的那個位子上，對我說：『朱娣！我決定跟露薏絲同居了，妳不會怪我吧？妳不會怪我吧？』他把這句話重複了好幾次，倒好像他跟露薏絲同居跟我有什麼瓜葛似的。」

「朱娣！」我忽然按捺不住地叫道：「這個雷查！這個雷查！妳知道他做了些什麼？」

朱娣抬起眼來，吃驚地望著我。

我又喝了一大口啤酒，才道：「妳知道前幾天他跟麥珂睡在一張床上，是我親眼看見的，就是我從西雅圖回來的那天！」

「那有什麼稀奇！」朱娣冷誚地說：「他們本來就是相識！」

我張大了嘴望著朱娣的臉漸漸扭曲變形，那不再是朱娣，而是雷查。雷查的臉又在漸漸扭曲變形，那不再是雷查，而是麥珂。麥珂的臉也在扭曲變形，那不再是麥珂，而是道格。道格最後又變作麥珂——麥珂的一張癡呆失神的臉。爲什麼是我的罪過？如果我眞犯了這個罪，我寧願毀棄了一切，毀棄了這張癡呆的臉；不是爲了因此減輕我的罪惡感，而是乾脆讓這種罪惡感暴漲到極度，讓我自己深深地沉入第八層地獄之底，永遠焚燒在灼膚焦骨的烈燄中，永遠承受這種痛苦！

朱娣繼續譏誚地笑著。漸漸地她收斂了笑容，但仍注視著我的臉。忽然她放下酒瓶，從桌上伸過一隻手來，壓在我的手上，歪著頭，憐憫地說：「瓊，妳哭了！妳哭了！妳爲什麼哭呢？這種人是不值得我們傷心的。雷查也好，麥珂也好，都不值得我們傷心。瓊，難道妳眞愛上了麥珂了嗎？」

我搖了搖頭，但是我自覺我的眼淚仍然簌簌地落下來。這時候我突覺朱娣壓在我手上的那隻手索索地抖著，可是她馬上把手縮了回去。就在縮回去的時候，她的手碰倒了桌上的那半瓶啤酒。啤酒順著桌沿滴到地毯上，可是朱娣仍然一動也不動地坐在那裡。我拭了一把淚，才看淸朱娣的臉色慘白，兩行淚正從她咬緊的唇邊流了下去。

57

朱娣到底喝醉了，又哭又笑地折騰了半夜，把吃下的小半個披薩也都吐了出來。我雖然也喝了不少啤酒，但總算還是清醒的。我服侍她睡下，自己也就睡在我以前住過的那間房裡。想起這張床就是雷查時常睡的，我心中產生了一種奇異的念頭，不是厭惡，反感到一種邪魔的吸引力。我把鼻伏在枕上嗅了又嗅，企圖喚起一些雷查所遺留的氣息。我自覺臉上一陣熱，爲此感到非常羞恥。因爲這一刹那，靈光一閃般地喚醒了我一種沉睡中的記憶，使我淸楚地意識到我曾經欲望過雷查的身體；就在那天早晨我無意中看到他在朱娣客廳中的睡姿：一襲黑髮半掩著他裸露的胸臂，以及臂下驕恣地露出的腋毛。那時間，我爲之怦然心動！繼而我似乎又重回到我看見他跟麥珂睡在一張床上的心境。那時我爲什麼會那般狂怒？只是爲了麥珂嗎？麥珂時常終夜不歸，我並沒有過什麼特殊強烈的感覺。那麼，我的狂怒也是爲了雷查？或者說竟是爲了雷查？只是因爲我曾經欲望過他的身體，而他對我卻漠然視之，無動於衷，但又無恥地到我的禁域裡來偷偷竊取。這個雷查，我實在恨他！然而同時不管多麼強烈的恨意，仍不能淹熄潛藏在我心中的那一念慾情。我忽然明白露薏絲爲什麼那麼愛他，他具有一種喚起女人慾情的魅力。我不應該有這樣的慾情嗎？只有在這一刻，在我獨處的夜裡，我才發現面對著這種自然的動物性的慾情，竟是如此地束手無策。如果這就是我的原形，這也就是一個眞實的我，我又有什麼理由因此而羞恥？

我覺得燥熱起來，就又起身去把窗戶推開。園中的樹映著街燈昏黃的光芒，顯出一層層由淡而深的半透明的翠綠，漸遠漸深，終至淹沒在海波一樣的黑暗中。這時沒有車聲，沒有人聲，竟如忽然間我自己成了宇宙間所遺存的最後一個生物。面對著這樣的夜空，我才感到白晝所加予我的種種束縛與侵迫慢慢地鬆脫下來。白天，我不得不像衆人般地掛起一副面具；甚至於爲了扮演各種不同的角色得掛出各種不同的面具。在灼灼地他人的目光逼視下，便不容易再保有一個自己。你只能生活在他人的眼目中，爲他人的欲念而生存。這倒也並不是完全出之於一種取悅世人的心態，而實在是由於一種不可抗拒的侵染。在衆人的嘩笑中，你便難以流淚，不管你有多大的傷心事；在衆人慟哭中，你也無法暢笑，不管你心中有多麼痛快。所以白天是群體的生活，是世俗的生活，是角色扮演的生活。只有到了夜裡，在衆人一個個各自退入各自的暗影中之後，才突然地顯露出一個個各自的本相。這時候，我的注意力才能收攝到我自己的心中，我才能開始自視，開始面對著我之所思、我之所欲、我之所在。這才是個人的生活、創造的生活、脫去面具後的本相生活。我就在這種情況下，慢慢地發現認識了一個新的我；這個我好像過去並沒有十分存在過一樣。

我又回到床上，躺下去。想到明天是最後一天的工作了，從後天起我就成了無業游民，像麥珂一樣。但是我能不能天長日久地像麥珂似地依靠失業保險度日呢？我會不會像麥珂似地也墜入日日借酒澆愁的田地？我自認大概是不會的。我太愛生活，我愛生活中的多面性，因此也就不大可能墜入一種固定的生活型態中不能自拔。我雖然任性，但在任性之外還有一種自制力，彷彿是麥珂所沒有的，雖然他自己並不承認這一點。他不抱怨什麼。他以爲目前的生活雖不一定就是他的理想，但因爲他並沒有什麼清楚的理想，所以也就安然。他沒有什麼野心，他從不想完成任何事情，但他卻倒也希望並不因此爲人所棄。也許他心中還奢望著因此爲人所賞識也說不定呢！這就是爲什麼他毫不以爲恥地把他的觀念和生活方式絕不隱晦地表現出來。我忽然領悟到麥珂不過是一個不掛面具的人，是一個夜裡的生物，不適合生活在白天。在我們這種社會型態中、文化意識下，到頭來他怕要徹底失望了。但他又似乎並不以失望爲忤，他仍然絕不妥協地按照他自己的方式生活下去。然而眞能日久天長地這麼生活下去嗎？麥珂似乎並不考慮這個，也並不畏懼。他自言不願活過二十歲，對他而言，二十歲以後的歲月，失去了青春，失去了純眞，失去了人生的繁花初放的春天的歲月，純粹是可憎可厭的。他頑固地堅持著他對人生的觀點，因此才從家庭裡脫逃出來，從社會裡脫逃出來，幾乎斬斷了所有人間的關係，最後也許只有孤獨地孑然一身踸踱在遠離人群的荒漠裡。就某一種觀點而言，麥珂又具有著一種絕不屈服的倔氣。我甚至於弄不明白，像麥珂這樣的一個人，到底算一個強者，還是一個弱者？我的理解力不夠直入他的內心世界。有時我覺得他離我很近，有時又覺得他離我非常遙遠。麥珂對我終竟仍是個謎！我又有什麼理由把自己攪進這樣的一種人的生活裡？

這麼想來想去翻來覆去無法入睡。後來終於睡著了。但時間似乎不久就又悚然驚醒過來，頭上冒著汗，身上也是濕膩膩的。一睜眼就看見滿窗滿園的太陽，又是一個大熱天！但，不好！恐怕已經不早了吧？心中滿懷著憂慮。一看錶，幸好還不到八點。最後一天總不要再遲到了去挨別人的白眼！匆匆地淋了個澡，也來不及吃早飯，給朱娣留了個便條，便急急地趕到學校去。

下班前跟同事一一告別，包括阮主任在內。阮主任一反平常冷漠的態度，說了些抱歉安慰的話；但這樣的話比她的冷漠的態度聽來更不是滋味。我失業了！我失業了！我心中不時地這麼呼喊著。一會兒用些達觀的念頭來自我寬解，一會兒又覺得不勝其慌亂。坐在回家的公共汽車中，看見別人平靜的面容，我竟感到我是天下最可憐的一個人。

走到門前，見麥珂的汽車意外地停在禁止停車的這一邊，就知道他剛回來，大概又要出去。一開門我就聽見麥珂的聲音，他正一面淋浴一面拖著五音不全的聲音唱著，一會兒拔尖，一會兒沙啞，聽來非常刺耳。

天氣實在有點熱，我覺得身體好累，眼皮也重重的，眞想也沖一個澡，可是浴室又被麥珂佔著。脫去了鞋襪，坐在靠近那個小窗口的沙發上，把雙腳搭在一把椅子上。窗戶是朝上支開的，正有一縷微風打窗口裡灌進來，直拂到我的身上。這時麥珂赤裸著身體嘴裡依然哼哼著打浴室裡走了出來。

他一眼看見我，就笑著對我說：「瓊，要不要一同去喝一杯？」

我一聽就不免有氣，我的工作都丟掉了，他還依然不知愁地要出去痛飲！他的表情已不像日前那般的呆癡；但是這是一種僞飾，毀了的何能再全？「麥珂！你現在是淸醒的，有什麼不好？」

他正在穿褲子，似乎沒有聽見我的話。

我又重複道：「你現在是淸醒的，有什麼不好？」

他直起身來，楞楞地望著我，似乎沒有聽懂我的話。

我就又補充道：「爲什麼非要天天喝個泥醉不可呢？」

「我沒有天天喝個泥醉！」他辯道。

「我每天回來，不是見你醉得人事不知，就是舌頭打卷兒，話也說不清，還說不是天天喝個泥醉！」

「就是醉一點，又有什麼不好？我也沒礙著誰！」

「沒礙著誰？」我提高聲音道：「因爲你，我連工作都弄丟了！」

麥珂似乎吃了一驚，不解地望著我，囁嚅地道：「妳說，因爲我丟了妳的工作？」

「可不是因爲你！」我忽地一下站了起來：「那天我去西雅圖，給你留了個條子，你倒是見著沒有？」

「妳是說那個條子？」麥珂抓著他剛剛洗過的蓬亂的頭髮：「見是見著了，不過……」

「不過什麼？」

「不過我沒想到是那麼重要的事。本來想替妳打電話的，但不知後來怎麼一來就忘了。」

「不知怎麼一來就忘了！爲什麼不知怎麼一來就忘了？」我刻薄地道：「是爲了雷查？還是爲了醉成了死人？」

麥珂的臉騰地一下紅了起來。

我不放鬆地說：「這本來是你的事，我管不著！可是你既然住在這裡，就也得想一想別人！

丟掉了我的工作，對你有什麼好處？也許你心裡嫉妒我有個噉飯的地方，對不對？恨不得我也變成跟你一樣的無業游民才痛快！」

「我沒有這樣的意思！我發誓，我沒有這樣的意思！」麥珂急躁地爭辯道：「我只是忘了。這也不是什麼大不了的罪過。誰都會有遺忘的時候！」

「不錯！誰都會有遺忘的時候！那要看是什麼事！要緊的事，就不該隨便忘了！我所以留一個條子，因爲那是件要緊的事！所以留給你，是因爲我相信你，信你可以替我辦到那件事。現在你竟乾脆說你忘了！」

麥珂望著我，眼內流露出一種憤懣的神色，半天說不出一句話來。

我又道：「我不相信好好的一個人，爲什麼就這麼健忘！一定是……」

「不騙妳！」麥珂喘了口氣急忙插嘴道：「不是爲了雷查！也不是爲了喝醉了！只是忘了而已！」

「要是這樣的話，那就更叫人失望了！」我又坐回原來的地方，賭氣地正眼也不看他。聽著他粗重的呼吸，我知道我的話一定使他十分難堪。就在這時，我一眼看到那條蛇正沿著我面前擱腳的椅子彎彎曲曲地爬了過來。我不禁大叫一聲，逃了開去，一面呼道：「麥珂！麥珂！快把牠丟出去！」

麥珂過去一把抓起那條蛇，掬在他赤裸的胸前，蛇就在他的手中扭曲著。

「快把牠丟出去！」我跺著腳，嘶叫著。

「這不過是條溫馴的蛇，有什麼好怕的！」他不以爲意地說。

「我不是怕！」我緩了口氣道：「是我討厭這種東西！我不要在家裡養著這樣的一種東西！」

「瓊！別撒謊吧！」麥珂直視著我的眼睛說：「妳說妳不是怕，是討厭這種東西。討厭一條蛇嗎？一條蛇不值得妳討厭到這種地步。我看，妳眞正討厭的並不是這條蛇，而是妳自己！」

「我自己？」我不解地問道。

「不錯！妳討厭妳自己，我早就感覺到了。」麥珂挑釁地說：「妳不是說妳身上骯髒，就是說妳身上有刺，現在妳又說妳討厭這條蛇，其實妳自己心裡就有一條蛇。只要看看妳這兩顆空洞的眼睛，不露一點兒熱情，就知道妳心中隱藏著多麼深沉的恐懼。怪不得妳說妳沒有愛過人！妳怎麼能去愛人呢？妳連妳自己都這麼討厭，妳連妳自己都不能接受，妳怎麼能去愛人？」

「說得好！麥珂！說得好！」我冷嘲地說：「這世界上有幾個人是完全可以接受自己的？你又接受了你自己嗎？要是你接受你自己，你何苦天天非喝個爛醉不可？」

麥珂咬著嘴唇望了我一陣，狠狠地說：「是！我也不能接受自己；可是我並不假裝接受了自己，我也不去假裝爲別人背負十字架。我就是這種樣子——一個不能接受自己的麥珂！但妳呢？妳實在跟我並沒有什麼兩樣，可是妳卻假裝出一副愛人的模樣，假裝著妳肯爲別人去背負十字架；妳自欺欺人地要把什麼『愛情』粧點上神聖的光彩。其實妳跟我一樣，打心眼裡就看不起什麼狗屁的愛情！還是那句話，人跟人的關係沒有愛情還好，一有了愛情就成了佔有與私慾。愛就是一錢不值的狗屁！」

「住口！」我歇斯底里地喊道：「混話！混話！你什麼都不懂！你對我一點都不瞭解！」

「不瞭解！不瞭解！妳以爲我不瞭解嗎？」麥珂冷笑道：「妳跟道格是一類的人！妳們流著一樣的血，妳們有著一樣的傳統！妳以爲我不懂嗎？」

我心中一動，似有所悟地道：「又是道格！他是他，我是我！你完全不懂，我多麼想……多麼想……」

「你想什麼？」

「我多麼想……」我喘了口氣，到了口邊的話又嚥了回去，卻改口道：「麥珂！我求你，把這條蛇丟出去！我實在受不了這樣的一條東西！」

麥珂似乎聽不懂似地瞪著我。

「丟出去！」我又說。

麥珂這才低下頭，端詳著那條蛇，半晌，才自語似地說：「妳眞這麼厭惡牠？覺得牠沒一點可愛的地方？」

我疲倦地點了點頭，但突然一股力量促使我切齒地叫道：「我恨牠！恨牠！」

麥珂迷惑不解地望著我，但不久他的臉色就一寸一寸地灰了下來。他終於喃喃地道：「好，我拿給道格去養。」

「道格不會要的！」我肯定地說。

「他會的，也許他會的，他從前就養過一條蛇。」

「道格不會要的！」我重複道：「別作夢吧！沒有人要在家裡養一條蛇！就是道格肯要，愛蓮妮也絕不會同意！」

「愛蓮妮……」麥珂喃喃道，一霎時那種癡呆的面相又爬上了他的臉。「愛蓮妮……」他洩氣地一屁股坐在床上，手中仍然把著那條扭曲不停的蛇。

「麥珂！實話告訴你，還不全是爲了這條蛇！」我喘了一口氣，盡量壓制自己的情緒說：「我們不能這樣繼續下去。我是說你和我的關係。你懂不懂？你是個無業游民，現在我自己也成了一個無業游民。我們在一起何以維生？還並不完全是爲了錢的問題，而是這種生活方式。你每天不是泥醉，就是半醉。你也不去找工作，你也不想負任何的責任。就這麼一天天地鬼混下去，我們會有什麼前途？」

「爲什麼要前途？」麥珂抬起頭來迷惑地望著我。

「你是眞糊塗，還是裝糊塗，麥珂？」我站起身來指著他的臉叫道：「人能不顧前途嗎？也許我錯了，我本不該攪進你的生活裡去。我原以爲有一天你會改變的，誰知你竟愈陷愈深。我看你不是酒鬼，就是懶鬼！其他多麼好聽的解說都是謊話！都是藉口！」

我一面說，一面看見麥珂臉上一紅一白地變著顏色。

「說的好！說的好！」過了一會兒，麥珂才這麼說。腮上的肌肉顫動著，想笑，可是沒有笑出來。「麥珂不是從不找藉口，從不撒謊的那種人。麥珂說過了很多謊話，有時候是爲了騙自己，有時候是爲了騙別人。可是瓊，妳不是我要騙的人，因此我用不著跟妳扯謊！妳想想看，我曾對妳扯過一句謊話？我一開始就沒有隱藏過自己，我的種種醜陋可厭的缺點都暴露在妳的眼前。妳想想，我騙過妳什麼沒有？我並沒有強要妳什麼！可是現在妳不滿意這樣的一個麥珂了。妳要設法改變他，妳要依著妳的性子把他捏成另一個人。可是想想看，他要叫你滿意了，可就再沒有了麥珂！我起始就告訴過妳，在這個世界上只有一個麥珂，絕沒有第二個！麥珂就是麥珂，麥珂不可能成爲另一個人！」

他說得聲咽氣急，臉色也愈來愈白起來。可是我也是一個頑固的人，我背轉身去，不再聽他這樣的狡辯，不要看他這樣的面色，卻一字一字地道：「麥珂！你——眞——叫——我——失——望！」

麥珂沒有回答，房中又立刻沉入一種可怕的寂靜，連空氣都變得凝重起來。但突然之間，一種爆裂的聲音打我身後傳來。

「瓊！」麥珂哭聲叫道：「爲什麼我這麼糊塗？我原以爲我們可以在一起的。現在我才知道，這也全是我的妄想！我的妄想！」

我咬著牙，並不回身，卻心中不由自主地一顫，寒寒地想道：這樣的生活不能繼續下去，這麼結束了也好！

麥珂啜泣著朝我衝了兩步，我想他要來扳我的肩。如果他眞地來扳我的肩，或是把手臂環過我的頸，也許我竟會失去了堅持的力量。可是他並沒有來扳我的肩，他在距離我幾步的距離就停步不前了。我竟好似腦後長了眼睛，看到了他那種投注在我身上的眼光。那眼光先是悲戚，但逐漸地轉成冷漠，而終於透出十分的厭棄。是，我終不是可以滿足他遐想的那種人！我們在一起，只會雙雙地沉墜下去，誰也沒有把誰打泥淖中托起的那種力量！我不得不承認，我畢竟並不愛他。我無法去愛一個不能使我自己感到我是一個女人——一個可愛的女人的人。我不要做別人的母親！我也……我也多麼需要一雙有力的膀臂把我緊緊地夾抱起來的那種肉慾的愛！那種愛！那種愛！

突然噗地一聲，有什麼落在地上，然後我就聽見麥珂風一般地衝出門去。

一會兒就聽見汽車發動的聲音。我一扭頭，一眼看見麥珂丟在床上的汗衫，才想起他光著背跑了出去。我急忙拎起他的汗衫追到門口，但是太遲了，我只看到他綠色的車影遠遠地隱沒在街頭的轉彎處。我朝前走了幾步，一轉首，就見一輪赤紅的落日正從海岸邊直拋了過來，照得一切都紅彤彤的。驟然間，我心中一片空虛，茫然地走回房中。眼光就落在地上一個綠色的東西上，那東西讓紫紅色的地毯襯托得分外醒目。我伏身撿了起來，原來就是我送給麥珂的那一個翠玉的喜字。

58

我手中拿著那個翠玉的喜字，呆呆地坐在那裡。突然之間電話咯朗朗地響聲大作，我幾乎驚跳了起來。我沒有起身去接，鈴聲卻一直堅持地響個不停，我只好拿起聽筒。還沒有出聲，就聽見詹的聲音傳了過來：「瓊，是我！昨天妳答應過今晚我們見面的。」

「我很累！詹！我很累！」我懇求地說：「不能改一天嗎？」

「不要找藉口好不好？」詹不悅地說：「我知道妳多麼不想見我，可是我一定要見妳。」

「我眞地很累！」我又懇求道。

「我並不要浪費妳多少時間，」詹堅持地說：「半個鐘頭就足夠了。半個鐘頭，不會叫妳累壞的。妳說在哪裡，地點隨妳選擇好不好？」

我實在覺得渾身乏力，略一思索道：「我沒有車，不管到哪裡，還是你來接我。」

詹又確定了下我的地址，就掛斷了電話。

不到半小時，我就聽見有人篤篤地敲我的房門。我開了門，就見詹站在那裡。他比上次見面時瘦了些，臉顯得更長了，頭上的白髮又多了些，不過很平整地梳向腦後，不像平時那麼紛亂。我讓他進來。

「去哪裡？妳說？」他攤一攤手說。

「你有什麼話就在這裡說好不好？你說時間不會太久的。我實在很累！」

「方便嗎？」詹說著朝房間四周兜了一眼，好像要弄清楚有沒有第三者在場似的。「妳說過，妳不是一個人住的。」

「沒有什麼不便！也許一切都過去了。」我懶懶地答道。

「噢，是嗎？」詹故作驚訝地問道。

我沒有搭腔。詹就大剌剌地坐了下來，把我上上下下地打量了一眼道：「怎麼？我們分手以後想必一切都如意的？」

「是！一切都如意！」我淡淡地說。

「那就好！」他好像不怎麼相信地說。

我立刻斷然地道：「一切都比你想像的更加如意！」

詹這才收回了那種挑衅的眼光，低頭瞧著自己的手指沉默了半晌，才道：「瓊，妳知道露薏絲決定要跟雷查同居了？」

「我知道！」我說。

詹有些驚訝，卻也未深究，就道：「我不大喜歡這樣的決定！」

「大了的兒女，硬了翅膀的鳥，你不喜歡也沒什麼用！」我說。

「我知道。」詹苦惱地說：「可是這簡直是發瘋！妳說是不是？跟雷查這樣的一個人同居！妳知道雷查是個什麼人？這簡直是發瘋！這簡直是發瘋！」他這麼說著的時候，用力絞著他的兩手，然後抬起眼來望著我，好像懇求我的同情與同意。到他在我的臉上沒有看到他所期盼的表情時，他就有些惱怒，憤憤然地道：「我眞不明白，這些年輕人的胡作非爲！全不管別人的感情，連自己的父母也不顧！妳知道露薏絲本來預備搬回來跟我同住的。」

他抬起眼來望著我，眼內充滿了乞憐的神情，好像我就是露薏絲。他臉上掛滿了皺紋，眼下垂著一雙鬆鬆的眼囊。我忽覺好可憐的一個老人！可是另一個念頭又襲上心頭，使我變得殘酷起來，我也像麥珂似地那麼想：像你這樣的髒老頭子，眞是早就該死了！想到這裡的時候，我就冷冷地問道：「你就會責備別人！你就不想想你自己，你又管過多少別人？」

詹聽了一怔，半天沒有言語。

「妳說的也許對！」過了一會兒，詹又瞅著自己的手指說：「我也沒管過多少別人。我工作太多、野心太大，這都是過去妳所抱怨過的話。但是自從妳離開我以後，我思索了不少這方面的問題。我想我也漸漸地想通了。信不信由妳！」他抬頭看了我一眼，我沒有作聲，他又繼續道：「今年本來有提名諾貝爾獎的希望，但終沒有入圍。仔細想想，我的研究成績，比美國和瑞士的幾個同行，是差了一段距離。妳看，我的髮已經就要全白了，在我的有生之年是否能夠達到這一個目的，實在值得懷疑。退一步講，即使我贏得了諾貝爾獎的榮譽，但失去了所有可親可近的人，人生又有什麼意思？瓊！也許妳不信，可是我必得告訴妳：在妳走後，我越來越覺得妳有許多長處，是我所沒有的。我也越來越覺得我需要像妳這樣的一個女人。我眞傻！以前竟沒有眞切地領略到這一點。瓊！我今天來，眞正的目的就是要告訴妳這句話。」

「哈哈哈哈……」我忍不住大笑起來。我知道這是種神經質的笑，是我自己失去了控馭的一種笑，笑得眼淚都迸了出來。

詹尷尬地望著我。

我終止了笑說：「你現在來告訴我這樣的話又有什麼意思？」

「我是想，」詹囁嚅地說：「也許妳願意再重新考慮我們之間的問題。」

「我不懂！」我說。

「我的意思是說，也許妳還願意再回來。」

「太遲了！」我說。

「以前我也是這麼想的，」詹神經質地扭著他的手指說：「那是因爲我的母親。妳知道我的母親是一個什麼樣的人？她是一個貞婦！一個聖女！我父親死的時候她才不過四十幾歲，可是她沒有再嫁人，甚至於連這個念頭也不曾生過。她在英格蘭一個小鄉鎮中做了一輩子小學教師，堅持辛苦地把我們幾個兄弟帶大。她對我們的教育，就是教我們做一個堅強向上乾淨自主的人。我這一生受了她極大的影響。我只要一閉起眼睛，就似乎仍可清晰地看到我的母親佇立在屋前跟我告別時的形象。她的臉上沒有一點慼容，只是一片冷然地堅定，她的瘦削的顴骨高高地聳起，用一雙冷綠的眼睛望定了我。她的披肩在風中呼啦啦地飄起。直到我的車開出好遠，我扭轉頭去，仍見她一動不動地佇立在那裡。噢！母親！」詹的眼中不自主地又泛出瑩瑩的淚光。只要他一提起他的母親，他總是這樣的。

「你爲什麼又提你的母親？這樣的話，我也不知聽過多少次了。」我不耐煩地說。

「我告訴妳這個，因爲現在我的感覺跟以前大不相同了！」

「噢？有什麼不同？」

「妳離開我以後，我眞正開始考慮了很多很多我自己的問題，有的我清楚，有的我並不多麼清楚。最大的問題是……」

「是什麼？」

「是……」詹好像不知如何措辭，但終於決心地道：「是我無法熱烈地愛一個女人，但心中又充滿了克制不住的妒意。妳知道吧？不但對你，就是對瑪麗也是一樣的。」說到這裡，他把臉埋在兩隻大手裡，輕輕地搖著頭。

我沒有作聲，心中充滿了好奇與不安。

過了一會兒，詹又繼續道：「我終於決定去看一個心理分析醫生。我現在才知道，我的母親不但用一雙有力的手扶持了我在人生中的奮鬥，而她也以一隻有力的手扭曲了我的生活。不錯！是她；是她的鬼魂在她死去二十年的現在，仍然在繼續扭曲著我的生活！可憐的瑪麗！」

「你跟瑪麗的生活不是非常美滿的嗎？我本來以為我再也無法填補瑪麗的地位！」我生澀地說。

「我騙了妳！騙了妳！」詹嘶啞地說：「我跟瑪麗的生活是痛苦的。只有痛苦，沒有歡樂！」

「就像我們的生活一樣。對不對？」

「瓊，我求妳！不要說這麼殘酷的話好不好？」詹懇求地道：「我只求妳靜靜地聽我說。瑪麗是一個漂亮的女人。妳雖然沒見過她的人，照片妳總是見過的。還有，妳只要看看露薏絲，妳就知道瑪麗有多麼的動人。我雖然不能熱烈地愛她，可是我的心中卻嫉妒得要死。如果瑪麗單獨出去應酬，我就會心神不安，腦中充滿了卑鄙的幻想，總以為瑪麗會在背後欺騙了我。可是，因為我的工作，我又不可能常常陪瑪麗出去，唯一的方法便是想盡了辦法阻止瑪麗出去。是我有意無意地促成了她的酗酒。因為我想，一個酗酒的女人，便不會再有什麼外遇的危險。瑪麗是一個那麼單純的女人，一步步走入我的陷阱而不自知。妳想，我是一個多麼卑劣而狠毒的人。瑪麗的死，實在是我造成的，是我造成的！」詹渾身抖顫著，把臉沉在掌心中啜泣起來。

我的心很紊亂。想到詹對我的所作所爲，幾乎跟他對待瑪麗沒有什麼兩樣。也許我沒有瑪麗那麼單純、那麼軟弱，才從他的陷阱中跳了出來。

「那是因爲我的母親！我的母親！」詹哭道：「因爲世界上再沒有一個女人可以趕得上我的母親！沒有一個有她的堅強！沒有一個有她的貞節！沒有一個！我的母親是獨一無二的！」

詹哭得渾身顫動不已，過了好半晌他才止住了淚。抬頭端詳著我，直到把我看得手足無措起來，他才突然站起身來走到我面前，拉起我的手來說：「瓊，讓我們再重新開始好不好？我需要妳！我要妳……我要妳……」

我心中一陣酸痛，忍不住別過頭去。

「眞的，我要妳！」詹堅持地說。

「你要我？你還要我？」我迅急地扭轉頭來衝他嘶叫道：「那是因爲你不知道我做過什麼。我不但已跟人同居，而且我已經不知道跟多少人睡過……睡過……」

「住口！」他的臉扭曲著，一口口噘著吐沫，好像企圖把他激動的情緒強力壓下去。他抖顫著聲音道：「瓊，聽著！我知道妳做過什麼。要是從前我聽到妳說這樣的話，我會立刻把妳殺死在這裡。那時候我理想中的女人是一尊一塵不染的雪像，潔白晶瑩地矗立在嚴冬的寒風中。沒有人可以動她一指、沒有人可以對這樣的雪像產生任何的邪念。她永遠是貞節的、無慾的、乾淨的！

可是現在，妳想我還會在乎這些嗎？我已經超過了那種心理的障礙。我變了！信不信由妳！我想我現在是一個通達的成年人，我再也不讓我母親的鬼魂死纏在我身上。所以瓊，聽著！我不管妳做過什麼，我要妳！我仍然要妳！妳想，我現在會要一個聖女供奉在家中嗎？不！我要一個女人，一個有經驗的女人，一個眞正的女人！正是妳這種經過了種種人生經驗以後成熟了的女人！」

「哈！」我忍不住笑出聲來：「哈哈！」

「妳笑什麼？」他抓緊了我的手腕生氣地吼道。

「笑什麼？你認爲我現在是有經驗的女人了？正因爲我有了經驗，我自然也不會任人擺佈了！」

「怎麼？妳不願意？」他繼續吼著：「我知道妳同居的是什麼人——一個游手好閒的流氓！嬉皮！人渣！我不相信妳會愛一個這樣的人！」

「爲什麼不？」我也怒道：「他是流氓！他是嬉皮！是人渣！但是他比你多一點人味兒！他沒有利用過我！沒有欺騙過我！沒有壓迫過我！告訴你吧！我愛他！我愛他！」

詹漲紅了臉，急怒地叫道：「不！妳不會愛他！不會！不會！絕不會！」然後他又以一種乞憐的口吻道：「瓊，我要妳回來！」

我使力搖著頭。

詹又怒道：「我告訴妳，我需要妳，妳的所作所爲我全不計較，妳一點都不肯回心轉意？」

「回心轉意？」我冷笑道：「就像你所說的，我現在已經是有了經驗的女人，我知道應該怎麼生活，我有我自己的主意！也許我現在是你所需要的那種女人，可是對不起得很，我的大教授，你卻不是我所需要的那種男人哩！」

我說這些話的時候，我見詹的兩眼越來越突出，脖子裡的筋絞成一條盤曲的青蛇。我的話剛說完，他大叫一聲，兩手緊緊地掐住了我的脖子。

我出其不意地被他掐住，兩手抓在他的臂上，用腳狠命地亂踢，他這才鬆了手，仍然怒目地望著我。我不停地咳著。

「去見妳的鬼吧！」他怒聲叫道。然後一步步地退出門去。

我聽到他紛亂的腳步聲由緩而急，而終於沉入一片寂靜。

59

我坐在寂靜的黑暗中，腦中一片混亂。

一縷微風打支開的窗口吹進，吹得半開的窗簾鼓蕩起來。我不知道坐了多久，才從混亂中逐漸記起了今天所發生的事件，一項項沒有時序地湧進我的腦海。我的頸項那裡仍然感到疼痛。我並不深責詹的行爲，我瞭解他狂怒的原因，除了我固執以外，我還灼傷了他的自尊心——男人特有的那種自尊心。如果換了是我，大概也會做出些粗暴的行爲來。然而我並沒有對他扯一句謊話。我們的關係早就完了，我怎能再做出違背自己意願的事來呢？想到這裡，麥珂奔走的一幕又衝入我的腦海。

「這完全是我的妄想！我的妄想！」麥珂會不會？不！我不能這麼想。可是我越想阻止這樣的一個念頭，這樣的一個念頭越明確地在我心中浮升起來。我急忙打開燈，一看錶，已經十點半。麥珂到哪裡去了？如若是平時，他就是徹夜不歸，我也沒有這麼急過。現在我眞是坐立不安了。我終於抓起一件毛衣，奔出門去。

外面雖然有些風，吹散了晝間的燥熱，卻絕無涼意。我拎著那件毛衣，飛快地向海邊走去。走過了兩個街口，就是英吉利海灣。再往前走，轉一個彎，就可以看見百樂大橋了。

今夜是個無月的星夜，星光在黑暗的天幕上顯得異常繁密。四方又密接了點點的燈火，燈光與星光又都一同反映在靜止無波的海心中。走在岸上，我自覺好似兜裝在一個上下四方爲星球縱橫結絡而成的球網中。這個網愈來愈緊，愈來愈牢，我再也跑不出這樣的一個網去，我是命定的一條在命運的網絡中掙扎的魚。突然無數的星光朝我直投而來，我差一點要驚呼出來。濱海大道上急馳而來的車燈一閃一閃地打我身邊飛駛而過，我分不清汽車的顏色，更看不清駕駛的人。在這急駛而過的車中，該沒有麥珂駕駛的那部吧？

我仍然走得很急，幾乎是不假思索地一口氣就奔上了百樂大橋。橋中心來往的汽車更多了。橋東海灣的兩岸，密密麻麻停泊了無數遊艇。每一隻遊艇上都亮著一兩隻燈球，有的染了各種鮮艷的顏色：紅、黃、橙、紫，各色都有，遠遠看去就像一個靜止無聲的節日，歡慶的人們不知道爲什麼忽然失踪了，只剩下了些黯然咽聲的顏色默默地俯瞰著黑暗的海水。橋西就是伸展開去的一派開闊的海灣；然而不像是海，卻像另一個鋪滿了繁星的黑色的天。我走在橋欄邊的時候，才感到爬過橋欄是一件多麼輕而易舉的事。透空的欄杆，高度僅及我的肩頭，探出頭去，就可以俯瞰到閃爍的水光。任何一個人，只要是成心地攀過欄杆，就可以輕而易舉地投入海中。在這樣的黑夜，在橋中心充滿了隆隆的車聲的時候，沒有人注意到發生過什麼事情。

我又探頭俯瞰下去，仍是閃爍不定的水光。定睛看去，好像有幾顆星星在海波間一眨一眨地閃現著不十分穩定的光芒。在星光之間就是黑暗，一種沉入無底止的黑暗。「麥珂！麥珂！」我輕輕地叫道，但是沒有回聲。我簡直是癡傻了，怎麼會有回聲呢？即使麥珂眞正地睡在那黑暗的海波之下，他怎麼能夠聽得到我的喊聲？我繼續注視著橋下黑暗中的波光，驟然間我覺得害怕起來，如果我這麼注視下去，我竟覺得下邊似有一股力量吸引著我，像是一塊強力的磁石，而我則是一個小小的鐵釘。

我幾乎是奪命似地掙扎著奔下橋去。往前去，往前去，我幾乎沒法分辨我的路徑，一會走在沙石的路上，一會又穿過街旁的叢樹，我一直走得很急，差不多是小跑著，直到我停在一個熟悉的門前。毫不思索地舉手就去按門上的鈴，沒有回聲，我又再按，甚至連站在門外的我都可以聽到門內電鈴的聲響。門忽地打開了，黑暗中站著一個人影兒。

「道格！是我，是瓊！」我急促地說。

道格讓我進去。一進門就聽到輕緩的音樂聲。愛蓮妮在她的房間中高聲問道：「道格，是誰？」

「是瓊！」道格道。

「啊，瓊！妳好？對不起，我已經睡下了。」愛蓮妮躺在她的房中招呼著。

「妳睡吧！」我站在愛蓮妮的門口對她說：「我要跟道格說幾句話。」

道格把我帶到甬道盡頭的客廳裡。客廳仍然是我上次見過的樣子，綠色的盆栽間雜著各色的坐墊。整個客廳只在牆角裡點燃著一盞暗弱的立燈，把盆栽的影子鬼魅似地投擲在四周的牆上。道格站在我的面前，光著背，赤著腳，只穿著一條緊身的白色棉布褲，腰中繫著一條細而窄的紅皮帶。

「道格！麥珂失踪了！」我低聲但卻著力地說。

「我知道！」他低聲地道。

「你知道？麥珂來過這裡？」我驚訝地說。

他並不回答我的話，只重複道：「我知道！」

我注視著道格的臉，雙眉入鬢，鼻樑直挺，一雙細長的大眼定定地望著我沒有任何表情。我再注視下去，便似乎覺得道格的兩眼漸漸地擴大起來，在他那深邃無底的雙目中竟像蕩漾著我適才在百樂橋上所見的那種黑沉沉的波光。我不能自止地打了個寒顫。

「他會到哪兒去了？他會到哪兒去了？」我連聲問著。

道格忽然抓住了我的手，他的手僵而冷；可是我並沒有掙脫。

「瓊！我怎麼會知道他到哪兒去了呢！他也許到他想去的地方去了吧！」

這句話讓我渾身的血漿都冷凝起來。

「瓊！別怕！」道格說：「現在已經太晚了，也許明天我們可以找到他到了什麼地方。」說著他拉起我的手，慢慢地把我引入他的房中。他燃起了一隻燭。屋角籠裡的兩隻豚鼠立刻從籠的一角竄了出來，鼓著豆亮的雙目盯視著我們。

一抬眼，我就看到在對門的牆上多了一幅畫出來——一幅受難的基督的頭像正在俯望著我們。荆冠的蒺藜深深地刺入他的額角，一條血痕流注而下。他的褐色的大眼下懸著兩串淡淡的清淚。然而他眼中所含的那種溫柔的悲哀，幾乎使人覺得他臉上的血與淚成了一種幸福的徵象。

道格看我注視著這幅基督像，他也專注地望上去。他的嘴唇輕輕地顫動了幾下，可是我全沒聽見聲音，也許只是他心中的自語。然後他轉身對我說：「瓊，妳可以睡在這裡！妳看妳的身體還在哆嗦。」

他這麼一說，我才感到我的身體眞正像發燒似地微微地顫抖，我竟無法自止。

「謝謝你，道格！今天發生了些可怕的事。」我說著乏力地蹲下身去，坐在他那低矮的睡榻上。

道格俯望著我，張了張嘴，好像要說些什麼，但終又嚥了回去。

「道格？」我仍然哆嗦著無助地喊著他的名字。心中多麼希望可以伏在一個人的肩頭，或是有一個人環抱著我，像一個愛人、一個母親，使我的肉體和心靈都可以平靜下去。然而此時卻沒有這樣的一個人——道格對我不是這樣的一個人。

「瓊！」道格突然以一種冷肅的聲調叫著我的名字道：「關於麥珂，我只想問妳一句話！」

「嗯？」我忐忑地凝注著他的一半爲燭光映著，一半沉在陰影中的臉。

「妳並不愛他，對不對？妳不是那種爲了激情可以忘懷一切的人，妳……」

「我……」我自衛地道：「我也還不明白我對他的感情！」

「請聽我說！」道格因我打斷了他的話而帶出些不耐煩的語氣說：「我想我不會誤解了妳跟麥珂之間的關係。他需要妳的愛！他非常需要一個不顧一切愛他的人！可惜妳不是這樣的一個人！妳並非不能愛他，但妳有太多的拘束和阻礙，妳放不開妳自己。我太瞭解你們中國人的傳統了。我的祖父、我的父親都是很好的例子。你們半是理想家，半是功利家。你們的理想叫你們想得太高太遠太不顧現實；同時你們的功利精神又叫你們不敢冒任何風險。妳看，世界上航海冒險的、登山冒險的、飛行冒險的、蠻荒冒險的、太空冒險的，沒有一個是中國人！在自己的心中探險，恐怕更沒有中國人的份！就是把你們最最想要的東西放到你們的面前，你們也不敢貿然地伸手去拿。你們永遠做不出來那種不計後果的冒險家！你們不是逆來順受地忍耐，就是營營苟苟地追求些不值得追求的東西，而終不能明白什麼才是人間的至寶！」

「什麼人間的至寶？」

「人間的至寶嘛，就是履行愛人的責任！愛本身並沒有什麼意義，有意義的是履行愛的責任！」

「愛不是種責任！也不是義務！」我反駁道。

「瓊，我不需要跟妳辯論！」道格激動地說，連聲音都索索地抖起來。「我不是要妳盡什麼責任！我說的是我自己！如果我欠了別人的債，我是要還的！」

我不明白所以地瞪視著他。

「妳不明白嗎？瓊？妳看！」他伸手指著牆上那幅基督的頭像：「看見他了嗎？爲什麼甘願釘在十字架上？是爲了對人間的愛嗎？不！妳錯了！如果眞有一個上帝，他並不需要愛人類，更沒有理由獨獨地偏愛人類。人類實在沒有那麼可愛。唯一的理由，他——這個上帝的獨子！這個上帝的替身！心甘情願接受釘死的痛苦，只不過是爲了償還人類對他愛的債務！報償那億萬萬過去與未來匍匐在他腳下的可憐的人群。就如同主人爲奴隸受死一樣。這就是爲人所愛的代價！這就是做主人的代價！一個只知高高在上，在緊要的關頭不肯爲奴隸受苦受難的主人，只是一個懦夫與暴徒，不配做一個眞正的主人！妳懂了嗎？妳懂了嗎？誰能捨棄一個肯伏下身來舔你的腳趾頭的人？」

「道格！」我制住他道：「我不明白你對我說這些話是什麼意思？」

「妳問是什麼意思？妳眞地不明白嗎？」道格幾乎是激怒地說：「妳是一個女人，妳天生具有女人的謙卑，我多麼想……多麼盼望……麥珂可以和妳……可以和妳……」說到這裡他突然住了口，嘴唇顫抖著，額角隱隱地透出汗光。他的整張臉扭成了一種悽苦的面相，使我突然間領悟到早已藏在我心底而我早應面對的一種情況。

「道格！」我說：「我知道，我想你也知道，麥珂不會眞正愛我的。不管我多麼愛他，也救不了他！你們爲什麼玩這種殘酷的把戲？難道你不明白麥珂愛的是你！是你！他不會改變對你的感情！」

道格的臉刷地一下白了。他直起腰來，憤然地道：「我怎麼不明白！他像一條蛇，總纏著我，不肯放開我，就像我欠了他永世無法償還的債！我應該找出一條出路。可是爲什麼總由我尋找出路？爲什麼總由我負起這種責任？」他忽然咬牙切齒地道：「告訴妳吧！我實在恨他！恨透了他！」說罷，他再也不望我一眼，就轉身跑出去。

我獨自坐在燭光中。從愛蓮妮房裡傳來一種低微而曼妙的印度音樂，竟像我初次跟麥珂到此時聽到的一般無二。我坐在道格的榻上，回想著初見麥珂那一夜的光景。燭光下他坦露的睡熟的身體，就在同一個榻上。又想到史提夫家的情況，他站在樓上俯喊羅蜜歐的名字的時候，他喊的也許並不是我，而是道格。我又想到展露在月光中的麥珂皎潔的身體，我不禁涔涔地冒出汗來。在愛蓮妮的房裡，這時傳來一陣歡愉的呻吟與喘息；先是徐緩，後來緊急。道格的聲息特別粗重，幾乎像歡呼、嘶叫、吶喊和示威。

接著一切都沉靜下去。那兩隻豚鼠在籠中窸窸窣窣地追逐。我忍不住站起身走過去，從鐵絲網的孔洞中伸了一個指頭進去。那隻咖啡色的跑來，鼻子一縮一縮地嗅著我的指尖。

「這是麥珂，是海倫的愛人。他也叫麥珂！哈哈！」

「麥珂！麥珂！」我輕輕地叫著。麥珂瞪著豆亮的眼睛注視著我，好像在我們之間已經建立了一種關係。一個人跟一隻豚鼠有時候也可以忽然發生一種瞭解，一種關懷之情。朱娣的咪咪蜷伏在牠主人懷抱中的時候，就發出滿足的鼾聲。我們時常把我們的關懷無報償地給予動物，我們並不期望一隻豚鼠或一隻貓做出什麼叫我們滿意的行爲。對人就不同，我們在把我們的關愛給予一個人的時候，便同時滋生了希求，不但希求他的回報，還希求他符合我們的期望。在這樣的關係中，我們不免恐懼憂慮，患得患失，在自以爲忘我的情緒中，我們心中卻充滿了苛求。我們期求他快樂，我們期求他成功，其實正因爲我們恐懼自己的失敗與哀愁。我們這種恐懼幾乎是與生俱來的。一生下來，我們就恐懼我們的安全，恐懼匱乏，也恐懼爲自己的父母所棄，遭受著人間失愛的冷遇。於是我們奮力掙扎，強作出一種對人間的關愛不以爲意的堅韌的嘴臉。我們不擇手段地追求成功、出人頭地，不過企圖從不安全與匱乏的恐懼中逃脫出來。於是我們把奮鬥、努力、上進等等看作爲無上的德行，卻忘懷了這樣的行爲正源於憂患與恐懼。我們的恐懼與憂患愈甚，我們的奮鬥努力與上進之心便愈強。一代一代地傳習下去，我們便漸漸地排斥那些恐懼與憂患之心不足的人們，把他們甩到社會的邊緣，把他們看作是邊際無用的人，讓他們自生自滅。於是我們這種基於恐懼與憂患的文化就一天天發展起來。回頭看去，我們已離開那爲老子所歆慕的渾渾噩噩無所恐懼無所作爲的社會狀態已那麼遙遠了。對那樣的情態，我們只能稱之爲原始，稱之爲野蠻；我們卻又期盼著另外一個沒有恐懼沒有憂患的天國。在我們夢想建立人間天國的時候，我們卻離天國越來越遠了。因爲從恐懼與憂患中所建立起來的文化，不但完全無力破除我們原始的恐懼與憂患，反倒使我們的恐懼與憂患日加深重，這就更足以給予我們加強我們努力奮鬥的藉口，終於形成了一種我們無能自止的惡性循環。因此在我們的生活中我們只認識這種飽浸了恐懼與憂患意識型態的人，一旦遇到一個恐懼與憂患感不足的人，我們反倒害怕了，擔心了，懷疑了。這也是一個人嗎？我們不免自問：這也是一個文明的人嗎？一個為我們自己的成見與冷漠所排斥的人嗎？一個人怎能竟如此地不知努力，不知上進啊？麥珂！你是這樣的一個人嗎？一個被我們的社會與文化所否定所拋棄了的人嗎？一個為我們的成見與冷漠所排斥的人嗎？為什麼我不能像愛一隻豚鼠或一隻貓似地愛你呢？為什麼我一定要企求你完成些什麼？回報些什麼？為什麼竟不能容你自肆地遊蕩在你的天地裡？啊！麥珂！像衆人一樣，我自己也陷入一種不明所以的恐懼與憂患中，有時我自覺如置身於一架自知即將出事的飛機中而無能為力。我能做些什麼呢？麥珂？你可以逃入荒野去欣賞山嵐與落日，你也可以不負責任地跳入英吉利海灣，你只是一個任性的孩子！而我竟沒有力量去護衛你，愛惜你，叫你自覺並非一個為我們的文化、我們的社會所拋棄的多餘的人！世上本不應有多餘的人！每個人，不管是怎樣的一個人，都該有權利活下去，也都該有愛與被愛的權利；然而人卻不自主地彼此剝奪著這種權利。不為人所接受是多麼痛苦的一件事啊！麥珂對我所期待的也許只有一句話，我竟吝嗇地不曾說過。我竟真正是一個沒有愛的人嗎？真正是一個賤視愛情的人嗎？真正是一個渾身長滿了毒刺的刺蝟只能置人於死地的嗎？真正是一個連自己都接受不了的人嗎？可是我也多麼期望那種為人所關愛的嬌寵與溫馨。麥珂也許從不曾愛過我。那又有什麼關係！愛一定是私慾的佔有嗎？愛一定是需要回報的嗎？噢，不！麥珂，我愛你！如你已沉入海底，我要每夜對著廣袤深沉的大海喊一聲：麥珂，我愛你！

可是為什麼在真實化入記憶或幻想的時候，我才感到這種深摯的情感？莫非這樣的情感只能在揪心的記憶中或無望的幻覺中，才能產生的嗎？

60

我似乎獨自一人在英吉利海灣徘徊。濃重的霧籠罩在海上，星光與燈光在霧的折射中形成一團模糊而混亂的光影。突然我聽到了警笛的尖銳的鳴聲，好像來自百樂大橋那個方向。我拚命地朝橋上奔去。不久，我就看見警車上的紅燈在霧中旋轉。橋欄邊也顯現出影影綽綽的人影。一架起重機正在咯咯地從海底裡打撈著什麼。我探頭俯瞰下去，穿過霧氣，有一個長形的東西隨著起重機的纜索愈來愈清晰地浮現出來，終於來到橋邊。我也終於看清了那是一具屍體——光著背，赤著腳，白棉布的長褲濕淋淋地貼在身上，腰中繫了一條細窄的紅色皮帶。我的眼光移到屍體的臉上時，卻只見一片蒼白模糊。我直覺地想這必定是麥珂；然而轉念間又想到那褲子和皮帶的顏色分明是不久前看見道格穿著的。可是，麥珂也有這樣的一條皮帶。至於麥珂出門時候穿著什麼顏色的褲子，不管我多麼努力去想，終也想不起來。

人們都在紛紛地議論著。我衝上去，可是立刻被一個警察粗暴地推了回來。「這是麥珂！」我哭叫道。然而沒有人理我。屍體裝上警車，警車在霧中駛去。我拚命地尾追上去。那旋轉的紅燈在霧中愈來愈模糊了，警笛的聲音也逐漸消逝在霧中，我只聽到我自己「麥珂！麥珂！」地嘶喊。

突然，我被自己的喊聲驚醒了過來。一睜眼，原來我仍躺在道格的睡榻上。窗上已經漫上了黎明的曙光。我渾身都是汗濕的。然而這時確是有人驚叫著衝進了我的房來。那是愛蓮妮。她只披了一件晨衣。蓬著髮，跌跌撞撞地衝了進來。一見我，就失聲叫道：「道格呢？道格不在這裡？道格不見了！妳看！」她手中掬著一串掛著一個銀十字架的咖啡色珠串。「這是我送他的，他一直佩帶著；可是今早我一醒來就發現我自己頸上掛著這串珠串，而道格不見了。」

我不解地瞪著她。

「這還不明白嗎？他走了！走了！」

我突然想到剛才的夢境，不知是否應該告訴愛蓮妮。猛一抬頭，卻見昨夜忘記熄滅的那隻蠟燭正在燃盡自熄，冒出一縷清淡的煙氣。基督的頭像在慘淡的曙光中俯瞰著我，眼中仍流露著一樣的溫柔的悲戚。

「瓊！怎麼辦？怎麼辦？」愛蓮妮激動地叫道：「我知道我們的關係不會久的，但沒想到如此之快。」

我一手摟住她的肩，一手輕輕地拍著她的背，企圖使她平靜下去。我這時有一種奇怪的感覺，覺得我自己好像從我的體殼裡慢慢地飛升了起來，變作了一個不相干的局外人。麥珂、道格、愛蓮妮都似乎對我成了陌生人，甚至我自己也好像正在扮演著一個我不怎麼理解的角色。我俯瞰著我自己和我安慰著的愛蓮妮，覺得好生奇怪。但是愛蓮妮並沒有平靜下去。不但沒有平靜下去，她的身體抖顫得越來越凶了。她一面抖，一面拉著我的手臂朝外奔去。我咽聲噎氣，影子般地跟從她衝出了大門。

她並不看我，只是朝前急走。轉過兩條街就到了英吉利海灣。遠處百樂大橋的骨架，剪影般地貼在晨曦微露的天空中。泛著瑩光的灰色海灣，一片沉寂，不見一個人影，只有幾隻鷗鳥無聲地在天空翱翔。

「他不在這裡！」愛蓮妮喃喃地說。

這時我才感到愛蓮妮僵硬的手指鉗在我的手腕上，使我隱隱地感到痛楚。我使力掙脫，愛蓮妮喘著氣朝前急走，全不放鬆，而且愈鉗愈緊了。我不得不停下步來，用力去扳她的手指。她扭轉了頭，對我怒目而視。

「妳要到哪裡去？」我問道。

聽了我的話，她楞了楞，彷彿從睡夢中驚醒般地「啊」了一聲。「到哪裡去？」她重複著我的話。

「是！妳要到哪去？」

她張了張嘴，但說不出話來；她一隻手掬在面前，想哭，卻也無淚，只是身體逐漸地彎下去、彎下去，而終於一屁股蹲坐在海邊的沙石上，軟癱在那裡。我也跟她坐下去。她的臉伏在自己的膝上，卻伸過一隻手來找我的手。我把手遞給她，她就緊握著，這才開始嚶嚶地哭起來。這時太陽正慢慢地從百樂大橋的後方升起，先是一團艷紅，不久就金光四射，把海面繡成一片金碧輝煌。

愛蓮妮終於止了哭泣，抬起頭來，陽光在她臉上塗上了一層嫣紅。

「愛蓮妮！妳眞地那麼愛道格？」我忍不住問道。

「妳爲什麼要問這個？」她說時並不看我，只直視著閃著金色光片的大海，她的臉上也就不時地閃著些金黃的顏色。

「我不知道一個人愛另外一個人能夠到一種什麼程度。」

「什麼程度？」愛蓮妮嘆了口氣道：「我也不清楚到什麼程度；我甚至不明白我對道格的感情是否就叫做愛。也許這只能算一種激情，一種情感的經驗。我們要身經種種不同的經驗，然後才算生活了過來，是不是？」她瞥了我一眼，又去望大海：「跟道格生活的這一年中，我實在並不快樂。」

「不快樂？」我重複她的話問，似在問她，又似在問我自己。什麼才是快樂？我暗暗地這麼想。

「道格是一個個性孤僻的人。」愛蓮妮深深地噓了口氣說：「妳看，我們雖然住在一起，卻是各有各人的房間，如果他不自動地到我房裡來，他是不准許我隨意到他房裡去的。不管妳對他多麼親近，他永遠跟妳保持著一段距離；妳也永遠不知道他腦裡想些什麼。他可以躲在自己房裡一天不出來，不吃不喝，也不說一句話。他對人總是冷淡，唯獨對動物熱心。他最關心的就是他的豚鼠，每天都是他自己親手餵的。他可以咕咕噥噥地跟牠們說個半天。要不是他擱在自己的房裡，我眞受不了。妳想，跟這樣的一個人生活，又怎麼會快樂？」

「可是妳好像並不願意離開他？」

「噢，當然不！」愛蓮妮轉過臉來望著我不解地道：「爲什麼要離開？沒有一個人是十全的，對不對？人總應該承受得起別人的缺點。如果遇到一點不快就甩手而去，跟誰也無法生活在一起的，那只有自己孤獨地過一輩子。現在這樣的人太多了，就是因爲大家都怕承擔別人的缺點，就是因爲大家都有太多逃避痛苦的自由。我可不是那種人。我寧願承受痛苦，也不要一個人淒涼地寂寞地活著。可是我也知道，道格不像我，他終有一天因受不了我而逃之夭夭的。」

「承受別人是很重的一副擔子。」我說。

「我知道！」愛蓮妮說：「可是承受自己也許是更重的一副擔子！」

但不管多麼重，妳能不擔著嗎？我心裡這麼想。

尾聲

我一連在床上躺了兩天，不吃不喝，也不想做任何事情，像生了一場熱病。但我自知我並沒有什麼病。我只覺得我的身體像沉入夜的海波中。我一直地朝下沉墜，帶著一種迷濛的暈旋。穿過海波，我似乎看到滿天星斗在我的眼前閃爍。夜慢慢地加深拉長，與海波混融在一起。空間、物質、時間，壓縮在同一個平面上，我再分不清何者是夜，何者是海，何者是空氣，何者是水波。我的身體清冷而飄忽，如映在鏡中的一具幽靈，無質無形。我想到生命與無生命那一指之隔的玄妙，一種空間的差錯，一種時間的阻絕，就足以使一個活潑潑的生命偃然而熄，正如一隻已熄的燭火，再也無光無熱，便沉入永恆的黑夜。

但是我要生活！我要生活！我要感到自己的存在！我要經歷種種不同的經驗，來確定我並不是別人投擲的一個幻影，而確是活生生地像個人似地活過了。我不要變作一種理念的延伸、一種文化的反射，我要野性地按照我自己的方式活著。不管我多麼不盡人意，我總得學習要接納自己。快樂我接受，痛苦我也接受。每個人都該有權決定自己的命運，是生還是死，這也應該是超出於愛的力量之上的。我對麥珂又有何憾？我起身梳洗，對鏡自照，我雖稍微消瘦，但精神煥然。我忽然覺得活著眞好，不管做什麼，活著眞好！我要找一個工作，我要活著！

瑛哥來電話說，母親回台灣去了。行前她不想再見我，我也不怎麼想再見她，並不是因爲她可以引起我某些辛辣的回憶，而是因爲我們中間的阻隔，隔了一代，隔了浩瀚的太平洋，隔了兩種文化，便似兩世的人。我們中間似乎已失去了某種溝通的媒介。也許並不是眞正失去了這種媒介，而是失去了這種企圖溝通的慾望，促不起足夠的精力去盤索在一種無法回溯的歷史陳跡中。然而她仍然是我的母親，仍然是孕育過我原始精力的母親。她雖然並不瞭解我何以選擇我的人生路途和生活方式，但她正是使我得以做出這種選擇的原始力量。這種力量並不一定使我促升，但卻足以使我堅韌而綿長。我覺得生活的意義也許並不在要完成實現什麼，生活的本身就具有了充足的意義了。

過了幾個星期，我依然沒有找到工作，只得暫時靠失業保險的收入過活。天天卻有足夠的閒暇到海邊上去曝晒自己的肌膚。盛夏一過，天氣也就漸漸地涼了，愈覺沙灘上的太陽可愛。

我心情平復得奇快，連我自己都覺得驚奇。麥珂已從我的夢裡消失，甚至於連詹也很少在我的思想裡出現。我盡情地享受著嬌陽的溫熱，感到身下細沙的輕軟，抬眼就可看到在藍天翩飛的鷗鳥。我從沒有感到世界如此的眞切美好，我也從不曾感到我自身如此眞實地存在天地之間。

有一天在海灘上突然迎面遇到了愛蓮妮。她戴著墨鏡，穿著泳裝，一臉甜笑地走來。如果不是她叫我，我竟沒有認出是她來。

我們就並肩坐在沙灘上。她比以前稍微胖了些，臉上反倒顯得比以前年輕了。

「有沒有道格的消息？」我忽然這麼問。

「沒有！」她收了笑容淡淡地說。停了一下又道：「我本以爲他會來看他的豚鼠的，竟也沒來！」

我們沉默了一會兒，她忽道：「麥珂呢？」

「也沒有！」我說。

我們又沉默了。過了好一會兒，她才又道：「我現在又跟喬治住在一起了。花店又交給他去管，所以我才有閒到海邊上來。而且……而且……」她有些靦腆地說：「我想我是懷了孕了。」

「恭喜妳！」我趕緊說。

愛蓮妮附在我耳上悄聲道：「是道格的孩子！」

我聽了一驚。「喬治知道嗎？」

「當然！這種事我怎能瞞他？喬治本來是不想要孩子的，現在他竟欣然接受一個不是他的孩子。妳看，像這樣的一個人，我怎能配得上他？」

「其實妳也是一個寬厚的人。愛蓮妮，打第一次看見妳的時候，我就有這種感覺。」

「是嗎？眞謝謝妳告訴我這個。」愛蓮妮欣然地說。

「見喬治，代我向他問好！」我突然不能自制地說了這麼一句。

「妳也認識喬治？」愛蓮妮側轉頭來，不勝驚訝地問。

「見過一兩次而已。妳就說瓊問他好。」我說。

「好，我一定說！」愛蓮妮說著就平躺下去，讓初秋的嬌陽直晒在她的胸腹上。

望著她那稍稍隆起的腹部，我就想到有一個小小的生命在那裡滋生長大了。是誰的血胤又有什麼關係？是生命，就是可愛的。忽然間，幾乎不可抑制地，在我的心中滋生了一種欣羨的情懷，一種母性的衝動打內心的不知那個幽暗的角落冒升了起來。我也盼望有一個自己的嬰兒。我幻想著一個赤裸的嬰兒伏在母親的胸懷間吸食母乳的情景。愛也許並不是什麼玄妙神秘的事物，只不過是一種把兩個不相干的個體無間地吸引在一起的一種力量罷了。我眞正盼望有一個嬰兒。但是嬰兒的父親在哪裡呢？有一天我也許可以遇到一個我可以傾心相與的人，但世間有沒有這樣的一個人呢？

——一九七九年六月五日結稿於維多利亞

她是清醒的夜遊者

陳少聰

《夜遊》是一本相當特出的書，在近二十年台灣文壇上似乎沒見過類似的小說。難怪自今年年初發行以來，已連續出了四版，這顯然不是偶然的，這一方面也反映出台灣社會思想形態的發展趨向。

整個小說的故事以一個二十六歲的女留學生在幾個月內生活思想上的轉變為主軸，而背後作者想探討的卻是涵蓋更博更深的哲理性問題，很值得愛好思考的讀者一讀。

在此我想就本書的題旨、結構及人物三方面作一粗淺的討論。

題旨

《夜遊》一書的女主角汪佩琳是一個叛徒性的人物，書一開頭，作者就以第一人稱表明了主角的基本心態是一個執意要反叛傳統向成規挑戰的人物；在以後的情節發展中，她更一步步地對根深柢固的倫理道德觀提出疑問。

以身分而言，汪佩琳是一個由台省到加拿大留學的學生，碩士學位沒有很認真的唸完，就嫁給一位英國籍的名教授，本來也可以過一般舒服安定的婚姻生活，一生不見得不美滿，但她卻在一夕之間離家出走，放棄了安定有保障的生活及社會地位，甚至從根本上摒棄了這種安定生活背後代表的文明價值架構，成為一個徹頭徹尾的叛徒。

過去在西方小說裡的特殊女性，諸如包法利夫人、安娜卡列琳娜、查泰萊夫人，中國小說中的潘金蓮、玉卿嫂，她們都曾在對抗社會文明對情慾激情的壓抑上作出叛逆的行為，不過她們的反叛畢竟祇囿於個人感情方面的。到了易卜生的娜拉身上，則又進一步對整個該時代婦女在家庭中的身分地位提出質詢抗議。而在今日《夜遊》一書的二十世紀女主角汪佩琳身上，則又更向前跨越了一步，進而對整個中西文明約定俗成的種種價值觀念發出問號，對傳統價值觀念頗有連根拔起之勢。試聽女主角發出的心聲：

為什麼我們竟如此的脆弱，輕易地為環境所壓服？在歷史的重負下氣喘，在文明燦爛的外衣覆罩下暗泣。其實我們真正需要的不過是那麼微小的一點空間、那麼短暫的一段時間，為什麼我們不能自主？去你的歷史文明！去你的傳統文化！我們只不過需要在清朗的碧空下呼吸那麼一口無拘無束的空氣。像一隻飛鳥，振翼而起，隨心所欲；像一頭在莽原上獨行的野獸，任意遊蕩，沒有目標，也沒有一定的歸宿，只盡情地享受著那一刻生存在天地之間的喜悅。

本書女主角與過去中西方女主角不同的是，她的反叛是有意識的，是知性的，並不僅是個人情愫上的。

《夜遊》這本書自然而然地也教我聯想起卡繆的《異鄉人》。所不同的是卡繆的主角Meursault是個無道德主義者，他對一切無明確的是非觀念，而且，他的「反叛」是無意識的。馬森的主角卻仍有相當明晰的是非道德觀念（雖然她時時一再審察分析自己的道德觀），而且她的反叛是絕對有意識的，她一再執意作出種種離經背道的「孤絕」於俗世的行為，她表明得很清楚：

但是我要生活！我要生活！我要感到自己的存在！我要經歷種種不同的經驗，來確定我並不是別人投擲的一個幻影，而確是活生生地像個人似地活過了。我不要變作一種理念的延伸、一種文化的反射，我要野性地按照我自己的方式活著。不管我多麼不盡人意，我總得學習要接納自己。快樂我接受，痛苦我也接受。每個人都該有權決定自己的命運。

又說：

我覺得生活的意義也許並不在要完成實現什麼，生活本身就具有了充足的意義了。

如此，《夜遊》的主角是以她本身的生命作為一場人生哲學的實驗，或者也可說是自我意志的完成，無可否認的帶有十分濃厚成分的存在主義色彩。

法國導演高達（Godard）於一九六二年拍的一部有名的影片*Vivre Sa Vie*（姑且譯為：《過她要過的生活》）裡，探討的也是相似的問題，祇不過該片的幅度與深度都還不及《夜遊》。該片中的女主角是一個巴黎小市民之妻，一天她突然決定要親身體驗不同的生活形態，於是她離開了丈夫與孩子，自己出來謀生，先作店員之類，後來輾轉變成妓女，生活頗受折騰，但似乎無絲毫悔意，她祇不過繼續「過她的生活」罷了。劇情發展下去，到最後她竟在一極其偶然的場合裡被歹徒射殺身死。高達女主角也是個存在主義型的人物。

高達要說的是什麼？馬森要藉汪佩琳說的是什麼？難道是鼓勵一般人摒棄傳統道德價值觀，勇敢地來體驗存在主義式的人生觀嗎？我想不是的，難道他們為的是推崇女權運動，叫女性一個個都要獨立思考、獨立尋求自我、完成自我？我想也不盡然。雖則字裡行間中讀者可以看得出來馬森對女性主義有相當深入的瞭解與同情，但我認為作者寫《夜遊》的旨意並不在於標榜女性主義。我認為即使把《夜遊》的主角換成一個男子，仍不會動搖了作者意欲表達闡述的基本內涵。因為作者想寫的，主要並不是女主角汪佩琳這個人個性上的發展或她的種種遭遇，而是要藉汪佩琳的反叛行徑作實例，來剖析一些道德倫理上的價值觀念問題。這些問題可能也正是作者本人在面臨東西文化衝激，以及目睹社會倫理的變遷之際所感到的困惑與掙扎，經過慎思明辨整理之後，透過汪佩琳這樣一個角色，以小說的形式呈現出來。而作者選擇用女性主角，則使故事更富戲劇性，由女性來扮演「叛徒」，無形中使得主題更尖銳突出了。因為身為女性，一旦要作叛徒，她所必須突破的枷鎖遠比男性更甚。

結構

從小說結構上來看《夜遊》，我認為它大致上仍勉強可以歸類在「成長過程」的小說模式內（Fiction of Initiation）。古今中外以這一模式寫成的小說比比皆是，不勝枚舉。這一類小說的寫法，大致以一個主角心智上的發展過程做為全書情節發展的經緯。主角在開始時多半都是相當天真懵懂，心智尚在渾沌未開之境，然後經歷一樁樁遭遇，變得成熟了，獲得了許多啟示，增加了一份智慧，同時也多添了無限對人世滄桑的感懷。

以這類成長過程（或稱「洗禮過程」）模式寫成的小說，始終是常被採用的小說模式，譬如聶華苓的《失去的金鈴子》，就是典型的這類小說，又譬如歌德的早期作品*Wilham Meistu's Apprenticeship*，也是典型的成長過程小說，甚至連赫塞的*Steppenwolf*（荒野之狼），也勉強可以歸為此類。雖然書中的主角Harry Haller已是中年的學者，而非赤子，他在書中「魔術劇場」一節裡所經歷的心智成長歷程，卻仍屬於一種洗禮式的過程。除了小說模式上同屬「成長過程」小說之外，其實*Steppenwolf*一書在題旨上與《夜遊》也不無相通之處。兩本書的主角的「洗禮過程」都在夜間進行發生，兩者的遭遇都不是光天化日之下一般人日常生活上的遭遇，而是同屬於「黑暗之旅」，是深入人性潛意識領域的探險。《夜遊》中女主角有一段獨白道：

> 夜遊，夜遊！人們大概只有在夜裡才敢於脫下白晝的假面，過一種比較真實的生活。也只有在夜裡，生命才更為鮮活，心靈也更為慷慨豁達……

女主角所接觸的，都是溫哥華地下世界裡種種不為世俗社會所接納的人物，經歷的盡是些錯綜複雜不能為外人道的曖昧的人際關係。她對一個酗酒、不務正業、患有自戀性、而又有同性戀傾向的美少年發生戀情，無以自拔。她也和妓女交朋友，進而欣賞這妓女的才情，佩服她的膽識。這妓女有勇氣選擇這種職業，積錢重回大學唸書，這種行徑在常人眼中當然是荒誕不經的，但女主角卻自我慚愧地感嘆著：

細想我自己，雖然受過了良好的教育，所處的地位不知比羅拉高出了多少倍，但遇事不是趑趄不前，就是隨波逐流，我又做過幾件自覺自主的事？

就像*Steppenwolf*中的主角海瑞郝勒，雖身為博古通今的學者，然而他對自我的瞭解，以及對生活更深邃層面的體驗，卻茫然無知，還得靠年輕的女子黑敏妮為他啟發、為他引渡。

這兩本書中的「夜遊」，都深具象徵意義，固然兩書中主角的經歷都發生在幽祕的夜晚，在地下世界，而其中的所謂夜晚，絕不僅指光線的陰暗，「夜遊」一辭更影射出與理智意識領域相對的幽暗的潛意識領域。

馬森顯然與赫塞一樣，都對心理學有相當修養，書中不乏心理分析的片段，譬如汪佩琳一次在抽了大麻之後精神恍惚的狀態下，自喻為刺蝟一節，又如她對自己性格的形成發展所作的自剖，對自己與父母之間關係的瞭解透視，都作過精湛的剖析與交代。

不過，《夜遊》尚不能劃歸為寫潛意識的小說，因為屬於純粹潛意識的敘述篇段幾乎沒有。何況女主角對幽暗世界的探險摸索是有意識地去作出來的，是以主動姿態在神志清醒時進行的，正因為是蓄意的行動，她的「隨波逐流」反倒不顯得怎麼「隨波逐流」了。她的心態是接近一個存在主義的探索者的心態，她對外界的形形色色執意不加批判，而一一去觀察，去反芻。她使我想起人家形容美國作家亨利・米勒（Henry Miller）的比喻：亨利像一個航海的人，登上一艘船，故意把船槳拋掉，任船漂盪，看它漂到何處。《夜遊》的主角也似乎如此，是故，她是一個清醒的夜遊者。

正因為在書中她是一個「清醒的夜遊者」，作者的作業就特別艱難了，因為在場面、情景、對話等等的處理上，作者都必須採用寫實的手法，不能過分戲劇化或超現實，情節的安排處理必須令讀者信服，覺得合理，覺得可能。儘管女主角的種種行徑有些畏人聳聽，卻無一脫離可能的現實範圈，不似赫塞在他的*Steppenwolf*中用的寓言式抽象性手法，把主角送進地下世界的「魔術劇場」，讓他在裡面經受各種光怪陸離、匪夷所思的場景以及超現實的幻象，根本不顧慮情節是否合理，他寫的是潛意識的以及象徵性的境界，赫塞這種寫法受到的限制較少，比馬森在《夜遊》中的現實手法可以說容易得多。反之，《夜遊》的結構模式自始至終都十分完整，具有絕對的統一法，作者始終負責到底，苦心經營佈設各種可信的場景、對話與情節，使小說始終在現實世界可能的範圍內推展，從未隱遁到奇幻抽象的境域中去。在這樣的寫作形式限制之下，自然也就無法對潛意識世界的活動展開更深入的探索，也正因如此，《夜遊》才能為一般廣大讀者所接受。

人物塑造

白先勇在本書序文中說得很清楚：「由馬森複雜迂迴的文化背景，我們可以測知他對中西歐美各種文化傳統之間異同衝突必也曾下過工夫深入研究比較。」並且又說：「事實上馬森的長篇小說《夜遊》在某一層次上，可以說是作者對中西文化價值相生相剋的各種關係，做了一則知性的探討與感性的描述。」

白先勇所謂的「知性的探討與感性的描述」一語，是對本書一針見血精闢的總結。我認為作者十分用心地完成了這項任務，使本書在知性與感性雙方面取得了適當的平衡。唯一的遺憾是，作者為了在知性上作深入的探討，不惜加諸女主角過多的負荷，作者想藉汪佩琳的掙扎與矛盾來分析文化倫理思維上多方面的問題，結果讓她負擔了過多嚴肅的獨白，使得她顯得大腦過分發達（too cerebral），以致與她二十六歲的心智年齡不完全相符，把她塑造得過分剛毅，心智的發展過程也顯得太突兀，在情感上反而缺乏了像其他西方名作中著名叛徒女主角們所具的吸引力及情感上的深度，譬如包法利夫人或安娜卡列琳娜她們那種女性多情感傷的氣質以及幻滅的深度等等，都是很引人入勝的，而也都是汪佩琳所欠缺的氣質。她很任性，很固執倔強，但感情上的彈性反而顯得不夠，似乎不能獲得讀者們的同情。我個人認為這是本書人物塑造上的瑕疵。不過，作者在描述她對麥珂的癡迷與母性愛方面，卻又鋪述得極為真切動人，把她那種無力自拔、無可奈何、朦朧不清的感情寫得絲絲入扣，她如何一步步越陷越深的過程，作者也掌握處理得很成功。

在次要的人物塑造上，我認為麥珂這個角色寫得最為逼真生動，讓讀者幾乎可以觸摸得到他的複雜混亂，他的可悲、他的可愛、他的美貌、他的聰穎、他的癡呆、他的矛盾掙扎，作者都描繪得神氣活現，躍然紙上。

作者對雙性戀花了相當的篇幅加以研討，白先勇指出，本書「將人類性愛關係異性、同性、雙性的面面觀做了各種不同的比較與剖析」。這也是《夜遊》一書特殊之處。作者借用書中另一重要人物朱娣道出人與人之間各種的微妙關係：

社會上總喜歡把人的關係納入幾種範疇，如夫妻關係、愛人關係、朋友關係等。其實夫妻關係中就不知有幾千萬種的不同方式。朋友關係中又有千萬種的不同，哪是那麼容易分類的。

朱娣這個人物的塑造也相當成功，朱娣是人類學系的教授、女權運動的擁護者，她本人兼有同性及雙性戀的傾向。在理論的研討上，馬森許多地方也借用朱娣作他的代言人。

由於他把朱娣塑造成一個頗重理念分析一型的人物，而且她的身分既是學者，理論化的言詞由她口中說出就顯得自然恰當。同時作者把朱娣思想上的剛毅與碰到愛情時的脆弱矛盾，前後都刻畫得入微逼真，恰如其分。

馬森在《夜遊》裡想觸及的問題相當複雜，不僅是雙性戀及同性戀方面的問題，不僅是女性主義的問題，或婚姻倫理觀念轉變的問題，更重要的是關乎個人在處於東西文化相衝擊之中所面臨的種種道德危機問題。

馬森提出來探討的問題既博且深，小說處理的態度也極為嚴肅，是當今難得的一部小說。唯一的瑕疵我個人認為是女主角的塑造有欠圓滿，用在她身上的獨白太多，而獨白中說理的成分過強，有時凌駕或掩沒了感情的深度，以致使人物受著理念的帶動，而非以人物感情的波動來帶動或引發理念的覺醒。寫到這裡，想起馬森曾在一篇評介沙特的文章中指出，沙特的文學創作往往理念重於情感，並且馬森似乎也曾自覺到他有類似的趨勢，不過我個人覺得問題並不很嚴重。

我在想，如果當初作者以戲劇的方式來寫《夜遊》，人物塑造方面效果是否會更突出一些？也許不然，馬森本人既是戲劇家，一定早想過這個問題，最後他選用了小說形式，必然有他的道理。

——原載民國七十三年五月三十一日——六月一日《聯合報副刊》

燭照《夜遊》

龍應台

馬森一定是個觸覺極端敏銳纖細的人，在他筆下，凡是感官上的印象都呈現得強烈而深刻，尤其在描寫夢魘似的經驗，作者的文字幻覺般的抽象，卻又牙疼似的真實，像 Dali 的畫。下面這一段充滿活生生的肉感：

我的身體已飛快地從滑梯上滑入池中，跌在蠕動的無數的人體之間。原來池中並沒有水，只有泛白的泡沫和櫻紅的人體……。我的左右都夾擠著人體。爲了向前泅動，我只能穿過他們的脅下，擠入他們的胯間。

描寫神智飄忽的時候，文字又靈透得如一股煙：

我便產生了一種不知身在何處的感覺，好像我正從霧樣的櫻花樹巔飛過……如墜入一種漏光了時間的眞空中。我自覺我的身體也就要銷溶在這種朦朧迷醉的境界裡。

意識流的用法也純熟有力。第四十章就利用流動交錯的幾個鏡頭與聯想來暗示女主角內心的掙扎：

他的臉愈逼愈近……有些汗味兒，卻是種誘人的汗味兒。

可是突然間我看見了我母親坐在明淨的窗前的側影。玉色無瑕的額上漆黑的髮髻梳理得紋絲不亂……我無助地躺在糞便中……

汪佩琳一方面對廖敏雄有肉體的欲望，一方面又受禮教嚴謹的母親所壓抑，而這種壓抑從尿布時期就開始了，根深蒂固，使汪即使在成人之後，每次受到挑逗，母親冰冷的形象就浮上心頭。從一景到另一景，汪的道德衝突就由這些意象的交流呈現出來。

《夜遊》中也有幾個重要的象徵。頭髮光潔、捧著細瓷茶碗的母親顯然象徵中國文化裡對肉體享受的那種壓制力量。麥珂的木偶貌似麥珂，代表麥珂第二個自我，麥珂對木偶的愛戀適足以表現這個年輕人自戀的傾向(narcissism)。這個象徵意義太明顯、太普遍，用得不夠含蓄。

《夜遊》中比較值得讚美的是「蛇」這個象徵。但在討論蛇之前，必須先討論另外兩個動物：朱娣的大黑貓和道格的肥豚鼠。

汪對「喵喵」的態度起先是排拒：

喵喵也跳到我的膝上來。我一向對貓狗沒有什麼好感，就趕緊地把牠推了下去。

在跟朱娣的學習過程中，她開始領悟到約定俗成的道德標準不見得是真理。原來妓女也可敬可重（羅拉的例子），而精神病人，「是不是真正有神經病呢？也許只因為他們有了些不同的觀點與看法，有了些非常的行為，他們就被其他的人視為異端，判定了監禁。難道其他的一部分人的觀點、行為，就該是正常的嗎？」

汪學會以不同的角度來看世間百態，這時，她對貓的態度也改變了：

……一縱身就跳到我的膝上。我剛要推牠下去，一轉念竟沒有動手，就讓牠盤臥在我的懷裡……這溫熱竟像具有電力似地打我的手掌流注到我的全身……這是我從來沒有過的經驗。

對豚鼠，汪本來也充滿厭惡和疑懼。在與麥珂的交往中，她卻學習了去接受這些社會看成殘渣的人。她理直氣壯的問瑛哥：「找不到工作的就是骯髒人嗎？喝酒的就是骯髒人嗎？同性戀的就是骯髒人嗎？」對豚鼠，她遂也產生了感情：叫「麥珂」的豚鼠「瞪著豆亮的眼睛注視著我，好像我們之間已經建立了一種關係。一個人跟一隻豚鼠有時候也可以忽然發生一種了解，一種關懷之情。」

對世間人，汪摒棄了以前慣有的偏見；對貓和豚鼠，她也克服了慣有的嫌惡。這樣來看，這大黑貓和肥豚鼠就有了象徵的意義：他們代表汪舊觀念中所排斥的人與物，覺悟之後，卻發覺世上無物不可愛、無人不可憫。

在新觀念的衝擊之中，汪被麥珂那種不妥協、不負責的態度所吸引，再而接納了他「醉生夢死」的生活信仰。但是她的「新生」畢竟經不起考驗。當麥珂的吊兒郎當使她失了業，當她發現麥珂和雷查做愛，當她看見麥珂鎮日爛醉如泥，她對麥珂改變了態度：

> **你每天不是泥醉，就是半醉。你也不去找工作，你也不想負任何的責任。就這麼一天天地鬼混下去，我們會有什麼前途？**

蛇，就出現在汪開始對麥珂不滿的時候。麥珂稱讚小蛇漂亮，汪「看見那條蛇在他手腕上盤曲著，心中有種說不出來的厭惡，」歇斯底里的要麥珂把蛇丟出去。

汪對麥珂的指責當然很具諷刺性。起先愛上麥珂就為了他對世俗價值的反叛，而當他們真正開始共同生活時，麥珂的不負責任卻成為汪憎惡的起因。汪佩琳學會了愛貓和鼠，輪到蛇，雖然確如麥珂所說的是個黃眼綠身、溫馴的小東西，汪卻控制不住埋在心底的、根深蒂固的厭懼。從愛貓、愛鼠那兒所得到的新領悟未能使汪接納同樣無害的小蛇，她從朱娣和麥珂那兒學來的新的人生觀，卻也未能使她完全開放的包容麥珂。

汪對貓、鼠、蛇三樣動物態度上的發展與她對人生的體驗成平行關係。這條小蛇勾出了紮根在潛意識中，不易動搖的傳統價值觀。麥珂說：「……其實你自己心裡就有一條蛇。」汪還沒有學會如何去愛麥珂，因為她還沒有完全清除掉心裡的蛇。

這條蛇如果單單象徵汪佩琳心裏的疑懼，那就落於俗套膚淺，但它並不是一個獨立的意象，和黑貓、豚鼠並看，這蛇的象徵意義，就豐富了起來。

✲

《夜遊》的主旨在探討問題，尤其是文化和社會方面的問題。

性觀念的開放是論題之一。同性戀、雙性戀，都是個人的性向或抉擇，不必視為邪惡異端。性，甚至也能與愛情分離，純粹作為動物性的、感官上的快感。汪佩琳自願受喬治「強暴」之後，一方面固然覺得罪惡，一方面卻又不能否認肉體的歡悅。作者對中國禮教的批評非常明顯：性慾是人的本能，以文化規範來壓抑是違反自然的。

馬森也為婦權舉起拳頭。男人用貞節牌坊的「愚女」政策來壓制女性充沛的本能，為的是保護自己不安全的地位。但女性必須先覺醒，認清自己不是弱者，才有與男人爭平等的可能。汪佩琳把「贍養費」一把撕掉，表示自己不是丈夫的寄生蟲。和喬治度夜之後，汪有一種被佔了便宜的感覺，同時又覺悟到，「誰又何嘗欺侮了我？這種事情完全是一種對等的關係，痛苦是雙方的，快樂也是雙方的。」至於像艾梅那樣為了安全及所謂「歸宿」而嫁人，就只能惡性循環下去，永遠做次等人。人類的何去何從也是《夜遊》所關心的題目。出類拔萃的詹代表人類科技的發展，但是這個發展的方向正確嗎？確實為人帶來幸福嗎？在第九章裡，教人類學的朱娣對人們竭澤而漁的做法提出警告，雷查雖然也憂慮，卻認為這個地球或許有自新自癒的能力，人類的前途或許「柳暗花明又一村」也說不定。這裡作者提出一個很重大的問題，但沒有供給答案。

文明與個人野性的孰是孰非大概是《夜遊》一書最重要的主題。在文明這一邊，是禮教、文化，是社會所定的行為模式，種種約定俗成的束縛。作者以天下父母來代表文明的壓抑：汪佩琳的母親、麥珂的母親、道格的父親、詹的母親等等。在野性的這一邊，則是個人衝動的本能，是吃了蘋果之前的亞當、夏娃。汪、麥珂、道格，都是以各種方式企圖打破文明框框的個人。離經叛道的過程也許非常痛苦，結果更可能是失敗，作者強調的是個人意志的伸張。個人的選擇是最高的價值標準。如汪所說：「即使是設下的一面陷阱，如果是我心甘情願地跳進去，那陷阱也不能再稱之謂陷阱了。」生命的意義就在於「自主」兩個字上，汪最後的宣告完全是存在主義的精神：「我要生活！我要感到自己的存在！……我不要變作一種理念的延伸、一種文化的反射，我要野性地按照我自己的方式活著。」

就主題而言，「夜遊」是本「開卷有益」的書。它是馬森高舉的一面鏡子，對著現代文化而照。傳統的價值觀在鏡中浮出倒過來的形象，而作者指著鏡子說，這些紋路相反的道德觀比鏡外實體的價值觀要真實、自然、健康得多。中國社會向來偏重團體的和諧而往往犧牲個人的自由，現代的臺灣卻又像大浪裡一塊小岩石，受西方偏重個人的文化的衝激。像汪佩琳那樣在東西文化夾縫中迷失的人還不知有多少。「夜遊」將一些令人困惑的文化問題披露出來，同時很肯定、很勇敢的提出一套與傳統觀念背道而馳的價值觀，這對許多人會有一種鼓舞的作用，使他們敢去思考、探索，甚至於嘗試社會所不容的事情。《夜遊》充滿挑戰的勇氣。

「開卷有益」的書卻不見得是成功的小說。「夜遊」有兩個缺點，第一是心理學的劑量下得太重。作者顯然深受近代心理分析的影響，認為成年人的行為動機往往植根於孩提時代的親子關係。汪佩琳的疑懼可以追溯到尿布時期、幼稚園期，以及她與瑛哥及母親的關係。詹嫉妒冷漠，原來他有一個冷峻寡欲的母親。艾蓮妮的母親「從來不盼望什麼陽光、什麼花朵，她說那根本是不存在的。」麥珂逃避現實，因為他有個天天指責父親「沒有事業、沒有野心」的偽善母親。道格反叛世俗，原來他有個望子成龍的父親逼他。

心理分析當然沒有什麼不好，但是用得太多就顯的雕鑿，這些例子讀起來倒像讀精神醫師的個案資料。而且這些個案都非常典型(stereotype)，落於俗套，好像依著精神學教科書而寫的小說，做作了一點。

《夜遊》較嚴重的缺陷是結構上的薄弱。主題龐大、思想豐富使這本小說不流於瑣屑膚淺，但作者專注於思想觀念的探求，卻也使《夜遊》淪為論文，小說性反而單薄。

就結構來說，《夜遊》由兩個基本的模式來表達主題。第一個是對話。朱娣與雷查對話，討論人類前途；汪與妓女羅拉對談，表達女性的尊嚴；汪與朱娣對話，指出人應該皈依自然；與艾梅對話，揭露男女之不平等；與麥珂對話，談人的意志自由……等等。

第二個模式是自話。在一場對話之後，女主角就經過自省的階段。譬如說，與艾梅談過《金瓶梅》，汪就發抒她對男女關係的看法：「我敢說成千累萬大多數的中國婦女並沒有這樣的特權，只有忍氣吞聲任男人宰割的份兒。」

全書有一半是知性的對話錄，每一篇對話都有一個特定的主題，或由兩方辯論，或由一方對另一方闡釋分析。自話的部分，慷慨陳辭的議論成分也特別重；聽聽這一段：

最重要的是，一個人應該先取悅自己。如果他是一個以偷竊爲樂的人，就大膽去偷竊吧！……但是他也要勇敢地負起偷竊與殺人的後果。

換句話說，《夜遊》中複雜而龐大的主題，不是由事件的發展或角色在客觀環境中的反應表現出來，而是由各個角色嘴中直接的陳述出來。馬森所想表達的許多深意，並非讀者自小說錯綜的事件中自己領悟所得，而是作者安排角色輪流演講，把意旨明明白白的標出。《夜遊》讀起來並不枯躁，但它不枯躁是因為其中有些令人停頁深思的問題，並不因為它是本強勁的小說。強勁的小說不需要倚賴角色把含意大聲「說」出來，它可以利用角色個性的塑造、情節的發展、佈景的安排、象徵或意象的運用等等，交織錯雜的處理，而主題就像漣漪中的月亮，在明眼人中隱隱浮現。

小說，也是要「意會」，不是「言傳」的。《夜遊》直接說理的成分太重，或許是擲地有聲的論文，以小說的標準來看，卻嫌不夠含蓄、不夠複雜。

——原載民國七十三年五月《新書月刊》第八期

《夜遊》評論索引

一九八一年三月十五日，白先勇〈新大陸流放者之歌——美、加中國作家〉（新加坡國際文學研討會特別報導），《聯合報副刊》。

一九八四年一月九日，白先勇〈秉燭夜遊——簡介馬森的長篇小說《夜遊》〉，《中國時報・人間副刊》。

五月，龍應台〈燭照《夜遊》〉，《新書月刊》，第八期；又收入《龍應台評小說》，台北爾雅出版社，一九八五年六月，頁廿一—三十二。

五月三十一日—六月一日，陳少聰〈她是清醒的夜遊者〉，《聯合報副刊》；又收入馬森《燦爛的星空——現當代小說的主潮》，台北聯合文學出版社，頁二八四—二九三。

六月，陳明順（陳雨航）〈馬森的旅程〉，《新書月刊》，第九期，頁廿一—廿八；又收入馬森《文學的魅惑》，台北，麥田出版社，二〇〇二。

六月十日，碧邑〈不為迎合讀者而寫作的馬森〉，《民族晚報》。

九月十五日，廖宏文〈何不秉燭遊？——讀馬森的《夜遊》〉，《中央日報副刊》。

九月廿三日，龍應台〈文學批評不是這樣的〉（針對廖宏文〈何不秉燭遊？——讀馬森的《夜遊》〉一文的批評），《中央日報副刊》。

十月，楊宗潤〈紅塵是非不到我——隨馬森秉燭「夜遊」〉，《文訊》，十四期。

十月廿二日，楊宗潤〈文學批評為什麼是這樣的？〉（針對廖文及龍文評論《夜遊》的討論），《中央日報副刊》。

十月廿四日，羊牧〈寫寫「讀後感」又何妨？〉（針對廖文及龍文評論《夜遊》的討論），《中央日報副刊》。

十一月五日，廖宏文〈文章千古事〉（對龍文的答覆），《中央日報副刊》。

十一月十日，思思〈《夜遊》〉，《爾雅人》。

十二月十九日，吳娟瑜〈《夜遊》的女性觀〉，《國語日報》。

一九八五年一月，《夜遊》當選十大最具影響力的書，《新書月刊》第十六期。

二月，林柏燕〈評《孽子》、《夜遊》〉，《文訊》，第十六期。

四月，林玉雲〈我讀《夜遊》〉，《文訊》，第十七期。
六月，楊宗潤〈喜歡，不喜歡──從《孽子》／《夜遊》說起〉，《文訊》，第十八期。
六月，康來新〈生命瓶頸寫作瓶頸〉，《聯合文學》，第一卷第八期。
十二月，陳明智〈秉燭夜遊悟人生：馬森小說《夜遊》面面觀〉，《文藝月刊》，第一九八期。
一九八六年六月，季季〈一個複雜世界的議論者〉，蔣勳等《希望我能有條船》，台北，爾雅出版社。
一九八七年八月廿七日，聯副編輯室〈訪馬森〉，《聯合報副刊》。
一九九〇年四月，朱春花〈馬森小說簡論〉，《台灣文學的走向》，福州，海峽文藝出版社。
六月廿日，李介偉，〈《夜遊》讀後感〉，高雄文藻學院《文藻》，第二三期。
十月，潘亞暾〈馬森與馬奎斯〉，《聯合文學》，第六卷第十二期。
十二月，《中國現代文學辭典》，頁四四五，上海辭書出版社。
一九九一年五月，校刊編委會〈訪馬森〉，《鐸聲》，台灣省立屏東師範學院。
七月，賴伯疆《海外華文文學概觀》，頁二二四─二三七，廣州，花城出版社。
七月，王晉民《台灣文學家辭典》，頁十九─二一，廣西教育出版社。

一九九二年一月，秦亢宗《二十世紀中華文學辭典》，頁九六六、一〇三七—一〇三八、一〇四一—一〇四二，北京，中國國際廣播出版社。

五月，王景山《台港澳暨海外華文作家辭典》，頁十六—十八，北京，人民文學出版社。

一九九三年一月，劉登翰、莊明萱、黃重添、林承璜主編《台灣文學史》下卷‧第四編中篇第七章第四節：〈叢甦、張系國、馬森與後期的「留學生文學」〉，福州，海峽文藝出版社。

五月廿二日，張成覺〈宏觀兩岸小說——王蒙、馬森演講小記〉，香港《星島日報》。

一九九四年一月十日，張默、隱地編《當代台灣作家編目：一九四九—一九九三年爾雅篇》，頁九三—九五，台北，爾雅出版社。

四月十日，隱地《作家與書的故事》（第一集增訂版）——馬森部份，台北，爾雅出版社。

一九九七年十一月，〈美學與社會責任——答覆一位讀者對《夜遊》的來信〉，《中國時報人間副刊》，又收入馬森《燦爛的星空——現當代小說的主潮》，台北聯合文學出版社，頁二八一—二八三。

一九九八年十二月一日，陳靜雪記錄整理〈孤絕的夜遊——馬森的文學人生路〉，台北世新大學演講，《中央日報副刊》；又收入林黛嫚主編《拿起筆來，你就是作家》，中央日報社，一九九九年十一月。

一九九九年一月，王立言、盧濟恩、趙祖謨主編《中國文學通典・小說通典》，北京解放軍文藝出版社，頁一〇六一—一〇六二。

二〇〇一年五月，黃錦珠〈在暗夜中遊歷與探索——讀馬森《夜遊》〉，《文訊》，第一八七期。

八月，林麗如〈理性與感性的雙重書寫——專訪馬森教授〉，《文訊》，第一九〇期。

十月十九日，龔鵬程〈閱讀馬森〉，《聯合報副刊》。

十月十九日，徐錦成〈追尋一種自由飛翔的姿態〉，《中央日報副刊》。

二〇〇三年十月，龔鵬程編《閱讀馬森》（馬森作品學術研討會論文集），台北聯合文學出版社。

二〇〇七年十二月，侯作珍〈台灣海外小說的離散書寫與身份認同的追尋——以六〇到八〇年代為探討中心〉，《文學新論》第六期，頁廿七—四二。

二〇〇八年七月廿日，白先勇〈秉燭夜遊——馬森的長篇小說《夜遊》〉，隱地編《白先勇書話》，台北爾雅出版社，頁一一四—一二三。

馬森著作目錄

一、學術論著及一般評論

《莊子書錄》，台北：台灣師範大學國文研究所集刊，第二期，一九五八年。

《世說新語研究》，台北：台灣師範大學國文研究所，一九五九年。

《馬森戲劇論集》，台北：爾雅出版社，一九八五年九月。

《文化・社會・生活》，台北：圓神出版社，一九八六年一月。

《東西看》，台北：圓神出版社，一九八六年九月。

《電影・中國・夢》，台北：時報出版公司，一九八七年六月。

《中國民主政制的前途》，台北：圓神出版社，一九八八年七月。

馬森、邱燮友等著《國學常識》，台北：東大圖書公司，一九八九年九月。

《繭式文化與文化突破》，台北：聯經出版社，一九九〇年一月。
《當代戲劇》，台北：時報文化出版社，一九九一年四月。
《中國現代戲劇的兩度西潮》，台南：文化生活新知出版社，一九九一年七月。
《東方戲劇‧西方戲劇》（《馬森戲劇論集》增訂版），台南：文化生活新知出版社，一九九二年九月。
《西潮下的中國現代戲劇》（《中國現代戲劇的兩度西潮》修訂版），台北：書林出版公司，一九九四年十月
馬森、邱燮友、皮述民、楊昌年等著《二十世紀中國新文學史》，板橋：駱駝出版社，一九九七年八月。
《燦爛的星空——現當代小說的主潮》，台北：聯合文學出版社，一九九七年十一月。
《戲劇——造夢的藝術》(戲劇評論)，台北：麥田出版社，二〇〇〇年十一月。
《文學的魅惑》（文學評論），台北：麥田出版社，二〇〇二年四月。
《台灣戲劇——從現代到後現代》，台北：佛光人文社會學院，二〇〇二年六月。
《中國現代戲劇的兩度西潮》再修訂版，台北：聯合文學出版社，二〇〇六年十二月。
〈台灣實驗戲劇〉，收在張仲年主編《中國實驗戲劇》，上海人民初版社，二〇〇九年一月，頁一九二—二三五。

二、小說創作

馬森、李歐梵《康橋踏尋徐志摩的蹤徑》，台北：環宇出版社，一九七〇年。
《法國社會素描》，香港：大學生活社，一九七二年十月。
《生活在瓶中》（加收部分《法國社會素描》），台北：四季出版社，一九七八年四月。
《孤絕》，台北：聯經出版社，一九七九年九月，一九八六年五月第四版改新版。
《夜遊》，台北：爾雅出版社，一九八四年一月。
《北京的故事》，台北：時報出版公司，一九八四年五月，一九八六年七月第三版改新版。
《海鷗》，台北：爾雅出版社，一九八四年五月。
《生活在瓶中》，台北：爾雅出版社，一九八四年十一月。
《巴黎的故事》（《法國社會素描》新版），台北：爾雅出版社，一九八七年十月。
《孤絕》（加收《生活在瓶中》），北京：人民文學，一九九二年二月。
《巴黎的故事》，台南：文化生活新知出版社，一九九二年二月。
《夜遊》，台南：文化生活新知出版社，一九九二年九月。
《M的旅程》，台北：時報出版公司，一九九四年三月（紅小說二六）。
《北京的故事》，台北：時報出版公司，一九九四年四月（新版、紅小說二七）

《孤絕》，台北：麥田出版社，二〇〇〇年八月。
《夜遊》，台北：九歌出版社，二〇〇〇年十二月。
《夜遊》（典藏版）台北：九歌出版社，二〇〇四年七月十日。
《巴黎的故事》，台北：印刻出版社，二〇〇六年四月。
《生活在瓶中》，台北：印刻出版社，二〇〇六年四月。
《府城的故事》，台北：印刻出版社，二〇〇八年五月。

三、劇本創作

《西冷橋》（電影劇本），寫於一九五七年，未拍製。
《飛去的蝴蝶》（獨幕劇），寫於一九五八年，未發表。
《父親》（三幕），寫於一九五九年，未發表。
《人生的禮物》（電影劇本），寫於一九六二年，一九六三年於巴黎拍製。
《蒼蠅與蚊子》（獨幕劇），寫於一九六七年，發表於一九六八年冬《歐洲雜誌》第九期。
《一碗涼粥》（獨幕劇），寫於一九六七年，發表於一九七七年七月《現代文學》復刊第一期。
《獅子》（獨幕劇），寫於一九六八年，發表於一九六九年十二月五日《大眾日報》「戲劇專刊」。
《弱者》（一幕二場劇），寫於一九六八年，發表於一九七〇年一月七日《大眾日報》「戲劇專刊」。
《蛙戲》（獨幕劇），寫於一九六九年，發表於一九七〇年二月十四日《大眾日報》「戲劇專刊」。
《野鵓鴿》（獨幕劇），寫於一九七〇年，發表於一九七〇年三月四日《大眾日報》「戲劇專刊」。
《朝聖者》（獨幕劇），寫於一九七〇年，發表於一九七〇年四月八日《大眾日報》「戲劇專刊」。
《在大蟒的肚裡》（獨幕劇），寫於一九七二年，發表於一九七六年十二月三一四日《中國時報》「人間副刊」，並收在王友輝、郭強生主編《戲劇讀本》，台北二魚文化，頁三六六一三七九。
《花與劍》（二場劇），寫於一九七六年，未發表，收入一九七八年《馬森獨幕劇集》；並選入一九八九《中華現代文學大系》（戲劇卷壹），台北九歌出版社，頁一〇七一一三五；一九九三年十一月北京《新劇本》第六期（總第六十期）「93中國小劇場戲劇展暨國際研討會作品專號」轉載，頁十九一廿六；一九九七年英譯本收入*Contemporary*

Chinese Drama, translated by Prof. David Pollard, Hong Kong, Oxford university Press, pp. 253-374。

《馬森獨幕劇集》，台北：聯經出版社，一九七八年二月（收進《一碗涼粥》、《獅子》、《蒼蠅與蚊子》、《弱者》、《蛙戲》、《野鵓鴿》、《朝聖者》、《在大蟒的肚裡》、《花與劍》等九劇）。

《腳色》（獨幕劇），寫於一九八〇年，發表於一九八〇年十一月《幼獅文藝》三二三期「戲劇專號」。

《進城》（獨幕劇），寫於一九八二年，發表於一九八二年七月廿二日《聯合報》副刊。

《腳色》，台北：聯經出版社，一九八七年十月（《馬森獨幕劇集》增補版，增收進《腳色》、《進城》，共十一劇）。

《腳色——馬森獨幕劇集》，台北：書林出版社，一九九六年三月。

《美麗華酒女救風塵》（十二場歌劇），寫於一九九〇年，發表於一九九〇年十月《聯合文學》七二期，游昌發譜曲。

《我們都是金光黨》（十場劇），寫於一九九五年，發表於一九九六年六月《聯合文學》一四〇期。

《我們都是金光黨／美麗華酒女救風塵》，台北：書林出版社，一九九七年五月。

《陽台》（二場劇），寫於二〇〇一年，發表於二〇〇一年六月《中外文學》三十卷第一期。

《窗外風景》（四圖景），寫於二〇〇一年五月，發表於二〇〇一年七月《聯合文學》二〇一期。

《蛙戲》（十場歌舞劇），寫於二〇〇二年初，台南人劇團於二〇〇二年五月及七月在台南市、台南縣和高雄市演出六場，尚未出書。

《雞腳與鴨掌》（一齣與政治無關的政治喜劇），寫於二〇〇七年末，二〇〇九年三月發表於《印刻文學生活誌》。

《馬森戲劇精選集》（收入《窗外風景》、《陽台》、《我們都是金光黨》、《雞腳與鴨掌》、歌舞劇版《蛙戲》、話劇版《蛙戲》及徐錦成〈馬森近期戲劇〉、陳美美〈馬森「腳色理論」析論〉兩文），台北：新地文學出版社，二〇一〇年三月。

四、散文創作

《在樹林裏放風箏》，台北：爾雅出版社，一九八六年九月。

《墨西哥憶往》，台北：圓神出版社，一九八七年八月。

《墨西哥憶往》，香港：盲人協會，一九八八年（盲人點字書及錄音帶）。

《大陸啊！我的困惑》，台北：聯經出版社，一九八八年七月。
《愛的學習》，台南：文化生活新知出版社，一九九一年三月（《在樹林裏放風箏》新版）。
《馬森作品選集》，台南：台南市立文化中心，一九九五年四月。
《追尋時光的根》，台北：九歌出版社，一九九九年五月。
《東亞的泥土與歐洲的天空》，台北：聯合文學出版社，二〇〇六年九月。
《維成四紀》，台北：聯合文學出版社，二〇〇七年三月。
《旅者的心情》，上海人民出版社，二〇〇九年一月。

五、翻譯作品

馬森、熊好蘭合譯《當代最佳英文小說》導讀一（用筆名飛揚），台南：文化生活新知出版社，一九九一年七月。
馬森、熊好蘭合譯《當代最佳英文小說》導讀二（用筆名飛揚），台南：文化生活新知出版社，一九九一年十月。
《小王子》（原著：法國・聖德士修百里，譯者用筆名飛揚），台南：文化生活新知出版社，一九九一年十二月。
《小王子》，台北：聯合文學，二〇〇〇年十一月。

六、編選作品

《七十三年短篇小說選》，台北：爾雅出版社，一九八五年四月。

《樹與女——當代世界短篇小說選（第三集）》，台北：爾雅出版社，一九八八年十一月。

馬森、趙毅衡合編《潮來的時候——台灣及海外作家新潮小說選》，台南：文化生活新知出版社，一九九二年九月。

馬森、趙毅衡合編《弄潮兒——中國大陸作家新潮小說選》，台南：文化生活新知出版社，一九九二年九月。

馬森主編，「現當代名家作品精選」系列（包括胡適、魯迅、郁達夫、周作人、茅盾、丁西林、沈從文、徐志摩、丁玲、老舍、林海音、朱西甯、陳若曦、洛夫等的選集），台北：駱駝出版社，一九九八年六月。

馬森主編《中華現代文學大系一九八九—二〇〇三·小說卷》，台北：九歌出版社，二〇〇三年十月。

七、外文著作

1963 *L'Industrie cinémathographique chinoise après la sconde guèrre mondiale*（論文），

Institut des Hautes Études Cinémathographiques, Paris.

1965 “Évolution des caractères chinois”，*Sang Neuf*（Les Cahiers de l'École Alsacienne, Paris），No.11,pp.21-24.

1968 “Lu Xun, iniciador de la literatura china moderna” ,*Estudio Orientales*, El Colegio de Mexico, Vol.III,No.3,pp.255-274.

1970 “Mao Tse-tung y la literatura:teoria y practica” , *Estudios Orientales*, Vol.V,No.1,pp.20-37.

1971 La literatura china moderna y la revolucion” , *Revista de Universitad de Mexico*, Vol. XXVI, No.1, pp.15-24.

“Problems in Teaching Chinese at El Colegio de Mexico” , *Journal of the Chinese Language Teachers Association in North America*, Vol.VI, No.1, pp.23-29.

La casa de los Liu y otros cuentos（老舍短篇小說西譯選編），El Colegio de Mexico, Mexico, 125p.

1977 *The Rural People's Commune* 一九五八*-65: A Model of Social and Economic* Development (Dissertation of Ph.D. of Philosophy at University of British Columbia, Canada).

1979 “Water Conservancy of the Gufengtai People's Commune in Shandong” (25-28 May，

The Annual Conference of Association for Asian Studies).

1981 "Kuo-ch'ing Tu: *Li Ho* (Twayne's World Series), Boston, Twayne Publishers, 1979" , *Bulletin of SOAS*, University of London, Vol. XLIV, Part 3, pp.617-618.

"The Drowning of an Old Cat and Other Stories, by Hwang Chun-ming (translated by Howard Goldblartt), Bloomington, Indiana University Press,1980", *The China Quarterly*, 88, Dec., pp.707-08.

1982 "Jeanette L. Faurot (ed.): *Chinese fiction from Taiwan: Critical Perspectives*, Bloomington: Indiana University Press, 1980", *Bulletin of the SOAS*, Unversity of London, Vol. XLV, Part 2, pp.383-384.

"Martine Vellette-Hémery: Yuan Hongdao (1568-1610): théorie et pratique littéraires, Paris, Collège de France, Institut des Hautes Études Chinoises, 1982", Bulletin of the SOAS, Unversity of London, Vol. XLV, Part 2, p.385.

1983 "Nancy Ing (ed.): *Winter Plum: Contemporary Chinese Fiction*, Taipei, Chinese Nationals Center,1982", *The China Quarterly*, ?, pp.584-585.

1986 "*Contemporary Chinese Literature: An Anthology of Post-Mao Fiction and Poetry*, edited with an Introduction by Michael S. Duke for the Bulletin of Concerned Asian

Scholars, New York and London, M. E. Sharpe Inc., 1985", *The China Quarterly*,?, pp.51-53.

1987 "L'Ane du père Wang" , *Aujourd'hui la Chine*, No.44, pp.54-56.

1988 "Duanmu Hongliang: *The Sea of Earth*, Shanghai, Shenghuo shudian, 1938", *A Selective Guide to Chinese Literature 1900-1949*, Vol.1 The Novel, edited by Milena Dolezelova-Velingerova, E. J. Brill, Leiden • New York, KØbenhavn Köln, pp.73-74.

"Li Jieren: *Ripples on Dead Water*, Shanghai, Zhong hua shuju, 1936", *A Selective Guide to Chinese Literature 1900-1949*, Vol.1, The Novel, edited by Milena Dolezelova-Velingerova, E. J. Brill, Leiden • New York, KØbenhavn Köln, pp.116-118.

"Li Jieren: *The Great Wave*, Shanghai, Zhong hua shuju, 1937", *A Selective Guide to Chinese Literature 1900-1949*, Vol.1, The Novel, edited by Milena Dolezelova-Velingerova, E. J. Brill, Leiden • New York, KØbenhavn Köln, pp.118-121.

"Li Jieren: *The Good Family*, Shanghai, Zhonghua shuju, 1947", *A Selective Guide to Chinese Literature 1900-1949*, Vol.2, The Short Story, edited by Zbigniew Slupski, E. J. Brill, Leiden • New York, KØbenhavn Köln, pp.99-101. \

"Shi Tuo: *Sketches Gathered at My Native Place*, Shanghai, Wenhua shenghuo chu banshee, 1937", *A Selective Guide to Chinese Literature 1900-1949*, Vol.2, The Short Story, edited by Zbigniew Slupski, E. J. Brill, Leiden • New York, KØbenhavn Köln, pp.178-181

"Wang Luyan: *Selected Works by Wang Luyan*, Shanghai, Wanxiang shuwu, 1936", *A Selective Guide to Chinese Literature 1900-1949*, Vol.2, The Short Story, edited by Zbigniew Slupski, E. J. Brill, Leiden • New York, KØbenhavn Köln, pp.190-192.

1989 "Father Wang's Donkey"（translated by Michael Bullock）, *PRISM International*, Canada, Vol.27, No.2, pp.8-12.

"The Theatre of the Absurd in Mainland China: Gao Xingjian's *The Bus Stop*", *Issues & Studies*, National Chengchi University, Vol.25, No.8, pp.138-148.

1990 "The Celestial Fish"（translated by Michael Bullock）, *PRISM International*, Canada, January 一九九〇, Vol.28, No.2, pp.34-38.

"The Anguish of a Red Rose"（translated by Michael Bullock）, *MATRIX*（Toronto, Canada）, Fall 一九九〇, No.32, pp.44-48.

"Cao Yu: *Metamorphosis*, Chongqing, Wenhua shenghuo chubanshe, 1941", *A Selective Guide to Chinese Literature 1900-1949*, Vol.4, The Drama, edited by Bernd Eberstein, E.

J. Brill, Leiden • New York, KØbenhavn Köln, pp.63-65.

"Lao She and Song Zhidi: *The Nation Above All*, Shanghai Xinfeng chubanshe, 1945", *A Selective Guide to Chinese Literature 1900-1949*, Vol.4, The Drama, edited by Bernd Eberstein, E. J. Brill, Leiden • New York, KØbenhavn Köln, pp.164-167.

"Yuan Jun: *The Model Teacher for Ten Thousand Generations*, Shanghai, Wenhua shenghuo chubanshe, 1945", *A Selective Guide to Chinese Literature 1900-1949*, Vol.4, The Drama, edited by Bernd Eberstein, E. J. Brill, Leiden • New York, KØbenhavn Köln, pp.323-326.

1991 "The Theatre of the Absurd in Mainland China: Kao Hsing-chien's *The Bus Stop*" in Bih-jaw Lin（ed.）, *Post-Mao Sociopolitical Changes in Mainland China: The Literary Perspective*, Institute of International Relations, National Chengchi University, Taipei, pp.139-148.

"Thought on the Current Literary Scene", *Rendition*（A Chinese-English Translation Magazine）, Nos.35 & 36, Spring & Autumn 一九九一, pp.290-293.

1997 *Flower and Sword* (Play translated by David E. Pollard) in Martha P.Y. Cheung & C.C. Lai (ed.), *Contemporary Chinese Drama*, Hong Kong, Oxford University Press, pp.353-

374.

2001 "The Theatre of the Absurd in China: Gao Xingjian's *Bus-Stop*" in Kwok-kan Tam (ed.), *Soul of Chaos: Critical Perspectives on Gao Xingjian*, Hong Kong, The Chinese University Press, pp.77-88.

2006 二月，《中國現代演劇》（《中國現代戲劇的兩度西潮》韓文版，姜啟哲譯），首爾。

八、有關馬森著作（單篇論文不列）

龔鵬程主編：《閱讀馬森——馬森作品學術研討會論文集》，台北：聯合文學，二〇〇三年十月

石光生著：《馬森》（資深戲劇家叢書），台北：行政院文化建設委員會，二〇〇四年十二月

語言文學類　PG0425

夜遊

作　　者／馬　森
主　　編／楊宗翰
責任編輯／孫偉迪
圖文排版／張慧雯
封面設計／蕭玉蘋

發 行 人／宋政坤
法律顧問／毛國樑　律師
印製出版／秀威資訊科技股份有限公司
114台北市內湖區瑞光路76巷65號1樓
電話：+886-2-2796-3638　傳真：+886-2-2796-1377
http://www.showwe.com.tw
劃撥帳號／19563868　戶名：秀威資訊科技股份有限公司
讀者服務信箱：service@showwe.com.tw
展售門市／國家書店（松江門市）
104台北市中山區松江路209號1樓
電話：+886-2-2518-0207　傳真：+886-2-2518-0778
網路訂購／秀威網路書店：http://www.bodbooks.tw
國家網路書店：http://www.govbooks.com.tw
圖書經銷／紅螞蟻圖書有限公司
114台北市內湖區舊宗路二段121巷28、32號4樓
電話：+886-2-2795-3656　傳真：+886-2-2795-4100

2010年12月BOD一版
定價：310元

國家圖書館出版品預行編目

夜遊 / 馬森著. -- 一版. -- 臺北市 : 秀威資訊科技, 2010.12
面； 公分. -- (語言文學類 ; PG0425)
BOD版
ISBN 978-986-221-576-0(平裝)

857.7 99015590

讀者回函卡

感謝您購買本書，為提升服務品質，請填妥以下資料，將讀者回函卡直接寄回或傳真本公司，收到您的寶貴意見後，我們會收藏記錄及檢討，謝謝！

如您需要了解本公司最新出版書目、購書優惠或企劃活動，歡迎您上網查詢或下載相關資料：http:// www.showwe.com.tw

您購買的書名：________________________________

出生日期：________年________月________日

學歷：□高中（含）以下　□大專　□研究所（含）以上

職業：□製造業　□金融業　□資訊業　□軍警　□傳播業　□自由業

□服務業　□公務員　□教職　□學生　□家管　□其它_____

購書地點：□網路書店　□實體書店　□書展　□郵購　□贈閱　□其他

您從何得知本書的消息？

□網路書店　□實體書店　□網路搜尋　□電子報　□書訊　□雜誌

□傳播媒體　□親友推薦　□網站推薦　□部落格　□其他__________

您對本書的評價：（請填代號　1.非常滿意　2.滿意　3.尚可　4.再改進）

封面設計____　版面編排____　內容____　文／譯筆____　價格____

讀完書後您覺得：

□很有收穫　□有收穫　□收穫不多　□沒收穫

對我們的建議：________________________________

____

____

____

請貼
郵票

11466
台北市內湖區瑞光路 76 巷 65 號 1 樓

秀威資訊科技股份有限公司　收

BOD 數位出版事業部

....

（請沿線對折寄回，謝謝！）

姓　名：＿＿＿＿＿＿＿＿　年齡：＿＿＿＿　性別：□女　□男

郵遞區號：□□□□□

地　址：＿＿＿＿＿＿＿＿＿＿＿＿＿＿＿＿＿＿＿＿

聯絡電話：(日)＿＿＿＿＿＿＿＿＿＿ (夜)＿＿＿＿＿＿＿＿＿＿

E-mail：＿＿＿＿＿＿＿＿＿＿＿＿＿＿＿＿＿＿＿＿